捕猎者

高满航 著

世间最高明的猎手,惯常以猎物的面目示敌。

——写在篇首

目录

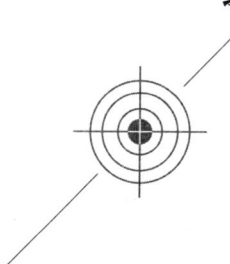

一　离奇失踪 _ 001

二　惊天阴谋 _ 010

三　事发突然 _ 022

四　座上宾朋 _ 027

五　螳螂捕蝉 _ 032

六　利益之交 _ 039

七　故地重游 _ 044

八　局中之局 _ 051

九　离间之计 _ 060

十　声东击西 _ 069

十一　神秘人物 _ 077

十二　步步为营 _ 086

十三　金盾玄机 _ 094

十四　弯弯之死 _ 100

十五　破解迷局 _ 109

目录

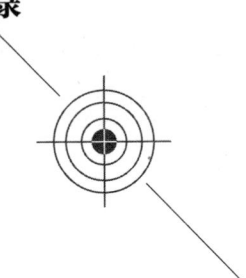

十六　自相残杀_ 117

十七　酒后情迷_ 124

十八　醉翁之意_ 134

十九　内鬼现形_ 144

二十　突破困局_ 152

二十一　锁定目标_ 162

二十二　节外生枝_ 168

二十三　失误成恨_ 174

二十四　落寞出局_ 180

二十五　魔鬼道场_ 195

二十六　咎由自取_ 204

二十七　不情之请_ 215

二十八　无迹可寻_ 226

二十九　欲罢不能_ 232

目录

三十　布设陷阱 _ 239

三十一　致命诱饵 _ 248

三十二　见招拆招 _ 256

三十三　盛情难却 _ 261

三十四　蹊跷死亡 _ 269

三十五　鱼儿上钩 _ 279

三十六　复仇火焰 _ 286

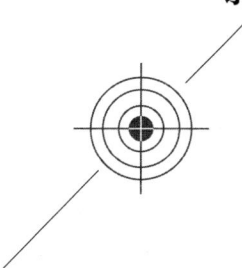

三十七　光束武器 _ 295

三十八　功败身死 _ 303

三十九　绝地绞杀 _ 312

四十　浮出水面 _ 328

四十一　收网抓鱼 _ 336

四十二　再生意外 _ 352

四十三　未结之尾 _ 361

一

离奇失踪

残阳西坠，流云暗淡。

黑色天幕下的陆地和海洋连为一体，它们紧紧依偎处的海岸线在黑暗中曲折延伸，不停不歇，没有终点。风从大海的深处呼啸而来，裹挟着海浪，就像押解着无能为力的俘虏，横冲直撞涌起，将水做的敌人击碎在岩石上，散落到海沙里。那海浪高昂着头颅，犹如顽强且勇猛的死士，他们不躲避狂风，不畏惧岩石，不害怕海沙，以粉身碎骨的方式重新投入大海的怀抱。很快，碎散的海水又一次集结，重新迎接海风的挑战，巨浪滔天中，仿若听得见它们悲壮的呼号：来吧，来吧，让海风来得更猛烈些吧！

顾重阳迎着海风，听着涛声，凝望着黑夜笼罩下的浩渺海洋。过去了很长时间，他岿然不动，如海岸线上天然的岩石，也如指引航船的灯塔。

他的视线虽然穿不透黑暗中迷窟一样的海面，但他最为清楚，在激荡海水的那一头有座岛，那岛如同一艘搁浅的巨轮，一头深深地扎进海水里，戳向无边的深邃与黑暗，另一头高高地翘向天空，追随开阔的光明与未知。

顾重阳的人生与那座小岛紧密相连，曾经那么近，似乎近在咫尺；现在却那么远，就像是此生都不能再抵达。可是，任凭岁月奔走，任凭沧海桑田，那里依然是他的不舍和牵挂，也是他从来不曾动摇过的坚定信念。

那些都是好早好早之前的事了，仿若一切都只存留于梦里。

他那时多年轻啊，浑似天生与水结缘的海豚，能轻而易举地在卷着浪花的海水里泅渡十数公里，到了终点处，只不过仰起头狠狠吐几口气，便又扎进海水中折返。他的好兄弟蒋天诺则更像一只猴子。二人只要钻进南方的雨林里，顾重阳就永远不知道蒋天诺会挂在哪个区域的哪棵树上，蒋天诺惯常在稠密的树冠间腾挪穿梭，利索敏捷之程度如履平地。顾重阳至今都坚定地认为，要不是军哨刺透耳膜的啸叫声强行把蒋天诺召回来，毫无疑问，蒋天诺一定会在雾气氤氲的雨林里和猴类混成亲兄热弟。

那段时间，他们那批学员个个都像非洲丛林里的豹子一样灵活矫健，也像所有血气方刚的年轻人一样，摩拳擦掌欲做惊天动地的大事。最后只有他和蒋天诺成为被选中的幸运儿，奉命执行代号为"熄烛"的绝密任务。

队长说得很明白，执行"熄烛"任务不需要打打杀杀，甚至没有明确的行动目标，只是要战胜自己，更确切地说是拯救自己：在任务区不惜一切代价地活下去。是的，他从来没有透露何时去何地又到底干什么，只说要活下去。这让刚刚成为"幸运儿"的顾重阳和蒋天诺极为困惑。

"活下去？这个任务咋理解？"蒋天诺皱着眉头搞不懂队长话里的意思。

"活着去，再活着回来。"队长言简意赅，却显而易见，没打算给出蒋天诺想要的答案。

"那地方——很难活下去吗？"蒋天诺追着问。

"我没去过，没法回答你。"队长用坚毅的目光止住了蒋天诺的问话。

"哦——是!"蒋天诺不甘心地挠挠头,紧接着是利索地立正,敬礼。

"准备吧,随时待命出发!"队长话里的每个字都承载着千斤的重量。

"是!"顾重阳和蒋天诺同声应答。

蒋天诺的兴奋让顾重阳很是不能理解:"乐呵啥,啥任务信息都没说,就让活下去,活下去谁不会,这都活了二十多年了,不是好好的吗,这回倒能变成一项正经八百的任务了。可是这又算什么任务,你还能这么高兴?"

"你真不知假不知?咱俩这回可是肩负重任。"蒋天诺神秘兮兮,倒像是他已窥探到了队长只字不提的秘密。

"得了吧,我看只要是你参加的任务,你都说得挺玄乎。"顾重阳不以为然。

"瞧着吧,我们已经走在了惊天动地的道路上。"蒋天诺内心的神圣感溢于言表。

"但愿这回能像你说的。"顾重阳又何尝不想干一番惊天动地的大事。

"无坚不摧的顾同学,让我们以饱满的热情迎接战斗吧。"蒋天诺如急不可耐的小炮弹,即便已经在炮筒里了,却仍旧等不及,火急火燎要自行扣动扳机把自己射出去。

顾重阳却对这次领受的"熄烛"任务纠结得很,他暂时一无所知,甚至可以说是一头雾水。即使搓破了脑壳,也依然是没有目标,没有时限,甚至没法评判成败,队长传递的信息只是让他们在某个不确定的时间到某个不曾涉足的地点,然后,凭借着特种训练加身的卓越本领，尽其所能地"活下去"。他越琢磨心里越没底，有去期，无归期，难道泅渡过去就是垦荒种地，甚至一辈子和蒋天诺在那陌生之地两两相望地活下去？想多了，就心烦，脑子乱了，头也木了。他收起思绪，使劲搓搓被海风吹成盐碱地的脸，索性也就不想了。革命战士一块砖，哪里需要哪里搬，即将到来的一切，不论好坏，都是无可更改，也无法回避，或者就像蒋天诺说的，这一切的一切，都是命运最好的安排。

那个时候，顾重阳脑子里总闪现着父亲多年前最后一次离家时的样子。

"你要听话——我——我走了。"父亲稍迟疑，还是转身朝着门外走去。

"你——也已经不小了，要学会像个男子汉那样照顾好自己。"父亲突然止住了脚步，又回转身子，意味深长地望着顾重阳。

顾重阳只是疑惑地望着父亲，一句回应的话都没有说。

那时候，他太小了，以至于对任何别离都毫无触动。

后来无数次重温那个片段，他都觉出父亲分明有很多话要对他说。

可是，已经没有机会了，那是他见父亲的最后一面。

转眼间，那已是多年前的往事了。

队长告诉他们任务在岛上的时候，他们已经为上岛做足了准备。

首先是怎样才能在岛上"活下去"。蒋天诺说，民以食为天；蒋天诺又说，水是生命之源。顾重阳言简意赅地替他总结说，活下去的重点就是吃和喝。随后，他们锤炼极限境况下吃喝的本领，吃好喝好有了好身体，才能在野蛮的环境下野蛮地活下去。当然，除此之外，还要学习身体出现各种非常态症状时的应对之策以及与各种危险动物斗争的策略和技巧。

"为啥是和老顾搭档，孤岛上要是有个时髦女郎做伴就好了。"

蒋天诺嬉皮笑脸地向队长抱怨。

队长知道蒋天诺整天没正形，批评他说："你最好不要提非分要求，派重阳同行是为了让你们互相成全，你倒做起美梦来了。要不要我给上面建议撤回重阳，让你一个人去？"

"别别别，我这不就说说嘛，队长千万别当真，要让我一个人去，还不得孤独寂寞死。"蒋天诺闻此赶紧改口。

"说说都不行。"队长不饶他，又严厉地强调，"想都不能想！"

"好好好，不说不想，这下总行了吧？"蒋天诺回话也快得很。

队长乐了，踹他一脚，说："赶紧去训练。"

"行行行，训练训练。"蒋天诺利索起身，"老顾，走，吃香喝辣去。"

蒋天诺所说的"吃香喝辣"完全是自我蒙蔽和自我欺骗。

他们以"吃喝自给"为目标的野战生存极为生猛，即使顾重阳很多年后想起时，胃部依然忍不住隐隐抽搐。顾重阳对活剥青蛙进食内心抵触，根本下不了嘴，蒋天诺却故意恶心他，鲜血淋淋地撕碎了，当着他的面一口一口往嘴里塞。顾重阳观之闻之，干呕不止，把胆汁都吐了出来。

顾重阳清楚得很，背负了特殊使命，就要锤炼特殊的本领和忍耐力。他的内心越是抵触就越要战胜，他吃的不只是活青蛙，更是活命的能量和完成任务的希望。所以在那一刻，他没有个人好恶取舍，只有执行命令。

时间在近海的热带雨林里一天天消磨着，他们也在日复一日的强化训练中适应了以空中鸟雀、陆地走兽、大海鱼蟹、树上果实为食，以海水蒸馏、叶上晨露甚至是动物尿液为饮。他们已经历练为野外丛林的一分子。

过了吃这一关，接下来就是强化与凶猛野兽搏斗的本事。

万事开头难,二人从一开始被猴子追得到处跑,到后来擒获过野狼,捕俘过豹子,设计陷阱活捉过野猪,吓跑过狗熊。他们尽习丛林之法,粗暴地把自己锤炼成了动物的天敌和雨林的王者。当然,一场场"硬仗"拼下来,他们也并不是每一仗都能大获全胜,虽然几次危及生命的险情都幸运地化险为夷,但皮肉的苦痛却早已经司空见惯。蒋天诺屡屡被拼死挣扎的动物抓得挂彩。顾重阳的胳膊也被野猪撞错位过一次,所幸自己迅速接上,要不然面对愤怒的野猪的二次攻击,后果不堪设想。那些日子,他们视野兽为敌人,逼迫自己"比野兽更像野兽"。

此后,雨林里时时回荡着凶猛野兽被他们制伏时凄厉惨烈的号叫声。

"是不是可以出发了?"蒋天诺炫耀着满身黑黝黝的腱子肉,三番五次找队长请战。

"急啥,等命令。"队长看似风平浪静,其实也在急切地等待着上面的命令。

"这一片的飞禽走兽都望风逃走了,我们也都快憋出毛病了。"蒋天诺显然有些夸大其词。

"继续待命!"队长的口气不容商量。

"唉——是!"蒋天诺刚叹口气,觉出不妥,又即刻立正,敬礼出门。

万事俱备后的等待,是急迫,更是沉重,他们虽初生牛犊不怕虎,但从此岸到彼岸,即将前往未知岛屿面对未知之敌,过程和结果都无可预测。

红日缓缓西落,直到浮于海平面的尽头,天地顿时一片通红。

"天哪,真不知道我们得等到什么时候?"蒋天诺捏着一颗鹅卵石,弯腰,拉臂,然后奋力甩去,打出了一连串晶莹剔透的漩涡,漩涡尽头,鹅卵石无力地没入了大海。

"令行禁止，等命令就行，你犯得着这么着急？"顾重阳凝望海面，似要搜寻到那座不可见的岛屿。

"你知道吗，海上那座漂泊的岛屿是我的老家。"蒋天诺语气沉重地说。

"别逗了，那座岛屿是你老家？我可从来没听你说过。"顾重阳显然觉得蒋天诺是在跟他开一个破绽百出的低级玩笑。

"我的祖辈都是渔民，我爷爷说，打他的爷爷辈往上数，世世代代都居住在那座岛屿上。可后来，岛被域外分子霸占，他们不但将我的先人们从岛屿上驱离，还不允许我们的渔船靠近。有一回，海上刮起大风暴，许多打鱼的人都沉溺于海底，后来不得已，我们远离了那座岛屿，再不曾回去。"

"什么时候的事？"顾重阳极为惊讶，他开始相信蒋天诺讲起的这段久远的历史。

"一百多年了。"蒋天诺说，"但是，我们世世代代都不会忘记。"

顾重阳深深地吸了口腥冷的海风，他觉出了冷，不由得打了个哆嗦。他和蒋天诺相识多年，但对他的家族往事就如同对他的身世一样一无所知。

"那里是我祖先的故地，可已过去了一百多年，大概去那里的航道都没人知道了。"蒋天诺声音低沉，"我是岛民的后代，那里的海水中还漂浮着我先人的尸骨。"他怅惘地望着黑暗的海，就像在眺望先人们满载的归帆。

"那条航道一直都在，在海面上，在史书里，也在我们的心中。"顾重阳的血在沸腾。

"那是我先人们的故地。"蒋天诺深情地望向大海。

"那也是我们即将抵达之地。"顾重阳紧紧地搂着蒋天诺的肩膀。

"我恨不得现在就泅渡上岛。"蒋天诺的一字一顿里蓄积着力量。

"快了,只要命令一来,我们就能抵达你先人们的故地。"顾重阳目光穿越浩瀚的海、翻滚的海,似乎已经抵达向往之地。

九月过后,海风一日比一日猛烈,一日比一日冰冷。

两人急切地等着队长来,更确切地说,是等队长带来出发的消息。

直到十月中旬,队长终于来了。

两人做好了出发准备,得到的却是"任务取消"的命令。万分沮丧的蒋天诺垂头丧气地出了门,顾重阳那时候也沮丧到了极点,他清楚蒋天诺心火被浇灭的苦楚,也理解他急需要到没人的地方彻底释放和发泄一番。可是,万万没有想到,蒋天诺竟一去不归,他找遍所有能找的地方,始终一无所获。从那时起,蒋天诺便如人间蒸发,不知所踪。

奇怪的是,队长竟然再没提起过蒋天诺,好像压根就不曾有过那次任务,也不曾有过蒋天诺那个人。纪律和规定铁一样横在那里,顾重阳也没法去问,只能憋着,等着。多日之后,顾重阳等来了去守卫者集群报到的通知。

顾重阳带着一肚子的不情不愿和满脑子的无法理解,心有不甘却又无可奈何地退出了那次神秘任务,与此同时,他也远离了那片广袤的大海。

顾重阳换了新的身份,踏上了新的征程。

岁月抹不去往事,距离也割不断回忆,无数个早醒的黎明和难眠的黑夜,顾重阳的脑子里总会闪现蒋天诺的影子。他永远都是那么年轻、那么活力四射,他在热带雨林里腾挪攀爬,他在大海里如鱼得水,他心有不快时直抒胸臆。更多的时候,顾重阳脑子里往复重现的,还是那个清冷的傍晚蒋天诺离开时的落寞和沮丧。顾重阳常常思念蒋天诺，有时，他觉得蒋天诺就在他触手可及的地方，但真的伸手去抓，却什么都抓不到。

蒋天诺留下的巨大未知如同冰冷坚硬的铁链一样绞缠在顾重阳的心里，每念及此，他都会陷入无法自拔的思维推理和得出结论后的自我否定中。对于蒋天诺的行踪，他不能猜测，也不愿猜测。一天又一天，一次又一次，他对好兄弟蒋天诺只有发自内心的祝福。他也在等待一个渺茫的奇迹，等待蒋天诺现身，且是摇橹划桨从大海的那边归来。

二

惊天阴谋

千里之外，铁敏承正置身于一场硝烟骤起的战局。

在守卫者集群海域防护基地作战指挥大厅的电子屏幕上，海面突然出现了星星点点，鼠标轻触，画面放大，大厅里所有人顿时紧张起来。

"报告指挥部，报告指挥部，我是前沿阵地瞭望哨值哨点位，我侦察到域外分子三十余艘主力战舰从其驻守的离陆岛通过田螺海域驶往近陆岛，目的不明，建议我前沿常规导弹作战单元阵地迅速组织拦截！"

"指挥部收到，指挥部收到，请密切关注敌人动向，随时报告，随时报告。"

敌情顷刻间引燃了刚才还平静有序的作战指挥大厅。各作战和值班要素人员匆忙进出，请示汇报，记录命令，接听电话……所有的忙而不乱犹如穿行于麻绳间的针脚，正密密缝织着一张拦截和痛击来敌的大网。

也就过了几分钟，刚才的忙碌就归于了平静。十几位训练有素且见过大场面的守卫者集群海域防护基地指挥官鱼贯进入大厅，各入其战位。

海域防护基地的指挥长神色庄严，要通了上级作战值班室的电话：

"我是海域防护基地作战值班室，现收悉情报，发现域外分子三十余艘主力战舰欲穿越田螺海域前往近陆岛，请求同意常规导弹作战单元集群吓阻拦截！"

"情报收悉，请候令处置。"那边传来了清晰明确的指令。

"海域防护基地明白，海域防护基地明白。"

指挥长把电话交给通信兵后，神情肃穆地紧盯着电子大屏。此时，大屏幕上的图像已经清晰地锁定了域外分子的战舰。

在焦急等待上级命令的间隙，指挥长按照职责分工，预先明确了对各战位处理随机敌情的要求，随后要通了负责田螺海域防区所属中队作战值班室的电话："现侦察到域外分子战舰企图穿越田螺海域前往近陆岛，我现命令你部，做好迎敌的一切准备！"

"我部收到，已经做好迎敌准备，随时听令发射。"中队长的回复里蓄积着侧耳可闻的胜利欲念。

"基地指挥部收到，基地指挥部收到，保持状态，等候命令。"指挥长颇为满意地挂断了电话。

上级在下定最终作战决心之前，海域防护基地只能耐心等待。

指挥部作战值班室传输过来的图像投映在巨大的屏幕上，广袤的海洋，湛蓝的天空，轻风把海面吹得微微皱起，在明亮的海波里，一艘艘域外分子的战舰聚集成黑压压的一片，像成群跃出水面的鲫鱼，急速向近陆岛方向聚拢。

指挥长紧盯着屏幕，神色严峻："情势危急，再请示上级意见。"

电话要通了，但那边的回复很明确："首长正在商讨,请待命候令。"

时间一分一秒过去，所有人的目光都紧紧锁定在屏幕上。

指挥长心急如焚，大概是因大脑高速运转，他的脑门上沁出了密密的汗珠。他最为清楚，此刻上级首长正审慎地考量要不要以战止战，如果置之不理，无人居住的近陆岛就会在几个小时之内被域外分子强行占领，再夺回来的可能微乎其微，这是他绝不能容忍的，更是全体将士绝不能接受的。可是如果下定决心把常规导弹作战单元大规模发射出去，就意味着和域外分子开启交战模式。开弓没有回头箭，这不光是打的问题，还牵扯到接下来这仗打多大，打多久，有哪些势力会参与进来，成败如何，等等，都是未知数。这种不确定性决定了作出任何一种抉择都尤为困难。可是，看着那些如鲫鱼般扑向近陆岛的域外分子战舰，他觉得一切讨论都是多余的。显然，这时已经别无选择，必须迅速反应，全力出击，彻底击溃来犯之敌。

刺耳的电话铃声敲碎了短暂的沉寂。

上级的指令明确而又坚决："全力吓阻！决不让域外分子登陆近陆岛！"

指挥长等来了他期待的结果，坚决而又中气十足地回应："明白！"

"全力吓阻！"

"明白！"

"决不让域外分子登陆近陆岛！"

"坚决完成任务！"

一个个电话接通，一个个指令下达。

与此同时，大屏幕画面迅速切换到海域防护基地所属各中队（为适应高科技新形态战争而组建，注重打造模块化作战单元，为旅级建制），十多个作战要素分屏呈现。

一身作战装束的前敌指挥员凛然肃立："刚才，接到基地指挥部命令，域外分子三十余艘战舰通过田螺海域驶向近陆岛，初步判明是企图夺取近陆岛的实际控制权，其野心昭然若揭。养兵千日，用兵一时，近陆岛自古以来都是我国的固有领土，吾地虽广，寸土不弃，我们绝不能让敌人的阴谋得逞。我们中队就是为了捍卫田螺海域而诞生和发展的，守卫田螺海域是我们的职责，是我们的使命，田螺海域是我们不辱军威的生命线,域外分子进入田螺海域,我们必须全力回击吓阻,对于这次行动,上级有充分的准备和绝对的把握,现在,保卫国家主权和领土完整的使命已经交给我们,大家有没有信心?"

"有!有!有!"隔着屏幕,众官兵的回应亦是短促激荡,声振屋瓦。

"好,各就各位,听令发射。"

话音落处,画面上立即呈现出隆隆驶来的常规导弹作战单元车队,一溜儿在山谷中摆开,炮衣启封,炮筒斜立。

几分钟的准备之后,传来一连串状态汇报:"一号车准备完毕,二号车准备完毕,三号车准备完毕……"

指挥大厅空气凝滞,落针可闻。

"是否发射?"中队长请命。

"发射!"指挥长给出了坚定有力的指令。

寂静中,计时器上倒数时间的嘀嘀声格外刺耳。

"十、九、八、七、六、五、四、三、二、一——发射!"

瞬时,扑天火浪遮盖了屏幕,从火浪中涌出墨绿色的常规导弹,一枚又一枚,带着尖利的尾音刺向长空。场景转换,再看海面上,常规导弹精准命中目标,一部分域外分子战舰如同没有捏严实的饺子,在翻滚的海浪里破裂变形,彼此绞缠碰撞,乱作一团,有的则忙不迭地掉转方向,望风而逃,在大屏幕上越来越小,逐渐模糊,直到逃遁得无影无踪。

"报告基地指挥部,我常规导弹作战单元精准命中目标海域,击沉击毁战舰十三艘,击退战舰十九艘,实现了吓阻和拦截域外分子战舰的作战目标。"

"好!"作战指挥大厅里爆发出热烈的掌声。

守卫者集群总部的保卫局长铁敏承坐在主席台的观摩位上，望着眼前模拟演练的可喜盛况，丝毫高兴不起来，反而陷入巨大的担忧和不安之中。眼前这种永远红方胜蓝方败的"战争"，他观摩了不下上百次，每次都是一成不变的方案，一成不变的敌情，一成不变的行动，一成不变的结果，让演习从一开始就进入了模式化的流程，不管在守卫者集群下属的哪个基地搞，不管在基地下辖的哪个中队搞，几乎都是一套方案一个结果，甚至中间的敌情设置和动员讲话都没有明显的区别。指挥员成了穿着作战装束的演员，雷霆万钧的演习成了走套路、背台词的表演。在铁敏承看来，这绝不是未来战争的本来面目，而只是一厢情愿的自娱自乐。真实的战争更加突然，更加急促，更加猛烈，也更加猝不及防。他天马行空地设想，如果，在战事将起之际，那个胜算在握的指挥员被敌特狙杀，战场态势会不会瞬间改变？他被自己这个平白生出来的念头惊出了一身冷汗。

"可是。"铁敏承很快陷入沉思，"如果真那样，接下来该如何应对？"

是啊，这是他这个保卫局长不得不面对的难题。

铁敏承着急出一趟远差，不等演习总结完，就急匆匆离开了会场。

两天前，他接到绝密信息：域外分子盯上了顾重阳。

铁敏承不得不深思，虽然指挥员被狙杀只是他刚才在特殊境况下的胡思乱想，但万一呢，万一这种令人忧虑的未知变为现实，该如何应对？在未来的某场战争中，能够起到运筹帷幄作用的指挥员突然被斩首狙杀，我们是否有万全的应对之策？放在今天，假设到刚才那场煞有介事的演习中，振臂呼号的指挥员突遭敌方狙杀，他倒下之后有没有人能替补？这场演习还能不能继续？铁敏承对所能想到的答案都不乐观。

铁敏承清楚，所有的战争都不会参照脚本来，也就不会有预设的胜利或者失败，指挥员的临场决断和部队英勇善战的底色往往能够成为战局胜负最为重要的决定因素。他深信决策者在战场上具有不可替代的重要作用。

铁敏承此番出差将要见到的，就是可以预见下场战争的决策之人。

铁敏承乘坐晚上最后一趟飞机，匆匆赶往一千多公里之外的滨海市。铁敏承喜欢安静，也习惯独来独往。他就像一个来无影去无踪的神秘幽灵，为了捍卫守卫者集群的至高荣誉，总是频繁往复地穿梭于大海和陆地之间。

周一上午。

守卫者集群下属的空域防护基地正在召开周交接班会。

在层高近六米的作战指挥大厅，白色灯光在白色墙壁的衬射下愈显清冽明亮，八幅大比例的各型号导弹作战单元阵地布防图等距离地在左右两边墙壁上井然垂挂，能看见布防图上密密麻麻的标识和醒目的或红色或蓝色的弯曲箭头。三十多位各级指挥员森然在座，如行道石雕般整齐划一。

上周值班的副指挥长吴克忠通报了两项工作：一是协调滨海市政府叫停了金色海岸工地在建的高层小区，二是新建的一批增强型导弹作战单元阵地配套完毕，已进入验收接管阶段。在吴副指挥长汇报的同时，几乎占满了整面墙壁的电子屏幕同步播出各项工作的图片展示和数字表格，直观而又具体。指挥长顾重阳抱臂静靠椅背，紧紧盯着电子屏幕，如果仔细观察，会清晰地发现，他在吴副指挥长汇报的过程中，经常会紧皱眉头。

顾重阳去年刚由空域防护基地的副指挥长坐地晋升指挥长，成了空域防护基地组建以来为数不多土生土长的主官。顾重阳在空域防护基地三十多年，对各项工作了如指掌，他上任后主抓了两件事：一是肃清营区周边可疑目标，确保空域防护基地自身安全；二是论证规划新的增强型导弹作战单元阵地，把增强型导弹作战单元阵地的打击范围向外推进了数百公里。

这些看似顺理成章的工作，落实起来却阻力重重。

"金色海岸那个楼盖到几层了？"顾重阳打断正在汇报的吴副指挥长。

顾重阳接任指挥长之前，基地的交接班会大多都只是走个过场，值班指挥员汇报上周工作按照参谋准备好的文件照本宣科，与会人员参加会议也是例行公事凑个人头，上面念完，下面听完，就算完成了交接班的规定动作，难以解决工作中遇到的实际问题。有时交班会上布置了工作，下面却一知半解模棱两可，还得重新开专门会议再研究再部署。如此一来，本应非常重要的交接班会就成了可有可无的鸡肋。大家越这样认为，在交接班会上就越是走过场，甚至在很长一段时间里，有些部门负责人借工作忙脱不开身，索性不参加。有样学样，有的部门竟只派个参谋象征性参加。

这种不正常的状况在顾重阳接任指挥长后有了立竿见影的改变。第一回，有个领导未到，顾重阳让人去叫，会议推迟，所有人等着，直到那个领导红着脸急匆匆赶到会场。那以后，再没人敢无故缺席。还有一回，另一个副指挥长汇报值班情况，顾重阳连珠炮似的问了好几个问题，让本应掌握情况、实际上却并不掌握情况的副指挥长措手不及，站在前面的汇报席上支支吾吾下不来台，很是丢了回面子。接连拿两个领导开刀，所有人对交接班会的看法就有了根本性转变，从此，再没有人胆敢应付和轻慢。

"八层。"吴副指挥长对金色海岸工程了如指掌,几乎不假思索地回答。

"下一步怎么办?"顾重阳紧紧盯着大屏幕,"都盖到八层了我们才发现,营房办和保卫办为什么没有及早掌握情况?"他的脸色骤然阴暗下来,"要是这个楼真威胁到基地的安全,你们难辞其咎,而且必须承担责任!"

"金色海岸的所有手续都合法合规,且都经过滨海市政府的审批,问题出在滨海市政府并没有告知开发商在基地营区范围内不能建高层,现在的处理意见是政府协调开发商拆掉两层,改为六层建筑,至于开发商的损失,政府希望我们多少能给予一些补偿,但被我驳了回去。"稍顿,吴副指挥长自我检讨,"说到底是我们责任心不强,警觉性不够。"

顾重阳盯着大屏幕足有几分钟,摇摇头,不言不语。接着,慢慢坐直了身子,开口,却绕过金色海岸话题:"新阵地的伪装工程现在到哪一步了?"

"伪装材料已经论证完毕。"工程办公室主任南方云从后面座位上站起来。

"到现在了材料才论证完毕?"顾重阳转过头去,望着略显干瘦的大个子工程办公室主任,"等不到施工,阵地就早被敌人摸得一清二楚了。"

南方云表态:"我们下面的工作力争加快进度。"

"不是力争,是必须加快。"顾重阳强调,"给你两个月时间。"

顾重阳稍停顿,又问:"够不够?"

"够,我们把工作全力向前推进。"南方云回答得斩钉截铁。

"两个月不是论证的时间,是干完全部工程的时间。"顾重阳强调。

"是。"南方云稍顿片刻,表态说,"我们一定按时完成任务。"

顾重阳一上任之所以极力推动新的增强型导弹作战单元发射阵地建设，一方面是因为老阵地设施陈旧，影响复杂环境下的连续作战，另一方面则因为他之前从铁敏承手里见到过一份转译自外国的触目惊心的机密资料，上面详细罗列了空域防护基地所有增强型导弹作战单元发射阵地的点位，并备注有水文地貌参数和可发射增强型导弹作战单元的数量。顾重阳逐一比对，竟发现资料所列数据的准确率超乎了他的预想。当时还是副指挥长的顾重阳倒吸一口冷气，他比谁都更加清楚，在未来瞬息万变的高科技作战中，暴露即意味着有可能被瞬时摧毁。也就是说，他曾以为固若金汤的发射阵地已经陷入了可能一弹未发就被夷为平地的危险之中。这让顾重阳汗毛竖立夜不能寐，所以一上任，他最为急迫要干的就是建立新的替代阵地。

"还有个问题。"吴副指挥长提醒顾重阳。

"你讲。"顾重阳望着他。

"工兵中队现在有两处工地，一是加固增强型导弹中队驻区的河道，二是在拓展型导弹中队驻区修建高山哨所，占用了大量的人力。建议哨所施工暂停，并抽调加固河道的一部分兵力，集中力量进行伪装施工，以保证进度和质量。"

空域防护基地的驻区是军事重地，也是敌方间谍窃取情报的重要目标，所以保密工作尤为重要，向来是外人概莫能入，即便系统内部人员进入，也要经过守卫者集群总部的层层审批。正是因为这种实际情况，所以几十年来，营区内的施工都没法外请施工队，得全部依托工兵中队自行规划和建设。近些年，随着营建任务加重，工兵中队常常是顾了这头顾不了那头。

"增强型导弹中队驻区今年的汛期应该在几月？"顾重阳盯着吴克忠问。

"八月底九月初，最早在七月底。"吴克忠曾担任五年增强型导弹中队中队长，对情况了如指掌。他又补充说，"山洪太猛，年年加固，年年冲毁。"

顾重阳微微点头，似有所思。

"那——"吴克忠问，"工兵中队人员抽调的事怎么安排？"

"这样吧。"具体方案顾重阳已然成竹在胸，他安排说，"只给拓展型导弹中队的哨所施工留几个技术人员，其他在增强型导弹中队和拓展型导弹中队施工的工兵中队兵力全部撤回来，三个中队分成三拨投入伪装施工，再一个就是配备大型设备，光靠人力肯定是不行的。"他点名南方云说，"你们工程办公室会同财务办公室研究一下，需要补充和更新哪些设备，列出采购计划，审批后抓紧落实。"顾重阳现在急切地要把空域防护基地的一部分新列装聚波型导弹作战单元摆进新阵地，他太清楚，建成隐蔽性好又可精确发射聚波型导弹作战单元的阵地是空域防护基地的核心竞争力，与此相比，其他都得让路。

"是。"南方云果断领命后，迅疾落座。

"其他人还有没有问题？"顾重阳再次转过身。他把目光落在营房办公室主任刘金刚身上，刘金刚摇头。又转向财务办公室主任，财务办公室主任亦摇头。

"好，交接班会到此结束，下面播放一周军事要闻。"吴克忠见顾重阳转回的身子已经实实在在地靠在了椅背上，知道他不再有新的问题，也不会再作新的指示，遂示意工作人员播放军事要闻。

军事要闻由守卫者集群总部情报部门制作，每周下发空域防护基地。内容基本是主要军事大国和潜在敌对势力一周来的军事动作和动向。每周把播放军事要闻作为固定科目，目的在于培养基地中层以上干部的战略思维，以锻炼这些干部在任何时候、任何情况下都能应对任何战争的必胜之能力。

近期与域外分子在田螺海域摩擦不断,军事要闻亦每周跟进研判形势。

这次的内容稍多一些,前面播放了最新消息。一条是域外分子和第三国签订了一份成交额巨大的军购合同,交易的主要是用于近海作战的海军装备;另一条是第三国用于防御聚波型导弹作战单元突袭的"弧形铠甲"系统,在理论层面已经于近日验证完毕,只等他们的财务部门拨款,就可进入实质研制和列装阶段。之后播放的,就是我国与域外分子在田螺海域的摩擦预判。

两国在田螺海域的交界处本是一片未设航道的荒海,无人问津,也无人关注,可自从近期我国科学家从海底勘探出某稀有海矿资源后,域外分子便用尽招数,欲将分布海矿资源的区域据为己有。域外分子之所以如此,道理全世界都明白,这种海矿资源是生产光束波武器的核心材料,而恰恰这种稀有资源域外分子遍勘其所有领土和海域都没有找到,于是,他们就动了不该动的歪心思,想在田螺海域做文章,以达到其昭然若揭的目的。这个时候,打着自个儿小算盘的第三国也跳了出来,处心积虑地跟在域外分子后面使劲煽风点火。第三国之所以如此卖力,皆因为他们也是该稀有海矿资源的贫瘠国,无利不起早,自然也是想从中分一杯羹。

近日,域外分子在田螺海域大做了一拨文章。他们先是号称在自己一侧发现油气资源,并以此为由紧锣密鼓地修建了油气钻探平台,但据外媒报道,他们的平台根本不具备开采油气的条件,只不过是挂羊头卖狗肉的样子货。随后,他们又以打击海盗为由,与第三国进行了一次看着还算像那么回事儿的所谓联合军演。近日,他们更是故意制造了一起退役军舰和油气平台相撞的事故,导致军舰搁浅,和油气平台一起滞停在田螺海域。尤其昨天，他们又派了一支特种兵小分队，以保护军舰安全的名义，打算长期驻留。

"他们想干什么？"敌情要闻播完后，顾重阳盯着屏幕自言自语，"奔着海矿资源？"他又自己给出了一个似乎并不那么确定的暂时性答案。

"田螺海域风大浪大，恐有大事发生啊。"顾重阳这次是对着大家说的。他脸上的凝重在白色灯光照耀下更显冷峻，他预感到战争的利箭已经紧绷于满弓之上，并隐隐嗅到了战火硝烟的味道。

"报告指挥长，总部的铁局长在办公室等您。"钟秘书急匆匆进来，抵在顾重阳耳边低声汇报。

"铁局长来了？好，我这就过去。"顾重阳意外且惊喜，他随即起身，急忙回办公室去会他的老朋友。

三

事发突然

顾重阳刚进办公室,钟秘书就摁下反锁按钮走出来,随手关死了门。

钟秘书并没有离开,而是在楼道里站着,防止有呈送文件或者请示工作的冒失鬼突兀地敲门。从空域防护基地下属分队副分队长的岗位转行当指挥长顾重阳的秘书,是一件看似光鲜却也充满挑战的事情,为了适应这个容错率极低的岗位,一向大喇喇的钟秘书也逐渐修炼出了谨慎敏感的本事来。他跟顾重阳一年多了,总结出来个经验:铁局长向来是无事不登三宝殿。上回来,就从基地爆破研究中心的技术室代培人员里查出来个内鬼。上上回来,则是一名工作人员在没有报备的情况下拨打了国际电话,虽然没有造成任何后果,却给基地提了个醒。这也让钟秘书深刻地认识到:保密工作无小事。

这会儿,顾重阳和铁局长分坐在宽敞的黑色皮沙发两端。

"老同学,每次见到你都让我紧张啊。"顾重阳刚还洋溢着笑容的面庞逐渐现出凝重。

"你这是不欢迎我?"铁局长笑问。

"怎能不欢迎?"顾重阳叹息一声,"你来了我最起码还有紧张的机会,否则就像上回一样,被别人翻了老底儿我都不知道,岂不更加危险。"

铁局长就是铁敏承,和顾重阳年纪相仿,短发,浓眉,瘦削的脸庞把一米八的人衬得英武魁伟。他和顾重阳是火龙驹猎人学校的同学,一个宿舍住了五年，交情甚笃。毕业后，二人前后脚到了守卫者集群，顾重阳从基层当分队长一步步干起，条件虽苦，进步却快。多年后，当总部机关声名显赫的铁敏承晋升保卫局长时，顾重阳已接到了命令到总部参加晋升指挥长仪式。铁敏承每回见面都调侃着给他这个官大一级的首长敬礼，被他笑批了几回，总算是摁住了铁敏承举起的右臂，他也不用再回之以礼。

"这一次更危险。"铁敏承单刀直入。

"怎么讲？"顾重阳的脸凝成冰霜。他不确定将接收到什么样的信息。

"对面那幢，"铁敏承指着建到八层的灰突突的大楼问，"是不是金色海岸？"通过顾重阳位于三层的办公室的窗户，金色海岸赫然立于眼前。

"正是金色海岸。"顾重阳松了口气，"多亏我们这次动手早，已经协调地方政府让开发商拆掉两层，变成六层的矮子楼，绝对不会有安全隐患。"

"让他们继续盖下去。"铁敏承一字一顿平淡地说。

"什么！继续盖下去？"顾重阳迟疑，不明所以。

一切秘密都在铁敏承高速运转的大脑里。这个时候，铁敏承正从万千信息里遴选、甄别并审慎地思忖着，此刻应该如何给对面这个昔日的同窗挚友、今天的空域防护基地指挥长传达已知信息。哪些可以说，哪些又得暂时保密。

"我能不能知道为什么？"顾重阳迟疑了十几秒，还是忍不住问。

"我们得到绝密情报，"铁敏承望一眼办公室门口，低声说，"敌人也盯上金色海岸这幢正建着的大楼了，他们妄图从这里下手干一桩大买卖。"

"从这里？还是大买卖？"顾重阳最先想到的，是刚刚接管的新阵地。

他很快得知，问题远比他所想到的更为复杂和严峻。

就在半个月前，铁敏承从获得的情报中研判出域外分子的谍报机构近期有一次大行动，但内容、目标尚不得而知。为探察清楚，铁敏承动用了最高层级的信息资源和破译力量。直到这周，才从破译的一条域外分子情报中得出眉目，他们这次行动的关键词屡次出现"空域防护基地"和"金色海岸"。就在大前天，又破解一条域外分子发给其谍报人员的指令，其内容大大出乎铁敏承意料——虽然暂时摸不清域外分子的意图，但必须接招应对，不能坐以待毙。

"域外分子谍报机构命令他们的潜伏人员——待命狙杀你。"铁敏承压低声音，字字如刀。

"狙杀我？"顾重阳惊讶，且疑惑，"这——这对他们有意义吗？"

铁敏承也并不能摸清敌人的意图。虽说守卫者集群空域防护基地的指挥长是从常规导弹、增强型导弹、拓展型导弹到聚波型导弹等作战单元发射的终极指挥官，地位至关重要，可是一旦发生不测，作战预案里肯定会有备选人员替补其战位，绝不可能影响宏观战局，也不可能因为指挥长被杀而终止整个空域防护基地的作战号令，更不可能颠覆性地改变一场战争的胜负。

"他们这是在下一盘大棋。"铁敏承站起身，推开窗户，长久地望向对面的灰色大楼。

"什么大棋？"顾重阳急切地问。

"说不好。"铁敏承说，"但他们的最终目标绝对不仅仅是狙杀你。"

"所以？"顾重阳急于知道铁敏承下一步的计划。

"我们要配合他们把这盘棋下下去。"铁敏承转过身，"我们要摸清他们的底细，看清他们的棋局，把这场博弈的主动权牢牢地攥在咱们手里。"

"明白了。"顾重阳脸上的僵硬松缓了一些。

"老同学，你不要有意见，如果他们的目标是我，我也会陪他们把这盘棋下到底。"铁敏承拍拍顾重阳的肩膀，"有对弈的机会，才能分出胜负。"

"我全力配合。"顾重阳望着铁敏承，"一个好的猎人不光要能举枪射击，还要能把看不见的猎物引出来，我相信咱们能联手成为出色的猎人。"

"我们一定是最出色的猎人。"铁敏承看着顾重阳的眼睛，表情无比坚定，"就算再狡猾的狐狸，也不可能永远藏得住自己不安分的尾巴。"

铁敏承详细给顾重阳介绍了目前的情况。根据各方信息汇总，域外分子谍报机构已安排狙击手提前潜藏于图纸设计为二十四层的金色海岸商品楼，先期观察顾重阳日常作息，条件成熟后等待命令实施狙杀。为确保万无一失，他们的狙击手可能不止一人，他们唯一的目的，就是要对顾重阳一击致命。

什么时候下达狙杀命令，依据现有情报尚不能分析出来。但铁敏承判断，这个时间点背后肯定有更大的动作，至于是什么，还没有获取更精确的情报来佐证。当务之急就是知会顾重阳，让他陪敌人演好这第一出戏。

"也不用太担心。"铁敏承说，"为了以防万一，我会安排人为你的办公室更换全套的防弹玻璃，上级也决不允许拿一个指挥长的性命做赌注。"

"千万别。"顾重阳阻止说，"或许我现在的一举一动都已在间谍的监视中了，换玻璃这么大的动静，肯定会被发现，到时怕会让你的计划泡汤。"

铁敏承觉得顾重阳言之有理，沉默片刻说："好吧，我再想办法。"

"还有个问题。"顾重阳突然想起。

"什么问题？"铁敏承警觉。

"我们已让金色海岸停工，这刚停工又再开工，会不会引起怀疑？"顾重阳不无担心地望着铁敏承。

"这个无妨，我自有办法。"铁敏承笑望着顾重阳，尽显着成竹在胸的自信。

四

座上宾朋

天宴酒店位于滨海市郊，因其富丽堂皇和名贵菜品而成为滨海的标志性消费场所。老百姓去不起的这种高消费之地，却成为一小部分人的云集之所。在滨海人眼里，能到此用餐住宿的非富即贵，绝对是有身份有地位之人。

这会儿，吴伟龙正坐在天宴酒店贵宾包间的主宾位上。

"你要的那个商铺已经搞定，可真是费了不少功夫。"胡云发坐在吴伟龙的右侧，等到菜上齐、酒倒上、服务员离开，他才开口说话。

"这么快就拿到了？胡总在滨海果真是无所不能啊。"吴伟龙喜形于色地扭头对着胡云发感慨。

吴伟龙是空域防护基地营房办公室的工作人员。虽说身在公职，但这些年凭借工作的便利，他在外面很是折腾了些生意，经营着一家汽车修理厂，办了一家中等规模的超市。近段时间又在最繁华的龙首大街相中一家转租的店面，准备做某知名品牌男装的连锁加盟生意。只是店面的主人仗着是黄金地段漫天要价，他去了多次都没谈妥。吴伟龙无计可施，就辗转托人找到据说神通广大的胡云发帮忙。胡云发起初并未理会，后来主动帮忙的一个重要原因，在于吴伟龙是空域防护基地副指挥长吴克忠的亲侄子。

"你的事情，就是我的事情。"胡云发无比真诚地说，"我这个人最看重的就是朋友情谊，只要认定了朋友，那肯定得是两肋插刀在所不惜。"

"胡总是好朋友好老哥,来,我敬你一杯。"吴伟龙显然被胡云发感动,仰头就喝下去一杯白酒。

长吴伟龙几岁的胡云发正是金色海岸楼盘的开发商。空域防护基地早年圈划营盘之所以选在滨海市郊,一是地广人稀便于征地,二是地广人稀便于保密。但近些年随着滨海经济的膨胀式发展,市中心一带建满房子,拥挤嘈杂,原本地广人稀毗邻滨河的空域防护基地周边也顺理成章成为百姓向往的风水宝地,自然也就成了房地产开发商眼中的聚宝盆。谁能拿到这里的地块,毫无疑问就能赚个盆满钵满。胡云发其实早在拿到金色海岸地块之前,就知道在空域防护基地军事管理区安全范围内禁止建高层,但他凭着多年在滨海经营房地产沉淀下来的投机取巧套路,一方面用不正当手段办妥了相关手续,另一方面想着,自己先加紧把二十四层的高楼建起来,楼一旦立在那里,就已成既定事实,即使违反了军事管理区的保密规定,也不能说拆就拆,就算罚点款,对他来说,也无所谓,与因此而获得的巨额利润相比,只不过是九牛一毛罢了。可胡云发的小算盘并没有打好,随着政府的一纸整改通知书,他的暴利美梦成为泡沫,托人找关系也无济于事。

"老弟的事办妥了,可我现在却是火烧眉毛啊。"胡云发放下酒杯,把身子缓缓靠在椅背上,连连叹气,一腔愁苦恰如其分地呈现在脸上。

"老哥莫急,你那个事我再跟老头子磨一磨。"吴伟龙用分酒器再次给胡云发把酒杯倒满,"这毕竟是个大事,我们要做好打持久战的准备。"

此刻二人所说的,正是金色海岸的高层建筑一事。被强制停工整改后,胡云发探得作出此决定的关键在于空域防护基地,于是迅速盘点自己的人脉资源,最后遴选出最接近空域防护基地核心决策层的吴伟龙，并迅速把置之脑后的上次吴伟龙托办之事解决。下一步，就是开掘吴伟龙潜力让空域防护基地在建房子一事上作出让步。胡云发并不觉得金色海岸真就事关空域防护基地的核心安全，而只认为是彼此的利益冲突，在他的丛林经验里，肇始于利益的纷争也总能以重新分配利益的方式得到妥善解决，而他需要找到的切入口，恰巧就是正当其时出现在视野里的吴伟龙。吴伟龙呢，既不知何以停工，也不知胡云发的算盘，只懂得投桃报李，既然别人帮了自己，理应回报。当然，他亦把能结交胡云发当作做大自己生意的高点跳台。

"十分钟前我让弯弯给你转了一笔钱在卡里，你回头查一下。"胡云发侧着身子，低声说，"办事情总要花钱的，可不能让你做赔本的买卖。"

胡云发提及的弯弯是他公司的部门经理。此刻就坐在胡云发的下手，正和吴伟龙对面。高挑身材，柳叶弯眉，吴伟龙望过去，见弯弯正浅浅地冲着他笑。

"这不合适吧，八字还没一撇，怎么能拿钱呢。"吴伟龙为难地望着胡云发，片刻，又转头看弯弯。

"莫说钱，就是要弯弯，我今天晚上也一定拱手相送。"胡云发哈哈大笑。

吴伟龙忙说："莫开玩笑。"

弯弯也责备："你怎么为了生意连我都不要了？"

胡云发仍旧笑着说："我可不是为了生意，而是为了兄弟，伟龙这样的兄弟，莫说这些，就算让我以身相许，我也欣然答应。"胡云发回过头看一眼弯弯，又扭头对着吴伟龙："只是，伟龙怕还是更喜欢弯弯这样的美女吧？"

吴伟龙应和："窈窕淑女君子好逑，我当然没法超凡脱俗。"

"男人好色,情理之中。"胡云发嘿嘿笑着,"爱好是最大的本性,也是最大的敌人。当今世道是不怕你刚正不阿,就怕你没有兴趣爱好啊。"

"都是蓄积着七情六欲的肉体凡身,哪个能没点爱好?"吴伟龙应和胡云发。

"可我听说吴副指挥长是个例外,他一向洁身自好。"胡云发意味深长地笑望着吴伟龙。

"别提那个老头子,他要用点心,我也不至于到现在还这样。"吴伟龙气咻咻地抱怨。

"你们毕竟是血亲,他是你的亲叔叔,又主管后勤,这次的事还得他出面。"胡云发稍停顿,"听说,他马上就要退休了?"

吴伟龙叹息说:"是啊,副指挥长干了十多年也没能转成正职,明年六月份就该退休了,辛辛苦苦一辈子能顶个啥,这不眼看着就要到头了。"

胡云发若有所思地说:"劳烦你辛苦辛苦,替我做做吴副指挥长的工作,请他退休之后呢,如果暂时没有更好的去处,不妨到我们公司来,我诚挚邀请他当战略顾问,我们给他开这个数的年薪。"他伸出一个手指头。

吴伟龙盯着他问:"十万?"

"不,一百万。"胡云发微微一笑说,"另外再加业绩提成。"

"真是诱人的待遇。"吴伟龙遗憾地说,"但我确定他肯定不会答应的。"

"有志者事竟成。"弯弯声音清脆悦耳,"也说不定会答应呢。"

两人同时看弯弯。

弯弯见二人齐刷刷望向她,顿时红了脸,惹得二人哈哈大笑。

吴伟龙举杯敬弯弯,弯弯没举饮料,而是把分酒器加满酒擎在手里。

胡云发鼓掌说:"谁说女子不如男,我们这些老爷们儿都得向弯弯学习。"

吴伟龙没法,也换成满杯的分酒器。

胡云发怂恿喝交杯,二人就交臂把各自分酒器里的白酒一饮而尽。

随后,胡云发也与吴伟龙用分酒器喝,弯弯又主动来敬吴伟龙,一会儿搂脖子,一会儿挽胳膊,两个人把酒喝得五花八门,直到都跟跄乱语。

第二天一大早,响亮的电话铃声把吴伟龙叫醒。

吴伟龙惊醒后才发现,自己竟和弯弯整晚都在一起。

"胡总呢?"吴伟龙四面环顾。

"昨晚就走了。"弯弯懒洋洋翻个身回答。

"那咱们这是?"吴伟龙心虚,都不敢正眼看弯弯。

"你说呢?现在要是被别人抓了现行,借口可不好编,你赶紧动用你的聪明才智,想个能解释得清的说辞。"弯弯转过身,慵懒狡黠地笑望着吴伟龙,"行了,一没拍照,二没摄像,我不会讹诈你的,赶紧去上班吧。"

吴伟龙尴尬,不知说什么,只尽力挤出笑脸。

他猛然想起刚才的未接电话,解开屏幕密码一看,竟是刘金刚。

"在哪里?赶紧到大院门口,都乱成一锅粥了。"吴伟龙在急切的催促之外,还真切听到了乱哄哄的吵闹声。

五

螳螂捕蝉

　　站在顾重阳办公室的窗子前，基地大院门口的动静看得一清二楚。

　　这时，大约五六十个民工装束的男女，把空域防护基地机关大院门口围了个严严实实。他们举着写有"我们要吃饭""停工就是砸饭碗"的条幅，趁着混乱不断往院子里涌，间或零散杂乱地呼喊着条幅上的诉求口号。

　　几辆机关办事的车子驶到门口，被挡着出不去，只得又掉头回来。

　　警卫人员在院子内侧站成一排，没有持枪，只手拉着手，防止混乱的人群冲进来。营房办主任刘金刚和军务主任在人群里来回穿梭着劝导，却不起作用。这期间，围观的人越来越多，乌泱泱堵在门口，目测超过两百。

　　"你这阵势搞得可不小。"铁敏承盯着门口的一举一动。

　　"还不都是演给你看的。"顾重阳叹口气，"只是难为大家虚惊一场。"

　　"不是给我看，是给敌人看。"铁敏承纠正。

　　"嗯，只是不知道那双眼睛现在藏在哪里。"顾重阳叹了口气。

　　"不管他在哪里，只要顺理成章按照我们的台本陪他们演下去就行。"铁敏承倒是一点儿也不着急。

　　"下一步就该是等着盖楼了。"顾重阳也走向窗边。

　　"不光盖楼，还要弄清他们葫芦里究竟卖的是什么药。"铁敏承丝毫没有改变他喜欢做大文章的本色。

"那个是谁?"院子门口,吴伟龙着便装穿过混乱的人群进入大院,和正劝服人群的刘金刚耳语几句,就急匆匆奔向办公楼。几分钟后,着了工作服又回到门口,指手画脚地协助刘金刚和军务主任劝离激愤的示威人群。

"营房办公室的吴伟龙。"顾重阳补充说,"老吴的宝贝侄子。"

"我要找的就是他。"铁敏承大喜过望,随后,他长时间死死盯着吴伟龙,"以我们暂时掌握的情况,这个吴伟龙和金色海岸的开发商走得很近,在这次行动里,他注定是握在我们手里的一颗重要棋子,说不定——"铁敏承欲言又止。

"什么?"顾重阳急切追问。

"他在整个棋盘上的作用会大大出乎我们的预料。"铁敏承信心十足。

"这个——"顾重阳有点为难之色,"要不要跟老吴通个气?"

"你觉得呢?"铁敏承冷冷地问,"让老吴摘走这颗棋子吗?"

"吴伟龙是有问题,整日吊儿郎当,不务正业,在营房办公室好多年了,到现在都没被列入后备干部名单。但从本质上讲——他这个人不坏,咱们是不是应该挽救一下,如果把他卷进来,有点儿不近人情。"顾重阳无可奈何地叹息一声,又接着说,"尤其是以后对老吴没法交代。"

"你觉得,我们要负责的是老吴吗?"铁敏承一字一顿地问。

"可是——"顾重阳词穷。

"我们要弄清自己肩上担的责任!"铁敏承掷地有声地说。

"嗯——唉——"顾重阳无奈地叹了口气。

话到此处,顾重阳只能默默凝视着机关大院门口的混乱。

顾重阳和吴副指挥长的交集要从十七年前说起。

那时，顾重阳的能力超群众所周知，但爱得罪领导也是远近闻名。顾重阳担任分队长届满，虽然综合素质和工作能力没的说，但上级领导却在全基地找不到一个给他晋升的位置。依照程序征求人员任用意见时，机关不要，各业务办公室都说需要写材料的，而不是攻坚打仗的，几个常规导弹作战单元中队也不要，说脾气火暴的顾重阳来了会把队伍搅得不好带。其实说白了，不管机关还是基层，都有人在心底里抵制着既能干又高调的顾重阳。没有位置，年富力强的顾重阳就面临离开基地。当时，顾重阳都打好铺盖卷准备走人了，却意外等到带队跨区驻训归来的拓展型导弹中队代理中队长吴克忠直接给上级领导打电话要人，而且吴克忠挑明说了，他们中队的所有岗位让顾重阳随便挑，被换下去的人的工作他来做。吴克忠可不是空表态，随后又把同样的话讲给顾重阳，已经心灰意冷准备离开基地的顾重阳当然是感动加激动，他是怀揣一颗感恩的心到吴克忠手下当副中队长的。吴克忠当年在空域防护基地可谓顺风顺水，人生得意，四十出头就晋升为副指挥长，后来有几次上级重点考察准备培养的机会，无奈正赶上那些年任用领导干部讲究"有知识有文化"。吴克忠的学历却仅仅是个函授大专，所以虽然上面准备用，但学历的"硬伤"还是无情地羁绊住了他原本看似大好的仕途。硬杠杠卡着，吴克忠在副指挥长位子上一干就是十多年，明年五十五岁，眼看着就要离开基地了。

顾重阳欠着吴克忠知遇之恩的大情分，在吴伟龙的事情上自然不忍。

"你不必过虑，我们会尽力保护吴伟龙。"铁敏承看出顾重阳的心思，解释说，"但是，是吴伟龙自己走进了棋局里，我们谁都没有办法重新布子，只有接了这盘残局谨慎落子，但是——为了保帅，没有谁不能舍弃。"

"看来无论是好是坏,只能他对自己负责了。"顾重阳无奈地说。

铁敏承没有接话,他正聚精会神盯着远处的一举一动。

半个多小时后,警察赶到,很快将示威人群驱离,围观群众也随即散去。等门口恢复平静,顾重阳回过头来,见铁敏承正站在一墙之巨的世界地图前凝神研究。

"你们的新阵地何时启用?"铁敏承扭过头来问。

"这个嘛——"顾重阳话到嘴边,却并不吐出,含笑望着铁敏承。

"哦,对对对,怪我,怪我,我这是越雷池了。"铁敏承意识到触了顾重阳的禁区,忙自我检讨。

顾重阳的空域防护基地和铁敏承的保卫业务一样,都是和上级单线联系,对上级单线负责,受上级单线领导,始终严格控制知情知密范围,即使和其他单位之间有业务交叉,也只是高层之间就交叉内容进行沟通配合,与此无关的信息,则三缄其口避而不谈,彼此也都习惯了"不该问的秘密不问""不该说的秘密不说"。正因为自从组建以来就遵循这种惯例,所以在错综复杂的国际国内环境中总能确保安全,成为令敌人胆寒的大杀器。

"我明知道你不可能是敌人派来的间谍。"顾重阳笑说。

"可要是哪一天这个信息被间谍获取,我就成了最大的嫌疑对象。"铁敏承坦言,"规矩是最好的保护伞,我们还是要时时处处按规矩来。"

这时,在铁敏承的思维里,一场隐形的较量已经剑拔弩张。

铁敏承把顾重阳叫到地图前:"我们初步掌握了敌人此次行动的意图。"

"什么?"顾重阳急切地想知道。

"不知道你是否清楚我国与域外分子最近在田螺海域的摩擦?"

铁敏承指着田螺海域比芝麻粒还小的一个黑点，扭头望向顾重阳，"一切的风起云涌都源于这小小的方寸之地，他们去了船，去了人，然后还会怎样？"

"与田螺海域有关？"顾重阳若有所思地问。

"起点是你，终点是田螺海域。"铁敏承回答。

"这个，倒是出乎预料。"顾重阳怎么都不会想到，他竟会被动地和田螺海域有了瓜葛。

"这是一盘大棋。"铁敏承凝望着地图。

顾重阳陷入迷茫中。

最近，整个空域防护基地领导层的思维都紧紧地被每周敌情要闻里的田螺海域争端揪着，他太清楚一旦田螺海域有事，空域防护基地定要第一个受命伐敌，数千枚各型号各级别的导弹作战单元，是捍卫国家主权和领土完整最为有利的撒手锏。半年来，空域防护基地组织了多次沙盘点兵和兵棋推演，力保在国家需要的时候闻令而动，一战定乾坤。在所有的预先想定里，他都是这场战斗的组织者和决策者，可现在却突然被推向纵深，自身成为保卫田螺海域棋盘上的一枚棋子。他在短暂迷茫后，竭力适应着自身的新定位。

"仔细说说，我无条件领受总部赋予我和空域防护基地的任何任务。"顾重阳无比坚定。

"明白，总部首长相信你和你的空域防护基地。"铁敏承吐字如钉。

几日后，铁敏承详细给顾重阳拆解敌方的行动意图。

铁敏承分析：域外分子又是军舰搁浅，又是人员驻留，这些接续动作肯定是要对我国的海矿区域动手，但他们又忌惮于空域防护基地的远程打击能力，他们敢越界，顾重阳的空域防护基地分分钟就能让他们葬身大海。这也是他们意欲狙杀顾重阳的原因之一。他们一旦狙杀顾重阳得手,即使空域防护基地紧急换帅,也需要时间,他们正好利用这个时间差,举兵占领海矿区域,就算新任指挥长刚上任就下令发射导弹作战单元,也已经晚了。

"他们侵占我国海域,我们是正当防卫,怎么会晚?"顾重阳不解。

铁敏承神色凝重地告知顾重阳,域外分子近日从田螺海域附近纷争地带欺骗大批难民上了他们的运兵船。届时,他们极有可能以难民为掩护非法占领我海矿区域,再以救护难民为借口,把伪装成医护人员的武装人员运至海矿区域,造成足以迷惑世界的假象,而且他们极有可能长期在此区域滞留。

"敌人之阴险真是防不胜防啊。"顾重阳被域外分子的计划惊出冷汗。

铁敏承倒是把握十足:"他们这只能算是雕虫小技,不足为惧。"

顾重阳感慨:"多亏你们提前摸清了敌人底细,否则田螺海域就危险了。"

"这只是我们根据所掌握的情报分析的,具体后面是不是还有更大的阴谋还不得而知。"铁敏承讲,"或许这也只是他们放出来的一颗烟幕弹。"

"那这背后?"顾重阳疑惑。

"他们从未停止,我们也从未停止。"铁敏承意味深长地说,"他们的计划是一层一层制订,我们也只能是一层一层拆解,拆到最后一层,可能是一份惊天的大秘密,也可能只是一个低劣的骗局。"

"这可不会是低劣的骗局。"顾重阳强调。

"不管是不是,拆到哪一层,我们就陪他们到哪一层。"

铁敏承进一步和顾重阳分析,如果域外分子真依照此计划攻夺田螺海域，那么可以肯定，下令狙杀顾重阳之时，就是域外分子假借运送难民之名前往田螺海域之际。

"我们抓住这个关键的时间点，就抓住了域外分子的命门。那时，以其人之道还治其人之身，便可奇击域外分子，一招令其无还手之力。"

"什么招？"顾重阳急切地问。

"暂时保密。"铁敏承也如顾重阳刚才一样，不答，回以高深一笑。

六

利益之交

位于滨海市南郊和王母山北麓之间的天蝉别墅区，是胡云发早年攫取第一桶金之地。在这块他标榜的福地，胡云发专门留出一套别墅辟为会所。

此刻，他带着吴伟龙逐层参观完，又返回到清音袅袅的茶室落座。

茶仙子一身唐服装束，俯身在宽大的根雕茶几前，轻巧地操作着繁杂的工夫茶艺。她熟练地把一壶滚烫的开水倾倒于茶壶和几只茶杯之间，如山间流瀑、溪水叮咚、池塘氤氲。她又两指捏一柄木夹，将蒸腾的水沿着骨瓷杯壁打个转儿，然后轻飘飘地送进沉香的木底座里，不着痕迹，只留下一抹蒸汽腾腾的虚幻景象。茶仙子将一杯紫褐色的液体送到吴伟龙眼前时，他还沉浸在茶仙子优雅传神的动作里，竟然一时回转不过眼神。

"这是顶级的老树普洱，尝尝味道。"胡云发转头邀吴伟龙用茶，亦看出他如做梦一般，不禁笑道，"也不知道兄弟是在看茶还是在看人。"

吴伟龙窘迫，急忙端起茶杯，化解尴尬说："人好，嗯，茶亦好。"

"还是人更好吧？"胡云发笑着追问。

不等吴伟龙回答，茶仙子已笑着转身退出了茶室。

循着茶仙子离去的背影，胡云发取笑吴伟龙如此专注于茶艺，必定是懂得其中一些门道的，吴伟龙笑而不语，只是小口轻抿普洱。古茶入喉，旷古清香穿越肺腑，他顿觉心旷神怡通身舒畅。珠帘相隔，在距离茶室十多米的大厅里，超凡脱俗的古筝声音隔空缓缓传来。吴伟龙不动声色地微微侧过身子，他能隐隐窥见古筝女孩白色纱裙的一角。刚进门时，女孩就在那里弹奏，只和他碰撞了一瞬眼神，又专注于自己的艺术。

胡云发今天邀约吴伟龙前来，是感谢他让金色海岸工程起死回生。

吴伟龙并未想过自己能办成此事，或者说当时应下胡云发也只是碍于情面。他当然清楚能不能说动他的叔叔吴克忠，更清楚空域防护基地集体一旦作出某项决定，就算吴克忠想改变，也绝无可能。但事情就是这样令人费解，明知毫无可能，却在一个月时间里发生了太多变故，剧情毫无预兆地发生了反转，不用说动吴克忠，不用对抗基地集体的决定，莫名其妙地，事情就被无形的力量推着向前走了，并且稀里糊涂地办成了。在这个连吴伟龙自己都没有搞懂的迷局里，吴伟龙被胡云发认为是促成此事的最大贡献者。

"没想到兄弟道行如此之深，一出马就全部搞定。"胡云发的欢快溢于言表。

三天前，空域防护基地在政府主管部门的协调下与胡云发达成协议，鉴于按照有关规定执行的话，胡云发损失太大，所以酌情通融，允许金色海岸工程按照既定的二十四层继续施工。但是呢，作为对空域防护基地的保密补偿，胡云发要无偿出让一块建筑用地给空域防护基地。空域防护基地也明确，所得土地用作给官兵建经济适用房。经过一番讨价还价，最后从金色海岸的地盘上划出一片地给空域防护基地。条件谈妥后，金色海岸项目很快重启，空域防护基地的那片地也进入建设前的规划和预算阶段。

"举手之劳。"吴伟龙笑说，"也多亏胡总暗中用力。"

"我暗中用力？"胡云发不解，疑惑地望着吴伟龙。

"胡总就不要谦虚了，这桩事说是我帮你，其实是你帮我，大哥重情重义，我自是心中有数。"吴伟龙表态，"以后再有事，我也定当倾尽全力。"

"你倒说个清楚，我是怎么暗中用力？"胡云发愈加疑惑。

吴伟龙见胡云发真不知，也觉惊讶，就一五一十说了前些日子的蹊跷。

就在示威人群围堵空域防护基地大门后不久，一封告状信到了空域防护基地多个领导的案头，矛头直指营房办公室主任刘金刚。罪行有三：一是借营区维修工程之名开假发票中饱私囊；二是与下属的各作战单元中队后勤干部沆瀣一气，从下拨的工程款中抽取提成；三是与一名经营建筑材料的女子长期保持不正当两性关系，并在致其流产后不闻不问。举报者既通过邮局投递纸质举报信，又通过内部的局域网给基地首长信箱写举报邮件。空域防护基地获悉情况后，立即组织人员进行核实，经过取证，虽三宗罪状都无法坐实，却查出刘金刚在滨海市有三处隐瞒的房产，价值不菲。似有眉目时，剧情却再次反转，查明刘金刚岳父家底丰厚，其赞助女婿购置房产亦无可辩驳，于是，举报之事便不了了之。但因有嫌疑，刘金刚不宜留任原职，遂调任增强型导弹作战单元副中队长。刘金刚赴任后，吴伟龙顺理成章接替刘金刚，成为营房办公室的新一任主任，大跨步地进入了空域防护基地中层干部之列。吴伟龙履新后的第一件要务，就是商议解决因建筑工人围堵基地大门而需要与金色海岸建筑商协调的诸多棘手事宜，问题不但妥善解决，还为基地争得了实实在在的建房之地。

"还有这事？那真得为老弟的高升好好庆祝一番。"胡云发兴奋地抓着吴伟龙的手，继而急切地问，"那这背后帮你的告状之人又是哪个？"

"你最是应该知道，还要问我？"吴伟龙面带笑容望着胡云发。

"我最知道？"胡云发又一次掉进了云里雾里。

"就是你的弯弯，大哥真不知道？"吴伟龙亦惊讶地望着胡云发，继而说道，"你可不要做好事不留名，我一直想着是你交代弯弯如此帮我的。"

空域防护基地收到匿名举报信后，既不包庇有罪之人，也不纵容抹黑诬告，所以一面组织人员对所列罪状进行查证，一面寻找举报者。信件邮戳显示举报信的投放地是和基地相隔三条街的滨海第一中学邮政所，正好该邮政所与一家银行毗邻，邮政所门口和外设邮箱都在银行摄像头的覆盖范围内。保卫办公室主任柳江南协调辖区公安调取监控录像，将邮戳显示日期前几日录像逐一筛看。重点是寻找基地内部人员，防止诬告陷害，可是并无所获。随同调查的吴伟龙却吃惊不小，他在镜头里看见了虽戴着墨镜，但身材、发型一眼便可辨认出来的弯弯，并且亲见弯弯往邮筒里投了信件。别人看弯弯就和看那些往邮筒里投递信件的中学生并无差别，但在吴伟龙眼里，却是平地起惊雷，内心登时波澜壮阔地起了大风大浪。尤其是他分明记得，那晚酒醉之时，依着道听途说给弯弯讲过刘金刚和女建筑商的绯闻，不想就变成了匿名信所列罪状的第三条。这就更加坚定了举报者就是弯弯、弯弯就是举报者的推测。可是，通过内部局域网对刘金刚的举报又怎么解释？举报的内容一致，肯定是同一个人所为。难道弯弯在基地内部有可以自如驱使的内应，或者就是胡云发动用力量在暗中操作？

所有这一切都如秘密织就的大网。

吴伟龙顿时觉得如同掉入了未知的深渊，想大踏步出来，却脚脚蹬空。

"或许——"胡云发意味深长地笑笑,对吴伟龙说,"是我们的弯弯痴情地迷恋上了你,所以呢,想方设法地诚心帮助你,看来呀,这个小女子也是多情多义,也说不定,我们的大美女就是老弟你命中的贵人呢。"

"老哥莫说笑话,肯定是你在帮我。"吴伟龙坚信背后有胡云发。

"不说这个了。"胡云发站起来,"找个好日子,咱们大宴宾朋,一是庆祝金色海岸工程重新上马,二是恭贺吴大主任履任新职。"话毕,他又漫不经心地提到,"一大块地给了你们,不是说要建经济适用房吗,我想着呀,以后两家就是一个院子的邻居了,你看这个工程能不能给我们做?"

"这个好说,我这个营房办主任就是专门管盖房子的。"吴伟龙拍着胸脯表态说,"给谁做不是做,老哥肯定是要排在前面的,你且等好消息。"

吴伟龙走出茶室,古筝声依然袅袅回荡。

白衣女孩再未抬头,只沉浸于悠扬韵律里。吴伟龙痴痴望去,她却再无回应。吴伟龙颇感遗憾,但当走入别墅区的花园时,一阵暖暖的轻风拂过脸颊,他登时又酝酿出饱满的情绪,正可谓是——春风得意,生机勃勃。

七

故地重游

顾重阳按照约定时间到达空域防护基地接待站楼下，车子停稳的当口，铁敏承也正好从感应玻璃门里走出。他刚上车，就故意抬腕看一眼手表，继而调侃说："我们的指挥长真不赖啊，这么多年都是遵守时间分秒不差。"

"接总部的铁局长，我当然不敢有丝毫差池。"顾重阳也笑言。

"指挥长，我们往哪个方向？"车出接待站大院，司机侧过身来问。

"东流市。"铁敏承望一眼顾重阳说，"下了高速一直往北走。"

"去那儿干吗？"顾重阳颇有些疑惑。

与此同时，司机踩下油门，汽车如离弦之箭，疾驰而去。

"故地重游。"铁敏承转头问顾重阳，"怎么，不想回老家看看？"

车上有第三人，顾重阳知道铁敏承不便说明意图，也就不再追问，却在暗中揣测着肯定是与正在进行着的计划有关。他把身子倚在靠背上，不禁感慨万千，算起来离开东流市那个"一直朝北"的地方已经三十多年了。

三十多年里，顾重阳有无数次从地理位置上无限接近那里，却一次也不曾回去过，甚至不曾想过要回去。时间真如白驹过隙，恍惚间，他已从幼稚少年变成了白发老者。想当年，他和铁敏承都桀骜不驯不服管教，就像没有上笼套的小牛犊。可是，又怎么能怪怨他呢，命运之神在垂青别人的时候却和他开了个最为悲伤的玩笑，原本满心喜悦地等待与父母团聚，谁承想，他们的父母却一去不归，杳无音信，很久很久之后，他才得知父母已经去世。他在空荡荡的家里茫然无助地待了几天后，就被接到东流市远郊的火龙驹猎人学校，那里也就成了他一辈子心心念念的第二个家。

顾重阳在那里苦练十二年，成就了一身本事，本以为出了修炼之地就可拳打脚踢报效国家，不想历经波折，最后竟始料未及地走上仕途，盖世武功也消弭于曾经健硕柔韧的骨骼和肌肉间，慢慢沉淀为他举重若轻的淡定和滴水不漏的缜密。当年那些情同手足的兄弟姐妹因为保密原因，都在天南海北悄然走上了新的岗位。他们彼此间不知道对方身在何处，更没有联络方式，即便他和铁敏承分到了同一个大单位，十多年中仍是互不相知，后来彼此再次偶遇，也才不到十年时间。他不知道那些兄弟姐妹隐没在茫茫人海的哪个角落。亲人不在，回学校便是重拾伤悲。这一次顾重阳当然知道，铁敏承带他来绝不只是故地重游，而是和任务有直接关系。

走了五个多小时高速，出收费站再走差不多一个小时才到学校。

顾重阳明显感觉到，这一路上的变化简直天翻地覆，早已经没有了三十多年前镌刻在他记忆里的模样。一切都是陌生的，山丘成了平地，河流不知所踪，广袤的农村也建起了高楼大厦，记忆细流沉没于时间长河。

吃过午饭稍作休息，就有自称马主任的四十岁左右的中年男人来接二人。顾重阳和铁敏承都没多问，就跟着马主任在招待所门口换乘一辆暗色玻璃的越野车，越野车驶进学校，走完水泥路，就在石子路上颠簸前行。

"到靶场了。"约莫二十分钟后，车子驰过一段没有硬化的泥泞道路，戛然停下。马主任率先从副驾驶位置跳下，回身替顾重阳拉开车门。

顾重阳下了车，才看到车子侧面并排站着三个人。

铁敏承上前先给三人介绍了顾重阳，又给顾重阳逐一介绍三人。按照站立次序，顾重阳在客套中和李院长、王副院长、孙教官一一握手。

与此同时，顾重阳还注意到，十多米之外，两个年轻人正嘀嘀咕咕说着什么，还不时看向这边，声音越来越大。他们分明是在争吵，吵什么却听不清。直到孙教官朝他们喊"文武二人，准备射击"后，才安静下来。

顾重阳还没弄清楚怎么回事，就见几人都仰头看天，便也和他们一样，仰起头来，望向午后湛蓝的天空。等到一只麻雀利箭般斜刺着冲向天空的时候，顾重阳注意到，在更远的树林边上有一个放鸟人，刚才是他把笼子一打开，麻雀才鱼入大海一般畅快地飞翔起来。顾重阳见小麻雀那样快，倏忽间就变成了一个小小的点，在它即将从视野里消失之际，突然传来啪啪两声清脆的枪响。麻雀从高处急速坠落，顾重阳眼见着在空中打出一团扑棱，摇摇晃晃，最后落进不远处的草丛里。

"怎么回事？"孙教官跑过去捡起麻雀，看了一眼，然后扭头厉声质问刚才被唤作"文武"的二人。

顾重阳在最后面，跟着几个人凑了过去。他看到麻雀被孙教官握在手里，小精灵受了惊吓，脑袋瑟瑟地蜷在羽毛里，倒也并未流血受伤。正在顾重阳惊异之时，孙教官错开两个手指，他才看清楚麻雀的两条腿已经齐茬断掉，留着鲜红的伤痕。

铁敏承不禁惊叹道："厉害，了不得的枪法。"

孙教官却不满，见二人也过来，仍是厉声质问："怎么回事？"

这个时候，顾重阳仔细端详，两个二十岁出头的小伙子长得几乎一模一样，国字脸、怒剑眉、高鼻梁、英气勃发，精神抖擞，实在难以区分彼此，不用猜就知道是双胞胎。好在衣着有差异，一个是白衣黑裤，一个是黑衣白裤，似乎是专门为了区分开来才如此着装。

白衣服说："说好了我打脚，他打身子的。"

黑衣服说："我可不愿意打身子，麻雀多可怜。"

顾重阳这才弄清楚，两人原来为此争执。

孙教官教训他们说："今天看麻雀可怜，以后可怜的就会是你们自己。"

二人知道理亏，就低了头不说话。

孙教官把受伤的麻雀递过去："拿去埋了吧。"

黑衣服接过去，红着脸，磕巴说："可是，还活着。"

孙教官说："活着更痛苦，你们本可以让它不用经此痛苦。"

二人欲言又止，悲伤地接过麻雀，朝树林深处走去。

双胞胎的对话把顾重阳牵回到了三十多年前。

天还是这么蓝，能望见远处村民做饭造出的袅袅炊烟。

他突然可怜起那些年里无辜毙命的活物，还有那个十几岁的自己。

可是很快，他又被带回了三十多年后的现实里。

李院长正给顾重阳和铁敏承详细介绍双胞胎兄弟。

双胞胎今年二十三岁，大的叫路文，小的叫路武。他们的父亲早年参加维和任务在非洲某国牺牲，当时二人尚不到五岁，作为遗属进入火龙驹猎人学校的附属幼儿园，后来又特招进火龙驹猎人学校，十多年过去，他们也将毕业。二人特长是使用各种轻重武器进行精准射击。精准到什么程度呢？用李院长的话说：只要肉眼能看到的目标绝对百发百中，即使肉眼看不到，依靠直觉和经验也能弹无虚发。

铁敏承特兴奋："我要的就是他们！"

远处，二人又嘀咕了一阵。

他们转身过来，脸上满是欢喜。

当晚，顾重阳和铁敏承留宿火龙驹猎人学校招待所。

晚饭后，李院长盛情邀请二人在母校参观。他们随李院长从教学楼到训练场，从宿舍区到食堂，天翻地覆的变化让顾重阳唏嘘不已。斗转星移过了三十多年，当年留存在记忆里的学校景象几乎无迹可寻。

李院长一路走，一路给他们介绍，教学楼、饭堂、电影院、训练中心、格斗训练场、模拟射击教室……所有的一切在他们看来都是陌生而无感的。

突然，铁敏承兴奋地喊起来："快看，这棵树还在。"

顾重阳循声望去，果真是那棵记忆里的白杨树。那时候，铁铸的铃铛就挂在这棵树上，一到集合或早操，就会被值班老师拉着绳子"叮当当"敲响。

三十多年过去，记忆里的白杨树更加高大，一枝独秀，直刺苍穹。

白杨树勾起了他们过去的记忆，瞬间在脑海里泛起当初的往事和已经印象模糊的人。

"我们有个荣誉馆，不妨去看看。"见说起，李院长建议说。

二人跟随李院长走上教学楼的顶层，推开包着青铜外壳的大门，里面美轮美奂、金碧辉煌，仿佛进入了另一个世界。学校的荣誉馆被设计成一个回环走廊形式，一进门便是火龙驹猎人学校的简介，诞生于哪一年，因何而建，哪些重要人物参与筹建，近些年又出了哪些杰出校友，等等，相关情况一应俱全。

第二部分便是"荣誉闪耀"。铁敏承突然像发现新大陆一般招呼顾重阳："老顾，快看，还有你呢。"顾重阳其实早已注意到相片墙上的自己，简要地注明哪年入校，哪年离校，现为某作战单位的指挥长，当然，部职别用的代号，一般人并不能看出他履职于哪个区域的哪个单位。顾重阳颇为感慨，三十多年未回母校，没想到母校却从没有忘记自己。此刻，他犹记得当年的口号："今天我以猎校为荣，明天猎校以我为傲。"时光飞逝，三十多年后，他才真正觉察到当初铮铮口号里沉甸甸的分量。

在第三部分的"英烈名录"展板前，顾重阳和铁敏承都忍不住落了泪。

顾重阳最先注意到"刘江淮"的名字，他试探问铁敏承："这个不会是当时的格斗王刘江淮吧？"

不等铁敏承回应，李院长说："没错，的确是擅长格斗的刘江淮烈士。"并补充说，"1995年刘江淮烈士参加某任务时负枪伤不治牺牲。"

二人瞬间神情凝重，如果不看到照片，他们几乎想不起这个当年擒拿格斗的无敌手，可现在看到照片里的故人，实在不敢相信已经阴阳相隔二十多年。后来他们又陆续见到了将近十个同批受训的同学，他们要么在与外敌较量中牺牲，要么在敌境神秘失踪超过期限，也以牺牲相待。那满满的一墙烈士名录，每一个都曾经是身怀绝技的温热生命，而现在只化作冷冰冰的名字。顾重阳一个个看着，他既充满希望，又心生惶恐，是的，他在寻找蒋天诺的名字，可是既遗憾又幸运，不论"荣誉闪耀"的名单里，还是"英烈名录"的英烈里，都没有蒋天诺的名字。他也想着，或者，他的忧虑是多余的，蒋天诺正在某个地方好好地活着呢。他们当年在海边的经历是埋藏在心中的秘密，他从来未对铁敏承提起过，甚至在一起时从未提到过蒋天诺的名字。火龙驹猎人学校的学生从进入学校的那一天起，就坚定了以身许国的信念，当年顾、铁二人亦是做好了为国牺牲之准备，可时过境迁，他再次面对深陷岁月之河的过往时仍猝不及防。

出了荣誉馆,铁敏承握着顾重阳的手落了泪:"老顾,你放心,我们一定会尽最大努力保护好你。"

一股温热的暖流瞬间袭来,顾重阳想说什么,却说不出,滚烫的眼泪抵挡不住,泉涌而出。那一刻,他什么都已经不用多说,二人都心领神会心知肚明,那是风雨之后见彩虹的通透与豁达。

次日晨,朝阳在遥远的东方刺出一片鱼肚皮。天将亮未亮之际,顾重阳和铁敏承就带着路文路武兄弟,离开了火龙驹猎人学校。他们迎着逐渐升起的太阳,朝着空域防护基地,奔向新的战场。

八

局中之局

胡云发为金色海岸的二次动工举行了一场隆重的剪彩仪式,本来邀请吴伟龙一起作为剪彩嘉宾,但吴伟龙碍于公职身份没能去。胡云发知其难处也不强求,只是践其前诺,在剪彩仪式完毕后专门为吴伟龙组织了一场晚宴,小范围庆祝吴伟龙晋升营房办主任。当晚参加的还有弯弯以及胡云发新交的女朋友吴涵。吃饭的时候刚见到吴涵,吴伟龙就觉得眼熟,可想不起来在哪里见过,直到弯弯说吴涵是音乐高才生时,吴伟龙才记起那日在胡云发别墅会所见到的古筝女孩,当时吴涵的一袭白裙让他至今难忘。

"恭贺胡总的金色海岸动工大吉,只是基地那个工程没弄成,未能让今天的剪彩锦上添花,真是非常抱歉。"吴伟龙站起身来举杯致歉。

"这话见外了。"胡云发也举杯起身,"金色海岸能够二次动工,兄弟你是首功一件,当然了,我们弯弯也有功劳。"说到这里,胡云发笑着望一眼弯弯,吴伟龙觉察到,胡云发的笑里加了内容,具体是什么他并不能参透,反正不是男女之间的暧昧,他分明感到,比暧昧的味道更为浓烈。

弯弯也举了杯子起身说:"吴哥为此事奔走出力,我可不敢抢功。"

三人皆会意,笑看彼此,热烈地把酒喝下。

上次借着金色海岸出让土地给空域防护基地的机会,胡云发想着既然空域防护基地也要建经济适用房，如果能竞标到手，顺便把两个工程一起上马，那是最好不过。说与吴伟龙后，吴伟龙也是竭尽所能，曾试图劝动吴副指挥长。二人刚见面的时候还好，可待说到胡云发想邀请吴副指挥长退休后到其公司当顾问一事时，吴副指挥长登时就变了脸色，他像往常一样，厉声呵斥着把吴伟龙赶了出去。按理说事情没那么复杂，被基地集体命名为"金盾海岸"的工程如果上马，肯定要由他这个营房办主任经手组织竞标会，这样倒也方便，他可轻而易举将基地底数和盘托给胡云发，以胡云发的精明和老道，得了如此便利，只要找几家公司做做竞标的样子，就能轻松得到金盾海岸的工程。如此一来，他这个顺水人情轻而易举就算做成了。可一切都不像吴伟龙想的那样简单，从头到尾，金盾海岸工程就没人找他说过，就跟与他无关一样。他费了半天劲才探知，这个工程基地根本就插不上手，直接由总部建设，一切配套搞好后才交给空域防护基地。

"上面对我们不放心。"吴伟龙一杯酒喝完，摇摇头，"现在但凡与工程和经费打交道的事，上面都是一竿子插到底，我们沾不上半毛钱的边。"

"吴哥要是能做主，那个金盾海岸的工程肯定是要给胡总做的，你听听，一个金色海岸，一个金盾海岸，就是孪生兄弟嘛，又都落在了咱们的地块上，本来就该一起做。"弯弯转向吴伟龙说，"说不定你们总部也是把工程给了自己的关系户从中牟利呢。"

胡云发伸手打断了弯弯："这个事情既然已经这样，其他话就不多说了，做工程是一时的，交朋友是一世的，少做一个两个工程我真不在意，我最看重的，还是能多交几个像伟龙这样能够彼此肝胆相照的好兄弟。"

吴伟龙带头鼓掌，说胡云发讲的都是动了真情的有感而发。

掌声落下,他们又勾肩搭背地喝了一阵子。

酒过几圈后,吴伟龙本想起身去敬吴涵酒,可又惦记着那日在别墅会所的场景,心中生出莫名的情愫,就生了怯,不甘心地定在座位上,终没去敬酒。直到吴涵端了饮料到他面前,吴伟龙才面露尴尬,忙不迭地站起身。

弯弯打趣吴伟龙:"吴哥好被动,竟然让嫂子先敬你。"

吴伟龙尴尬笑着:"以被动换主动,我先自罚一杯。"

吴伟龙自己喝下一杯酒,再倒满敬吴涵。弯弯又不满,这回是对吴涵,她强让吴涵换掉饮料和吴伟龙喝白酒。吴涵倒也爽快,并没有推辞,碰杯之后就仰头喝下,眉头虽微皱了一下,却也不失爽快利索。吴伟龙看着此时英气豪爽的吴涵,再想那日白衣飘飘的古筝女孩,他在恍惚中生出满脑子的疑惑:眼前这位酒场女子,和那日所见的女孩到底是不是同一个人?

"咱们是不是见过?"吴伟龙疑惑地望着吴涵。

"你是说天蝉那回吧?"吴涵笑问。

"再之前。"吴伟龙拧着眉头。

吴涵颔首低笑,不语。

"哦,或许,我记错了。"吴伟龙敲敲自己的脑门。

"嗯,也不一定。"吴涵浅笑。

几人欢饮之后,胡云发和吴涵先行离开。弯弯在后面一把挽住吴伟龙的胳膊,迷离地望着他,娇声慢语:"要不,今晚咱们就住在酒店不回去了?"

吴伟龙稍迟疑,借口说:"我也想,可是最近太忙,晚上还得加班准备明天开会的文字材料,得到办公室去。"话已经出了口,他又觉得伤了弯弯的面子,继而捧着她的脸商量,"要不下次,到时一并请你吃饭？"

"我才不要你请。"弯弯不悦，踩着酒后凌乱的步子出了酒店大厅。

吴伟龙追出，已见弯弯拦下一辆出租车钻进去，很快消失在夜幕里。

吴伟龙从今天的一言一行里，显而易见觉察到，胡云发之前对弯弯写匿名信告发刘金刚的事并不知情，而且那日他提及时，胡云发明显有些难以置信。吴伟龙更为肯定的是，胡云发既相信他所说，却也始终没有找弯弯过问此事。吴伟龙不能理解二人走得如此近，心却又为何离得那么远？按道理，弯弯和胡云发亲密无间，她在这件事上的一举一动应该都是为胡云发服务，更应该为胡云发所知，事实却并非如此。更为蹊跷的是，如果如胡云发打趣所说是弯弯看上了吴伟龙，只是单方面想帮助他，可在事成之后，弯弯更没有理由不言不语，而应该大表其功，将这件事作为牢牢拴住吴伟龙的绳索和砝码。事实上到现在为止，弯弯在吴伟龙的面前丝毫没有提及此事，她对他的态度和感情虽然表面上热络，但细想，却在每一个细节上都让吴伟龙琢磨不透。吴伟龙越想越乱，此事就像一团糨糊粘在吴伟龙的脑中，让他理不出任何头绪。更令人惊恐之处在于，弯弯的举报信竟能通过内部的局域网传到首长信箱，就说明她在基地内部肯定有帮手，这人是谁，他们的目的又是什么呢？吴伟龙是整个事件的受益者，却又是一个内心惶恐的不知情者。他思忖：事到如今，并不是举报刘金刚事件的终点，而恰恰只是庞大链条的初始，促成了某个巨大阴谋的启动。

吴伟龙想到此处，不寒而栗，仿佛被笼罩在没有出路的巨大黑暗里。

同一时间，置身黑暗里的还有铁敏承，虽然面对的是看不见的敌人，但他绝不会畏惧和退缩。站在顾重阳的办公室里，望着一日日增高的金色海岸大楼和与之毗邻的金盾海岸大楼，铁敏承感慨："看吧，太阳一天天升起，大楼一天天增高，我们和敌人激烈厮杀的时刻也马上要到来了。"

顾重阳平静地说："总要来的，快些倒好。"

"你说，敌人这会儿是不是也在黑暗里盯着我们？"铁敏承盯着顾重阳问。

"或许吧。"顾重阳沧桑的脸上异常平静，"我现在就是他们的猎物。"

"可最终——"铁敏承强调，"我们才是最优秀的猎人。"

铁敏承已经为即将到来的博弈做好了精密的部署。路文路武兄弟一到滨海就被秘密送到了劳务市场，此刻，他们正以民工的身份隐身在金色海岸的工地上。作为火龙驹猎人学校最优秀的狙击手，他们当然知道狙击顾重阳所处位置的最佳射击点在何处，随着楼层的逐渐加高，他们迅速圈定了几个敌人不会错过的绝佳位置。与此同时，金盾海岸大楼也拔地而起，虽然是从地基起步，但在十五层的时候已经赶上金色海岸大楼。吴伟龙负责的基地机关大楼加盖工程亦接近尾声。加盖工程竣工后，路文的战位在加盖办公楼的一处死角，既能隐藏自己，又能精确点射在对面金色海岸大楼里圈定的点位。可是与之较量的狙击手不知师从何处，狙杀对于每一个狙击手而言都是高超的艺术，不一定门路相同，也有可能路氏兄弟认为最优选的狙击位置在对方看来并不理想。所以路武在隔壁金盾海岸一个较大的圆弧范围内机动，随时按照变化寻找敌方狙击手位置并实施狙击。这次狙击的要求较路氏兄弟之前参加的任何一次都更为艰难。因为敌人的指令关系到宏观战略，他们以何种渠道下达狙杀命令不得而知，更不能确定届时能否侦搜到，所以只能把关注的焦点放在狙击手扣动扳机的手指上。路氏兄弟的狙击步枪配装了高倍数的望远镜，有利于二人集中精力盯着对方扣动扳机的手指,在对方即将扣动的一刻,即迅速射击,让子弹射穿对方手指,以中断其狙杀行动。射杀对方事小,阻止对方射出子弹事大,这直接关系到顾重阳的生死。于谁而言,这都是一次巨大的冒险,没有替身,没有防弹玻璃,为了不引起敌人的防备,宁以顾重阳的生命换取敌方倾巢出动占领田螺海域的指令。说白了,顾重阳就是敌人射程范围内的一个活靶子,若推算不到敌人,就要拿命去换,着实是一招近乎疯狂的险棋。

顾重阳已置身于这个错综复杂的庞大计划之中,铁敏承也无必要对他隐瞒太多。即使从工作角度讲,他也应该知道铁敏承这个高明棋手的棋艺和棋道。

"这一步棋要是走成了,你顾重阳的名字将载入史册。"铁敏承意味深长地望着顾重阳。他深邃的目光里俨然已经预见了一场惊涛骇浪的战争。

"希望载入史册的不是我作为一个烈士被国家记起,而是我们这代人为国家披肝沥胆的努力和牺牲。"顾重阳说得慷慨,脸上却流露出伤感的神情。

"我相信,我们不会被忘记。"铁敏承慢条斯理地说,"那时候你不是爱看历史书吗,今天倒是说说,历史上最不会被人民忘记的会是哪些人?"

"有两种。"顾重阳郑重地说,"一种是丧权辱国令民族蒙羞的鼠辈,一种是保家卫国弘扬民族威仪的英雄。前者被永世唾弃,后者被万世颂扬。"

"那么——"铁敏承站在窗前,望着遥远的群山,"我们肯定是后者。"

顾重阳跟到窗前,他不知他的这个老同学在酝酿着怎样一场雷霆万钧的对弈，但他从他的眼睛里看到了端倪，看到了他的纵横捭阖和运筹帷幄。

"一个棋子不需要知道棋手是怎样想的。"顾重阳在铁敏承身后默默地说，"我会做好一个棋子，你当我是卒，就算明知会被吃掉，我也会按照你的指令毅然决然拱上去；你当我是车，明知不可向前，但为了大局，我也甘愿做那为保帅而被舍之车。"稍顿，又说，"我只管配合你成就一局好棋。"

"你可别想做甩手掌柜的。"铁敏承依旧望着远处的群山：一层压着一层，无穷无尽一般向远处延展，如铺张开的五彩斑斓的画卷。过了许久，他才转过身，"这是你和我共同的棋局，我们两个现在已经捆绑在一起，要共同面对敌人。"

顾重阳忽然想起，蒋天诺当年也是这么说的。

"我们联起手来没有战胜不了的敌人。"

"我们面对的是野兽，没有敌人。"

"我们要活下去。"

"对，死亡就是我们的敌人。"

"我们要战胜死亡。"

"我们要活下去。"

…………

顾重阳此刻最想知道的是在这场敌人先挑起的博弈里，我方除了被动应对之外，是否还有化被动为主动的绝招。通过铁敏承的眼睛，他能预感到，我方不光有主动的策略，而且谋划了一盘大棋局，只等着敌人无知无觉地进入我方的打击预案，然后一击致命。可是，我方的绝招究竟是什么？顾重阳费尽心思想了诸多，却都不能确定，而铁敏承又多次表现出成竹在胸，就愈引得他想知道详情。但此刻，铁敏承决定给顾重阳吃下一颗定心丸，毕竟，他们此刻正在携手应对共同的敌人。

"你信吗？一切尽在我们的掌握之中。"铁敏承不紧不慢地强调。

顾重阳望着铁敏承，并未回应。他知道，铁敏承要对他和盘托出了。

域外分子图谋狙杀顾重阳的目的，在于抓住作战命令不畅通的短暂时机，举其全力，悉数将裹挟的难民运至田螺海域，造成事实"占领"，令我方无法像对待入侵之敌那样全力反击。在域外分子打着自己如意算盘之时，铁敏承也草拟了应对策略上报最高层，获批后迅即动员所有涉战要素进入紧急状态。现在，万事俱备，只等着对面金色海岸大楼里潜藏的狙击手扣动扳机。

铁敏承的应对策略到底是什么？

顾重阳曾经也将其在脑子里一闪而过，但迅即觉得太过大胆，就自我否定，但在铁敏承这里，没有胆子大小之分，只有策略运用得恰当与否之别。铁敏承的策略绝对堪称经典，他谋划，就在敌人给狙击手发出指令并以舰船全速运送难民前往田螺海域之际，我方以对方狙击手行动为号令，一面用常规导弹作战单元拦截域外分子舰船，使其不能抵达我方的海矿资源区域；一面以敌人忌惮的聚波型导弹作战单元假打敌舰，真为诱饵，看看他们极尽所能吹嘘的"弧形铠甲"系统到底是真管用还是纸老虎。如果"弧形铠甲"系统开启后真管用，说明他们另有所图，如果不管用，就证明我们之前的所有推测都是对的，他们的棋路也不过如此。

"真是一招妙棋！"顾重阳不由得拍案赞叹。

"是不是妙棋还不好说，这才刚刚开始，我们要聚精会神地应对凶残狡猾的敌人。"铁敏承异常冷静地说，"域外分子和第三国就是狼与狈,他们勾连起来等于给狼子野心装上了隐形翅膀,远比我们预想的要难对付得多。"

"这是他们的不幸。"顾重阳坚定地说,"遇到了你这个高明的猎人。"

九

离间之计

房间里此刻只有三个人——顾重阳、铁敏承和刘金刚。

"真是委屈你了,本来是一个能力出众的营房办公室主任,因为特殊工作的需要,不但要蒙受不白之冤,还要暂时中断大好的仕途。"顾重阳望着自己的老部下,顿然生出发自肺腑的亏欠之情。

"指挥长,您可千万别这么说,我理解,这都是为了工作。"刘金刚本来是草原上的野狼,可是这么多年来,却像家畜一样被圈养着。此刻,他的兴奋是飞鸟之于天空,游鱼之于大海。

"养兵千日,用你就在此时了。"铁敏承充满信任地望着刘金刚。

"您放心,我保证完成任务。"刘金刚庄严承诺。

顾重阳此前并不知道自己的营房办公室主任刘金刚也毕业于火龙驹猎人学校,这所学校是那样的与众不同,它不在各种版本的地图上显示,也不在任何官方的资料里记载,个人档案更是不会提及,而只出现在最高级别特殊部门的机密花名册和任务部署中。火龙驹猎人学校的毕业生是一批经历神奇且能力出众的精英,平时遁形于社会上纷繁多样的岗位之上,各司其职兢兢业业。待到国家需要之时,他们就召之即来,而且能够迅速变换角色而不被轻易觉察。至于档案中显示出来的履历,则是根据他们毕业后第一个岗位的需要而临时确定,可以是名牌大学,也可以是任何一个名头不响的职业技术学校,甚至可以把他们定义为初中肄业,或者"自小流浪,目不识丁"。定义成怎样,他们很长一段时间甚至一辈子的人生就是怎样，听于国命，各安其所。他们中间有顾重阳这样的指挥长和铁敏承这样的总部机关局长，也有路文路武那样隐身于工地的建筑工人。国家需要怎样的他们，他们就心甘情愿地成为怎样的人，从不讲条件，也从无怨言。就好像螺丝钉之于高速行驶的汽车，只会尽好自己的本分，而不会申诉自己在汽车的飞速前进中付出了多少，进而要求给予他们怎样的待遇。这就是为什么所有空域防护基地官兵都一直以为是后勤学校毕业的刘金刚泯然众人，即使在算得上火眼金睛的顾重阳眼里，也看不出他这个营房办公室主任比其他主任有什么更加高超的本领。能遮蔽顾重阳的识人本事，也恰恰说明刘金刚确有过人之处。但他即使走到天涯海角，也走不出铁敏承的花名册，这场棋局一开始，铁敏承就想到了蛰伏数年的刘金刚。

铁敏承一直在等待一个机会，他要顺理成章地把刘金刚从空域防护基地的序列里踢出去，而且是精准地踢到化为无形的敌人的阵营中，唯有如此，憋坏了的刘金刚才能如鱼得水，用一身本领从敌人那里取得宝贵的情报。

顾重阳给铁敏承通报了一个重要情况：从去年年底开始，陆续有一些信件寄到基地各领导处，点名道姓举报一些主任违法乱纪的问题，逐一将他的得力干将推到风口浪尖。去年年底举报作训主任陈火青挪用公款在滨海入股饭店，调查几周后查无实据就此作结。不到一个月，又举报工程办公室主任南方云倒卖建筑材料牟利，后来查实同样是无中生有。纪检办公室做了技术鉴别，虽然几封信的信封信纸样式不同、寄出地点各异、行文措辞有别，但从句段分隔和点逗使用来看，都高度相似，举报者似乎是同一个人，而且这个人不是为举报而举报，而是有着不可告人的其他目的。联系到敌人紧锣密鼓策划的行动，顾重阳揣测："这会不会是他们有计划的离间计？"

"十有八九。"铁敏承狠击桌面，"我等的就是他们的这个离间计。"

不出所料，未过一个月，营房办主任刘金刚就成为下一个被举报的对象。在接到纸质举报信的同时，顾重阳将计就计，专门安排人通过局域网举报刘金刚的另几桩无中生有之事。一个营房办主任处在墙倒众人推的棘手处境倒也不是特别出人意料，既然四面八方来信举报，空域防护基地集体的态度当然极为坚决，组成集结各路人员的专门班子一查到底之后，就将刘金刚调整出现职，"发配"到拓展型导弹中队当了个不负责具体工作的副中队长。

一出大戏就这样在敌我双方的拉锯较量中，在空域防护基地这个广阔的舞台上，不动声色地上演了。而这时，纠结于胡云发和弯弯之间关系的吴伟龙尚不能摸清其中的脉络，捣鼓不清其间的逻辑关系，他理所当然要陷入思维的死胡同，但这并不妨碍他自始至终活跃在这出大戏里。

刘金刚到拓展型导弹中队上任后，既不领受工作任务，也不跟队出勤训练。他白天在宿舍里闷头睡大觉，晚上则驱车到数里之外的镇上和一群乱七八糟的人喝酒行乐，大半夜醉醺醺回来的时候，又一路踉跄行走，一路在营区里大喊大叫惹是生非。空降了这么一个人，的确让领导为难，也让官兵议论。拓展型导弹中队领导如实汇报说："刘副中队长到任后一直不在工作状态。"

拓展型导弹中队领导所汇报的，正是顾重阳和铁敏承想听到的。如此状态的刘金刚对敌人来说是色香味俱全的诱饵。铁敏承手握钓竿，在等大鱼上钩。

"最近一段时间，一个叫张继伦的房地产开发商四面托人主动向我靠近，并迂回地套问一些涉及空域防护基地的敏感信息，似有敌特的嫌疑。"

果不其然，仅仅等了半个月，他们就得到了刘金刚的反馈。

刘金刚是在一个烂醉如泥后刚刚醒来的早上接到的陌生电话，他警觉地扫了一眼，来电没有姓名显示。这时，他已经略微有些发现猎物的激动，却又以颇不耐烦的语调接起来，万没想到，却是熟人——退伍兵赵和平。

赵和平是多年前一个后勤领导的公务员。那时，刘金刚毕业不久，初到后勤部学习，平时公差勤务出得多，跑腿打杂的事也没少干，一来二去，就和公务员赵和平打交道打出了深厚的友谊。后来，他到基层分队当参谋、分队长，等晋升副中队长后再回到后勤部当参谋，那个时候，赵和平早已离开基地回了家。刘金刚只是听说，赵和平起先在老家的一个煤矿找到了工作，但上班第一天就被发了矿灯要求下井，他死活不干，就辞职重新回到滨海。重回滨海后，赵和平做过花卉租赁的买卖，后来不行，又转行经营一家只有几张桌子的川菜馆，也不景气。俩人虽都在滨海，但多年未见，也不曾联系。此次突然来电，刘金刚预感到赵和平不仅仅是想和他叙旧情。

果不其然，在赵和平约请刘金刚"喝两杯"的酒局上多了一个人，就是之前提到的天伦房地产开发公司的董事长张继伦。赵和平在酒桌上说的理由倒也合情合理，他说自己现在是天伦公司的部门经理，和老板张继伦既是有隶属关系的上下级，又是性情相投的肝胆兄弟，另一方面，他早就把刘金刚认作兄弟，兄弟的兄弟都是兄弟，按照这个逻辑，张继伦和刘金刚自然也就是兄弟。如此一番关系换算，在座皆兄弟，聚在一起自然合情合理。

赵和平第一次组局倒是没有越界的话题，只热闹地说些陈年的往事和趣事。那时，刘金刚和赵和平都是单位里的"光杆司令"，趁着晚上别人都下班了，两人就在会议室里弄点白酒、锅巴、花生米，聊着青春，小酌两杯，那种生活现在想来仍是美滋滋的令人回味。从美丽往事里出来，赵和平就沮丧起来，说了这些年的不容易，娃还没生呢，媳妇就提出离婚，一波三折进入不惑之年，仍是孤独度日，多亏遇上张继伦，给他一份体面的工作。他当面醉醺醺一再表态，要对张继伦出生入死涌泉相报。

赵和平终于喝多了，胡言乱语不说，还吐得一塌糊涂。

第二周，张继伦亲自给刘金刚打电话，说是上次喝酒颇多，照顾不到，有些失礼，希望借个机会表达歉意。刘金刚则附和张继伦，说都是兄弟了，谈不上失礼，并拐弯抹角表达了愿意再次和张继伦举杯言欢的意思，只是周末值班，只能到下周末才能回滨海。他在试探张继伦，也在检验自己的判断力。果然，下个周末未到，张继伦又急切打电话过来预约，一句一个兄弟，其言语里的热情程度远远超过了只有一面之缘的人。非常之热心的背后必定是有非常之目的。至于这个目的是什么，刘金刚揣测着，或许与他曾经坐过营房办主任的位子有关，也或许与顾指挥长和铁局长安排给他的任务有关。想到这里，他就全身有了劲儿，是一个猎人嗅到猎物身上那种特有的腥臊味道的兴奋，更是一个血气方刚的战士领受战斗任务时的激动。

刘金刚深深地呼出一口气，渴望着正面迎接即将到来的对手。

刘金刚到了约定的地方，却不见赵和平在场，张继伦的解释是因为联系一批建筑材料，赵和平去广东出差了。刘金刚笑问，老赵是销售经理，怎么干上采购的活了。张继伦摇摇头说，你也别说我小心眼儿，其他人我还真信不过，这关键时候还得好兄弟出马，老赵可是我的得力干将，所以大事小事我都放心让他去干。张继伦的这个解释倒也合情合理，但刘金刚后来还是试探着打了一个电话给赵和平，一问，那边回答果然正在广东清远一家瓷砖厂。张继伦并不是故意支开赵和平一事坐实了，可生疑之处在于，言语间，张继伦并没有请托在空域防护基地营房办公室有大把资源的刘金刚在工程或者地皮上帮忙，而是旁敲侧击地询问刘金刚最近在拓展型导弹中队忙些什么，并开玩笑说空域防护基地的常规导弹作战单元都是样子货，要不然全国人民都指望着它在某些地方大展神威，却总见不到动静。刘金刚也乐于在这种场合与他较劲抬杠，借着酒劲大拍桌子，大着嗓门骂有些好事者蠢笨无知粗鄙浅陋，并添油加醋吹嘘空域防护基地有几个新型号的作战单元如何厉害，能打到哪里，有多大的杀伤力，让哪些敌人惧怕得夜不能寐。对于这些已经被外媒报道烂了的讯息，他不吝言语地吹出了涉密信息的味道。在此间隙，张继伦频频地找借口举杯敬他酒，尔后就是微微笑着，静静聆听。刘金刚从张继伦不动声色的笑眼里得到了他久盼的答案。

他第一时间将情况汇报给铁敏承："鱼儿已经上钩。"

"太好了，维持现状，静观其变。"铁敏承给刘金刚的指示简单却又明确。

猎物的出现已经不能带给铁敏承最初那种新鲜和刺激了，于他而言，这些都只是一项本职的工作，就像毕业那年队长找他谈话时的波澜不惊。

"愿意去吗？"

"都行。"

"好好想想，明天给我答复。"

"我听从组织安排。"

"确定？"

"嗯。"

那时候的铁敏承比现在更加瘦小，也更为精干。

很快，铁敏承通过汇总多方获得的信息追溯到张继伦的成长线：张继伦1998年从某市考入大学，2000年作为交换生到域外学习一年，回国完成本科学业后报考守卫者集群系统某院校的核心专业硕士研究生，因曾有外学经历，未能通过第一关的审查。随后，他又应聘到一家军工企业工作多年，2013年莫名辞职，后到滨海市开始房地产投资。但蹊跷之处在于，张继伦的天伦房地产开发公司进入滨海市几年来，从未独立开盘，而是入股其他房地产公司联名开发，多数不具名，只做隐形投资人。

"越是蹊跷，越可能大有文章。"铁敏承的兴奋之情溢于言表。

如果符合铁敏承的推测，张继伦果真是在域外分子境内学习期间被发展成间谍，那么，就可以顺着张继伦这个瓜，一步步摸向他所在间谍藤蔓的各处。不仅可以弄清敌人潜伏于滨海市的整个间谍网络，而且还可通过技术手段更加详尽和准确地搞到他们此次策划的狙杀行动的最终图谋。想到此处，铁敏承不由得兴奋起来，就如同对弈双方有一方的棋手已经知道了对方的棋路，已经有了知己知彼的优势和胜算。要真如他推断的那样，那么，情势已经逐渐明朗，取得这场棋局最后的胜利也就只是个时间的问题了。

铁敏承刚将聚焦点对准张继伦，路氏兄弟却传递来紧急消息。

"从第五层到第十层全都被封了起来，无法观察里面的情况。"路氏兄弟报告，不确定敌人是不是即将有所行动，并且进一步判断，"这段时间，并无陌生面孔出现，狙击手很有可能之前就一直潜伏于工地之中。"

"狙击手是那些工人中的一个？"铁敏承惊骇地站起身来，望着远处仍在施工的两幢灰突突的建筑。

金盾海岸已经封顶,正在做外墙保温。金色海岸则盖了不到二十层,脚手架一层一层朝上叠加,但从第五层到第十层全部用彩条布把窗户遮挡了起来,看不进去。正如路氏兄弟所说,工地上叫了几个工人到这几层施工,说是装修样板间,但是看着不像,里面肯定有文章。

"难道他们现在就要动手?"铁敏承被猝不及防的状况扰乱了心绪,他极力梳理思路,试图将骤起的变化拉回到他的逻辑推理和预判里。

"老顾,"铁敏承急切地拨通了顾重阳的电话,"你最近得去出趟差,我们要争取点时间。"

顾重阳没多问一句,心领神会地回复说:"好,我明天交代一下工作就动身。"

顾重阳只要离开滨海,敌人的狙杀图谋就一时无法实施,铁敏承现在最紧迫要做的,就是进到被封闭起来的楼层里,找到敌人的狙击点。现在看来,点射敌方狙击手远不是预想的那样简单,更复杂的情况或许还在后面。

"一定要把潜伏在工人中的狙击手找出来。"铁敏承突然坐直身子。

"只要找到狙击手,他到哪里我们就跟到哪里,保准他不会有狙杀顾指挥长的机会。"路氏兄弟极为认可,"如果对方的狙击手超过两人,我们恐怕还得找帮手。"万无一失的前提是将所有困难提前想到。

"不会超过两人。"铁敏承异常笃定,"他们还不敢在滨海大动干戈。"

"这样最好。"路氏兄弟最不希望情况出离他们的掌控。

"我会把这个狙击手提前揪出来的。"铁敏承望着金色海岸围挡起来的楼层,仿佛狙击手此刻已经隐身其中。他坚信看得见,也坚信掌控得了。

次日一上班,顾重阳就召开基地领导会,通报说凌晨接到总部紧急电话，让他协调年度跨区演习的有关事项，事出突然，许多工作来不及详细交接，就全权交代给几个副指挥长和参谋长分头负责，随后紧急赶赴机场。

十

声东击西

  滨海的强奸案是在凌晨两点多发生的，案发地在金色海岸工地工人宿舍背后临护城河的偏僻通道里。若从工地到那里，必须穿过一堆建筑垃圾再越过一段工地与马路之间的矮墙。包括路氏兄弟在内，大多数工人都在睡梦中猝不及防听到了尖锐急切的女人呼救声，但众人被惊醒后，声音却没了。大半夜的，谁都懒得穿上衣服出去看究竟发生了什么，大多数人趁着醒来只是到同楼层的厕所撒了泡尿，就又钻进被窝里继续睡觉。第二天早晨天刚亮，拉着凄厉警报的警车就裹挟着巨大的刹车声停在了工人宿舍楼的前面，尚未睡醒的工人再次被惊醒。这一次他们已无睡意，三三两两披了衣服走出来，张望着看外面出了什么状况。见有警察，就更加好奇起来，彼此低声耳语，大批人很快就聚拢到宿舍的门口。警察把情况一通报，工人们才知道昨晚一个在KTV上班的女孩路过此处被歹徒强奸。

  结果呢，女孩受伤送往医院，歹徒逃之夭夭。

  "这儿的负责人在哪里？"一个约莫四十岁的警察朝工人宿舍大声询问。

  "在这里——这里——这就来了。"这时候，一个五十多岁的男人从远端最顶头的宿舍里出来，上衣敞着怀，边走边卡腰带，皮鞋也没来得及提上去，后跟处被脚后跟踩平，成了拖鞋。他想跑快，却快不起来，就只能半弓着腰非常狼狈地跑过来。

"你是这里的负责人？"警察上下打量着这个邋遢的男人。

"我是队长。"顿了顿，他又给警察解释，"就是——包工头。"

"包工头不算，你抓紧时间把楼盘的负责人叫来。"警察边说着，边扫视一周，建筑工人都聚在宿舍门口，边议论边好奇地向这边张望。警察朝他们喊着，"案件重大，未经允许，任何人都不能离开我们划定的区域。"

刚才在警车停下之后，另两个年轻一点的警察就从宿舍的出口处到门前水龙头处大约十米的距离拉了矩形警戒线，既不影响工人的正常生活，又短时间限制了他们的人身自由。刚才还安静张望着的工人们听到这样说，一下子就炸了锅，群情激奋地嚷闹起来。有的大喊着："不让出去可不行，今天我还得到邮局给家里汇钱呢。"有的一个劲解释："我老娘来城里看病，正住院呢，我上午得去送饭，不出去可不行，总不能因为你们办案，活活把人给饿死吧。"大多数人跟着起哄，时不时大喊着："这是有王法的地方，你们不能随随便便就限制人身自由。"乱哄哄中，有工人试图冲过警戒线。

"老实点！"警察动了怒，"谁喊得最凶谁就最可能是犯罪嫌疑人。"

这招倒灵，一下子就把躁动的声势震了下去，众人瞬间都安静下来。

警察队伍里还有一个面孔白皙、身形瘦弱、戴着黑框眼镜的学生模样的年轻警察。从下车开始，他就神情专注地望向周边的人群，他的眼睛像刀子一样，工人们远远地和他刚四目相对就忍受不了，赶紧躲开。而他浑似一台扫描仪，犀利的眼神一阵阵地扫向人群。

"经理来行不行？"自称队长的男人打通了电话，这会儿捂着话筒，征询警察意见，又解释说，"这个楼自开建以来各项事都是和经理打交道。"

"你们这里的最高负责人是谁？"警察盯着男人大嗓门问。

"胡总。"男人说,"可他是大老板,所有具体事都是交代给经理办。"

"必须让你们这个胡总来。"警察大声强调,显然没有丝毫商量的余地。

警察把意思表达清楚后,男人为难地松开了捂着话筒的手,并将手机靠近,让警察把刚才的意思再重复一遍。警察有些不爽,但是看着男人为难的表情,就语气生硬地又说了一遍。男人随即对那边讲:"你也听到了,得胡总亲自来。"可能那边讲了理由,男子强调:"这会儿是警察办案,不来怕不行。"片刻,那边给了准信儿,说胡总稍后就到。男子将情况说给警察。警察催促:"让他抓紧点儿,若影响了办案,这件事情他可脱不了干系。"

胡云发赶到工地之前,警察已将工地一百多人的花名册造好。不管是拧钢筋的、抹水泥的、贴瓷砖的还是运送建筑材料的,甚至连在灶房做饭的人都不例外,逐一被叫来登记信息,姓名、籍贯、民族、工种等一一详细入册。尤其是一大早因采购等原因离开工地的人,更是被列为重点对象,警察督促包工头打电话逐一叫回。查案的架势一拉开,工人们倒也配合,都知道发生了大事,并且犯罪嫌疑人很有可能就是他们中的一个,多数人此刻最急切的,一是赶快把自己撇清,另一个就是想知道犯罪嫌疑人到底是谁。

胡云发火急火燎地赶来,他下车后,隔着老远就冲着警察大吼大叫:"你们——你们到底是哪个派出所的?所长是哪个?我这就给你们所长打个电话。"他边走边掏出手机,一边划着手机屏幕,一边气冲冲地抱怨,"你们不能一出事就怀疑我们的工人,这是歧视,再说了,我们的工期这么紧,不可能说停就停,你知道这耽搁一天是多少钱吗,谁补偿给我?"

"我是市局刑侦大队的,我们没有所长。"警察说完,并不听胡云发讲话，直截了当对另两个警察说，"先把他带去做笔录，务必具体详细。"

"走吧。"两个警察上前，一左一右。胡云发更加气愤，但又别无他法，只能不情愿地跟警察走向一间宿舍，虽窝着火，却也只得有问必答。

警察讯问完胡云发，又逐个向工人了解情况。

这种讯问有的一句话就过，有的则多问几句。自始至终，学生模样的警察都跟着。明显的，和每一个人的对话要不要进行下去，年长警察都要征询这个学生模样的警察的意见，他点头，则下一个，不点头，就继续问。

其实，警察所说的强奸案本来就子虚乌有，这是铁敏承精心策划的一次对金色海岸的突然袭击。他们此来目的很明确，就是为了找到潜伏在工地里的那个敌方狙击手，以便为潜伏于工地的路氏兄弟锁定追踪的目标。

学生模样的警察叫水辛明，早年极为内向，惯于独来独往不与人打交道，不想却是天赋异禀怀奇才。他在一次偶然的机会，惊讶地发现自己能通过眼睛洞穿他人之内心。对于我们一般人而言，只说眼睛是"心灵的窗户"，但在水辛明这里，眼睛却是实实在在的窗户，他通过眼睛就能感受到一个人过往的经历是干净还是龌龊。他被自己这个超乎寻常的技能给吓着了，因为一和别人对眼，那些不想知道的事就会赤裸裸地出现在眼前，后来他干脆平时就把眼睛眯起来，眼不见，心不烦。后来某电视台组织了一档关于最强技能的节目，就是专门收罗全国各地的奇异之才通过节目展现不可思议的技能。水辛明心痒，也报名参加。别人的技能要么是在短时间内记忆多少复杂数字，要么一闪眼记住多少类似面孔，也都还有符合逻辑的道理可讲，而水辛明的技能完全不讲道理，甚至可以说是出离了一切可以遵循的逻辑。节目组找来曾经犯罪的人和普通人混在一处，他不用一分钟，就从里面把几个犯过罪的人找了出来。他解释，他从那些人的眼睛里感受到了他们偷窃、打架、强奸的画面。一问，几个人果真曾分别犯有盗窃罪、故意伤害罪、强奸罪。现场的人无不惊讶地瞪大了眼睛，捂住了嘴，简直要被他吓疯。节目组如获至宝，第一时间和水辛明签订了为期十年的独享嘉宾权。

一传十，十传百，水辛明的奇异本事就这样被膨胀式传播了出去。有人信，也有人不信。信的人里有两个身份特殊的，一个是当地的公安局局长，一个是当地的甄别局局长。他们想着，要是有水辛明这样的办案员，公安局一年要多抓多少罪犯，甄别局更是能轻易分清敌我，想想都是一件十分令人兴奋的事情，所以各自的迫切自不必说。他们都第一时间就各自派人找水辛明验证，随后层层上报到各自系统的最高负责人处。最高负责人又都亲自前来验证，他们虽见多识广，但仍是无一不被水辛明惊出冷汗，又喜出热汗，后来都拍板要特招水辛明。但是，一个姑娘不能许给两户人家，一个水辛明也不可能到两个单位上班，怎么办呢，各说各有理，官司最后打到最高层，上面拍了板，抓罪犯属于人民内部矛盾，分敌我属于国际事业，处理国际事业自然要重于处理内部矛盾，如此定调，水辛明就被纳编入甄别系统。

甄别局人员装扮的警察逐个询问包括胡云发在内的一干人等，并不是要找到什么强奸犯，而是要找出潜藏于工地的狙击手。铁敏承专门提到，金色海岸的老总说不定是条大鱼，他甚至大胆地怀疑，这个披着大老板外衣的胡云发，其实就是秘密潜伏以执行此次狙杀任务的狙击手。从多年办案经验来看，铁敏承坚定地相信，越是看似不可能的事情，就越有可能是想要得到的真相。水辛明说过，他从那个未知的狙击手眼睛里肯定能感受到他难以隐藏的蛛丝马迹，他的眼睛里一定有枪，也一定有血。铁敏承坚信水辛明能给他带回急于得到的结果。可是很遗憾，水辛明从胡云发的眼睛里没有感受到枪，也没有感受到血。其他人的眼睛里同样缺少作为一个狙击手的基本要素，他从那些饱经风霜后变得空洞迷茫的眼睛里感受到了偷窥洗澡，感受到了欠人钱财，感受到了饱受凌辱，感受到了小偷小摸，甚至感受到了同性间的裸身求欢，但遗憾的是，既没有感受到枪，也没有感受到血，因此找不到铁敏承急于锁定的狙击手。水辛明不断地摇头，警察不断地喊着"下一个"，直到未被说明身份的路氏兄弟出现时，水辛明的眼睛里才泛出惊喜，他难掩兴奋，终于看到间谍长什么样子了，可他并不知，他发现的并不是铁敏承想找的人。

从上午一直到下午，整个工地都暂时停工，工人们聚在宿舍里，或等待做笔录，或等待出结果。胡云发也在院子里百无聊赖地枯坐等待，他本来第一个做完笔录想走的，却被要求所有人都做完笔录才能离开。他虽然平时贵为"胡总"，但此刻，沦落成了犯罪嫌疑人，警察说什么就是什么，他没有任何可以讨价还价的余地，再说了，这个时候没人敢于头脑发热去顶撞警察，弄不好得摊上一桩不明不白的强奸案，所以最聪明的选择就是老老实实地服从，警察说什么就干什么，警察没说什么就坚决不干。等警察完成所有调查取证工作之后，才能清者自清，撇清与那桩强奸案的嫌疑。此刻，无端摊上这桩案子的胡云发表面平静，内心却充盈着焦虑烦躁，他根本就听不进去包工头借这个空给他汇报的工程进度，尤其包工头拐弯抹角提出能不能先预结一部分工程款以支付工人工资时，他更是充满了厌恶，极其不耐烦地训斥包工头："别跟我说钱的事，都去找刘经理。"

包工头讨了个没趣，陪着僵硬的笑容枯站了一会儿，无措掺杂尴尬，过了足有十来分钟，才寻了个自己也说不明白的理由，灰溜溜地走开了。

胡云发此时眯着眼，全神贯注地端详着几个警察的一举一动：两个不怎么说话的警察和水辛明一起做笔录，最凶的那个警察在工地上转来转去，后来还上了金色海岸的在建高层，并让工人把彩条布的围挡拆开，犄角旮旯都仔仔细细地看了一遍。凶警察巡查完毕后，板板正正地站在了警戒区中间的空地上，那样子就像在宣示，他这会儿就是这里说一不二的统治者。这让内心愤懑的胡云发更加不爽，他差点儿就要骂人了。还好，那边的笔录已经做完，警察也开始收工，他总算按捺住怒火，没有当场发作。

"我再重申一遍，"站在工地中央的凶警察说完，却发现扩音喇叭未打开，就摁下开关，嘭嘭嘭地拍了几下，见有回响，接着刚才没有扩散出去的话继续说，"我再重申一遍，此次的案件重大，在我们查清案情，找到犯罪嫌疑人之前，谁也不能擅自离开滨海，若是不配合警察的调查工作，就是破坏办案妨碍司法，我们有权力根据相关法律采取必要措施。"

工人们听警察这样讲，又乱哄哄发了一通牢骚。

胡云发强压愤怒，盯着凶警察一字一顿地问："请问，我可以走了吗？"

凶警察略带挑衅地看着他，回复说："可以，当然可以。"但随即，他又加重了说话的音量，"但是，请你牢牢记住我刚才说过的话，没有允许，绝不能擅自离开滨海，此案是重大刑事案件，你有义务进行配合。"

胡云发问："要我怎样？"

警察回答他："随时随地，随叫随到。"

胡云发带着恨不能掐死凶警察的扭曲表情，气愤地朝停车场走去，上车前，他倚着车门看向这边，凶警察以为他有话说，胡云发却什么也没说。他阴沉着脸，低头钻进了车里，被包工头称作"刘经理"的弯弯也跟着从另一侧上车。黑色的奥迪轿车碾着尘土，一起一伏消失在出口的拐弯处。

水辛明目光追着奥迪车离去时扬起的纷飞尘土，嘴里嘟囔着什么，却听不清内容。

十一

神秘人物

强奸案调查过去多日,胡云发打了很多通电话,却丝毫打探不到案子进展到了哪一步。弯弯也多次给刑警队打电话,以商量的语气问胡云发"能不能离开滨海",那边的答复永远是"不能"。弯弯再问"什么时候能",那边答复"视案件进展情况定,具体时间等通知"。胡云发当然不会干等,他动用了所有的关系打探此案,但这回他呼风唤雨的能力在小小的滨海似乎不灵验了,各方都没有给出他一个确切并且是他所希望的结果,都回复说"这个案件成立了专案组,消息密不透风,打探不来"。刑警队不给定论,胡云发就如被套上了"金箍",虽说他不一定非要离开滨海,但心里背着个负担,感觉整个人被一根绳子牵着,举手投足格外难受。

胡云发专门让弯弯询问刑警队"到郊区算不算出滨海",那边据说层层请示后给出的答复是"可以去,但不能越过滨海地界"。胡云发虽有不满,但仍约了吴伟龙一起到滨湖水库钓鱼,一是散散心,二是叙叙旧。

吴伟龙事发当天就耳闻胡云发遇到的麻烦事,但当时正在外地出差,加上回来后也忙着办公楼加盖工程诸事,白天和各路建材商、建筑商议事,晚上还要赶写工程进展的汇报材料,根本抽不开身前来安慰。如此三拖两拖,就拖到了胡云发主动打来电话。他周末倒也清闲些,便欣然赴约垂钓。

胡云发是滨海垂钓协会的名誉副会长，以往经常领头组织一些娱乐性质的垂钓活动，参加者多是滨海政界、商界的人物，这个活动也就成了他攀附各路关系的优质平台。胡云发也是垂钓高手，曾经在滨湖水库现场表演徒手抓鱼的绝技。他是把鱼饵粘在拇指上，然后趴在木船上左右摇晃，真像耍魔术一样，果真就把一条愣头愣脑的鲇鱼吸引了过来。当时站在岸边的吴伟龙惊异地发现，就在鲇鱼朝胡云发拇指上的饵料张口的一瞬，胡云发以迅雷不及掩耳的速度生生将整个手插进了鲇鱼嘴里，再把除大拇指外的四根指头从鱼鳃处戳了出来。吴伟龙眼睁睁看着胡云发手到即擒来，就如同变戏法一样，把一条目测超过二十斤的活蹦乱跳的大鲇鱼一甩胳膊就提到了船上。吴伟龙平生第一次见到此种徒手抓鱼的绝技，站在岸上忘情地呼喊和鼓掌。那一回，围观的人群都炸了锅，个个神情惊异地给胡云发跷大拇指，他们当然也从未见过如此抓鱼。吴伟龙犹记得，当时的胡云发意气风发，身上迸发出来的英武气概简直胜过擒获了敌方将领的英雄。

　　胡云发虽然绝技在身，但更多时候，他并不是为了钓鱼而钓鱼，只是以此消乏解困、休养心性。他大约每周都要来一趟滨湖水库，从朝阳初升到夕阳西下，一钓就是一天，钓上来的鱼也没想着带走，总是一提上岸就取下钩子，又随手放生到水库。同钓者说被鱼钩钩伤的鱼在水里不能久活，建议他不如带回去吃掉。胡云发不为所动，振振有词地说："世间万事都有颠扑不破的道理，从万千鱼群里钓起一条鱼，自有那条鱼上钩的道理，万千垂钓者里独我放鱼，也有我放鱼的道理，至于鱼儿放进水里能不能活得长久，与我无干，那是鱼的事，我吃鱼还是放鱼也与别人无干，那是我的事，我不能因为臆测了鱼的结局而选择放不放鱼，这所有的一切，都自有其道理。"胡云发有坚定的理论作支撑，所以他虽总是耗时费力地垂钓，却从来都是空手而归，他乐在渔，而非鱼。他后来和吴伟龙日渐相熟，相约垂钓也就顺其自然。惯常于跑跑颠颠忙忙碌碌的吴伟龙一开始根本压不下性子，鱼钩沉到水里不到一刻钟，就要提起来看看有没有动静。胡云发笑他，要都提起来看钩子，还要浮漂干什么。吴伟龙就开始强迫自己和胡云发比坐功，时日一长，也逐渐平静下来，能够心平气和地在水边坐上一整天。

"那件麻烦事都过去了吧？"吴伟龙系上钓线，穿上鱼饵，拽着鱼钩将鱼竿拉成了巨大的弧形，猛然松手，砰的一声，鱼钩就被甩进了数米外的水中，水面涌起一连串气泡。固定好鱼竿坐下后，他才扭头去问胡云发。

"过去怎样？不过去又怎样？"胡云发垂钓的准备工作更为复杂，他先是搅拌了各种各样的饵料，红的、黄的、白的、黑的，拌法各不相同。

吴伟龙知道，胡云发的那些饵料分得很细，有钓鲫鱼的，有钓鲤鱼的，还有钓草鱼的，那种黄色的据他讲，是专门为泥鳅准备的，一钓一个准儿。

吴伟龙每次见到那些五颜六色的饵料，都由衷敬佩胡云发干一行专一行的认真劲儿。他眼见着胡云发拌完饵料，把金属搅拌棒擦拭干净，放入工具盒，又开始操弄渔具。胡云发把一根海竿，几根长短竿分别系线，穿饵，甩钩，最后齐齐整整在湖边摆成一溜儿。胡云发虽然垂钓之乐不在鱼，但他享受那种鱼儿接二连三上钩的感觉，那一刻，他能主宰鱼的生死，亦能享受给别种生灵生之机会的成就，他就是个制造死亡的拯救者。诸项准备工作就绪，他才在帆布椅子上坐下，望着湖面说："这都是无妄之灾啊。"

"不会影响金色海岸进度吧？"吴伟龙关切地询问。

"这个不至于。"胡云发说，"他们又不会把我的工人全都抓起来。"

"会不会是有人专门整你，要不要我帮着查一下？"吴伟龙仍在调整着自己的钓竿。

"这个倒不必。"胡云发紧盯着在微风中摇摆的浮漂,"做生意讲究和气生财,要真有冤家对头,通过这个事让对方解了气,对我来讲也是好事。"

"老哥有大肚量,果然是干大事的。"吴伟龙又调侃自己,"要是我遇上这种事,非得查个水落石出,揪出背后那个人,有仇必报,十年不晚。"

"不谈这个了——"话未说完,胡云发的声音突然急促,朝吴伟龙轻声喊,"你的鱼上钩了。"吴伟龙只顾着和胡云发说话,一直没有注意前面的浮漂,经胡云发提醒,扭头看时,见浮漂正在水中大幅度地上下左右摇晃,情急之下赶紧提起鱼竿。胡云发急了,忙教他说:"不着急提,先遛一会儿,再慢慢拉过来。"吴伟龙这才记起胡云发曾告诉过他,鱼儿上钩后先在水里拉着游一会儿,等鱼没了力气,才好轻而易举提上岸,要不然它会在水里惊慌扑腾,弄不好就跑掉了。吴伟龙握着钓竿大幅度遛了几圈,鱼儿筋疲力尽,被他轻松拉到岸边。胡云发赶过来帮他取下钩子,问吴伟龙:"你的战利品怎么处理?"

"放它去吧。"吴伟龙意味深长地笑看着胡云发。

胡云发将鱼放进水里,鱼儿一番生死搏斗之后可能有点发晕,竟然一动不动,几秒之后,才缓缓地摆动尾巴,继而朝前游动,不过很快,它大概是清醒过来意识到危险,于是迅速潜入水中。吴伟龙重新在鱼钩上穿了饵料,扭头问胡云发:"不知道这条鱼还会不会第二次上钩?"胡云发回答:"会吧。也许不会。"稍顿,又说,"这个问题就连那条鱼都不可能有答案。"

胡云发中途再提起金色海岸时一声叹息,无可奈何地说:"现在经济不景气,金色海岸干完就没活了,公司上下百十号人等着我开工资,想想也是愁人啊。"扭头望着吴伟龙,"倒还不如兄弟你身在公职轻松自在。"

"金盾海岸那个工程我实在是无能为力。"吴伟龙明白胡云发的意思,只能表示抱歉。

"不说那个。"胡云发摇摇头,"我当然知道你已经尽力了。"

"我们那边以后若有合适的项目,我一定想着老哥。"吴伟龙表态。

"不用以后。"胡云发望着面前的浮漂,轻缓问,"你们现在不是有个什么阵地工程吗,听说预算很高,不知道我能不能分一杯羹?"

吴伟龙登时一惊,新阵地的配套建设是绝密中的绝密,就算基地内部也只有部分核心人员才知道,他实在摸不清这个胡云发是通过何种渠道和手段打探到这个信息的。再者,就算有内部人详细告诉他,他也理应清楚此类国防工程都是基地自行施工,从来不对外招标,既如此,又何来"分一杯羹"之说。话至此处,他只能回应:"这工程归工程办公室管,我可插不上手。"又说,"如果归我管,那不管有多少工程量,我当然都乐意交给老哥。"

"呵呵。"胡云发朝水里撒一把饵料说,"没事,我也就是随口一问。"

胡云发在这随口一问之后,又间断性地说上一句两句,话里的主题总离不开刚才提及的阵地。一会儿问施工交给谁,多少人干,干多长时间;一会儿又问预算多少,钱都花在几处,账目由谁来管;也会问建筑材料从何处买来,怎么运进,质量如何监管;等等。吴伟龙是营房办公室主任,只负责基地范围内普通的工程项目,凡与阵地关联的,都是工程办公室主任南方云管,而在基地"不该问的不问"是一条铁律,所以吴伟龙对胡云发所问诸事也是不知其详。但既然胡云发问了,再加上他又是空域防护基地的营房办公室主任,虽不知道,却也不能直截了当地说不知道,怕在胡云发跟前落下"不交心"的嫌疑,所以有问必答，都是道听途说或者自己臆想而来，反正都是他合情合理的猜测，胡云发亦无处对证，就只当得了权威消息。

垂钓一天，胡云发运气并不好，海竿一无所获，其他几支竿子也只是钓上来些小鲫鱼，倒是吴伟龙钓到两条大鲇鱼还有一条足有十多斤的鲤鱼。当然，这些战利品只暂时束缚于他的钓钩，随即又都被放归滨湖水库了。

"今天你可是收获颇丰。"胡云发调侃，"我得管你叫老师了。"

"老哥这是玩笑话，我可不敢应。"吴伟龙知道胡云发今天意不在钓，更不在鱼。在鱼和钓之外，他关注着更重要的东西。这个重要的东西是什么？胡云发以为只有自己知道，想着吴伟龙并不知道他所想知道，却不知道看似浑然不知道的吴伟龙已知道他以为吴伟龙之不知道。生活的玄妙性即在此处，这幕大戏里，胡云发和吴伟龙都站在雾里，暂时难觅彼此踪迹。

几乎同一时间，张继伦也约请刘金刚到滨海之郊的天宴酒店，说是为上次赵和平在酒桌上的胡言乱语赔礼，可赵和平仍不在，说是出差苏州，要到月底才回来。刘金刚太明白有赵和平在的酒场，三杯之后再难有别人讲话的机会。半生的颠沛失意滋生出赵和平难以匹敌的倾诉欲望。自始至终他一直叨叨地说，说自己的不如意和万般努力，以及努力后的依然不如意。他要证明的其实很简单，就是不如意并不是他不努力造成的，而是时事势不利与小人作梗，一个无权无势无背景的男人在这个复杂社会上的无能为力在赵和平身上展现得淋漓尽致。他永远有说不完的话，就算有人打断了他，他也会迅速再把话头抢过去，继续他的诉说，倒也没有说不完的内容，但赵和平有自己的本事，就是一圈话说完了，喝一杯酒，抢过话头又开始重新说，就算给他几天几夜，他的悲愤诉说也永远没有头。刘金刚领教过的自然也就是张继伦领教过的，赵和平此时远赴苏州的理由也应当是刘金刚所认为的那个理由。他已经不需要再电话佐证赵和平到底是在苏州，还是就在滨海的某个角落。他此来是赴张继伦的邀约，对于他来讲，张继伦既可能是一个新的朋友，也极有可能是一个等了很久的对手。刘金刚内心酝酿着不管是当营房办公室主任还是干作战单元中队副中队长都不曾有过的激动亢奋，他内心充满了期待。胡云发和吴伟龙曾多次在这间酒店甚至这个包间推杯换盏，谈过生意、女人，也谈过空域防护基地的常规导弹作战单元阵地建设。彼此同样未明说，但都心中有数，高手对局就应放在这滨海奢华无二的天宴酒店。

两个人在一顿酣畅淋漓的大酒之后，张继伦手挽着刘金刚的手，亲切地喊着好兄弟，将步履踉跄的刘金刚送进了自己的豪华轿车。回家后洗一把脸，刘金刚就神奇地将一斤白酒挤出了自己的身体，他变得精神抖擞，清醒如初。一通电话之后，刘金刚奉命直奔铁敏承在接待站的临时住处。

这个时候，已近凌晨一点，铁敏承毫无睡意，接完刘金刚的电话，他就站在房间里望着窗外辽阔漆黑的夜空，等着刘金刚带来他想要的消息。

"怎么样？"刘金刚一进门，铁敏承就迫不及待地问。

"不出所料，鱼儿已经上钩。"刘金刚汇报说，"张继伦想要的，就是域外分子想要的，可以断定，张继伦就是披着合法商人外衣在为域外分子做事。"

刘金刚详细地向铁敏承再现了当日酒场的情况。

包间里，只有刘金刚和张继伦。

几杯酒下肚，张继伦就开始抱怨当下经济的不景气以及社会上的种种弊病，自然就引出了刘金刚对空域防护基地及各级领导的牢骚。

对于一个从实权岗位上被挤压到闲职的人来讲，这种顺理成章的愤懑实在没有什么大惊小怪，倒是不抱怨才是怪事。于是，两个人一杯酒就着一串抱怨，各说各的难处，张继伦讲政府职能部门的公务员们怎样借着规章制度的要求难为他，压榨他，刘金刚则诅咒着那些在背后给他使绊子的小人要遭到报应和天谴。两人惺惺相惜，越说越投机，到最后竟抱到一起难以分开。

张继伦估摸刘金刚已经喝到耳热，就趁势说自己一个朋友办了个军事网站，为吸引军事发烧友，在提供大量基础军事理论之外还需要大量的实地照片以及中国各个级别作战单元的具体武器性能和参数等有关资料，如果有可能，借助刘金刚在此领域多年摸爬滚打的经验，想请他出任网站的内容总监。刘金刚听他这么说，内心惊喜，未等表态，张继伦继续说，公司总部远在太平洋的一个岛上，来去恐怕不便，所以他和朋友说了，刘金刚可以不用坐班，只在滨海用电子邮件定期给他们提供所需资料就行。

刘金刚佯装警觉地问："对方不会是间谍吧？"

"怎么会。"张继伦不动声色，"就是为了增加点击率。"并给刘金刚进一步解释，"他们的点击率直接影响广告收入，如果通过具体的数据吸引足够多的军事发烧友，就会有企业在网站投放广告，广告越多挣钱越多。"

"这会不会违反纪律？"刘金刚醉眼蒙眬，却仍表现出不失理智。

"你也可以把信息提供给我，我再通过其他渠道发送给对方，不会有人知道消息是从你这里出去的，再说了，他们也怕担上泄露机密的罪责，所以肯定会对敏感信息做脱密和模糊处理，这样一来，这些信息所产生的影响力仅局限在浏览网站的军事发烧友之间，不会四处流传。"张继伦凑近刘金刚的耳边，悄声说，"不费吹灰之力，又不用担任何风险，大把大把的钞票就到手里了，现在这年代，谁还能跟钱票有仇，再说了，干这个事情嘛，总比你在山沟里当那有职无权的副中队长强，还用得着犹豫？"

刘金刚睁大因醉酒而充血变红的眼睛，优柔寡断地望着张继伦。

"不要和钱过不去。"张继伦微笑着，笃定地望着刘金刚。

"没人和钱过不去。"刘金刚狠狠地说，"谁让他们和我过不去。"

"就是，人不为己天诛地灭。"张继伦把头凑向刘金刚追问，"干不干？"

"干！"刘金刚把酒杯重重砸在桌上，又举起，仰着头，一饮而尽。

"太好了！"当晚，铁敏承就制订出应对张继伦的详细策略。他要求刘金刚继续以当前的颓废状态持续和张继伦交往，并教他不能太主动，要以落魄之心顺其自然地表现出犹豫、矛盾和痛苦，等待张继伦对他一步步地引导和说服，并合乎情理地进入他布下的圈套。至于需要提供给张继伦的信息，铁敏承会安排人进行杜撰和战略篡改，并分批给刘金刚，经他手再交给张继伦。这个渠道的顺畅是保证后续工作持续深入的重要环节。

"知道怎么做了吧？"铁敏承部署妥当诸事后，把面前列重点的稿纸燃为灰烬。此时过了凌晨五点，环卫工人已经上班，窗外传来均匀密集的扫帚划响路面的声音。

东方既白，又将是新的一天。

"请局长放心，我保证完成任务。"刘金刚眼里布满血丝，却丝毫没有困意，反倒格外地精神抖擞。

085

十二

步步为营

　　胡云发从滨湖水库垂钓归来后，就有接二连三的好事发生。

　　次日，滨海刑警队有一个自称王副队长的人给他打电话，说发生在金色海岸工地附近的强奸案已经告破，犯罪嫌疑人归案，工地里所有的人解除嫌疑，他们完全自由了。胡云发没好气地问："那我可以出滨海了？"对方也有意调侃他说："莫说出滨海，就是离开地球上火星也没人管你。"胡云发听声音就知道是那日在工地上颐指气使的凶警察，心中顿时平添不悦，便想在言语上讨回来一些便宜，但刚想好挖苦之词，那边就轻松地说了句"再见"挂了电话，接着是一阵嘟嘟嘟的声音。胡云发有些怅惘，但想到已获自由，怒气也就渐渐消散，心情随之欢愉起来。

　　胡云发后来探知，强奸案并没有完全告破，只是锁定了一名证据确凿的犯罪嫌疑人，但这名犯罪嫌疑人信息不全，所以远逃外省尚未归案。案子未结，胡云发和金色海岸的员工们理应还在限制自由阶段，但在理应之外还有特例，这个特例的源头就是胡云发的新晋女朋友吴涵。吴涵的表舅在公安局辖区的街道办当副主任，路子广，熟人多。也巧了，公安局的副局长正好因某亲戚找工作的事找吴涵的表舅帮忙，吴涵的表舅听吴涵提过此事，就说起了胡云发被限制自由一事。公安局副局长就去了解情况，当得知犯罪嫌疑人已被锁定，并且胡云发是滨海名人，一是从情理上他不会半夜去强奸一个毫无干系的路人，二是就算被列为嫌疑人，也不至于逃之夭夭。于是做了顺水人情，案子了结前，胡云发获得了随意出入滨海的自由。

胡云发和弯弯办不到的事，吴涵却能轻而易举做到。胡云发大为感慨，没想到在他心目中一直倚仗着他的小女子，遇到大事竟有如此能耐。吴涵含羞低头，并不表功，只说凑巧其表舅在街道办事处管些事情，求他办事的人多，他办起事来自然就容易些。胡云发提出要会会这个表舅，一是感谢，二是认下一门亲戚扩充人脉。吴涵再三找词不办，最后被胡云发逼急了，她才明说，她和胡云发在一起自始至终都是瞒着家人的。她太清楚父母要是知道她和长她近二十岁的胡云发在一起，肯定是死活都不会答应的。吴涵无奈地说，在找到一个能让父母同意她和胡云发在一起的充分理由之前，最好不要公开他们的关系，瞒一时算一时，免得父母掺和进来让二人的感情生出变数，因此，这个表舅自然是万万不能见的。吴涵还说，当初给胡云发说情，表舅也只知道胡云发是吴涵公司的领导，而并不知他们之间还有男女朋友这层特殊的关系。胡云发听吴涵如此一说，懂了吴涵的心思，也对吴涵愈加喜欢，既喜欢她的晓事明理，又喜欢她的大局观念，当场就豪爽许诺，要送她贵重礼物。待胡云发把车钥匙交到吴涵手里，她才惊讶于胡云发所说礼物竟是辆跑车。这种跑车在整个滨海也没几辆，吴涵不想出风头，执意把钥匙还给胡云发。胡云发却不以为意地说："没事，开着玩呗。"

刑警队的事刚了，吴伟龙这边也带来了好消息。

空域防护基地的金盾海岸大楼已经施工完毕，原本规划用途是分队以上人员的经济适用房，但总部交付前却不知为何改变了主意，要求将其作为基地符合条件人员的公寓房。既然做公寓房，就不能像之前规划的那样建完就算完，而要完成所有配套，确保符合条件人员可以"拎包入住"。这多出的基本装修、生活设施配备等大量的后续工作一纸通知就全部移交给了空域防护基地。事发突然，但吴伟龙接手后也不敢怠慢，很快就详列方案，把工程推进到招标阶段。好不容易等来了工程，吴伟龙自然第一时间把消息和招标底牌给了胡云发，胡云发轻车熟路，按照招标的游戏规则，找了几家公司在招标之日一起做戏，几番假模假样的举牌竞争后，标底数千万的合同顺理成章地被胡云发签下。而胡云发对吴伟龙投桃报李也未过夜。

几天后，弯弯正给胡云发汇报金色海岸工程的收尾事宜。

"赶紧干，干完了接着干金盾海岸。"胡云发意气风发地打断了弯弯的汇报。

"塞翁失马焉知非福。"弯弯浅笑。

"是啊，前面的事想不到，后面的事更是意料之外。"胡云发借此颇发了些对人生无常的感慨，他风光体面地在滨海行走这么多年，却莫名其妙地被限制了人身自由，虽然他表面上波澜不惊静若止水，但冷暖自知，他整个人明显地全天候不在状态，会不知不觉间走神，会哀叹，也会把愤懑夹杂在说出口的一字一句里。可自从刑警队打来"解禁"电话，加上后来吴伟龙奔走相助搞定金盾海岸工程，僵硬的他好像一下子就软和了过来，恢复了满满的自信和一贯的气场。

"托你吉言。"胡云发背靠老板椅，笑望着弯弯。

"我有什么吉言？"弯弯收拢资料的手停下，妩媚笑望胡云发。

"不是你说过金色海岸和金盾海岸是孪生兄弟吗，如你所言，看似跟我没关系的金盾海岸现在也成了我的工程，不是托你吉言又是什么？"胡云发摇动老板椅，仰望天花板，仿佛在憧憬唾手可得的不可估量的巨大利益，"你是我的吉祥物啊，只要有你，我的工程就能起死回生顺风顺水。"

"那——你该怎么奖励我？"弯弯收拢完资料，笑望着胡云发。

"你说。"胡云发伸手拢在弯弯的腰际，"只要我能办到。"

"跑车——"弯弯笑着说，"我就不要了。"她这显然是戏谑胡云发，前不久胡云发刚送吴涵一辆，就算舍得送弯弯，也肯定会惹出是非。她轻轻把胡云发的手拿开："你是老板，我是员工，如何奖励我肯定你说了算。"

胡云发再次把手伸向弯弯："我把自己奖励给你吧。"

弯弯移步闪开，笑说："我可不敢要。吴涵也不会给啊。"

胡云发的好色在公司上下并不是秘密，多年来围绕在他身边有众所周知的"三件宝"：女朋友、女秘书、女经理。这"三件宝"是走马灯似的换，并且三者的功能和作用并不固定，经常性地错位，有时女朋友变成了女秘书，有时女经理又变成了女朋友，究竟如何变，关键就看胡云发的手腕和女孩子们的意愿。几年里，也没人知道胡云发到底把身边的"三件宝"换了多少茬，他从来都是三心二意喜新厌旧。现在的女朋友吴涵交往不过三个月，女经理弯弯则要长久些，一推算时间，竟然不可思议地干了快两年了。弯弯有些奇特，不像其他女经理那样沦落到和胡云发先是床笫之交然后分道扬镳，而一直是干着经理工作的女强人，能力和气场甚至胜于胡云发手下的那些男经理。胡云发当初把她放在身边并不是要用她的能力，而是倾心于她的妖娆和美貌，可是经过长期的软磨硬泡，弯弯不但没有就范，反而成长为胡云发在事业上不可或缺的左右手，为他开疆拓土和积攒财富立下了汗马功劳。胡云发得不到弯弯，却又离不开弯弯，他当然是极为不甘心的，所以只要一有机会，就蠢蠢欲动。上次宴请吴伟龙，弯弯竟然主动对吴伟龙以身相许，胡云发实在想不明白弯弯莫名其妙的热情从何而来，加之后来发生了帮吴伟龙坐上主任位子的举报信事件，让他权且认为弯弯和吴伟龙两人是真的产生了纯真热烈的爱情，可从后来二人寡淡如水的交往看，却又丝毫没有爱情的痕迹。谜团锈蚀在胡云发脑中，就算久在江湖，他也一时半会儿难以解开。

胡云发不得不终结和弯弯的挑逗模式，开始谈工作。

"你最近抓紧交接完金色海岸，准备接洽金盾海岸。"他的角色转换和议题转换得令人猝不及防，甚至不用一句闲杂的话来过渡，瞬间就从此岸到达彼岸，一般人真是难以适应，好在弯弯早已习以为常了。

"这么快，要不要等下周金色海岸验收完。"弯弯似有所思。

"验收的事交给其他人吧。"胡云发说，"金盾海岸很急，他们提出必须年底前达到入住条件，你也知道，和他们打交道，每回都跟打仗一样。"

"金盾海岸是和吴主任接洽吗？"弯弯盯着胡云发问。

弯弯提起吴伟龙，让胡云发不由得想起他们那晚夜宿酒店之事。

"你是不是希望是吴主任？"他一字一顿说得很慢，"吴主任"三个字尤慢。

"人熟好办事嘛。"弯弯轻描淡写。

"可惜不是。"胡云发略带不解地说，"他们专门成立了一个什么金盾海岸工程领导小组，派一个领导当组长，手下只有一个兵，听说是一个什么工兵中队的分队长，学的专业是后勤管理，抽调过来专门跟这个工程。"

"哦。"弯弯似有所思，"他叫什么名字，怎么联系？"

"正式签完合同再说吧。"胡云发再次深深地把身子沉进椅子里。

顾重阳接到铁敏承的电话后，已从北京回到滨海。

他整个上午都稳稳当当地坐在办公桌前，极为认真地听取几个副指挥长和参谋长对他之前交办工作完成情况的汇报。隔着窗户，他扭头就能清楚地看到毗邻而立的金色海岸和金盾海岸两座大楼都已竣工。就如同一场战争之前的工事已经修好，只等一声令下，就可以开始枪炮交加的厮杀了。

"看来万事俱备，只等猎物上钩了？"顾重阳到接待站见铁敏承。

"对。"铁敏承信心满满，"一切尽在掌握之中，就等着收网了。"

此刻，和顾重阳同在的，还有工兵中队分队长莫江龙。

莫江龙毕业于政治大学的刑事侦查专业，早年曾担任过常规导弹中队的分队长，后来在保卫办公室当干事。工兵中队接手新阵地建设后，因保密要求高，防谍任务重，专门超配一名分队长负责整个施工区域的安全保卫。莫江龙被选中，到总部保卫局特训半年后赴工兵中队履新。他也不负众望，短短半年，就在营区周边侦察并破获两起针对新阵地的刺探图谋。

"你要围绕工程细节有策略地和那个叫弯弯的经理周旋。"铁敏承细致地交代说，"尽量保持近距离接触，确保二十四小时掌握她的行踪。"

弯弯被作为监视重点，全是上次水辛明在金色海岸的发现所得。

就在弯弯陪着胡云发离开工地的一瞬，她的眼睛习惯性扫向这边，一刹那，她看见了水辛明，水辛明也同样洞穿了她眼睛里的秘密。和在路氏兄弟眼睛里感受到的一样，水辛明感受到了乌洞洞的枪口，还有子弹刺穿肉体的淋漓鲜血。

"那个女的一定杀过人。"水辛明对自己的判断自信而坚持。

"一个女的？你是说狙击手有可能是她？"铁敏承始料未及，但他相信水辛明的结论。

水辛明坚定地点了点头。

一场围绕监视弯弯而展开的系统工程就此拉开帷幕，包括将金盾海岸工程交给胡云发的公司，包括指定双方各派一人负责工程接洽，实际上严格筛选后，核心的两个人就具体锁定为莫江龙和弯弯，监视者和被监视者。

"胡云发有没有问题？"铁敏承问水辛明。

"至少和狙杀没有直接关系。"水辛明犹豫一下，不确定地说，"但我从他眼睛里感受到了深不可测的复杂和混乱，他的身上应该也有名堂。"

铁敏承若有所思，胡云发身份的不确定也决定了他指令的不确定。

从一开始，胡云发就是他怀疑和关注的首选对象。很长一段时间来，他们通过对吴伟龙的跟踪观察透视胡云发，发现除了对利益无所不用其极的追求，胡云发对于吴伟龙再没有其他方面的试探和要求。恰恰相反，听命于他的弯弯却渐渐浮出了水面，而且越来越多的信息显示，弯弯和胡云发不在一个轨道，胡云发不是驾驭弯弯的那个"影子上级"。他进一步分析断定，要么弯弯就是一条大鱼，要么，弯弯听命于藏在暗处的大鱼。

那么——张继伦呢？

他的突然出现绝对不是偶然事件，而必定和某个网络紧密相连。他是不是敌人间谍体系顺畅运转的一个重要环节？他和弯弯又是什么关系？

未解的谜团横在眼前，但铁敏承却没有更多的时间了，而且敌人也不会给他更多时间了。随着金色海岸的竣工，一切的一切都彷佛箭在弦上，绝不会以他的意志放缓或停滞。这一局，是敌人出招，他们接招。

没有选择，就算身在迷雾中，铁敏承也必须坚决果断地出招迎敌。

"现在的重点就是张继伦和弯弯。"铁敏承摊开白纸,给顾重阳演示关系图谱,"这个张继伦绝对有问题,他拐弯抹角地想从刘金刚那里搞清我方的意图以及各个级别作战单元布防情况和打击效率,必定是为某个暗处的力量做事,这个弯弯则是相机而动,随时准备采取行动。"

"吴伟龙那里呢?"顾重阳突然问。

"我们一直在关注他的一举一动。"铁敏承起身,来回踱着步子,"但从目前的情况看,他和胡云发之间仅是利益交往,尚不涉及窃密泄密。"

"哦。"顾重阳松了口气。他的心之所想铁敏承最为清楚。从一开始他就不愿将吴伟龙置于这个旋涡,他不忍放任吴伟龙成为双方的鱼饵。

铁敏承倒希望在吴伟龙的身后浮出大鱼。可是尽管已经创造了所有的条件让吴伟龙为所欲为,但似乎饵料的诱惑力还远远不够,大鱼始终不见踪影,或者是大鱼太狡猾,仍在远处缜密地观察着,并不急于张口来吃饵料。

"路文路武已经在狙击位置待命。"铁敏承对顾重阳说,"我们做好了面对一切困难的准备,敌人也一样,接下来就是真枪实弹的较量了。"

"我这边也没任何问题。"顾重阳的回答坚定果断,透露出志在必得的自信。

十三

金盾玄机

相隔不过几周，金色海岸、金盾海岸以及空域防护基地办公楼的加盖工程先后竣工。胡云发的金色海岸不需要搞配套建设，所以毛坯房竣工后，工地人马就全部转战金盾海岸。施工之前，金盾海岸第五层已被三合板密密实实地钉了起来，外面又用彩条布包了一圈，与其他楼层完全隔开。弯弯问原因，莫江龙回答说："这是给首长留的，全部结束后再装修。"

弯弯惊讶："首长住整个一层？"

莫江龙压低声音："你就别问了，反正这个活跑不了也是你们的。"

"好，好，好。"弯弯打机关枪似的说，"我不问，我不问。"

其实那整整一层是留给路武的，从封闭之日起，路武就潜伏在第五层，每日隐身在暗处关注着侧面金色海岸里的一举一动。上回借着审办强奸案的机会，伪装成警察的甄别局人员在金色海岸围挡的几层里侦查，并未发现什么可疑之处，工地上的人都说是装修样板间施工，似乎也确实如此，可时隔不久，所有工人就都撤到了金盾海岸，装修之事没有下文，围挡的彩条布也没有被拆除，这不能不引起铁敏承的高度重视。他潜意识里觉得这里面定有蹊跷，而且越是看不清里面，他就越觉得里面有他想要的答案。当前，路武最重要的任务，就是全天候侦查对面楼里目力所能及的风吹草动。

莫江龙参照基地与外部单位合作的框框条条，坚持和弯弯签订了联合办公的协议。协议白纸黑字写明，虽然各为其主，但在金盾海岸配套装修期间，两人要形成早中晚见面协商制度，共同商量沟通装修的细枝末节，及时有效地解决遇到的问题，谁没有严格落实协议的有关要求，谁的单位就要承担因沟通不畅而造成的损失。弯弯笑他"一根筋"。莫江龙委屈地说："咱们过手的是几千万的工程，我可担不起渎职的责任。"弯弯笑说理解莫江龙的苦衷，也就爽快地在协议上签了字。

　　签字结束后，弯弯硬拉着莫江龙到滨海市中心的酒吧一条街去喝酒。莫江龙红了脸不去，说基地有规定，上班期间不能喝酒。弯弯不管他的推辞，只是生拉硬拽："你脸上又没写'基地'两个字，换了衣服谁认识你。"

　　莫江龙推辞不掉，只能随弯弯到了一家叫"疯狂尖叫"的酒吧。酒吧里的灯光明明灭灭地闪烁，男男女女随着音乐，一会儿起舞，一会儿尖叫。弯弯俯下身子在莫江龙耳边大声问："你来过这里吗？"莫江龙摇头。弯弯又问："喜欢这种氛围吗？"莫江龙也摇头。弯弯掩嘴笑了笑，再一次大声朝莫江龙问话，但里面的音乐骤然切换到劲爆模式，莫江龙的耳膜跟着震颤，弯弯的声音像是滴进大海里的蓝墨水，瞬间就被稀释掉了。弯弯笑莫江龙拘谨木讷，硬拉了他到舞池里跳舞，她离他很近，一会儿贴在他的胸前磨蹭，一会儿又贴在他的背后扭动。莫江龙大汗淋漓，像一根活动的木头杵在精灵一样舞动的人群里，被彻底淹没了。

　　一曲结束，弯弯拉了一个女孩坐到莫江龙身边。"莫分队长。"她一开始就这样称呼莫江龙，莫江龙不想在外面暴露身份，神情紧张地给弯弯做了一个噤声的动作，弯弯看莫江龙紧张，倒觉得有趣，她又一次忍不住仰头哈哈大笑。待她不笑了，莫江龙认真地和她商量，能不能叫他小莫或者江龙。弯弯绷着严肃的脸庞直摇头,说叫莫分队长带劲。莫江龙左右不了她,只能听之任之。她每一声都故意把"莫分队长"几个字咬得硬邦邦的,像是故意让所有人听到。她说:"莫分队长,给你介绍一个美女,有女朋友就当普通朋友处,没女朋友就当女朋友处。"女孩蹦蹦跳跳到眼前的时候,莫江龙不由得眼前一亮:对方二十五岁上下,身穿绿色背心、白色短裙,头发在脑后扎成马尾,精致,干练,活脱脱一个《捉妖记》里的霍小岚。

"你好,我叫柳心月,坐怀不乱柳下惠的柳,心想事成的心,花好月圆的月。"女孩扑闪着亮晶晶的大眼睛,调皮笑着,大方地伸出手来。

"我叫莫江龙。"莫江龙有些猝不及防,犹犹豫豫地和女孩握了握手。

弯弯笑望莫江龙一眼,然后做出说悄悄话的动作,附在柳心月耳边说:"人家可是分队长呢。"她的声音大得盖过了音乐,莫江龙完全听得见。

柳心月扭过头来再看莫江龙,迷离灯光中的大眼睛让莫江龙无处躲藏。

他们开始喝酒。弯弯说干喝没意思,他们就摇骰子。柳心月说男大女小,四五六算大,一二三算小,摇到大莫江龙喝,摇到小弯弯喝。弯弯问:"你算干啥的?"柳心月耍赖:"我负责摇骰子。"最后达成折中,摇大莫江龙喝,摇小弯弯和柳心月轮流喝。那晚也真是奇了怪了,总是摇出大数字,莫江龙一杯一杯连着喝,直到喝断了片儿,怎么回去的都完全记不起来。

第二天早上,莫江龙还在设于金盾海岸的办公室沙发床上酣睡,就被一阵吵闹声惊醒。循着声音望去,见有人在金色海岸的楼里争执,楼下停着几辆消防执法车。莫江龙准备去洗漱，却隐约觉得远处传来的声音耳熟，揉揉眼睛仔细看去，竟然是弯弯。对面金色海岸五层的彩条布被扯开一面，从空洞洞的窗户看过去，弯弯正带着几个工人和穿制服的人理论，她横在执法人员和彩条布之间争执着什么，几个工人干站着，应该是在等待下一步该怎么干的指示。弯弯虽激烈反抗，但很快就被执法人员拉开，随即，五层楼的彩条布被完全扯掉，宽大的落地窗裸露出来，里面的一景一物都一览无余。莫江龙看到里面空荡荡，并没有隐藏什么。弯弯挡不住，无可奈何地跟在执法人员后面。

六层，七层，八层——很快，整幢金色海岸都无遮无挡了。

中午他们见面的时候，莫江龙想问昨晚酒醉后有无失态，弯弯却对此只字不提，而是面色平和地说："还是你们基地好，权力大，面子大。"莫江龙知道她要引到早上的事，并不作声。弯弯接下来又说："我们把金色海岸围挡起来准备装修做样板间，消防却说是火灾隐患，土匪一样给扯了个精光。"顿了顿，撇着嘴说，"你们用木板钉的就没人说，难道那就不是火灾隐患吗？真像别人说的是选择性执法，欺负我们这些平头百姓。"

莫江龙倒感觉弯弯话里话外认为他和那些消防执法人员是一伙的，加之本就有特殊使命在身，倒心虚起来。虽然尽力劝慰弯弯，自己却先红了脸。

他心里也疑惑，铁敏承之前最不托底的就是彩条布遮挡的几层楼里的情况，他们怀疑弯弯在里面有动作，虽安排路武日夜监视，但因是视觉死角，无法摸清狙击点位，也就无法实施阻挡狙击，顾重阳也因此而面临着巨大的危险。这是整个计划里最令铁敏承无可奈何之处，成败亦决定于此。

莫江龙坚定地认为，是铁敏承借助消防的力量堂而皇之地拔掉了这个钉子，只要一切都在路文路武的视野里，那危险也就不再是危险。莫江龙的猜测不可能在铁敏承那里得到证实，在整个棋局里，他只是一个卒子，铁敏承不会将所有行动向他和盘托出，他现在要做的就是死死盯住弯弯。

莫江龙的工作开展得极为顺利。弯弯只要不和莫江龙在一起，不管是因公离开还是因私有事，莫江龙都第一时间将信息传给铁敏承，铁敏承再提醒路氏兄弟。只不过几日，潜伏于金盾海岸的路武已经精准摸清了弯弯的行动轨迹。平时弯弯忙于做施工计划、督促进度、支付各种款项，颇不得闲，只在中午工人们都短暂休息的间隙，才悄悄进入金色海岸大楼。潜伏于空域防护基地办公楼顶加盖起来的封闭空间里的路文也有极为重大的惊喜发现，他通过狙击步枪瞄准镜中午反射太阳光的亮点，锁定了弯弯长时间瞄准的五个射击点位。三个在他的猜测地点，有两个却非常诡异，在观察顾重阳办公室并不绝佳的半死角位置，能选择此处并且要求一弹中的，看来对手也是一等一的狙击高手，路文第一次发现时，倒吸了一口冷气。

如此看来，弯弯是敌方派来的狙击手无疑，但她背后的影子上级是谁，她狙杀顾重阳背后的目的究竟是什么，暂时还不得而知。若弯弯最终选择在半死角位置狙击顾重阳，路武在相邻的金盾海岸大楼完全无计可施，因为他压根就看不到弯弯。路文的情况也好不到哪里去，他可以观察到弯弯的半个身子，但在此处反狙击，不能精准瞄准对手的射击位，无法保证一枪击中扣扳机的手指，也就无法确保阻止箭在弦上的狙击，从而解除顾重阳面临的危险，之前的所有缜密筹划也都将因此失去意义。突如其来的状况打乱了铁敏承的布置，敌人变了，他的计划也必须及时进行调整。

"必须重选反狙击位置，确保万无一失。"铁敏承果断决定。

这样的话，只能把路武从金盾海岸撤出来，将三个显而易见的狙击点留给路文，给弯弯半死角的狙击位置寻找新的反狙击点。铁敏承把几个备选位置逐一斟酌，最终把和金色海岸以及顾重阳所在办公楼呈正三角的一处硕大户外商业广告牌列为首选，那个广告牌虽然位置偏低，但能无死角射击弯弯所选的另两个狙击点。点位算是确定了，但是路武究竟如何在上面隐身却是个棘手的问题。广告牌上趴着个大活人，即便是普通路人，只要稍微留意就能发现。

就在铁敏承颇为焦灼地考虑到底是更换广告牌，还是重新选择狙击点位的时候，莫江龙打来内线电话，告知他一个猝不及防的消息——弯弯死了。

十四

弯弯之死

莫江龙之前有报告，说弯弯约他到滨湖水库钓鱼，因为听说胡云发和吴伟龙也在，他怕见到吴伟龙后引起怀疑，就没有答应。弯弯是在当天上午十点左右开着她的红色甲壳虫离开工地的，那时候她看起来并没有什么异样，可大约一小时后，警察就打来电话让去认人，更确切地说，是让去认尸。

"在最不该发生事故的市区道路上，不但发生了事故，而且车子被撞得面目全非，简直令人难以置信。"莫江龙面对面给铁敏承汇报，坚定地认为这里面一定隐藏着阴谋。接到电话后，莫江龙第一时间去了车祸现场，他未到现场时，以为只是普通的车祸，可等见到弯弯那辆红色的甲壳虫被撞成一堆废铜烂铁时，他的惊讶之情毫无保留地呈现了他心中的疑惑。

"就在滨江大道通往郊区的十字路口。"莫江龙比画着，"交警说当时都在等红灯，弯弯要左拐，跟着停在了一辆渣土车的后面，她停下没几秒，后面就冲过来一辆水泥罐车，没法解释的是，这辆大吨位的水泥罐车不但没停，反而以极快的速度推着弯弯的车快速前顶，前后也就十几秒，弯弯根本来不及反应，两个大车就把她的小甲壳虫挤压成薄片。从没见过那么惨的车祸，我从外面根本就看不到弯弯，只看见血不断从车里淌出来。"

"交警怎么说？"铁敏承铁青着脸问。

"交警给的结论是水泥罐车刹车失灵。"莫江龙哀叹,"你说这么大的水泥罐车也敢失灵,真是谁碰上谁倒霉,以后真不能让这些大车进入市区。"

"在刹车失灵的情况下司机就没打一点方向?"铁敏承追着莫江龙问。

"没有,是直行撞上去的。"莫江龙稍微停了一下,又说,"也是巧了,左边是护栏,右边紧挨着公交车和依维柯,可能司机手忙脚乱也来不及打。"

铁敏承愣怔片刻,突然问莫江龙:"遇上这种情况你会不会打方向?"

莫江龙挠挠头:"还真没遇上过这种情况,说不准。"

铁敏承陷入沉思,他在脑子里一遍遍推演着假如他是水泥罐车司机,这车该怎么开,遇到紧急情况又会怎样处理。铁敏承偶尔转换思路也推演着,他若是弯弯,瞬时之间应当做出怎样的反应。铁敏承的脑子里蹦出很多种推断,但有一点他是极肯定的,一般情况下,司机在意识到前面即将遭遇车祸时,一定会本能地猛打方向,即使打完方向依然有车祸,但那已经是次轮判断,首轮判断一定是要规避近在眼前的危险,如果一个司机在刹车失灵即将撞上前车之际,不打方向而是无动于衷地坐视车子撞上去,显然是不合常理的。

从交警那里拿来的现场视频更加佐证了铁敏承的推测。

最前面的渣土车在绿灯还有五秒时就停了下来,紧接着弯弯停车,几乎紧跟着弯弯的车子,水泥罐车就疯狂地冲了上去,一点方向都没有打,从车速的变化情况看,甚至还用力踩了油门,几乎是瞄着撞上去的,直接顶着甲壳虫往前推去,力量非常大,以至于把前面的渣土车都推到了斑马线上,从路面上清晰可见的黑色轮胎印记能推断出渣土车的大概吨位。铁敏承让把录像再回放一遍,他看到,更为蹊跷之处在于几乎在弯弯停车同时,一辆白色的依维柯也在她的右侧前方停车,并且紧贴着弯弯的甲壳虫,依维柯是中道的第一辆车,距离前方的白色停车线尚有几米,按理说应该再往前开,但他却提前刹车,紧紧贴着隔离线抵着弯弯的车子,几乎都要挨在一起了。这样前面的渣土车、左边的金属栅栏、右侧面的依维柯和公交车还有后面的水泥罐车就把甲壳虫包围在了一个无处可逃的死地。随之就是水泥罐车加速冲来,仔细看,一刹那间弯弯做出了并不明显的右拐动作,车头也稍微偏右拐了一下,但被依维柯别着,拐不过去,巨大的力量就推着她的车迅疾向前,最后成了两辆大车之间的一块死亡铁饼,无计可施,无处可逃。

"这个水泥罐车肯定有问题。"铁敏承指着屏幕对他刚刚从总部抽调过来的小马说,"协调甄别局好好查一下这个肇事司机,前面这个渣土车和侧面的依维柯都要查,看看司机是些什么人,是否受到谁的指使。"

"是。"小马详细做完笔录,转身出门。

"弯弯一死,这盘棋敌人是不是没法下了?"刚刚赶来了解完整个事件详情的顾重阳靠在沙发里,把仰望着天花板的头转向铁敏承,"最起码不会如他们计划的那样出招了。"

"那倒未必。"铁敏承点着一支烟,猛吸一口,再慢慢地吐出来,烟圈在空中慢慢地上升,像水中的涟漪一般扩散,直到无影无踪。紧接着,铁敏承又吐出一串,望着徐徐上升的烟圈,继续说,"真正的高手在下棋时总能谋大局而弃小子,弄不好,弯弯就是敌人主动舍弃的一个小卒子。"

"你是说——他们自己人干的?"顾重阳惊讶地从沙发里挺直了

身子。

"不排除这种可能。"铁敏承狠狠地吸了两口烟,这一次再没吐烟圈,而是让烟雾急速地从鼻腔里冲出来,"也或者,是敌人的敌人干的。"

"敌人的敌人?"顾重阳颇为疑惑地看着铁敏承。

"对。这个敌人的敌人并不是我们的朋友,而是更大的敌人。"铁敏承低声说。

"那到底是谁呢?"顾重阳问。

"暂时还不知道,这也是我急于弄清楚的。"铁敏承陷入到了沉思中。

"老铁,"顾重阳有些犹豫,但只稍微迟疑了片刻,还是忍不住问道,"我一直琢磨,这个车祸不会是你安排的吧?"

"我不会那么蠢。"未等顾重阳说完,铁敏承就接过话茬,"我们之前的所有工作都围绕弯弯接到指令后狙杀你展开,她既是敌人的一个棋子,更是我们的棋子,她虽不自知,但已经成了我们掌握敌情的窥视镜。"

"再说了,"铁敏承说,"你的安全已经交到路文路武手里,我也不敢为了老朋友你而放弃这么大一盘已经占据主动的棋局,你真的是想多了。"

"哦,你说的有理。"顾重阳点点头,"是我想多了。"

"不过你倒给我提供了一个思路。"铁敏承望向顾重阳。

"什么?"顾重阳急切追问。

"如果这不是一起普通的车祸,那么我们大胆地猜想一下,最急于清除弯弯的人会是谁呢?而他们又为什么要迫不及待地将弯弯置于死地?"

顾重阳给不了答案，只是盯着铁敏承等他继续说下去。

"一种可能是他们自己人，因为知道弯弯已经被我们盯上，他们不想让她成为掌握在我们手里的一个诱饵，只能用斩草除根来进行物理屏蔽。还有一种可能是敌人的敌人，他们并不想让弯弯扣动扳机狙杀你，但其力量尚左右不了这种局面，所以只好在弯弯这里动手，以期延缓狙杀。"

"不让狙杀我？"顾重阳疑惑。

"对。"铁敏承冷峻地说，"并不是因为他们大发慈悲不狙杀你，而是换了棋路，换了将我们军的方式而已，或者后面是更大的未知的阴谋。"

"那他们会是谁？"顾重阳急切地想知道答案。

"是啊，会是谁呢？"铁敏承来回踱着步子，最后停下，望着顾重阳志在必得地说，"不管这个后面的人是谁，我们都要查他个水落石出。"

顾重阳不关心铁敏承通过什么样的方法去实现水落石出，只隐隐感觉到，原来条理清晰的脉络在他的脑子里顷刻混乱起来，最显而易见的敌人横遭车祸，一个敌人倒下了，无数个敌人却分明在暗处摩拳擦掌蠢蠢欲动。他并不是担心一己之安危，而是弄不清敌人变换棋路之后到底剑指何处。

就在顾重阳和铁敏承为了弯弯之死大动脑筋揣测凶手之际，胡云发却和张继伦在天宴酒店推杯换盏，同在的还有吴伟龙和赵和平。虽说胡、张二人都在滨海搞房地产，却因为胡云发是土生土长的当地人，而且次次都是兴师动众的大手笔，而张继伦初来乍到，刚刚起步，而且都是小打小闹，所以二人在滨海并无交集，这次能坐到一个桌上喝酒，皆因吴伟龙牵线搭桥。吴伟龙愿意给张继伦引荐胡云发，也是卖了老同事赵和平的面子。前面说到，赵和平是空域防护基地的老人，当时他和吴伟龙也颇有些交情。

　　大约就是在联系上刘金刚的前后，赵和平也找到了吴伟龙，几顿叙旧的酒席之后，就直奔主题，希望吴伟龙当说客，能够让张继伦参与到胡云发的金色海岸工程中。说事的时候张继伦也在场，端着酒杯一个劲说想跟着胡云发"发点小财"，也表态"不会亏待吴主任"。吴伟龙从一个营房办公室主任的专业角度考量一番，觉得参与到即将收尾的金色海岸工程中，似乎并没有"发点小财"的机会，但三杯酒已经下肚，情绪高涨的情况下应了别人就不好食言，心想着无商不奸，或者张继伦"发点小财"的渠道不在项目本身，反正他们有的是门门道道，就借着一次外出垂钓的机会，顺口向胡云发提了一下张继伦的情况和张继伦的请托。胡云发当时刚从水里提上来一条拼命挣扎的大鲤鱼，兴奋地放声大笑，对吴伟龙所提的事，并不说行还是不行，也不知道他的笑是对吴伟龙所说事情的态度，还是源自钓到鲤鱼的欢愉。事情就到滨湖边的大笑打住，再没有了下文。

　　后来赵和平又几次打电话邀约喝酒，因为所托之事没办成，吴伟龙就找了借口谢绝，可不想这个赵和平也是信息灵通，胡云发刚接手金盾海岸的工程，赵和平的电话就又打了过来。他讲明了，跟工程没有关系，就是想跟"老弟"谈谈感情叙叙旧，吴伟龙照例说有事，不想赵和平却说就在空域防护基地机关大院外面等着，吴伟龙什么时候忙完，他等到什么时候。面对这种强人所难的死缠烂打，吴伟龙没有丝毫办法，下班后就坐了赵和平的越野车直奔天宴酒店。赵和平说话也作数，自始至终只字未提工程之事，讲的都是过去，他如何从后勤部长的办公室里偷了酒出来和吴伟龙一起喝，又如何让吴伟龙帮着他给单位的小姑娘送纸条。还有一回,他们在外面喝多了酒把一个小混混给打了,别人追,他们就跑进了基地大院,大院的警卫挡住了那帮人,那些人进不来,在外面又气又骂,而他们隔着门在里面手舞足蹈。赵和平哈哈大笑说:"差点就把那些家伙给气死了。"赵和平真是记性好,一段段往事说得吴伟龙热血偾张。跟着赵和平的节奏,吴伟龙一杯杯地喝着酒,感慨着:"那时候年轻啊,真是天不怕地不怕。"酒喝得差不多了,赵和平也说有些醉了,大喊大叫着跟服务员说要找冰镇矿泉水,然后跟跟跄跄地出了门。赵和平前脚刚出门,张继伦后脚就开始重提"发点小财"之事,这次张继伦显然是有备而来,目标直指胡云发刚接手的金盾海岸,他显然也为这次的请托做足了文章。张继伦推给吴伟龙一个牛皮纸袋子说:"都知道金盾海岸是吴主任给胡总争取到的工程,胡总的工程也就是你的工程,我参与进去发了财,也就是你发了财。"吴伟龙半推半就,还是把纸袋子收下了,拍着胸脯答应张继伦,说尽最大努力说一说。

  吴伟龙再次专程找到胡云发,说张继伦找了某个领导,转了一圈回来,领导又把给张继伦找活儿的事交给他办,然后提出,能不能把金盾海岸的工程外包一部分给张继伦做。胡云发满口答应:"没问题,都是小事,那边都是弯弯在打理,我给她说一声,到时候让那个张总直接找她就行了。"事情敲死后,正赶上总部来了个财经纪律检查工作组,营房办公室大宗开支多,是检查重点,吴伟龙忙着补合同,理发票,出说明,前前后后忙了差不多有半个月,就把说和工程的事给忘了。再接到赵和平的电话才恍然大悟,得给张继伦和弯弯牵线。他挂完电话,当下就给弯弯打了过去,却总是"您拨打的电话已关机",待拨到胡云发处,才知弯弯突遇车祸身亡。

  弯弯死了,金盾海岸的工程却不能停。

胡云发在外面事情颇多,往来应酬也杂乱。本来金盾海岸全权交代给弯弯打理,如今弯弯的死完全打乱了胡云发的节奏。想起吴伟龙提过的张继伦,既然是空域防护基地领导的关系,索性卖个人情,把金盾海岸的工程全部外包给张继伦。他这是放长线钓大鱼,吴伟龙总要补偿他的情分。

张继伦办完接手金盾海岸工程的相关手续,就在天宴酒店大摆筵席,一是庆祝与胡云发初次合作,二是感谢吴伟龙的鼎力相助。除了胡云发、吴伟龙、赵和平、张继伦四人之外,张继伦还安排了几名女孩子作陪,说是某大学的学生,吴伟龙细看,一个个搽脂抹粉更像是混迹声色场所的女子,和清纯的吴涵比起来有云泥之别。不过上次喝过酒之后,再不见胡云发把吴涵带出来,他也不好多问,只是期待着,希望有机会能与吴涵再次相见。一番你来我往的碰杯后,吴伟龙已经微醉,胡云发也有些不支,张继伦提议再去按摩放松一下,赵和平积极响应,只是胡云发说公司晚上还有事情要处理,不得不回去,吴伟龙也找了理由说不去。临走,赵和平推着一个女孩和吴伟龙一起上了车,女孩虽然扭捏不情愿,上车后却殷勤至极,吴伟龙的回应很冷淡,半路上,他问明女孩住址,强行将她送了回去。

吴伟龙也下了车,他突然有点难受,想一个人走走。

酒桌上,胡云发无意中提到弯弯三天后火化,没人知道弯弯老家在哪里,她是两年前应聘到胡云发公司的,几乎付出一切能付出的努力,包括才智、勤勉、委屈和青春,才从一个内勤干到胡云发手下的经理。包括胡云发在内,所有人都只知道她从北方来,没人知道她的家庭具体地址,死了,也无人可联系,就像季节交替之际的蒲公英,那么努力地成长,却只消一阵风,就什么都没有了。弯弯甚至还不如蒲公英,蒲公英最起码嫁给了大地,来年还有生根和发芽的机会,还有在春暖

107

花开的季节恣意生长和再次飞舞的机会，可弯弯呢，她什么都没有了，烟消云散，宛如从未来过世间。她原本可以收获平凡却幸福的人生，可她选了另一条路，注定万劫不复。

"弯弯毕竟爱过你一场，去送送她吧。"

吴伟龙突然想哭，不是伤心于弯弯，不是纠结于生死，而是一种说不清道不明的百感交集，虽然他和弯弯曾经裸身相拥睡在一起过，但那只是一次酒后的意外。显而易见，正如弯弯从未爱过他一样，他也没有为弯弯动过心，彼此都知道，从一开始，他们就不是一路人，之前之后都是酒场上的碰杯之交。他只是没想到，那样令人琢磨不透的弯弯瞬间就没有了。

吴伟龙在冷风习习的街道上泪流满面，通明的路灯把夜空照得璀璨辉煌，他看得见昏暗的月亮，却见不到星星，他不知道星星隐到了月亮的明亮里，还是压根就没有出来。是啊，无边苍穹有那么多星星，少了哪颗多了哪颗，并不会被注意，既然如此，出不出来又能怎样呢，又有什么意义呢。年轻的男孩子骑着摩托车在巨大的轰鸣声中携风驰过，后座上是尽情尖叫的女孩子。他们那么年轻，顶多也就刚刚二十出头吧。吴伟龙想着，这些年轻的孩子再过十年会在哪里，二十年呢，他们不可能总在午夜时分尖叫着穿过这座城市，每一晚的尖叫都属于更年轻的后来者，那他们呢，女孩子们会在哪里，男孩子们又会在哪里？他们终将会拥有怎样的归宿？

吴伟龙告诉自己，一定要去参加弯弯的遗体告别仪式。

十五

破解迷局

　　柳心月见弯弯最后一面时，开始还强绷着，但一走出殡仪馆，她就再也忍不住，伏在墙的一角痉挛地哽咽抽泣，继而瘫倒在地上放声大哭起来，她的眼泪就像没有拧紧的水龙头一样源源不断地掉落。莫江龙劝她，她就起身抱着莫江龙又哭。终于哭完了，眼泪也不擦，楚楚可怜地挂在脸颊上。

　　"我不想让弯弯姐走。"柳心月刚止住的眼泪又涌了出来。

　　"人死不能复生，你想开点。"莫江龙也红了眼睛。

　　"可我就是想不开啊。"柳心月大喊。

　　"要坚强。"莫江龙说。

　　"我不想坚强。"柳心月的声音已经嘶哑了。

　　"你知道是谁害死弯弯姐吗？"柳心月又哭了一阵子后，棒喝似的盯着莫江龙问。

　　莫江龙一时不知如何作答。

　　"肯定是他们。"柳心月擦干眼泪，狠狠地说。似乎她的心里已经有了答案。

　　"你能陪陪我吗？"柳心月柔情似水地望着莫江龙。

　　"啊——这个——嗯——"莫江龙被柳心月弄了个措手不及。

　　"求你了，陪陪我。"柳心月泪眼望着他的样子，让莫江龙实在没有办法拒绝。

莫江龙以为柳心月会带他去酒吧，因为上次他们就是在酒吧认识的，像柳心月和弯弯这样浑身充满活力的女孩，大概会把酒吧作为习惯的去处吧。她们和四平八稳的莫江龙不一样，想唱就唱，想跳就跳，生活总是那样激情四射。此刻，为了抚平内心的悲伤，柳心月大概需要一次疯狂起舞，也或者是一场烂醉如泥。出乎意料，她带莫江龙去了一处居民小区。

他们走进了一个一室一厅的出租屋，面积虽小，布置得却很精致。

柳心月说："这是弯弯姐给我租的。"

莫江龙站在原地把屋里打量了一番，忍不住赞叹说："这盆绿萝倒是挺能长的。"可不是，花盆在最里面的墙角，可蓬蓬勃勃的枝条疯狂延伸，顺着角落绕了一圈，又曲曲弯弯折了回来，枝条长到哪里，透明胶带就把它们固定到哪里，步步为营，眼看就要布满房顶。莫江龙能明显感到，脚一踏进这间屋子，就如同忽然进入了一片原始的小树林。

"这是弯弯姐送给我的。"柳心月给莫江龙泡了杯茶，纸杯套在杯托里，黑色的茶梗在冒着热气的热水里跳舞，有的沉了下去，有的翻腾几下，又浮了上来。"就是浇点水，没想到见风长见水长，就长成了这个样子。"

提到弯弯，柳心月刚刚平复的情绪难免起伏，又一次带出了泪水。她赶紧用手抹掉，低了头抽咽："弯弯姐那么好的人，没想到竟被这样对待。"

"这个，"莫江龙安慰她，"只是个不幸的意外。"

"但愿是意外吧。"柳心月心事重重地说。

闲坐无事，柳心月就一言一语讲起她和弯弯的故事。

这个时候，莫江龙才懂得柳心月为何哭弯弯哭得那样痛彻肺腑。

弯弯不是她的亲姐,待她却胜过亲妹妹。柳心月从西部的农村考大学到滨海师范学院,家里无力给她任何经济上的帮助,柳心月也做好了苦熬苦干的准备,学费国家资助一部分,学校减免一部分,倒不用操心,至于生活费,她可以用空闲时间带家教来赚取。穷人的孩子早当家,柳心月高中时赚的家教费就能自给自足。可想象和现实总有差距,虽然柳心月的学费和生活问题都解决了,可在此之外她要面对的困难还有很多。首先她是个女孩子,以前在老家时不需要买各种衣服,不需要买各种化妆品,到滨海后也可以不需要,只要勤洗衣服或者一袋两块钱的抹脸油,她就能把自己收拾得清清爽爽利利索索,可是同宿舍的同学总相约着逛商场,买东西,她不去格格不入,去了不买也格格不入,但经济的窘迫逼得她不得不格格不入。时日一长,孤立的感觉总是让人唇齿生凉。从前,她自知除了学习和别人是什么都不能比的,但到了滨海师范学院后,她曾引以为傲的学习成绩也淹没在了众多优秀的同学之中。唯一的自信点被敲掉,她就成了师范学院校园里一无是处的失败者,这种失败如泰山压顶,让她滋生出无以复加的绝望之感。柳心月总是把头低到尘埃里,她的无力和自卑差点将她埋葬在大学的时光里。大二下学期她患上了抑郁症,整晚整晚睡不着觉,大把大把掉头发,和人交流也因精神恍惚而常常词不达意。她厌倦自己,恨不得杀了自己,那时候的柳心月已经到了最危险的时候。

弯弯是在一溜儿蹲在台阶上找家教的学生里点中柳心月的。她在一长溜儿的学生前面仔细地走了一遍,最后又回到柳心月跟前:"能教财务吗?"举着"英语"牌子的柳心月抬头望弯弯,嘤嘤回答:"会点,我怕教不好。"

"你学的什么专业?"戴着圆框墨镜的弯弯俯下身子问。

"财会。"柳心月仍低声嘤嘤。

"行了，跟我走吧。"弯弯直起身子，爽快地说。

柳心月平生第一次坐的小汽车，就是弯弯那辆超级拉风的红色甲壳虫，很不幸，那辆车已经被挤压成了一堆废铁，和弯弯一样早早地与这个世界诀别了。弯弯很喜欢柳心月讲课，没有深奥的理论和说辞，却把怎么做账、怎么核账查账说得生动清晰、明明白白，就算她这个没有任何财务基础的外行，听完之后也是既做得了账又查得了账，而不像之前她找的那些个自以为是的博士或教授，他们高深莫测地自说自话，弯弯却如听天书一样一无所获。柳心月讲课没的说，唯一不足的就是因胆怯而声音太小，就像是冬天里残存的蚊子飞过一样"嗡嗡嗡，嗡嗡嗡"。弯弯喜欢柳心月，玩笑着叫她"柳大教授"，并提议让柳大教授把讲课声音的分贝"调大"。

弯弯不仅视柳心月为老师，还把她当作自己的知己和闺密。

柳心月的变化几乎是日新月异。

今天做了最流行的头发，明天做了美甲，后天买了刚刚才出的新款时尚连衣裙，再过几日，竟用上了谁也叫不上名字的进口香水。这些东西有的是弯弯把自己的送给了柳心月，有的是专门买给她或者为她量身定做的。

弯弯的热情馈赠在点燃柳心月青春激情和虚荣的同时，也加重了她的压力。她问自己，也问弯弯："这番厚待如何担得起？又如何还得起？"

弯弯回答她说，在你最应漂亮美丽的年龄却不能打扮自己，将是永远也无法挽回的遗憾，即使多年以后你想起打扮自己了，可是那时已经头发花白，皮肤褶皱，一切的苦心徒劳难道能把已经老去的青春美丽追回来吗？所以要善待自己的青春，给她你最大的努力，青春肯定也不会辜负你。

"可是，我该怎样偿还你？"柳心月对弯弯的亏欠胜于感谢。

"你就当我是银行吧。"弯弯摸着她的脸蛋说，"我看好你的未来，就当我贷款给你，将来你发达了还我就行，这样既不辜负青春容颜，又不欠我丝毫，岂不两全其美。"末了，弯弯笑着补充，"我可是要收取利息的哦。"

弯弯就是柳心月的救星，救她于万劫不复的万丈深渊。

贫困生柳心月用弯弯的慷慨做浴液，做香皂，用两年时间浸泡揉搓，终于洗尽了附着于身上与生俱来的尘土味道。一株野草变鲜花，灰姑娘蜕变为白雪公主，不辞辛劳带家教的柳心月成了自如在酒吧劲舞买醉的柳心月。

莫江龙瞪大眼睛，比眼睛更大的是嘴巴。他不敢相信，眼前这个新新人类竟然来自农村贫困家庭。柳心月颠覆了他对农村女孩一直以来的认知。

"弯弯姐一走，我才明白什么叫天塌了。"柳心月的眼泪未曾断过。

一个月之前，弯弯还在征求她的意见，看她毕业之后是想考取研究生还是想上班，如果上班，又有在弯弯公司或者另找其他公司的选择。可是弯弯一死，重新坠入凡间的她才猛然意识到，找一份能够养活得了自己的工作并非易事。那些招会计的公司一听她刚毕业，面试的机会都不给就打发了，他们更愿选择那些有工作经验的人。柳心月退而求其次应聘出纳，也是屡屡碰壁。无能为力的柳心月又一次坠入绝望的泥潭。

"困难总会过去的。"莫江龙开导柳心月，劝慰说，"我们一起想办法。"

"弯弯姐说你是好人，我就知道你一定会帮我的。"柳心月转身伏在莫江龙的肩膀上，嘤嘤地垂泪不止。柳心月身上散发出来的清香味道一丝一缕地刺激着莫江龙,他不动声色地感受着。

此时此刻,此情此景,他的心里五味杂陈。

柳心月对莫江龙讲了她的过去、她的转变以及弯弯对她不求回报的帮助,但唯独没有告诉柳江龙,弯弯只不过是按照自己的需求物色了柳心月,并且从初识开始,就用尽了办法把柳心月培养成第二个自己。

铁敏承从小马那里得到了预料中的结果——水泥罐车司机死了。

"怎么死的?"

"先天性心脏病病发身亡。"

"这是谁给的结论?"

"交警队。"

"到医院核实过没有?"

"核实过,司机生前曾两次因心脏不适住院,最近刚做了搭桥手术。"

铁敏承陷入沉思,他想到了敌人会以灭口的方式掐断水泥罐车司机这条线,但即使水泥罐车司机死了,杀死罐车司机的凶手就会接替罐车司机成为他们新的线索。敌人再怎么狡猾,也不可能干任何一桩事情都了无痕迹,可现在得到的结论竟然是罐车司机病发而亡,这真是一个之前没有预想过的意外。此刻,他已经把弯弯之死设定在了一场精心策划的阴谋里,由此来看,敌人选择罐车司机必定也是做了一番文章,专门选择一个心脏病重症患者,杀死一个,吓死一个,一箭双雕,一了百了,不用他们收拾最后的残局,所有线索就如他们所料会在弯弯死后都断得了无痕迹。

"前面的渣土车司机呢?"铁敏承突然从沉思中抬头问。

"车祸后请假回家，但是——"小马遗憾地说，"渣土车司机是工地上临时聘用的，没有登记身份信息，光知道是南方人，具体地址不详。"

"有没有照片？"铁敏承抬头盯着小马问。

"有，刚刚从视频里截取了一段。"小马把一沓打印纸递给铁敏承，里面有交警队对车祸事故的鉴定结果，还有几个嫌疑司机的基本信息。

"还有一个情况。"小马不失时机地提醒。

"什么？"铁敏承把目光从一沓资料里抽出来，扭头看向小马。

"事故发生前半小时，水泥罐车司机连续拨打和接听同一个号码的电话有十三次之多，虽然事故前删除了全部记录，但我们通过技术手段进行了恢复，如果这个未知号码就是前面渣土车司机的，那就完全可以断定，此次车祸是精心设计的谋杀，所有掌握的既有证据都向这个推断靠拢。"

"依维柯司机呢？"

"市电力局的班车司机，那天他到火车站送了一趟站正好返回。"

"正好返回？他那个停车位置可是有些蹊跷啊。"

"这个我也发现了。"小马摇头，进一步解释，"那个依维柯司机也很懊悔，照他说，是一时色迷心窍，见开红色甲壳虫的弯弯衣着暴露，就想多看两眼，车的停位他倒没注意，直到事发他才意识到自己堵死了甲壳虫的逃生通道。调查过了，他在电力局开车十多年，并没有什么可疑之处。"

"这么说仅仅是个巧合？"

"根据我们目前掌握的情况看，应该是这样。"

"好吧。"铁敏承问，"下一步你是怎么打算的？"

"我已经安排力量锁定并追踪水泥罐车司机手机里那个陌生号码，

一旦锁定,就尽快将机主控制,如果是渣土车司机最好不过,即使不是,也是另一条重要线索,从已经掌握的情况看,他们并不知道那个未知号码已经暴露,尚在使用中。"小马的汇报逻辑清晰,显然已经提前做足了功课。

"好吧,等你的好消息。"铁敏承扭转身去,望着窗外的车水马龙。

小马离开后屋子陷入了短暂的寂静,墙上挂钟走针的嗒嗒声分外真切。铁敏承站立窗前,不知是在看街景,还是在思考下一步的计划。

顾重阳到来时,铁敏承仍旧沉陷在似乎没有尽头的思索中。

"下面我们怎么做?"顾重阳问。

"等。"铁敏承答。

"等什么?"

"等对面出现新的狙击手。"

"他们会不会已经在那里了?"

"会吗?"铁敏承这个时候并不能确定。

弯弯之死或许只是敌人的一个障眼法,他看不清敌人的意图,甚至不知棋盘对面的是哪个方向的哪拨敌人。他唯一知道的是,敌人此番出招已经布子完毕,接下来该轮到他了。如何落子,将直接关系到整个棋局的胜负。

十六

自相残杀

当大批工人进入金色海岸，开始装修早前弯弯无数次提过却始终未见动静的样板间时，铁敏承骤然警觉，他意识到敌人开始了新的排兵布阵。

"我要不要跟着进去？"刘金刚请示铁敏承。

"当然得进去，务必要摸清他们的底细。"铁敏承斩钉截铁。

张继伦消息灵通，胃口也大，刚刚谈妥接手金盾海岸的合同，又趁热打铁，拿出了装修金色海岸样板间的草拟合同。胡云发接过去一看，很有诱惑力，但也明知道减去装修材料和人工费用，张继伦几乎没有什么利润可图。这个老江湖也摸不清张继伦葫芦里卖的什么药。张继伦知道胡云发心里有疑惑，也不藏着掖着，讲明就是为了在滨海闯市场，攒口碑。胡云发管不着他为了这样还是那样，也犯不着较真张继伦葫芦里到底卖的什么药，只要自己利益不受损，他就热烈欢迎，一杯酒的事，合同就顺理成章签完了。

刘金刚之所以有信心跟进到金色海岸的工程里，是因为赵和平从一开始就怂恿刘金刚离开空域防护基地跟他们干，说是凭刘金刚干了这么多年营房办公室主任的经验和人脉，留在一个没有什么油水可捞的单位实在可惜，不如到有油水的地方放手拼搏一番。刘金刚回应的态度一直暧昧犹豫，不说去，也不说不去，让赵和平一时半会儿死不了心，所以每次见面赵和平总要把劝刘金刚辞职作为历久弥新的话题。

尤其在一次和张继伦共同参加的饭局上,当赵和平老话重提的时候,张继伦也当场表态,只要刘金刚跟着他干,立马给一个经理的位子,并且有高额底薪加提成的优厚待遇。张继伦的话撂到桌子上,刘金刚就多了一张底牌,是进是退都会更加自如。

"你如何进到敌人的队伍里,我们还得好好筹划。"铁敏承的心中早有了周全稳妥的安排,"要让他们从你身上看到希望,把你当成一块宝。"

刘金刚心领神会,也精神抖擞,他急切等待着一场即将到来的大考。

一连几天,只要顾重阳稍有空闲,就不由自主要扭头望向对面的金色海岸大楼,冷清一段日子后,隔着蜂箱一样整齐排列的窗户,又见里面人头攒动。顾重阳弄不清有没有狙击手在里面,也不知那个或已就位的狙击手是不是已将自己锁定。人为刀俎我为鱼肉的境况让他不可能心如止水。

"丁零零——丁零零——"

骤然响起的电话把顾重阳惊了一个激灵。

如其所愿,正是铁敏承打来的,那边直截了当地问:"我过去还是你过来?"

"我过去吧。"顾重阳挂断电话就紧急让钟秘书备车。

从弯弯横遭车祸那一刻起,盯着顾重阳办公室的眼睛就从已知的一双变成了未知的一双或更多双,他们偷窥着空域防护基地,也注视着顾重阳。这种情况下,如果铁敏承仍照例到顾重阳办公室谈事,显然不是明智的选择。但每一次铁敏承仍旧这样询问,恪守着他对这个指挥长最基本的礼仪。

"小马那边有结果了。"铁敏承在顾重阳一进门就单刀直入。

"什么结果?"

"水泥罐车司机在事发前一直拨打和接听的电话号码的确是渣土车司机的。"铁敏承告诉他说,"这个结果,和我们之前的推测完全一致。"

"太好了,找到渣土车司机,一切就都水落石出了。"顾重阳欣喜地说。

"可是,晚了一步。"铁敏承叹息,"那个渣土车司机已经死了。"

"死了?"

"对,就晚了一步。"铁敏承说,"他死在水塘里。"

"他杀?"

"不确定,正在调查。"铁敏承顿一顿,"我坚信是敌人杀人灭口,一切等尸检结果出来后,就都清楚了,再狡猾的敌人也会留下蛛丝马迹的。"

"可是人已经死了。"

"他的银行卡在几天前收到一笔数额巨大的银行转账。"

"谁转的?"

"正在查。"铁敏承说,"我推测这些钱就是他协助杀人的报酬,不过可惜了,搭上命挣来的钱,却没有命花出去,到现在还在银行里。"

顾重阳此刻没心思关注钱的问题,他最为关切的是以为铁敏承要给答案,可希望刚刚升起,又戛然破灭,这让他又迅疾陷入巨大的迷茫之中。

"黑猾狸那边也来信息了。"铁敏承似乎看出了顾重阳的急切,之前只不过是给他一碟可有可无的小菜,后面才是他今天要宴请顾重阳的大餐。

"黑猾狸?快说说。"顾重阳并不知道黑猾狸是谁,第一次听这个名字还是执行此次任务之初从铁敏承那里听到的。只听铁敏承说黑猾狸是最高层保密部门的负责人,铁敏承自己都从未与其谋面,这么多年都只是通过机要手段互通信息。黑猾狸一般不参与具体案件,除非事关重大他才亲自出马,但这一次,黑猾狸从刚开始就介入,的确极为罕见。他们都不知道黑猾狸的活动范围,只知道自始至终他都跟进着这个案件,或者人就在滨海,可能是一个看门大爷,也可能是一个供货商人。唯一可以肯定的是,黑猾狸凭借四通八达的信息网络,每一次提供的都是最权威和最详尽的信息,尤其每回在迷雾重重的时候,黑猾狸的信息都能够让明显的死局峰回路转,把陷入困境的铁敏承和顾重阳指引到正确的方向上来。

"弯弯是死于他们之间的利益冲突。"铁敏承向顾重阳交底。

"真是他们自己人干的?"顾重阳颇为疑惑。

"没错,这样看来,弯弯只是整个棋局里一颗无关紧要的子。"铁敏承点烟从来不用打火机,他每一次把火柴划出长长火焰的动作很是潇洒,待火苗燃到火柴棍的中间位置,他才把香烟吻上去,重重地吸上两口,一缕烟雾就腾空而起。这时候,火柴也差不多将要烧到根部,他抡着手臂大幅度地甩一甩,待火熄灭,他才把烧得黑瘦黑瘦的火柴棍投进烟灰缸里。

铁敏承狠吸口烟,继续说:"这个弯弯是他们随时能拿掉的棋子。"

黑猾狸传来的信息很详细。弯弯初中时就被域外分子培养,高中毕业后被域外分子秘密带走进行狙击特训三年,后进入域外分子外派非洲某地的特种分队,执行任务一年,任务结束后被秘密送到滨海,安插在空域防护基地驻地附近,先后从事过服务员、文员等工作。谋划攻夺田螺海域早几年前,弯弯就应聘到胡云发的公司,开始接受第三国和域外分子双重指挥,鉴于第三国在此次计划中占据绝对主导地位,继而强势接管所有资源,弯弯也从名义上的域外分子间谍变为实际上受第三国操纵的间谍。但在攻夺田螺海域一事上，域外分子和第三国各有其考虑，域外分子一开始图谋依靠第三国强大的军事实力和外交优势，相机送难民登陆近陆岛形成事实占领，继而攫取相关资源的开采权，但进展并非如其所想的那样顺利，他们从我方强硬的态度推断，并不能如第三国忽悠他们的那样轻而易举抵达田螺海域。再加上域外分子的谍报机关也不是吃干饭的，肯定也将我方应对田螺海域事件的部分或全部方案反馈到域外分子上层，鉴于强行夺取田螺海域并不能占到半点便宜，甚至会鸡飞蛋打，域外分子决定不采纳第三国的贸然突进计划，而是暂缓行动以待时机。胁迫域外分子攻夺田螺海域的第三国岂能就此罢手，他们大力鼓吹我方现在施行的政策是保守防御型的，注重对于大陆领土的保卫，并不会因为海洋争端而冒险和第三国支持的域外分子在海上兵戎相见，第三国蛊惑域外分子说我方在坐视田螺海域丢失之后也不会有任何过激的军事动作，对田螺海域落入域外分子之手只能望洋兴叹。基于以上分析，极力要求域外分子按照原定计划，狙杀顾重阳，并同时举所有海上运输力量运送田螺海域附近岛国难民登陆近陆岛以攫取附近海矿资源。域外分子上下当然也有长脑子的，他们已从渗透进第三国的谍报人员那里得到确切消息，第三国的真正目的在于以域外分子为诱饵，在空域防护基地新阵地的数枚最新式聚波型导弹作战单元流水发射之际，标清固定位置，为以后定点清除圈划火力打击的标靶点位。

"他们竟是瞄着我们的新阵地？"顾重阳万万没想到对方的棋路会是这样。

"因为你们的聚波型导弹新阵地是最令第三国感到恐惧的，"这在铁敏承意料之中，"域外分子是在用自我断腕来规避一场毫无利益可图的愚蠢行动。"

"所以，"顾重阳问，"他们就直接杀死了弯弯？"

"是的。"铁敏承说，"和其他任何颇费周章的努力相比，把这场狙杀阴谋的狙击手拿掉，对于域外分子来说，是最省事的，再说弯弯本就是域外分子的间谍和狙击手，拿掉她，也是对两国之间同盟关系最无害的处理方式。"

"然后嫁祸于我们？"顾重阳恍然大悟。

"正是如此。"铁敏承分析，"不过第三国那帮情报人员也不是吃素的，他们比我们更清楚弯弯是怎么死的，只不过人死已成事实，再追究怎么死的已没有意义，睁一只眼闭一只眼也是为了不破坏他们之间的狼狈同盟，他们急切要做的，就是再物色一个人，顶替弯弯，继续执行未完成的任务。"

"你是说，继续执行之前制订的狙杀任务和强闯田螺海域计划？"

"至少现在没有看到任何变化的迹象，肯定还是如此。"

"可是，域外分子并不愿意这么干呀？"

"弯弯之死给他们争取了时间，一切都在变化。"

"黑猾狸有没有说谁替代了弯弯？"

"说了。"

"谁？"

"就在那里面。"铁敏承指向隔空相望的金色海岸，装修的工人进进出出，从凌晨六点一直干到晚上十二点，加上运送原材料的和临时干活的，每天进出上百人次。铁敏承说："具体是哪一个，还得我们自己去找。"

"水辛明呢？"顾重阳第一个想到了那个秉持特异功能的翩翩青年。

"在劳务市场。"铁敏承回答。

"劳务市场？"顾重阳一转念，明白过来，继而问铁敏承，"他长得白白净净，又是细胳膊瘦腿，了无气魄，干工地上的力气活会有人要？"

"会。"铁敏承莫测一笑，"刘金刚会要他的。"

十七

酒后情迷

莫江龙极力告诫自己要和柳心月保持距离,可没能保持住。

半夜里,酒劲散了,清醒过来的他旋即坠入痛苦自责的深渊。

柳心月嘤嘤哭着,说她还从来没有交过男朋友。

莫江龙听柳心月这样说,更加羞愧自责。他原本是一个原则性极强的人,也没有拈花惹草的恶习。这会儿,连他自己都闹不清楚,喝完酒之后,怎么就管不住自己了呢。此刻,让莫江龙更为心烦意乱的是,在对不起柳心月的同时,他还辜负了与他青梅竹马的女朋友。他在读大学的时候就与女朋友确定了恋爱关系,他到空域防护基地后,女朋友当机立断辞掉大城市的高薪工作,无怨无悔跟着他来到滨海。两个人彼此相爱,互相欣赏,都已经把领结婚证的事提上了日程。可他莫江龙现在却……

莫江龙从与柳心月赤裸相拥的被窝里抽出身来,他看到手机里的第一条信息就是女朋友发来的,不是责备,而是担心,问他昨晚为什么没回去,而且忧虑着他加班太过劳累,嘱咐他切切记得劳逸结合多注意身体。寥寥几句,更加让莫江龙羞忿惭愧,被女友体贴惦念的他,竟是从别的女人玉体横陈的被窝里刚刚出来,若他是旁观者,也会毫不犹豫地唾弃自己。

莫江龙愧悔如渊,他对不起女友,甚至对不起曾经的自己。

他久久沉默,随即呼出一声沉重的叹息,继而耷拉下脑袋。他又想起柳心月刚刚提及她没谈过男朋友,这让莫江龙的心又是骤然一紧,他的身体虚弱得就像被武林高手点了致命的穴位一样,失去控制,瘫软到了床上。

此时,莫江龙心里最是清楚,他在稀里糊涂中夺走了柳心月最为宝贵的贞操,就算柳心月此时提出任何高昂的补偿要求也在情理之中。他惶恐,他怕,他担心——如果柳心月提出要跟他结婚,要跟他过一辈子,那么,他也不得不认真应对这样的结果。莫江龙最是明白,总要为自己的所作所为负责任的。可是——电话那头时时刻刻惦念着他的女朋友呢?莫江龙乱了心绪,痛苦沮丧,他在无边的寂静里听到了自己心脏怦怦怦的悸动声。

出乎意料,柳心月饶了莫江龙,她并没有说要嫁给他的话。

柳心月只是不断地垂泪,继而长时间地沉默。她最后说了句,放心吧,我不会缠着你的,就冷不丁地把已经宣判死刑的莫江龙无罪释放了。莫江龙瞪大了眼睛看着柳心月,惊讶,意外,怀疑,之后便是汹涌漫卷地感动,他没想到她会这样说,他没想到会是这么一个结果。他解脱了,可他又怎么忍心自己独自解脱,他纠结自问:柳心月怎么办?莫江龙的心是软的,他不忍看她垂泪,不忍看她伤心。可是,在这个时候,一切语言都是虚伪苍白和毫无诚意的,他不打算劝慰,也不知道该怎么劝慰,就索性一言不发,安静地陪柳心月坐着,一根接一根抽烟,等待着和柳心月说些什么。

"我——我要怎样做,才能补偿你?"莫江龙盯着终于止住了眼泪的柳心月,轻柔而又小心地说,"只要我能做到,就都答应你。"

"为什么要你补偿?"

屋子里烟雾缭绕。

"我——"莫江龙心虚,"我不该欺负你,我实在该死。"

柳心月无限哀愁地看着莫江龙,顷刻,哀怨地说:"这种事又怎么能都怪你。"她扭过头去,"要论过错,第一个要责怪我的不自重才对。"

"可是。"莫江龙并不打算推诿责任,"都是我喝多了酒才——"

"咱们都别说了。"柳心月擦一把脸上残存的泪痕,"咱们谁都不要再提了,就当这件事情从来没有发生过,我只知道弯弯姐说你是一个好人。"

莫江龙听柳心月提到弯弯时,分明听见自己的血液在血管里哗啦啦上涌的声音,就像乱窜的火苗,烧得他周身炙热,四肢骤然膨胀,脸上也是滚烫滚烫,他真想找一方冷水池一头钻进去,宁愿再不上来。莫江龙陷入深深的内疚和自责,觉得不但对不住柳心月,更对不住死去的弯弯。

和柳心月分开后许久,莫江龙仍然沉浸在自己制造的缭绕烟雾中检讨着过错。直到胡云发打来电话,骤然响起的铃声,才把他从无限愧悔中叫醒。

"小莫啊,晚上到天宴开会。"胡云发在电话那头永远是意气风发。

"开会——什么会?"莫江龙努力调整着自己的状态。

"来了就知道了。"胡云发又问他,"说话怎么有气无力的,是不是为金盾海岸操心操的,实在没必要,你把工程交给我们就算睡大觉都不会出问题,今天我给你介绍一个很棒的合作伙伴,以后你就尽管睡大觉了。"

弯弯车祸事件后,金盾海岸的工程虽没有停下,但有一段时间管理相当混乱,有些具体问题莫江龙甚至不知道该找谁交涉,胡云发方面先后来了几个接替弯弯的临时负责人,却都是应付差事,凡事一问三不知,且都在节骨眼上不敢拍板定案,大大小小的事情都要循环往复请示胡云发，一来二去，工程的进度就受到严重的干扰。莫江龙为此直接找过胡云发多次，甚至急眼说胡云发公司已经违反了合同中的某某条款，空域防护基地随时可以单方面中止合同。胡云发不急不躁，总是说"马上解决，马上解决"，可他总是雷声大雨点小，负责人换了一个又一个，却没哪个能比得上弯弯。

莫江龙挂了电话，猜测着，不知胡云发这次又会换个谁来糊弄他。

胡云发说的到天宴开会，其实就是到天宴吃饭。吃饭总要说话，说话总要扯到工作上，既然说工作，必然就上升到了开会的层次，所以在胡云发的圈子里，但凡听他说开会，就都知道是吃饭喝酒的安排。起初莫江龙并不知晓，还周到认真地带着公文包去赴会，惹了笑话，后来才慢慢适应。

莫江龙赶到天宴酒店时，与会的人员还未到齐。胡云发给他介绍了几个陌生面孔后，就各自在饭桌边上的茶几四周落座。服务员端着一把白色瓷壶，挨个儿给众人的茶杯续水。这个当口儿，刚才被介绍为"张总"的四十多岁男子，继续莫江龙进门时他已经开始的话题。包括胡云发在内，几个人都饶有兴趣地听他讲。张总的讲话自始至终围绕一个刘主任展开。

张总边比画边讲，刘主任是赵经理的朋友，后来一起吃过几次酒，也就成了他的朋友，刘主任这个人豪爽耿直，为朋友办事也是清爽利落，最让人感动之处在于他会把朋友毫无私心地装在心里。前段时间，刘主任单位在滨海的一处老旧家属楼整体装修，刘主任在单位斗智斗勇才把这块肥肉衔到自己嘴里，可他不吃，竟然就跟送人仨瓜俩枣一样送到了张总手里。这倒也不奇怪，朋友嘛，有钱一起挣，有酒一起喝，按惯例，张总要让给他几个点的抽成。可这个刘主任也是怪人，竟说帮朋友不提钱。别以为他就是面子上说说，人家是真不要，打进他卡

127

里他都能给退回来。张总万千感慨说，其实整个工程也就百八十万，可他敬佩刘主任这种侠肝义胆古道热肠的办事风格。他品口茶后放下杯子，忍不住又继续啧啧感慨刘主任的好。

"这样的人倒真少见。"胡云发诚恳地说，"既然有刘主任这样的朋友，张总可要介绍给我们，君子结君子，小人交小人，若能和刘主任成为朋友，既提升我等的层次，又能感受到什么叫热乎乎的侠肝义胆和古道热肠啊。"

"不要急，刘主任一会儿肯定是要和胡总你喝酒的。"张总笑呵呵地望着胡云发。

"好，我一定和这个刘主任喝个大的。"胡云发兴致盎然。

莫江龙在一群人里只认识胡云发，但明显的，今天晚上的主角不光是胡云发，还有自始至终说个不停的张总，至于被讲到的刘主任，也暂时不知是哪位来自政府或是事业单位的神圣，明显是被张总敬几分的。胡云发右侧坐着一个穿白色连衣裙的女孩，自始至终未曾说话，只在和莫江龙对视的时候浅浅一笑，算是打了招呼，其余时间都安静地端坐着。莫江龙发现，她对张总的讲话并无兴趣，因为讲到讲话者自以为有趣处时，她脸上毫无同步表情，不该有笑点的时候，她的脸上却流露出不易觉察的灿烂，显而易见的，她是沉浸在了自己的小世界里。而那个赵经理应该是张总的人，一开始就很殷勤，又是倒水又是递烟，虔诚地对每一个人微笑。

"但这个人啊，有长就有短，有优点就有缺点。"张总抿一口茶，润了润嗓子，提高了声音继续说，"而且优点越明显，缺点就越突出。"

"是有这么一说。"胡云发点头附和。

"刘主任就是这么个人，和朋友没的说，却不把领导放眼里。"他摇摇头。

"那可算不上一个好部下哦。"胡云发接话说。

"可不。"张总意味深长,"他公然和他们单位的中队长掀桌子。"

听到"中队长"三字,莫江龙心中一紧,他隐隐猜到了这个刘主任是谁,却不敢肯定,接下来就不敢丝毫分神,且听这个张总继续讲下去。

张总抿一口茶,把混在茶水里的茶梗用舌头顶到唇边,伸出左手,用大拇指和食指捏了起来,放在眼前扫一眼,似乎是鉴定到底是不是茶梗,待到确定无误,才投掷标枪一样,精准地丢进了烟灰缸里。张总完成一连串微小动作后,继续刚才的话题,下面该说到刘主任如何刚猛了。张总不愧是讲故事的高手,他把刘主任如何从机关被贬到中队里,又如何在中队里逍遥自在,以及换了新中队长之后两人又如何正面交锋,都讲得一波三折、跌宕起伏,尤其刘主任当着数百个人的面掀了中队长桌子的一段,张总更是四肢并用,声情并茂,就好像他在现场目睹了全程一样。

张总刚刚讲完,服务员就推开包间的门,领进来一位方面黑脸的客人。

虽有心理预期,可莫江龙还是吃惊不小:来人竟果真是刘金刚。

"哎呀,滨海这个地方就是邪乎,说曹操曹操就到。"张总热情迎上去,握着手把刘金刚请进里面,"来来来,等你好久了,给你隆重介绍一下,这位天庭饱满的先生就是滨海大名鼎鼎的胡云发——胡总。"接着又补充说,"以后我们跟着胡总吃饭,胡总就是我们的大老板了。"

"抱歉抱歉,动身晚了,又赶上堵车,让胡总久等,实在不好意思。"刘金刚握着胡云发的手,先向他道歉,继而环视四周,逐个儿点头致意。

"理解理解,正常正常,出门在外身不由己。"胡云发说,"我

129

们都是闲人，来得早也是说会儿闲话。"又张罗刘金刚说，"先坐下，别站着说话。"

"我还想着张总说今天要见的大人物是谁呢，竟是胡总。"刘金刚握了胡云发的手极为兴奋地奉承说，"胡总的名号在滨海可是如雷贯耳啊。"

"浪得虚名，浪得虚名，承蒙大家厚爱。"胡云发也紧紧握着刘金刚的手。

"小莫？"刘金刚望见站在胡云发身后的莫江龙，"你也在？"

胡云发坐下又起身，道歉说："差点忘记介绍了，莫分队长是金盾海岸工程空域防护基地方面的负责人，回头金盾海岸工程给张总做，彼此鼎力合作免不了常常见面，既然你们是相熟识的老同事，就再好不过了。"

张继伦也想到刘金刚是空域防护基地的老人，道歉说，起先竟未想到刘主任和莫分队长都在空域防护基地这个茬儿，既然都是老朋友，以后打起交道来就更加便利。大家也都附和说，相熟最好，以后打交道更加方便。

莫江龙听了众人一番品评，加之刘金刚到来后的言语，已经大概推断出，刘金刚和中队长搞翻后已经在拓展型导弹中队待不下去了。接下来又听刘金刚自己讲，他已经和基地的领导摊牌，决意离开基地。莫江龙先是惊讶，但看到今天这个场面，也觉得似乎都顺理成章。张继伦知刘金刚干营房出身，也是高眼相看，一入职就当项目经理，今天算是头一遭参加公司的活动。

莫江龙和刘金刚算不上熟，当时他在机关保卫办当小干事时，刘金刚已经是营房办公室副主任，身份不对等，彼此也仅是同事间的点头之交。

莫江龙对刘金刚与张继伦以及赵和平之前的交情不清楚,也不认识白衣飘飘的女孩吴涵。胡云发称她小吴,他以为是秘书或者下属经理之类,却从彼此的眉眼里看出暧昧,愈搞不清这些人织成的是怎样的一张网。

人齐落座。觥筹交错的热闹刚刚开始,胡云发就与张继伦讨论起如何分配"利益蛋糕"。胡云发举杯宣布,金盾海岸的装修工程和金色海岸的样板间工程都交给张继伦,今天的酒局算是正式宣布交接。这边刚讲完,那边张继伦当即就在酒桌上排兵布阵,安排整个工程的材料采购悉数交给赵和平,刚刚加盟的刘金刚则监督跟进金盾海岸工程。张继伦站在为胡云发负责和为以后再次合作负责的高度,提出他要亲自跟进金色海岸的样板间工程,承诺要力争打造令胡总满意和消费者愿意购买的高品质样板间。

赵和平之前和刘金刚有过沟通,说张继伦的公司正在做金盾海岸和金色海岸两个项目,他这个营房办公室主任过来后有的忙。从刚一开始,金色海岸这几个字眼最能让刘金刚动心,他都没想到一切会如此顺利,尚没有进入角色,就可轻而易举参与其中。但此刻,随着张继伦的一番即席安排,金色海岸又与他没有丝毫关系了。刘金刚犹豫着,要不要趁着都在兴头上的机会,就说张继伦要管的大事多要事多,若亲自督管金色海岸必然分心,不如——想到此,他却又矛盾着,初来乍到就如此唐突地提要求,要是明眼人,定会疑心他的动机和图谋,加之他有空域防护基地的背景,不怀疑才怪。他冷静下来,思忖着,不管是最初还是现在,张继伦对他所有的礼遇和重用,都来自于他有为张继伦从空域防护基地猎取机密的潜能,但同时,能走到这一步的张继伦也绝不是可以轻视的对手。他在利用他,与此同时,又何尝不会提防着他呢?想到此,刘金刚把刚才所有的跃跃欲试都压了下去,他面色平静如水，颔首微笑注视着酒局上高谈阔论的张继伦，内心有一万匹汗血宝马奔过，他看不透张继伦，更看不透张继伦能否看透他。

就在刘金刚等待再择时机的时候，胡云发把话题揽了过去。他挥挥手打住张继伦："张总，听完你的安排，我突然想起还有一事相求啊？"

"说什么求不求的，有什么指示，胡总尽管说就是。"张继伦起身，把椅子往后挪了挪，神情夸张地向众人提议，"我建议，大家热烈鼓掌，隆重欢迎胡总给我们作重要指示。"大家叫好响应，噼里啪啦鼓起掌来。

"岂敢岂敢。"胡云发站起来，"张总这是折煞我，要是再这样，我可不敢说话了。"他稍停顿又接着说，"是这样的，我们小吴啊，"他望一眼吴涵，吴涵也看他，算是回应，"最近说不清道不明地突然热衷装潢设计了，你说她一个学音乐的，整天捣鼓这干啥，但既然她喜欢，咱呢，也不能粗暴干涉，而是必须得大张旗鼓地支持鼓励，可这支持鼓励总不能是一句空话吧，得有实在给力的动作，原本我是要把金色海岸样板间的装修设计都交给她，可这山不转水转，谁承想，这金色海岸跟我无缘，转来转去转成了张总的，我就斗胆请示张总，看能不能给我们小吴在你的金色海岸谋个饭碗。"话到此处，众人算是听明白了胡云发的意思，都齐刷刷望向吴涵。

吴涵低头不语，只是浅浅笑着。

"什么谋不谋饭碗的，胡总这个玩笑开大了。"张继伦说，"金色海岸的活我干，但归根结底还是你胡总的工程，你才是大老板。"又把桌子拍得啪啪响，强调，"我决定，这个工程小吴是总负责，我们都听她的。"

"不可，不可，这样可绝对不行。"胡云发赶紧摆手。

"现在工程给我了，胡总你就得让我做主。"张继伦慷慨激昂表态说，"小吴到时候设计出什么样的风格，我们就坚决贯彻落实什么样的风格。"

"那就听张总的。"胡云发乐呵呵地提议，"共同举杯，预祝合作顺利。"

众人热烈碰杯，谈笑间一饮而尽。

莫江龙静观这众多或熟悉或陌生的面孔，心中的疙瘩千千成结。

莫江龙明明预感到，今天的酒局是一场惊心动魄大戏的开幕，却搞不清谁在扮演何种角色，结局又将朝哪里推进。倒是那个即将参与金盾海岸工程的赵和平很热络，竟自我介绍也在空域防护基地干过，而且他明显和刘金刚有交集。莫江龙就更加辨识不清，到底谁是敌人，谁又是朋友了。

十八

醉翁之意

周一上午的交接班会后,例行播报敌情要闻,有两条要闻牵动了顾重阳的神经:一是第三国和域外分子近期将搞一次名曰"防海盗"的联合海上演习,域外分子数条战舰已整装待命;二是第三国和域外分子草签协议,决定由域外分子出资,协助第三国在田螺海域部署理论成熟但尚未在第三国本土部署的"弧形铠甲"系统。情报显示,他们的前期论证结束,或已进入建设阶段。

会议刚结束,顾重阳就去找铁敏承解读两条要闻背后的真实图谋。

"他们要有动作了。"显然,铁敏承比顾重阳要更早掌握上述两条信息,他分析说,"第三国铁了心要带着他的小兄弟在田螺海域掀起风浪。"

"是不是咱们的意图泄露了?"顾重阳警惕地看着铁敏承。

"再清楚不过了,"铁敏承说,"他们了解我们的棋路就和我们了解他们的棋路一样毫无盲点,他们这两招棋明显是为了应对我们设定的计划。"

"你们是不是已经掌握了是谁泄的密?"顾重阳盯着铁敏承,"事关国家大局,却被敌人摸清了底细,这个内鬼一定要揪出来,否则永无宁日。"

"每一个暴露身份的内鬼都是我们摸清敌人的诱饵,"铁敏承意味深长地说,"个个都是我们的财富,暗中保护还来不及,怎么舍得抓起来呢?"

"你们有你们的道理,我也管不了那么多,可接下来如何应对?"顾重阳对于事态出离他的掌控极为不安,"他们这两招看来无懈可击,几乎是点对点破了我们的计划,要是他们果真借着联合演习的名头突然大举运送田螺海域附近岛国难民登陆近陆岛,我们新建阵地的拓展型导弹作战单元就算万箭齐发,理论上也将悉数被屏蔽于'弧形铠甲'系统之外,注定是个死局。"

"未必。"铁敏承反问,"你难道没听过魔高一尺道高一丈?"

"怎么讲?"顾重阳此时意识到,在铁敏承的脑子里已经有了一幅全景式应对田螺海域危机的详尽策略图纸,或者一开始就有,又或者是临时生成。

"既然他们有备而来,那么,我们索性将计就计,正好把他们部署在田螺海域的'弧形铠甲'系统作为测试拓展型导弹作战单元性能的靶场。"铁敏承对空域防护基地的情况了解得一清二楚,"你们不是总说拓展型导弹作战单元没经历过实战是最大短板吗,如果我没记错,上个月总部还以你们空域防护基地的名义向最高层申请经费筹建拓展型导弹作战单元攻防的蓝军靶场,这下好了,一大笔钱都省了,海洋就是靶场,顺便我们的拓展型导弹作战单元验证一下他们那个吹得神乎其神的'弧形铠甲'系统到底是金刚罩还是豆腐渣。"

顾重阳焦虑:"这样一来,拓展型导弹作战单元阵地就有可能暴露。"

"或许,已经暴露了?"铁敏承盯着顾重阳,"就算他们真知道拓展型导弹作战单元阵地的情况,我们索性一不做二不休,就明火执仗地和他们干上一回,让敌人尝尝拓展型导弹作战单元的威力,以后就再不敢轻举妄动了。"

"不可能知道吧？"顾重阳坚信基地的保密工作。

"我们掌握了一条信息，有可能扯出你们基地的内鬼。"铁敏承铁青着脸。

"是谁？"顾重阳急切询问。

"暂时保密，这个内鬼交给我们，可能后面还有大鱼。"铁敏承深邃的眼睛里看不到任何内容。

顾重阳欲言又止，他扭过头去，发出一声重重的叹息。

"可以肯定的是——不是吴伟龙。"铁敏承看出顾重阳的心思，给他吃下一颗定心丸。

可是，又能是谁呢？

顾重阳急于知道，却又不得而知。

顾重阳刚走，铁敏承就接到刘金刚打过来的内线电话。刘金刚之前汇报说几乎板上钉钉能进入到金色海岸，可事出意外，赵和平打了包票承诺他的事情，却被张继伦在酒桌上即兴改变，这样一来，他暂时还找不到进入金色海岸的绝佳时机，只能暂且被钉死在金盾海岸的工程里。倒不是说他不能去金色海岸，可出乎常理的每一个小动作或许都能成为致命的过错，他盯着张继伦，张继伦何尝不是也在盯着他，因此，刘金刚只能按兵不动，静静地等待时机。这个时机可能要自己创造，也可能顺其自然。当前，刘金刚最为迫切要解决的问题，就是如何把已经混迹劳务市场一段时间的水辛明带进金色海岸。之前，铁敏承已经透彻地分析过，就在金色海岸样板间开工砸墙的同时，或许顶替弯弯的狙击手已经隐身其中，他什么时候选定点位，什么时候动手，都不得而知。顾重阳的安危和田螺海域的得失都在一瞬之间，必须有应对之策，就在他想出一条条计策又被自己坚决否掉的时候，传来柳暗花明的好消息：吴涵把水辛明带进了金色海岸。

"吴涵？"铁敏承对这个名字显然没有备足功课。

刘金刚尽其所知介绍了吴涵的情况，还特别指出是胡云发的女朋友。

"哦，这样。"铁敏承若有所思。

吴涵选中水辛明完全是误打误撞。吴涵主导金色海岸样板间设计不是闹着玩的，而是真干，张继伦提出给她配个秘书，可吴涵对张继伦的人不感兴趣。胡云发手下的几个能人也都各有所忙，抽不出谁来跟着吴涵，于是胡云发就让助手在公司官网上的应聘者信息里挑选，吴涵一眼盯上白白净净的水辛明。胡云发颇为吃味儿地说："这样的小白脸不一定中用。"他只是嫉妒，倒没认出这个小白脸就是上回出现在金色海岸工地的小警察。"小白脸就小白脸。"吴涵态度坚决地说，"我就选他。"

刘金刚进入金色海岸不畅，水辛明就转移了战场，从邋邋遢遢毛糙的打工者摇身一变成为技术型白领，他应聘的自荐信息里写的是"某大学美术设计专业，曾获全国首届家装大奖赛金屋奖"。如此一番包装，水辛明凭借着硬邦邦的学历和获奖荣誉以及清爽白皙的面容，顺利进入金色海岸。

吴涵安排给他的主要任务是为设计好的样板间方案添加"美感元素"，同时还做吴涵和张继伦之间的联络人，诸如装修流程、特殊材料采购等，都要通过他从图纸上给张继伦的工人解释到具体操作中。因为之前突击强化了一段时间的家装常识，加之水辛明与生俱来的记忆力，吴涵竟丝毫没有看出水辛明的破绽。站稳脚跟后，水辛明开始找机会进入"搜索狙击手"的初始角色，可这并不像他当个设计师助理那样简单，虽然上次他和甄别局人员假扮的警察在工地上来过一回，但新的发型加上新新人类的装扮，并没有哪个工人能把他和那天盘查犯罪嫌疑人的警察联系起来。水辛明在金色海岸的隐身不成问题，但问题在于他点对点听命于吴涵，很难自由走动，涉猎范围太窄，搜索狙击手就存在天然短板，与目标撞不上面，纵然本事再大，也不可能揪出那个藏匿在金色海岸的敌方狙击手。

日子一天天过去，铁敏承屡次督问搜索进展情况，水辛明急切，便寻了"跟进施工""看装修效果"等借口尽可能地往人堆里钻。他一个也不放过，把那些面孔定位到他的"搜索引擎里"，耐心地等待狙击手的出现。

无巧不成书，这一回，水辛明的搜索引擎定位错了方向。

那天，他在刚刚装修完的一个样板间碰到核算完材料成本刚要离开的柳心月，侧目一视，便收拢不住心神。他着了魔似的，死死盯着柳心月看，总觉得与她似曾相识。而柳心月呢，即使与水辛明迎面而过也无半点反应。水辛明却不罢休，追上去仍旧盯着人家看，这让柳心月颇感莫名其妙，并因此生出本能的畏惧和惶恐。而水辛明丝毫不顾面前这个年轻女孩脸上已呈现出惊愕之色，追上去手舞足蹈，无比欣喜地问："你怎么也在这里？"他那样欢喜，差一点，就让弄不清状况的柳心月误以为对面站着的这位，就是自己多年未见的朋友，或者毕业后失去联系又偶遇的同学。

柳心月任凭怎么回忆，也对眼前这个神秘兮兮的年轻人没有哪怕一丁点的印象，于是充满警惕地盯着他问："你是？"

"我是水辛明。"水辛明急切地想让柳心月记起他来。

"哦，你好。"柳心月再次强力启动了自己大脑的搜索功能，但很遗憾，不管面孔还是名字，她都从自己的脑海里检索不出来哪怕一丁半点儿的蛛丝马迹，又不好详细询问彼此在哪里认识、对方家住在何处之类能够进一步帮她厘清记忆的信息。她最终确定，对面站着的就是一个陌生人。

水辛明见柳心月不冷不热,有些悻悻然。但当得知柳心月就在金色海岸上班,他又燃起希望,盯着她说:"太好了,以后我们就能经常见面了。"

柳心月不敢回应水辛明的话,惊恐地离他而去。

柳心月到金色海岸上班并不是偶然事件。那日,她和莫江龙发生了不该发生的事情之后,莫江龙执意要作出补偿,给钱,不要,给物,也不要。几天后,莫江龙又来找柳心月,提出,要给她介绍一份稳定的工作,柳心月不反对,莫江龙就开始张罗。莫江龙理所当然找到已是合作伙伴的张继伦,请托他安排柳心月在其公司做成本会计。张继伦见多识广,轻而易举看出莫柳二人关系不一般,就爽快地答应下来。开始时,他想着成人之美,打算把柳心月放在金盾海岸,负责公司和莫江龙的账务对接。但莫江龙做了一刀两断的打算,张继伦也就随他意思,把柳心月安排在金色海岸。

至于水辛明见了柳心月的自来熟,完全是一场节外生枝的偶遇。

就像柳心月压根想不起来在什么地方见过水辛明一样,水辛明也不确定何时何处又因为什么结识的柳心月。大概就是在滨海某个地方的擦肩而过,只因为水辛明望了柳心月一眼,他得益于自己超乎寻常的记忆力,或者不排除里面浸透着喜欢或者爱慕的成分,于是装进了他的眼睛里,装进了他的心里,也装进了他的记忆里。再见到柳心月的时候,他能遵循的只有记忆,却忽略了这个女孩到底是什么时候因为什么走进他的记忆的,他误以为他的记忆发端于他们共同的故事,他也以为他的爱慕会是一场双向奔赴。

接下来的日子,水辛明无法完全把心思放在工作上,既轻慢了在吴涵身边伪装身份的装修工作,也怠惰了铁敏承安排给他的搜索使命。

他每天穿梭于楼上楼下的样板间之中,却完全没把本职工作放在心上,而是中了魔一样寻找着满心满脑都装着的柳心月。他知道柳心月每日都要在各楼层间进行装修材料成本的对照核算,就执着地要找她,找到了,自然欣喜欢快地追着人家。倒也没有冒犯,惯例是不离左右却又无话可说,柳心月总是不悦地问他:"有事吗?"他也总是摇摇头,却并不离开,痴者一样跟着柳心月,看着柳心月,迷着柳心月,完全是一副走火入魔的样子。一段时间后,工地上的工人们也都看出了端倪,就起哄说:"真是想不到呀,这个平时都不怎么说话的小伙子追女孩子倒跟打仗一样。"柳心月也听到了,冷脸对水辛明说:"你不要跟着我,免得大家误会。"

水辛明红了脸,第二天就再没有去找柳心月。但他终究没能忍住,隔一天又出现在柳心月的身边,并且异常兴奋地说:"那我们就公开宣布吧!"

"宣布什么?"柳心月惊恐地望着他。

"我们的恋爱关系。"水辛明兴奋而又坚定地说,"向所有人公开。"

"神经病!"柳心月气得眼泪吧嗒吧嗒往下掉,转过身子就跑着离开了。

水辛明愣怔在原地,他不能理解柳心月哭什么,又跑什么。

柳心月和莫江龙约法三章不见面,但她觉得受到了欺负,就又去找莫江龙。柳心月一把鼻涕一把眼泪说了水辛明如何胡搅蛮缠,又如何对她不恭不敬。不同视角对同一问题的审视和理解难免各不相同,在水辛明眼里珍贵到无以复加的爱情,在柳心月的认识里却已经变成了"耍流氓"。

"会有这样的事?"莫江龙极为惊讶。

"你以为呢?"柳心月哭着说,"那个楼里的人哪个不知道,我都没脸回去上班了。"又补充,"他明显是看我一个女孩子,无依无靠好欺负。"

"我找张总说说。"莫江龙劝慰柳心月。

"给张总说有什么用?"柳心月擦把眼泪强调说,"他是吴涵的助理,吴涵是胡云发的女朋友,这工程就是胡云发给张总的,张总又怎么敢管胡云发的人,就算你今天说了,他也肯定是嘴上糊弄糊弄你,不会真管他的。"

"那倒不至于。"莫江龙说,"水辛明不是胡云发,他没那么大胆子。"

"反正你就看着我让别人欺负吧。"柳心月余怒未消地跑掉了。

消息传到吴涵耳里,吴涵问水辛明和柳心月到底是怎么回事。水辛明扭扭捏捏地说:"一个老熟人,没想到在这里不期而遇,真是天赐的缘分。"

水辛明的世界常人难以介入,自然不好懂他,正如他有能辨别狙击手的火眼金睛,也有迥异于常人的思维模式,或者他自己都闹不清和柳心月到底算是怎样一层关系,也或者他对人际关系的解读有着专属于自己的一套量身打造的模式,套在他的公式里,和柳心月理应就是那层关系。别人距离他那么远,远到对他一无所知。

吴涵见水辛明如此说,也信了,她清楚水辛明是一个不可能撒谎的人。

"你爱上她了?"吴涵盯着他问。

"算是吧。"水辛明羞答答地咬着嘴唇。

"她爱你吗?"吴涵又问。

"当然。"水辛明回答得果断坚定。

"那就好,但就算谈恋爱也要注意方式方法。"吴涵点到为止。

第二天的事太过突然,不管是吴涵还是莫江龙都想不到事态会演变到不可收拾的地步。他们赶到时，水辛明已经倒在血泊里，身子不断抽搐着，生死未卜。

起因是莫江龙偶遇两个曾经在金盾海岸施工，后来跟着张继伦到金色海岸的工人，打招呼闲聊的时候，他想起柳心月所说的被水辛明骚扰一事，就随口说了一句柳心月是他亲戚，希望二人在金色海岸那边有所照应。莫江龙之前在金盾海岸时，虽然不管财务，但对工人都不薄，平时给他们发盒烟，请喝几瓶啤酒都司空见惯，也经常为大家申请福利。工人们都敬他仗义，所以二人当下拍着胸脯保证："没问题，你亲戚就是我们的亲戚。"

莫江龙对柳心月的心是放下了，却没想到工人因鲁莽而闯了大祸。

照例是在样板间，照例水辛明又找到了柳心月。

柳心月一看见水辛明就没好气，略带厌恶地问："怎么又是你？"

水辛明受了委屈，站在原地，涨红了脸。

柳心月又说："我知道你想干什么，不可能，早断了心思吧。"

"你——"水辛明额头的青筋条条绽出，"你怎么能这样说话？"

"我想怎么说就怎么说。"柳心月早就出离了愤怒。

"你不能这么说。"水辛明委屈极了。

两个人你来我往，声音越来越高。两个受人之托的工人听到声音很快赶到了样板间。额头布满褶子的四十多岁瘦高个工人劝水辛明："你先走吧，这样吵下去影响不好。"水辛明梗着脑袋强硬回复："不用你管。"瘦高个工人就上前去，试图把水辛明拽出样板间，不想，被碰触身体后的水辛明反应异常激烈，奋力地把瘦高个工人一推，瘦高个工人就被绊倒在地上。他尚未起身，一起来的留着时髦发型的二十多岁的胖工人就奋力推了水辛明一把进行反击。可是那一把力气是那样大，弱不禁风的天才水辛明根本承受不起，他整个人几乎飞起来，随即快速向后，踉踉跄跄被墙角的楼梯挡住。他的脑袋重重砸在水泥板上，整个身体很快软绵绵地瘫倒在地。

胖工人傻了眼。

瘦高个连滚带爬奔向水辛明："喂！喂！你没事吧？"

水辛明的鼻孔里，嘴巴里，眼睛里都在流血，汇到一处，脸被染成血红一片。瘦高个工人扶起他，他软绵绵的，全身的骨头似乎都碎了，任凭瘦高个工人摇来摆去。瘦高个大声喊着："快醒醒呀，你可不要吓我！"

"爸，这可咋办？"胖工人反应过来，也慌了神。

"去死——"瘦高个对儿子的愤怒甚于对水辛明命运的担忧。

水辛明大难不死，却成了植物人。

铁敏承并不知道，他失去的不只是一个拥有火眼金睛的得力干将，还有得力干将已经知晓却永远也无法告之于他的惊天秘密。那个秘密曾经初现端倪，甚至即将大白于天下，可是，随着水辛明的永远沉默，那个秘密又一次被尘封。铁敏承望着病床上的水辛明，既心疼这个旷世无双的天才，又为他遭受的意外感到痛心疾首，水辛明的人生和事业才刚刚起步，竟然以这样的方式按下了暂停键。与此同时，他也必须面对一个事实：狙击手又一次石沉大海。

十九

内鬼现形

钟秘书走进办公室请示顾重阳："吴主任在门外等着，说有急事汇报。"

"哪个吴主任？"正在签阅文件的顾重阳把头抬起来。

"营房办公室的吴伟龙。"钟秘书补充说，"看样子，有急事。"

"让他进来吧。"顾重阳又把头埋进了文件里。

吴伟龙前脚进了顾重阳办公室，钟秘书后脚就把门轻轻锁上。

顾重阳从吴伟龙进门起，就一直低着头，他一份份签着面前的一厚摞文件，每一份都是空域防护基地千头万绪工作中的一件。每个业务口费尽心思拿出方案，一层层上报，最终都要等他拍板定案。如果他同意，就会在上面批上"拟同意"，有时还会加上"务必在某某时间落实到位"或者"此事由某某副指挥长牵头组织"等字样。当然了，这字可不是随便签的，每一签都可能是一个项目、计划的落地或废止，每一签都可能事关百万千万甚至更大投资的国防工程，如果出了问题，他第一个难逃干系。空域防护基地大大小小的事情都得通过文件的形式来确定，来推动，来落实，这也就注定了顾重阳这个指挥长必须耗费大量时间看文件和签文件。白纸黑字只要签上他的姓名，在空域防护基地，就堪比法令，必须令行禁止。

吴伟龙在顾重阳宽大的办公桌前一米处局促不安地站着。他一站定就开始手足无措，把眼睛落在顾重阳签文件的笔尖，觉得不妥，那些文件都是"秘密""机密"甚至"绝密",设有知情权限,不是谁都能随随便便看的,万一顾重阳抬头见他正在看文件,倒像是有意偷窥了。于是把眼睛抬升一点,稍微扭扭脖子,落在顾重阳身后的墙角,可只静止了几秒钟,就又感觉出这个姿势的怪异和内心的别扭,突然脑子里就冒出"贼眉鼠眼"四个字,假如远处有另一双眼睛注视着他,这会儿肯定要把这四个字给他用上。

吴伟龙浑身不自在,却又不想让顾重阳觉察出他的不自在。

"有事?"漫长的等待之后,顾重阳终于把文件签完。他舒缓地抬起头,一瞬,好像猛然发现了吴伟龙一般,摘下花镜,惊讶地望着他。

"我——"吴伟龙浑身不自在,他甚至掌控不了自己的舌头。

"嗯,什么事?说吧。"顾重阳仰躺在办公椅上闭目养神。

从到机关当参谋长开始,顾重阳就看不惯吊儿郎当的吴伟龙。这几年,就他知道的关于举报吴伟龙乱七八糟事情的信件就有十几封。依他的秉性,这样的人早该勒令辞职,但碍于吴副指挥长的面子,他不可能越界去收拾吴伟龙,加之吴伟龙的事情都是芝麻绿豆级别,尚不足以上纲上线。要说他对吴伟龙有感情,也丝毫与吴伟龙无关,而是对吴副指挥长的感情。

"咱们基地出了内鬼。"吴伟龙凑前几步神情严肃地压低声音说。

"内鬼?"顾重阳缓缓睁开眼睛,貌似平静地望着吴伟龙。这个总喜欢花天酒地,在他看来最有可能是内鬼的家伙此刻竟然在他面前说基地出了内鬼,顾重阳很难在短时间内猜透这短短的一句话背后潜藏着怎样巨大的信息量。

"对。"吴伟龙郑重地说,"千真万确,我从甄别局那里得来的消息。"

"坐下说。"吴伟龙稍迟疑,还是落座在柔软的沙发里。长久以来,他对顾重阳的畏惧正如顾重阳对他的蔑视一样强烈。不到万不得已,他绝不会贸然来见。

吴伟龙的消息来自一次偶然事件,却重大到令顾重阳震惊。

起因是昨天晚上胡云发做东邀请生意上的伙伴吃饭,吴伟龙被叫去作陪,在天宴吃过饭后生意伙伴被送走,胡云发觉得不尽兴,就又约了几个人到蓝月亮KTV唱歌。被新约出来的几个人里,有个平头青年和其他几人不熟,却恰巧坐在吴伟龙边上,就拉着吴伟龙热聊起来。平头青年明显也是之前喝过酒的,从面红耳赤的程度和说话含混不清的程度推断,喝的并不少。他来蓝月亮,至少是第二场,甚至也有可能是第三场。浑身散发着浓浓酒气的平头青年倾诉的欲望被酒精点燃,一落座就絮絮叨叨和吴伟龙说个没完。讲他白酒能喝多少,啤酒又能喝多少,也讲他怎样给胡云发承揽在别人看来根本不可能到手的工程。吴伟龙曾经听一位久经饭局的老板把醉酒之人分为三种,一种是喝多了闭口不言见谁都是真诚微笑最后呼呼睡去的,称之为安全型;一种是越喝多越要喝,持续兴奋,语不惊人死不休抢着说话的,称之为狂躁型;还有一种是酒量不大,见酒就醉,惹是生非为所欲为的,称之为毁灭型。和第一种人喝酒没意思,和第三种人喝酒太麻烦,第二种最好,场面既热闹又能从酒后吐出的真言里得到许多内幕消息。此刻,吴伟龙知道遇到的平头青年就属于第二种,平时憋在心里闭口不提的事情现在就像拉开大闸的水库,倾泻而出,势不可挡。灯光迷离的KTV里,其他几人都激情四射抢着话筒酣畅吼唱,噪声一拨顶着一拨被推向高潮,有那么一小阵子,吴伟龙的耳膜都快要被震得发疼了。平头青年对唱歌无动于衷,只是闷头将刚刚认识的吴伟龙挤到沙发的最里面,情真意切地把偶然相遇视为知己相逢,一杯接一杯喝酒,一句接一句说掏心窝子的话。有时噪声搅得吴伟龙听不清,平头青年发觉后,就扑上去搂住他的脖子,把带着酒气的热乎乎的嘴凑到他耳边,运足了力气又大声地重复说一遍。

"你在什么单位上班?"平头青年过了许久才突然想起来似的问吴伟龙。

"空域防护基地。"吴伟龙如实告之。

"不错。"平头青年给他伸出个大拇哥,"了不起。"

还不等吴伟龙自己谦虚,平头青年就内容丰富地哼哼了两声,五官上聚集了汹涌而来的自信。他端起酒杯,得意地说:"那你可得敬我一杯,你们基地别看在滨海市门楼高架子大,但没有一天不被我们甄别局扫描透视,信不信?"他举着杯子,就等吴伟龙表态。

"信。"见吴伟龙如此说,平头青年一饮而尽。

"我悄悄给你说——"平头青年噘着嘴,又朝吴伟龙靠去,把酒气从他的脸上引到耳边,"我们这回又在你们空域防护基地盯上一个内鬼。"

"什么——内什么——什么鬼?"吴伟龙没听清,疑惑的调门高高扬起,拐了个弯,又落下。

"内鬼——就是你们内部出鬼了——有内鬼!"平头青年大着舌头重复。

吴伟龙顿感被迎头一击,脑子猛然清醒。

"这是秘密,可不能告诉别人。"平头青年显出一本正经的样子给吴伟龙强调,"我们跟你们一样,也有规矩和纪律。"平头青年醉醺醺强调规矩和纪律完全是习惯性的虚张声势,吴伟龙能预感到,纪律在平头青年心中早已经土崩瓦解。他循着平头青年的话头,得出了令他惊悚的消息。

"又有新情况。"是铁敏承打过来的电话。

从一开始,顾重阳就对吴伟龙所汇报的内鬼一事持怀疑态度。他很难想象一个自称甄别局人员的人能在酒醉之际，毫不保留地把高度机密的内容透漏给一个刚刚认识的陌生人，而且是点对点地精准传递，那么巧合地找到了空域防护基地的吴伟龙，而且通过吴伟龙将消息迅速传递到他这个空域防护基地掌舵者的耳里。整个过程中，顾重阳都在想着之前铁敏承提过的新拓展型导弹作战单元阵地已经暴露之事，自然将那个铁敏承所说要"跟一跟"的内鬼和吴伟龙从甄别局人员嘴里了解到的内鬼联系起来。

顾重阳断定，若真有吴伟龙所说的内鬼，那么这个内鬼也应和铁敏承所说的是同一个人。他还判断，要么，敌人正是因为知道铁敏承已经发现了内鬼，所以主动出击，巧妙借助这么一个看似巧合的机会把风送出去，以观察空域防护基地的反应，让铁敏承"跟一跟"的计划落空；要么，就更加坐实了吴伟龙在为敌人做事。他们此举只不过是想通过抛出一个已经因暴露而失去价值的内鬼的伎俩，让吴伟龙立功，换取他在空域防护基地内部的被认同。

顾重阳还大胆猜测，或者吴伟龙本身就是铁敏承早已锁定的内鬼，只是因为时机未到或者因吴副指挥长之故，铁敏承并未和他挑明。

顾重阳并不能从吴伟龙的言语和表情里做出最后的决断，但分明意识到，那个嬉皮笑脸的吴伟龙不见了，那个畏首畏尾的吴伟龙隐身了，此刻站在他面前的这个家伙，让他感觉出从未有过的高深莫测和极度危险，他甚至怀疑，会不会他就是敌人派来的狙击手。此时此刻，若吴伟龙顺势从怀里掏出一把手枪，对准他，任谁也无法阻挡即将扣动的扳机，砰砰砰——随着一连串的枪响——就算最接近办公室的钟秘书冲进来也已经于事无补了。那时候，或许就连无所不知的铁敏承也会被蒙在鼓里，等域外分子大举进犯田螺海域的时候，他可能才恍然大悟原本以为安然坐在办公室里的顾重阳已经被敌人斩首狙杀。那时候，铁敏承无论再怎么筹谋补救都为时已晚了。若果真到了那一步，铁敏承信心满满的一盘好棋就会被敌人抢了主动，想要扭转局面将是难上加难，到时田螺海域必定落入敌手。顾重阳被自己惊世骇俗的推断惊出了一身冷汗。他回过神，吴伟龙仍在压着声音却面色凝重地向他汇报。也许，顾重阳推测着，吴伟龙并不能看出他内心刚刚经历的波澜壮阔，不会的，一定不会的，顾重阳内心里有得出这种判断的自信。毕竟是见过大世面的人，顾重阳很快就跳出了刚才令人惊恐的臆想，努力平复着吴伟龙所说内鬼给他带来的震惊和自己带给自己的惊吓。

"讲下去——"顾重阳平静如水地看着吴伟龙。

"指挥长，我们得尽快揪出内鬼——"吴伟龙汇报完情况后，急切想等来顾重阳的一声决断。

"我知道了，你去吧。"顾重阳并没有给出吴伟龙想等到的回应。

"是。"吴伟龙无可奈何，在顾重阳的威严里，他一切的理由都不堪一击，唯有服从。他敬礼转身，临出门一刹，仍心有不甘地回望顾重阳一眼，希望能从顾重阳那里得到与这个重要情报价值对等的回应，但很遗憾，顾重阳的头又埋进了成堆的文件里。吴伟龙彻底死了心，顾重阳对此事的不关注不重视甚至置之不理出乎了他的意料。他内心生出错综复杂的不安。

吴伟龙离开约莫一刻钟后，顾重阳去见铁敏承。

"十万火急的情报，你老兄却姗姗来迟啊。"顾重阳刚进屋，铁敏承就急切地拉他坐到沙发上。

顾重阳想说吴伟龙到他办公室汇报内鬼一事，铁敏承却抢在他前面说："路文带来消息，敌人的狙击手已经在金色海岸的楼里出现了，今天凌晨两点到三点期间，一束微弱的红光换了三个点位，瞄向你的办公室。"

"能锁定是谁吗？"顾重阳庆幸，那束微弱红光的出现或许可以撇清吴伟龙与内鬼的干系了，也证明，他之前的瞎想无凭无据，是杞人忧天。

"暂时不能。"铁敏承说，"但据可靠消息，域外分子近期已经派出他们的猎人狙击手潜伏进了滨海，猎人狙击手个个都是域外分子的宝贝，由最顶尖的教练培养，如果不是极为紧要的任务，他们绝不会启用猎人狙击手。"

"猎人狙击手？"顾重阳重复一遍，戏谑地说，"他们把国宝级的狙杀力量都动用了，看来我在域外分子那些决策者眼里，还算是个重要人物啊。"

"那当然。"铁敏承信心十足地说，"岂止重要，简直是重中之重，你顾重阳的名字不但每周都和你的空域防护基地一起登上他们的军情简报，而且这帮闲得没事干的家伙用心良苦，就连你的籍贯、家庭、偏好，甚至一日如厕几次，都输入了他们的大数据系统。在他们眼里，我们国家最出名的宝贝有两个，你这个空域防护基地指挥长绝对算得上是其中一个。"

"那另一个呢？"顾重阳追问。

"大熊猫。"铁敏承笑答。

"和大熊猫相提并论，你这可是抬爱我啊，真是受不起。"顾重阳哈哈大笑。

"抬爱你的可不是我，是我们的老对手域外分子，更确切地说是域外分子里盯着你的那帮家伙，要不然也不会为了你启用他们国宝级的猎人狙击手。"铁敏承的语气略有不屑，"不过，还真闹不清他们吹得神乎其神的猎人狙击手到底有几分成色，若有路氏兄弟的半成功力，倒也不算吹嘘。"话锋一转，"不过我肯定会把这个家伙揪出来，看看到底谁是真正的猎人。"

"有几成把握？"顾重阳问。

"域外分子生得狰狞，人群里一眼辨得出，一抓一个准。"铁敏承自信地说。

"单凭这个就能锁定？"顾重阳疑惑。

"我们有足够多的手段把他挖出来。"铁敏承补充。

"什么手段？"顾重阳问。

"抓住了这个猎人狙击手我再解密。"铁敏承卖了个关子，"敌人给我们设一个个难题，我们就逐一破解，不怕狐狸狡猾，就怕狐狸隐而不出。"

二十

突破困局

已经过了零点,因疲劳而眼睛布满血丝的铁敏承一根接一根抽着烟,屋里烟雾缭绕。顾重阳起身开窗,白色烟雾如同开闸的河水一样倾泻而出。

"忘了,忘了,你不抽烟,实在抱歉。"铁敏承急忙把剩下的半支烟掐灭。

"抽吧抽吧。"顾重阳摆摆手,"谁还不知道你,这思绪全是被烟熏出来的。"说着,顾重阳又抽出一支,递给铁敏承,划着火柴,给他点上。

"那委屈你了。"铁敏承嘿嘿笑着,"一晚上就这么被呛着。"

"呛烟是小事,关键咱们得把第三国的小九九摸清楚。"顾重阳说。

"就是。"铁敏承吐一口烟圈,"今天理不出个思路就不睡觉了。"

投影仪的光明晃晃地打在白墙上,空白文档里只有一个孤零零的问号。

"上一次第三国极力怂恿,域外分子却中途反悔,以舍弃一个狙击手的代价争取了转圜的时间。"铁敏承目不转睛地盯着投影仪光线照到的明亮处,好像那上面真有什么重要的内容似的,"可是这一次他们却很上心,甘愿启用猎人狙击手,如果你站在域外分子的角度,不妨做个大胆的设想和猜测,他们的小算盘是怎么打的,这回又想到田螺海域唱出什么戏?"

"无利不起早,上次不愿意被第三国绑架行动肯定是不想利益受损,这次积极主动当急先锋,肯定是有看得见的利益或者得到了第三国的某种实实在在的许诺。"顾重阳在并不宽敞的屋子里来回踱着步子,低着头,一边思考一边说,"上次他们获悉了我方的战略意图,清楚一旦我们的拓展型导弹作战单元万箭齐发,他们不但不能夺取田螺海域,甚至会偷鸡不成蚀把米。从我们掌握的情况看,第三国才不在乎田螺海域,他们的目标很明确,就是要抛出域外分子这个诱饵,捕捉我们新建拓展型导弹作战单元基地的信息。"

"可是——第三国事实上已掌握了新阵地的信息?"铁敏承强调。

"你说的这个不是没有道理,可是,现在我认为最核心的问题在于——"顾重阳转头盯着铁敏承,"他们得到这个信息是在策划域外分子出兵田螺海域之前还是之后,如果是之前,说明他们从一开始就不是为了新阵地而是另有所图,如果是之后,那就证明的确仅仅是要在田螺海域做文章。"

"夺取田螺海域?"铁敏承重复说。

"他们肯定是这样想的。"顾重阳自信推断。

"他们有这个把握吗?"铁敏承问。

"应该是做好了他们认为最稳妥的准备。"顾重阳仍旧踱着步子,"照现在的态势看,上次我们应对域外分子强占田螺海域的一手好牌已经悉数被他们摸清,我们当时给他们量身打造了迷惑性陷阱,但是呢,他们照着我们的底牌逐一制订了应对之策,一来,域外分子近期加强了其在田螺海域周边的海防力量,二来,第三国声称他们的'弧形铠甲'系统已经在田螺海域部署,并且覆盖范围极为广阔。显而易见,他们就是带话给我们说,他们做好了一切准备,我们的那把牌已经成了废牌。域外分子现在已经没有后顾之忧,在我们新牌摸到手里之前,他们肯定要急于攻到田螺海域。"

"有一点你想清楚没？"铁敏承皱眉盯着顾重阳。

"哪一点？"顾重阳问。

"第三国难道是来无偿帮忙的？"铁敏承面色凝重，"他们处心积虑从一开始就比域外分子更为急迫和上心，难道仅仅就是为了得到垂涎已久的海矿资源？这看似是个冠冕堂皇的理由，但你要清楚，海矿资源虽然他们没有，但是全球有这个资源的不止田螺海域，他们完全可以用钱到其他地方去买，或者用武器去换，甚至耍些惯常的流氓手段敲诈勒索，根本犯不着大动干戈为此而跨越大洋来策划一场与我们之间的战争，再说了，从历史的经验来判断，除非有不可替代的巨大诱惑，否则第三国不会随便把自己卷入一场不能预判结局的战争。你要知道，第三国的每项重大决策都是综合智囊机构的意见而优中选优形成的，我敢打赌，不会有智囊机构会赞成第三国为了海矿资源而不计得失地来挑起战争，尤其对手是我们。"

"你的意思是他们另有所图？"顾重阳显而易见也意识到了这个问题。

"具体不得而知，但肯定是和第三国集团的巨大利益密不可分。"铁敏承站起身来，走到窗边，默默凝视窗外片刻，又转过身，"或者他们就是想让域外分子这只疯狗死死咬住我们，坐观鹬蚌相争，最后得渔翁之利。"

"这可是至关重要的一步对手棋。"顾重阳表情凝重，旋即又踱起步子，"落好了子就能破掉他们的阴谋，落子不慎，却可能招致满盘的被动。"

"知己知彼方能百战不殆，现在就等黑猯狸那边的消息了。"铁敏承似乎预判到某个重要的情报已经在到来的路上。

"他应该能带来准信儿吧？"顾重阳期盼着。

"当然。"铁敏承露出坚定的微笑，自信显而易见绽放在缭绕的烟雾里，"黑猾狸是第三国和域外分子的克星，只要有充足时间，准把他们的小九九摸得一清二楚。"铁敏承强调，"他可是干过几桩惊天动地大买卖的。"

"如果黑猾狸能带来准信儿，那最好不过。"顾重阳受到极大鼓励。

"我们现在要做的就是找到猎人狙击手。"铁敏承站在窗边，望向暗夜里黑洞洞的金色海岸大楼，"这是当前最紧迫要做的，一是要万无一失确保你的安全，二是尽可能为黑猾狸摸清情况争取更多的时间。"他转过身来，"有一点可以肯定，若没有万事俱备，猎人狙击手绝不会轻举妄动。"

"万一？"顾重阳试探着问，但话刚出口就被铁敏承打断："没有万一，不管他们葫芦里卖的什么药，一切行动的基础和先决条件是狙杀你，然后争取指挥长缺位空档期，否则他们就不会偷摸图谋，而是高调宣战了。"

顾重阳默默地点了点头。他清醒地意识到不管情况怎样变化万端，一切风起云涌的导火索都在他办公室对面的金色海岸大楼里。如果敌人的图谋得逞，那就是以他被狙杀为号角，后面的桥段，他注定是不能亲眼所见了。想到此处，他不禁打了一个寒战，不是恐惧，而是对幽深未知感到迷茫。

时间已过了凌晨两点，窗外的冷风徐徐地侵入房间，带着初春的寒冷，带着暗夜的清冽，两个人都没有离开，陷在沙发里，就像两尊沉思的雕塑。

刚过凌晨五点，就传来一阵急促的敲门声。铁敏承非常警觉，几乎在第二声响起的时候就已从梦寐里起身。

"有情况。"门外是神情严峻的小马。

"快进来说。"铁敏承把小马让进门里的同时，顾重阳也醒来了。

"是不是金色海岸有动静？"铁敏承盯着小马等待肯定的答案。

小马点点头："路文刚才通报，金色海岸从凌晨一点开始就有动静，分别在四个不同点位发现红色光点，并且几个光点出现的间隔最少有半小时以上的时间差，他判定猎人狙击手出现，并且如之前判断，只有一人。"

"好，千载难逢的机会。"铁敏承兴奋地搓着手，"这次要精确定位。"

"他肯定跑不了。"小马极为自信。

"不能掉以轻心。"铁敏承问，"蹲守人员没问题吧？"

"这几天一直在。"小马抬腕看一眼表，"十分钟之前我确定了一下，十二点之后再没人走出大楼，可以确定狙击手到现在为止并没有离开。"小马犹豫一下，还是忍不住问，"是不是现在就让疾控中心的人进工地？"

"天亮之后吧。"铁敏承也看看表，还不到五点半，外面漆黑一片，"操之过急容易引起怀疑，只要确保那家伙在里面，我们就一定能揪出来。"

几日前，铁敏承组织人员摸查金色海岸施工人员情况，以期在金色海岸揪出域外分子的猎人狙击手。一开始铁敏承把问题想简单了，他觉得猎人狙击手虽然和国人长相相似，但那种在海岛上被风浪长期拍打的脸与国人的脸部线条总还是有些微的差异的，别人或许分不出来，但在阅人无数的铁敏承眼里，总能看出差异。他坚定地相信，自己能从百十号人里一眼判别谁是敌人。但现实比想象总是要更加复杂，不管是影像还是真人，铁敏承看了一个接一个、一遍又一遍，竟像掉进了流水生产线上，一样的神态，一样的感觉，甚至连哪怕一个怀疑对象都没有，更不要说一眼就定位出来。产生此结果有两种情况：一种是猎人狙击手不是工地工作人员中的一个，也就是说，不论铁敏承怎样辨人有术，若见不到人，一切都是白搭；另一种是铁敏承分辨不出来，猎人狙击手或许早已潜伏滨海，脸上的海风痕迹已经被陆地的博大包容给融化掉了，明显特征没了，铁敏承的火眼金睛自然派不上用场。到底是哪一种情况，铁敏承不好说，别人更难以妄下论断。捷径走不通，就只能用笨办法。路文确定狙击步枪上的红色激光亮点出现在顾重阳办公室后，迅疾通报小马，小马安排人一夜盯防，并没有人员走出金色海岸，于是次日晨由刘金刚寻了借口进入大楼，从在食堂吃早餐到饭后各就各位开始干活，刘金刚不动声色逐一暗中清点人员后反馈，楼里没有陌生人，每一个都是工地人员，犄角旮旯都找了，没有谁能藏起来。

这个消息让铁敏承颇感意外和沮丧，楼里的人都过了他的眼，但缜密排查后却并没有发现可疑之人，也就明确无误地证明，他铁敏承的辨人之术在猎人狙击手那里不好使，这个生于域外分子之地，长于域外分子之地的外来面孔竟然就这样不可思议地隐匿在一群国人之中，却没有露出丝毫破绽。

这时，铁敏承又开始想念有着扫描仪一样眼睛的水辛明，无奈那小子不争气，空有一身旷世技能却过不了女人关。一物降一物，命运最是公平，绝不会独垂青于芸芸众生里的哪一个。铁敏承让人圈定了刘金刚点过数的人员，逐一进行网上调查，却都是有名有姓，有籍贯有父母，并没有无缘无故多出来的域外分子人。常规调查一无所获，铁敏承不得不转换思维。

"会不会黑猾狸的信息有误，猎人狙击手或许虽在域外分子之地受训，却也有可能不是域外分子人。"铁敏承这样想着，本不应该质疑黑猁狸权威性的他硬着头皮再去求证，黑猁狸的回答却不容置疑。铁敏承冷静下来，留给他的时间不多了，必须摘掉猎人狙击手的面具，让他从金色海岸里现出原形。

"几点了？"窗外的夜色慢慢退去，晨曦微露于远方的天际。

"差一刻钟七点。"小马焦急等待着铁敏承的指令。

"通知疾控中心行动吧。"铁敏承走到窗边，"注意外围警戒，确保不漏掉一个。"他缓缓地移步屋内，"漏一个，我们所有努力就都会前功尽弃。"

"肯定跑不了，除非他长了翅膀。"小马保证。

"长了翅膀也不行。"铁敏承强调，"一个都不能少。"

"明白。"小马说，"让他插翅也难逃。"

顷刻间，滨河大道警笛长鸣，到处是警察和穿着白大褂的医生。

"所有居民请注意，所有居民请注意。"一辆警用依维柯架着高音喇叭，往返于滨河大道，不断重复着，"今晨在本区域发现一例由境外进入本市的寨卡病毒携带者，接紧急通知——接紧急通知，现对本区域核查，请所有人员予以配合，请所有人员予以配合。"依维柯车速很慢，缓缓豁开清晨凛冽清新的空气，能听到晨起者的惶恐在空气中膨胀惊叫的声音。

高音喇叭叫醒了熟睡的人，包括金色海岸工人宿舍里的工人们，他们睡眼惺忪地在工地前面排成两队挨个儿抽血，以排除是否携带危险病菌。

"刘建军。"

"这儿呢。"

"黄大国。"

"在在在。"

"张建设。"

"来了，来了——"

…………

闻听这回发现的传染病可能会死人，所有的工人也都配合，早早地挽了袖子等着被叫到名字，他们聚拢一处时也都窃窃私语。

"这是寨卡病毒，听说染上了脑袋就长不大。"

"长不大就长不大，要那么大的脑袋干啥？脑袋大头发多，洗起来太费洗发水。"

"得了吧，要真传染上你就不说风凉话了。"

"放心吧，这比中彩票的概率还低，你连最小额的彩票都中不上。"

"你说这么多人整天吃住都在一起，万一真有人传染上，大家岂不是都完蛋了？"

一句话引得人群炸了锅，都嚷嚷着说"不会不会"，却又担心"万一真有呢"。

医生呵斥着："不要吵了，传没传染这不正查着呢吗？"

"是啊，正查着呢，还没到怕的时候呢，要真传染了，怕也没用。"有人附和说。人群这才平静下来，都忧心忡忡地挽起袖子，挨个儿排着队。

只用了一个多小时，百十号人的血液样本就收集完毕，一管管贴了姓名标签整齐有序地排在架子上。同样穿着白大褂客串医务人员的小马意味深长地望着那一管管褐红色的液体，到底哪一管是带着寨卡病毒的鲜血他并不关心，他关心的是，到底哪一管血液里潜藏着域外分子狙击手的基因。

"但愿这个办法管用。"顾重阳对这次的行动寄予厚望。

"百分之百管用。"铁敏承习惯性地点上一支烟，"你要相信，这是科学，它能帮助我们解决大问题。一个域外分子派来的人，就算隐藏得再深，他也没办法篡改自己的 DNA 序列，笨办法不行，咱们就跟他讲讲科学。"

比对 DNA 最先是小马提出的。既然能够确定域外分子的猎人狙击手一定在金色海岸，而铁敏承又不能锁定是谁，更加蹊跷的是这些人的社会关系里也没有半点纰漏，百十个人无一例外都是散落在天南海北广阔农村里的某户人家的孩子，有具体的籍贯地址，有父亲母亲的具体名姓，也有从少年到中青年一路走来的丰富履历，似乎无懈可击，可问题在于，猎人狙击手的确就在他们中。问题矛盾而现实地摆在铁敏承面前，敌人显然在很多年前就做足了今日行动之功课，其筹谋之早令人脊背发凉，但既然是假的，就一定真不了，只要比对 DNA，就能快速精准地查清谁是真的谁是假的。

"希望敌人缓一缓节奏，起码给我们留出查清结果的时间。"顾重阳说。

"时间会有的。"铁敏承坐在桌前，右手三根指头并在一起，一抬一落地敲击着桌面，"第三国部署的'弧形铠甲'系统还没建好呢。"

"你是说——他们动手必在完工之后？"顾重阳也意识到了这一点。

"那当然。"铁敏承把一缕烟尘吹成拓展型导弹作战单元发射的姿势，"域外分子就仗着有'弧形铠甲'系统，料想拓展型导弹作战单元不能对其构成威胁，才壮着胆子预谋倾巢而出强占田螺海域，如若不是因为这样，他岂敢如此？"

"那肯定来得及。"小马说，"各地的血样三天内就会采集完毕。"

"还要快。"铁敏承重重敲击桌面，站起身来，对着顾重阳说："我们在抢时间，他们也在抢时间。"又转头向小马："我们抢到他们前面最好，若他们抢在我们前面，形势就会变得非常被动和危险，一分钟都耽搁不起。"

"有相关情报没？"顾重阳问，"他们的'弧形铠甲'系统还要多久建好？"

"他们宣称一个月。"铁敏承皱着眉头，"但据黑猾狸消息，若开足马力，三周之内，这个系统在理论上就已经能够拦截拓展型导弹作战单元的攻击。"

"这么快？"顾重阳感慨着，"真是逼着我们必须争分夺秒。"

二十一

锁定目标

第二天下午,血样采集结果被陆续送到滨海市血液检测中心。

小马汇报:"最迟晚上八点之前,其余的也能悉数到位。"

"希望别出差池。"铁敏承充满期待地望着小马。

工地上找不出那个域外分子的猎人狙击手,就采集他们的 DNA 和来自老家亲人的 DNA 逐一比对,再狡猾的狐狸也逃不出好猎人之手,就算敌人再怎么高明,计划再怎样天衣无缝,在高科技检测设备面前,也注定要现出原形。

六点多钟,浓浓的雾霾严严实实地包裹了初春的滨海。

偌大的办公室里,顾重阳让钟秘书把所有的灯都打开,窗帘也拉开。他的办公室就明晃晃地暴露在滨海初春浓浓的雾霾里,而他,伏在宽大的栗红色办公桌前,先是签了十几份呈报件,看了一摞文件,继而疲惫地倚靠在椅背上,任凭自己毫不设防地暴露在对面狙击手黑洞洞的枪口下。

顾重阳心里清楚,不管狙击手此刻瞄得如何精准,都是预演,不会扣动扳机,就像他无数次参加演习一样,再怎么真实,到底都是纸上谈兵,既然如此,他宁愿给黑暗里的狙击手一个惊喜,让他毫无顾虑地瞄准自己,让他尽情想象着未来某时某刻轻松漂亮的致命一击。当然,他更知道这会儿路文路武兄弟也在黑暗里注视着对面那个影子,他越暴露,路氏兄弟就越容易锁定目标。而他,不需要额外做什么,顺其自然躺进椅子里就足矣。

内鬼到底是谁呢？这个一直萦绕心头的疑问再次紧紧揪住了顾重阳的神经，他虽相信一切尽在铁敏承的掌控之中，但吴伟龙的一席话还是让他内心焦灼。他太清楚铁敏承在布局一盘大棋，既然铁敏承没有说，他也就不便问清内鬼是谁。于是只能无意义地胡乱猜测，想到一个人，他摇头自己否定，再想一个，同样是否定。他不愿相信自己的同事和兄弟站在了对立面，可又不能不接受这冷冰冰的现实，他纠结，疲惫，就那样睡了过去。

铁敏承的电话打过来时，已经接近凌晨两点。

"怎么还在办公室？"铁敏承的声音沙哑且带着明显的疲惫。在此之前，他把电话打到顾重阳宿舍，无人接听，他没想到自己的老同学此刻竟还在办公室熬夜加班。

"你不也一样。"顾重阳抹把脸，"怎样，有结果了吗？"

"你说呢？"铁敏承卖了个关子。

"我过去？"顾重阳言简意赅。

"等你。"铁敏承干脆利落。

钟秘书和司机都在对面的秘书办公室和衣睡着了。

顾重阳推开门，没有惊醒钟秘书，只是轻轻推了推司机。

司机睁眼见是顾重阳，立马站起身来，顾重阳赶紧示意慢点，他怕吵醒了钟秘书。这些年轻人跟着他真不易，睡觉竟然都成了奢侈的事情。

"罗炳南！罗炳南！"进门一照面，铁敏承就连说了两遍这个名字。

"谁？"顾重阳不明所以。

"所有血样都已送来，就差罗炳南的。"小马在一旁补充解释。

"为何没送来？这又说明什么？"顾重阳连珠炮似的问。

铁敏承眯着眼睛:"罗炳南家在长江边的一个偏僻山村,而且没有兄弟姐妹。"稍顿,又说,"他父母几年前同时遇车祸去世。"

"所以没法采集近亲血样?"顾重阳问。

"你说这会是巧合吗?"铁敏承盯着顾重阳。

"亲戚没有吗?"顾重阳紧接着问。

"远亲倒是有。"小马补充说,"但没有什么交往。"

"老死不相往来?"顾重阳追问。

小马摇摇头说:"那倒也不是,一个远房的表叔与他们家相隔一百多里,说是满打满算,总共也就到过罗炳南家三四次,上一次还是接到电话去参加罗炳南父母的葬礼。"

"那一次他见到罗炳南没?"顾重阳问。

"见到了。"

"罗炳南本人?"

小马点头:"那个远方表叔很肯定,说见到了披麻戴孝的罗炳南。"

"可是,"铁敏承沉思片刻,表示怀疑,"他对罗炳南熟悉吗?"

"这个——"小马没能给出答案。

"有没有这种可能,"铁敏承推测,"那个远房表叔见到的罗炳南只是他觉得应该是罗炳南的罗炳南,事实上他见到的并不是真正的罗炳南?"

"真正的——"顾重阳疑惑地望着铁敏承。

铁敏承继续说:"对,那个远房表叔看到的有可能只是一个假象。"

"有这个可能。"顾重阳若有所思地点点头。

"如果,那个猎人狙击手的一切目的都是为了假借罗炳南的身份,那么我们都很有可能落入他的圈套,那个少有来往的表叔又怎能看得穿?"铁敏承进一步推测。

"狸猫换太子？"顾重阳恍然大悟。

"不能排除。"铁敏承坚定答复。

"有道理。"顾重阳咂巴着嘴唇。

"不管有没有道理，等其他人的结果出来，如果都匹配，无疑这个罗炳南问题最大，如果还有其他情况，那么，罗炳南也不能排除嫌疑。"

"对了，"顾重阳问，"罗炳南父母出车祸是怎么回事？"

铁敏承望向小马："你给指挥长说说。"

"他父母开农用三轮去集镇买东西，回来的路上翻进十多米的深沟，车毁人亡。"小马说，"那次罗炳南外出打工刚回家，但没有一起去。"

"就是说他在家，但没去？"顾重阳追问。

"是的。"小马说，"他父母买菜买肉就是为了欢迎他回家。"

"我凭直觉，"顾重阳强调，"这个罗炳南一定有问题。"

"盯紧他。"铁敏承叮嘱小马，"别水落石出的时候却让他给跑了。"

"明白。"小马立说立行，转身就安排监视罗炳南的人。

几天时间里，铁敏承一直催促小马追问血液中心反馈的结果。

市里条件有限，最后还是铁敏承亲自出马协调省城医院帮忙，才在第三天特事特办出了全部结果。出乎铁敏承的意料，竟有两组异常结果。

"加上罗炳南，三条线都不能放松，抓紧调查，速出结果。"铁敏承恨不得马上找出猎人狙击手，但再长的路也要一步一步走，没有任何捷径。

两组异常结果里，一个是内蒙古人刘柱强，一个是河北人姜建武。

内蒙古那边很快传来消息，刘柱强是二十多年前他父母从人贩子手里买来的，村里人浑然不知，他父母也严守秘密，不想这回把真相扯了出来。

"这个刘柱强可以排除嫌疑。"沉思片刻,铁敏承又交代小马,"给内蒙古同行也说清楚,刘柱强遵纪守法,二十多年前的事也就别再重提了。"

"局长,"小马有些不解,"咱们还管这个?"

"得管。"铁敏承非常严肃,"人各有命,我们别影响了别人的生活。"

"那河北的姜建武呢?"小马追着问。

"姜建武——"铁敏承陷入了长久的沉思里。

就在结果出来的前一天夜里,刘金刚那边来信说工地上有个工人未见请假却不见踪影。铁敏承以为是罗炳南,听说不是,才放下心,想着那么多人,总有各种各样的情况,也就没多问。直到第二天结果出来一个姜建武的名字,才想起刘金刚之前说的也好像是这么个名字,一核问,果真是。

河北那边传来的消息也不容乐观——姜建武的父母同样失踪了。

"集体逃跑?"这让铁敏承极为惊讶。

姜建武的家庭情况较为复杂,他的父母在多年前全国严打时都曾被判刑,出狱后两人凑成了家庭,后来都没干过正经工作。其父开过商店、棋牌室,但因生意不景气都关了门。他母亲在发廊干过几年,后来年纪大了,也无所事事,就在外面混。两人都有吸毒史,多次被当地政府强制戒毒,但屡教不改。

"这个姜建武嫌疑非常重大。"小马分析,"说不定就是猎人狙击手。"

"姜建武在老家是个什么情况?"铁敏承盯着小马问。

"姜建武自小被寄放在亲戚家,而且不固定,这个亲戚家放几年,那个亲戚家放几年,邻居们对他的模样没什么印象,但能肯定的是的确有姜建武这个人。"小马说,"他父母这种人只要给钱什么都干,最有可能被敌人利用。"他又接着分析:"姜建武会不会是域外分子的人狸猫换太子寄放在姜家,然后——"小马戛然止住,他已经有了推断,但还是把结论留给铁敏承来下。

"这个孩子——不是姜建武,而是冒用了姜建武名字的域外分子的人?"铁敏承问。

"很有可能。"小马说,"DNA结果是最有力的证据。"

"也不一定,万一和刘柱强一个情况呢?"

"那姜建武跑什么?他肯定是得到了风声,才选择走为上策。"

"他有一万种理由从工地上不辞而别,"铁敏承意味深长地说,"也有可能像你说的那样,在躲我们,但——那也只是万分之一的可能。"

"河北那边顺着姜家亲戚这条线索也在帮我们寻找姜建武。"

"那最好。"铁敏承强调,"务必及时跟踪情况。"

小马点头,他最能读懂铁敏承此时此刻的心急如焚。

二十二

节外生枝

钟秘书打来电话时，顾重阳正和铁敏承同看卫视频道的法律节目。铁敏承说有好东西给他看，顾重阳兴致勃勃受邀而来，不想却是看电视重播。

节目正在播放一桩离奇的案件。

某人借款数百万做生意，不想投资失败，所有钱财都打了水漂，就在债主纷至沓来追讨债务时，却发现借债人在一场车毁人亡的事故中死了，而且汽车爆炸后燃烧，尸体面目全非。就在债主们对借出去的钱不抱希望时，警察凭着多年处理事故的经验，断定车子不是事故导致燃烧，而是事后人为纵火，定性为刑事案件重点侦查，最后顺藤摸瓜抓到了妄图从人间蒸发的某人。原来某人是谋杀了他人，装进自己的汽车里，伪造出事故现场，给人造成他已殒命的假象，妄图借此躲掉百万债务，最后却以偿命结案。

"这些人真是丧心病狂。"顾重阳颇受触动。

"一切手段都是为目的服务。"铁敏承也感慨着，他之前看过一遍，但这时仍旧唏嘘，"要不是警察火眼金睛，这家伙真就瞒天过海了。"

"为了达到目的，真是无所不用其极。"

"重要的是——"铁敏承缓缓说，"他的目的差点就达成了。"

顾重阳的思路被钟秘书的电话打断："首长，甄别局的人要见您。"

"让他们稍等，我十分钟后到办公室。"顾重阳挂断电话，意味深长地望着铁敏承,"甄别局来人了,你说说,他们找我干什么?"

"内鬼?"铁敏承两边的眉头拧到了一起。

"我猜——"顾重阳说,"也只能是为这个事。"

"可惜了。"铁敏承一声叹息。

"打乱了你的计划?"顾重阳问。

"不知道。"铁敏承说,"且看看情况再说。"

"是不是我和他们沟通一下,暂时不要打草惊蛇?"顾重阳征询铁敏承的意见。

"来不及了,他们能来,肯定之前已经将情况层层上报,知情者也不是一人两人,难免走漏风声,既然已经这样,索性就让他们收网吧。"

"好吧,我知道了。"顾重阳匆匆赶往办公室。

甄别局的人进入办公室后,钟秘书随即在外面把门拉上,但警觉的来人并不放心,还是扭过头去又看了一眼,确定门已关死,并且没有第三者在场后,才身子前倾试探性地问顾重阳:"指挥长,咱们基地有没有一个叫武志的干部?"他似乎觉得顾重阳没听清,稍顿了片刻,又轻缓而郑重地拆字给顾重阳强调,"水浒里那个武松的武,杨志的志,武志。"

"武志?"顾重阳的神经绷得紧紧的,大脑快速启动搜索模式,依照序列,从基地领导到各级领导,再到他那些视若肱股的主任,可是,这个武——武——他的脑袋短路了,突然停滞下来,又很快接通电源,他顿然想起来,似乎陈火青的作训办新调来一个姓武的小伙子,是武——武——武——"对,武志,有这么个人。"顾重阳自言自语说完,紧紧盯着来人。

"这就对了。"来人神情更加严肃,"我们判断武志是内鬼。"

"武志是内鬼?"即使心里多少有些准备,但对顾重阳而言,这个结论还是来得太过突然。武志虽然只来办公室呈过一两次文件,但凭着记忆,顾重阳还能想起他有着大大的眼睛,微鬈的黑发,以及每次都因紧张而憋得通红的脸。

"我们跟了一个多月,基本罪证也已查明,既怕冤枉一个好人,又怕漏掉一个坏分子,这对咱们空域防护基地而言也事关重大,所以我这次专程来就是请示一下顾指挥长,是你们自己处理还是交给我们甄别局。"稍顿,他又说,"基本情况我们已经汇报到上级,上级的意见是最好空域防护基地自己处理,毕竟,咱们是高涉密单位,许多情况不宜对外透漏。"

"听你们的。"顾重阳起身,电话叫通钟秘书,"迅速通知政治办张主任和保卫办主任柳江南到我办公室,切记,让他们停下一切工作,速来。"

几分钟之后,张主任和柳江南急匆匆赶到。

听来人讲完基本案情,顾重阳指示张主任和柳江南:第一,以其他理由迅速控制武志,关押到警卫队严加看管;第二,迅速将有关情况以电话和电报形式上报守卫者集群机关,请示下一步行动;第三,在公开通报之前,不能将武志是内鬼一事外漏给任何人,尤其是参谋长和作训主任陈火青。

张主任和柳江南领命去落实,甄别局来人也告辞离开。

从不抽烟的顾重阳从抽屉里找出一包烟,这是钟秘书很久前给他备下的,准备用来招待来客,但绝少有人在顾重阳的办公室抽烟,就算铁敏承来,也是自带了烟,所以这包烟从没派上过用场。此刻,却噙在了顾重阳的唇间,一缕缕青烟袅袅升腾,他吸一口,淡淡的辣腥味瞬间侵蚀了味蕾。

顾重阳不忍眼见武志是内鬼成为现实,却也希望内鬼仅仅就到武志为止，但理性和多年所经所见所闻的经验告诉他，在这个如同巨大恶性肿瘤的谜团里，任何更坏的结果都有可能，武志的主任陈火青、陈火青的参谋长，都暂时没法和已坐实是内鬼的武志撇清干系。尤其之前铁敏承已说过，阵地暴露无遗，如此底朝天的泄密绝不是武志这个级别的内鬼能做到的，后面肯定还有大鱼，会是谁呢？他一个个假想，又一个个否定。

直到烟蒂烫了手指，顾重阳才回过神来。

他还没来得及掐灭烟蒂，铁敏承的电话就急切地震了过来，他以为铁敏承急于知道甄别局说了什么，却不是，那边兴奋地通报说："姜建武抓到了！"

姜建武被抓到并不是小马的功劳，而是刘金刚通报的消息。

姜建武急于离开工地也并没有什么急于完成的特殊使命，而是到烟柳巷嫖娼。他是惯犯，隔三岔五被抓，却屡教不改，只要有钱，就会找一个叫百灵鸟的女人厮混。工友都知道他好这一口，但刘金刚却不知情，闹得铁敏承和小马虚惊一场，直到派出所通知工地交罚金领人，刘金刚才知晓。

和往常一样，没有人为姜建武的被抓大惊小怪，工地也没理会派出所让交钱的通知，那是他个人的事，本也与工地无关。大家也知道，就算不去交钱和领人，姜建武同样会在半个月之后被放出来，出来后，身无分文的姜建武也会老老实实在工地干上一阵子。然后——有点钱再去找百灵鸟，运气好的话没事儿，但十回有九回运气差，会被蹲守扫黄的警察抓个现行，要钱没有，蹲上半个月再出来。如此往复，一月一月，继而一年一年。

"那姜建武的父母怎么回事？"顾重阳闹不清他们何以和姜建武同时失踪。

"答案肯定超出你的想象。"铁敏承无奈地摇摇头。

小马道出原委:"姜建武的父母来滨海找姜建武,他们和姜建武失去联系差不多有六七年了,这次不是借口给工人进行身体普查采血样吗,他们才知道姜建武在滨海。因为一心指着姜建武给他们养老送终,再不济也要给笔钱,所以采完血样当天,老两口就坐火车倒汽车朝滨海赶,他们到了滨海,却赶上姜建武被抓了进去,见面见不上,他们也没钱赎人,就只能在滨海干等着。"

"可是——"顾重阳疑惑,"DNA不符是怎么回事?"

"这可有故事了。"小马讲,"真是费了大周折才把他们家的关系理清楚——姜建武的父亲在和他的母亲结婚之前,和其他女的混过几年,后来姜建武父亲在严打中被抓,就和那女的散了,可就在姜建武父亲出狱后和他母亲将要结婚的当口,那个女的抱了个孩子给姜建武的父亲,说是他的。姜父总不能不管亲骨肉,就说服了姜建武的母亲留下了孩子。他们先把孩子放在亲戚家,结了婚才把孩子抱回来,但终归不是亲生的,姜建武母子间建立不起亲情,于是姜建武成了多余的。多年来,姜建武很少和父母在一起,都是寄人篱下。姜建武父母只知道姜建武是真父亲假母亲,这回才算替他们理清楚,父亲母亲都不是亲生的,所以 DNA 跟他们扯不上半点关系。"

"真是够乱的。"顾重阳摇头感慨。

"是啊,杂草地里长不出好庄稼,姜建武这边身陷囹圄,他父母那边还指着这边养老,要是都知道了实情,真不敢想这个家庭会乱成什么样?"小马也啧啧唏嘘。

"我们到此为止,他们怎样,任其发展吧。"铁敏承的关注点已经转移到了新的目标。

"那么——"顾重阳突然想起什么。

"那么——就只剩下那个神秘莫测的罗炳南了。"铁敏承替他补充。

"对。"顾重阳攥紧了拳头,"是不是猎人狙击手就只能是罗炳南了?"

"我也这么认为。"铁敏承异常理性,"但此刻还不能定断。"

"二十四小时盯着他不就行了?"小马提议。

"如果他是猎人狙击手,"铁敏承再次强调,"那么肯定具有常人无法想象的敏感性和反侦察能力,跟踪一旦被发现,整个计划就都泡汤了,这是下下策。"

"可是他连基本的社会关系都没有,DNA验证身份极为困难。"小马颇为难,"我们暂时只能停留在怀疑阶段,想要坐实他的身份还得想办法。"

"有了。"顾重阳欲言又止,"我知道了。"

"伪造车祸?"铁敏承心领神会地望着顾重阳。

"对,伪造车祸。"顾重阳笑望着铁敏承。

小马不知所以,但隐约觉出,他们已经找到了解决问题的答案。

二十三

失误成恨

莫江龙枯坐在金盾海岸楼顶的平台上,一根接一根地抽着烟。

明灭的火星在冷风嗖嗖的黑夜里汹涌侵蚀着纤细的烟卷,烟卷毁灭成缕缕飘荡的微尘,涌进莫江龙的喉咙里,飘散在清冽的夜风中。此刻,他一遍遍回味着政治办主任对他的询问:"你是否愿意到训练中队当副中队长?"

不久前,他在政治办主任办公室正襟危坐,等待命运的安排。

能说什么呢?已经是基地的政治办主任找谈话,显而易见是最后通牒,而不是征求意见,他只是被告知这个已经无法更改的结果。明知道会这样,但莫江龙还是感到从未有过的失落和沮丧,他既垂首听命,却也心有不甘。

几个月前,莫江龙坚信顾重阳找他谈话是千载难逢的机会。

可是,能怪谁呢,是他把一切都搞砸了。

在一开始,莫江龙的工作是称职甚至堪称完美的,及至后来,弯弯之死也并非他能左右。他尽心尽力坚守在自己的岗位上,没有半点疏忽和差池已经足矣。可是自从柳心月介入他的生活后,莫江龙一方面因为暂时没有了特殊使命而放松警惕,另一方面就是纵容了自己的感情。的确,他对柳心月动了真心,而且是明知不可为而为之。不管他之前知不知道水辛明是铁敏承布在金色海岸的一枚棋子,客观上,是他替敌人摘掉了水辛明。

调任副中队长，明着升了，可莫江龙心里清楚，一旦被放到那个与滨海市区相隔数百公里的单位，再想回滨海难上加难。先不想节外生枝的柳心月，就是千里迢迢与自己来相聚的女朋友，恐怕以后也是聚少离多。除非辞职离开空域防护基地，可就目前的状况而言，莫江龙还没想过走那一步。

听到由远及近的脚步声，莫江龙没动，他知道是谁。

"一个人想什么呢？"柳心月从后面抱住了莫江龙，"电话也不接，信息也不回，我在楼里转了一大圈，担心死了，没想到你竟跑来这里。"

"手机落办公室了。"莫江龙迎着夜风，扭头问，"找我有事？"

"嗯。"柳心月把头贴在莫江龙背上，"当然有事。"

"什么事？"莫江龙起身，掰转过柳心月的身子，"大事？小事？"

"大事——"柳心月从前面紧紧抱住莫江龙，"我想你了。"

"你呀。"莫江龙像往常一样，准备要说柳心月几句，一时却不知道要说什么，只能在沉默里静静地端详着这个他心头放不下的女孩。

"听他们说，你要离开金盾海岸？"柳心月低头喃喃地问。

"你怎么知道？"莫江龙极为惊讶，他是刚刚才从政治办主任的口里得到自己得离开的消息，出来后并未对任何人提及，消息竟像风一样传到了柳心月的耳中。

"还对我保密。"柳心月抬头嗔怪莫江龙，随即，又把头埋进他的胸前，"张总到处找你张罗着要给你壮行，可是哪里都找不到你，打电话问我，我看你电话没人接，才满世界地找你。你没良心，这么大的事，却只瞒着我一个人。"

"我怎么会瞒你。"莫江龙解释，"我也是刚刚才知道。"

"嗯，我不管，我不让你走。"

"这个你我都改变不了。"

"我不管。"

"听话。"

"我就不让你走,你一走我怎么办,以后再有谁欺负我,连个给我做主的人都没有。"柳心月楚楚可怜地望着莫江龙,半天不语,眼泪蓄积在眼眶里,盛不住,滴滴掉落,"可是,我知道也拦不住你,听他们讲,说你回去后就会高升,你有自己的仕途和理想抱负,我宁愿看着你好。"

莫江龙的心中五味杂陈,可他没法向柳心月解释。顶着黑夜里强劲的北风,他把柳心月抱得紧紧的。

"下去吧,上面冷。"他悄声在她耳边说。

"我还是不想让你走。"

柳心月依偎着莫江龙转过身,两个人紧紧拥抱在一起,紧贴着向前走,缓缓慢慢钻进下楼的门洞里。夜风在身后吹得肆无忌惮、清冽寒冷。

"哎呀,我的莫副中队长,天南海北地寻了一圈,总算是找到你了。"还未到办公室,莫江龙和柳心月就被赵和平在楼道里堵上了,"张总设了庆祝你高升的宴席,满世界找你,谢天谢地,你总算现身了,赶紧的,咱们快走。"不由分说,赵和平就一把拉过莫江龙,前后脚进了电梯间。

"别急,我取一下手机。"莫江龙转身要回办公室。

"取什么手机啊,一会儿让张总的司机来拿。"赵和平生拉硬拽,就把莫江龙拉进了电梯间,"张总他们都在酒店等着呢,今晚你可是主角啊。"

车到天宴酒店门口,赵和平要过莫江龙办公室钥匙交给司机,让把手机取来:"你放心,你的手机丢不了,大晚上的还能有什么大事不成。"

莫江龙推门进了包间，见只有张继伦和吴涵在闲叙。

"今天小莫上座。"张继伦起身，作势要把莫江龙让到他和吴涵之间空着的主座上。

吴涵也起身说："就是，莫副中队长可是今天的主角。"

莫江龙当然不肯，拉开张继伦座位下首的椅子说："那个位子理应是张总的，我坐这里就可以了。"说完，就自作主张坐了边上的椅子。

赵和平一把拉他起来："客随主便，今天张总和吴总是专门给你壮行，你坐在这里算怎么回事，敬酒都不方便。"推推拉拉，扯着莫江龙到主位。

"就是，你在金盾海岸这段时间，不管对胡总还是对我们天伦，都关爱有加，金盾海岸的功劳簿里要浓墨重彩地为你记上一笔，我们本想完工后重谢你呢，没想到你这么快就高升了。胡总今天在外出差赶不回来，专门打了电话，千叮咛万嘱咐，让小吴代他好好敬你几杯，你可别坐那么远，要不然这酒没法喝了。"张继伦说完，把还坚辞不坐主位的莫江龙不由分说地拉过来，摁着坐了下去，"听我的没错，就坐这儿，不许再动了。"

莫江龙有些为难："恭敬不如从命，我今晚失了礼数，还请见谅。"

"咱兄弟之间没那么多礼数。"张继伦给莫江龙斟酒，"感情最重要。"

第一杯酒倒上，送行宴会就热热闹闹地开始了。

先是张继伦讲了三层意思，一是感谢莫江龙在金盾海岸工程的操劳，二是感恩莫江龙对一干人的友情，三是感激彼此的互相理解通力合作。张继伦说一层意思就提议一杯酒，酒局刚开始，几个人已觥筹交错干了三杯。紧接着就是"自由活动"，座位就近的两两交流和碰杯。几个回合下来，都喝得面色红润，赵和平不但面色红润，而且情绪高涨,他不知被谁扯了哪根筋,冒冒失失非说莫江龙应该敬吴涵一杯酒。他的话出口,大家都知道他提的是莫江龙的人给柳心月出头误伤水辛明那档子事,氛围瞬间陷入僵持,略微有些尴尬,但他不管,扯着大嗓门又不由分说地重复了一遍。这时候,倒是柳心月举杯站起来,望着大家说:"那个事都是因我而起,害得莫副中队长为此背了黑锅。"莫江龙也举了酒杯站起来:"都是我做事不周到,让那个兄弟吃了苦头,也给吴总的工作添了麻烦,理应自罚三杯。"

吴涵没拦住,莫江龙连着喝了三杯,坐在对面的柳心月也紧紧跟随,莫江龙倒满一杯,她也倒满一杯,莫江龙喝下,她也喝下,杯杯都陪着。三杯酒下去,莫江龙的脸由红润而转赤红,青筋暴出,柳心月不小心被酒呛了,连连咳嗽,眼泪都带了出来,别人劝不下,她还是执意要喝。

"好,酒喝完了。"张继伦站起来,"那档子事也就算彻底过去了。"

"就是就是。"赵和平急乎乎插话,"冤家宜解不宜结。"

张继伦拉一把站起身来的赵和平,示意他坐下。

赵和平会错意,以为张继伦要与他喝酒,忙不迭给张继伦斟酒,又倒满自己的,大吼着说:"好,咱们俩也干一个。"随即碰杯,吱溜溜喝下。

"那件事完全是场误会,我之前不完全了解情况,也要承担一定的责任,但过去就过去了,大家都别再提了。"吴涵举起酒杯,"今天是欢送莫副中队长高就,胡总不在,但他的感谢和祝福不能缺席,我代他敬莫副中队长。"

莫江龙起身,碰杯,又一饮而尽。

随后,除了柳心月,在场的每个人都借着各样话题和由头敬莫江龙喝酒,有的是小杯,有的用大杯,有的喝完小杯又喝大杯,几个轮次后,莫江龙体内的酒精趋向饱和,赤红着脸见了谁都重复地说着:"谢谢,谢谢。"

　　酒局中,不知谁随意问了句"莫副中队长会不会再回来?"竟碰触了莫江龙的伤感,莫江龙眼里汹涌地沁出泪来,他使劲擦,却越擦越多。见此情景,众人也都动了情,说些劝慰莫江龙的话,也发些相逢一场不容易的感慨。这期间,碰杯从未停止,多数是冲着莫江龙。他呢,也是敬必喝,喝必干。

　　快到十一点,赵和平才扶着踉踉跄跄的莫江龙出了酒店,柳心月也没少喝,她低头拉着莫江龙的胳膊,在后面紧紧跟着。

　　莫江龙刚被塞进车里,司机就把电话递了过来:"莫副中队长,刚才有个电话连着打过来两次。"

　　"谁啊?"莫江龙大着舌头含糊地问,"为什么会打两次呢?"

　　"显示的名字是一号。"司机轻点油门,汽车缓缓从停车位转出去。

　　"一号?"莫江龙电击般挺直了身子,急忙解锁手机,未接来电符号醒目刺眼。

　　司机说的一点没错,相隔几分钟打来两个电话,都是"一号"。

　　"一号"是他给顾重阳电话号码的特殊标注。

二十四

落寞出局

吴伟龙遇上了大事，他急于找到胡云发，从一大早开始就不断拨打胡云发的电话，那边从头至尾都传来嘟嘟嘟的接通声，却一直无人接听。

事关重大，他必须和胡云发通上话，所以保持着个把小时就拨一次的频率。他开始的时候还想着，或许是胡云发在开会不便接听，后来推测是外出忘带手机，直到晚上，电话仍是保持畅通，胡云发却始终没有接听。

吴伟龙坚信诸事缜密的胡云发这次肯定大意了，手机要么遗忘在了什么地方，要么就是被小偷顺走。吴伟龙放弃了继续拨打，他打算第二天一早去胡云发的公司，若还找不到人，再去天蝉别墅区，反正必须得见着胡云发。他这么打定主意，看了会儿微信和手机新闻，就不知不觉睡了过去，却在梦乡中被刺耳的手机铃声惊醒，一看，不是别人，正是苦找一天却没有音讯的胡云发。一接起，那边就是一连串的"抱歉抱歉，对不起对不起"。

"胡总，你在哪里？有个要紧事得和你说。"吴伟龙疲惫至极，却不得不强打起精神。

"我明天就回滨海。"胡云发稍犹豫片刻，旋即提高嗓门问，"你快说说，多紧要的事啊，到底是好事还是坏事？"他并未说自己身在何处。

吴伟龙连连打着哈欠："那明天见了面再详谈吧。"

"好的，明天谈。"胡云发说，"回了滨海我给你打过去。"

挂完电话，吴伟龙就再睡不着觉，反复推敲起昨天的经历。

上午十点刚过，吴伟龙接钟秘书通知到领导会议室开会，一进门就紧张起来：里面只有四个人，顾重阳和吴克忠并排坐着，莫江龙在对面，钟秘书则坐在和莫江龙同排的角上做记录。见着正襟危坐一言不发的顾重阳和吴克忠，吴伟龙不知所措，还是钟秘书示意他落座同排中间的位子。

"你想好没有？"吴伟龙刚坐下，就听到顾重阳神色严峻地问莫江龙。

根据吴伟龙推测，之前两个大佬肯定已经和莫江龙谈了半天，可能突然觉得某个事应该有他这个营房办公室主任在场，所以才临时让钟秘书通知他来。至于谈了什么，他一无所知，但从严肃的氛围看，肯定不是什么好事。可这个不好的事会不会关联自己呢，吴伟龙心里没底，不由得忐忑紧张。

"想好了。"莫江龙低着头嗫嚅说，"服从组织上的一切安排。"

"好吧，就这么决定了。"吴克忠的神情比刚才的严峻稍微缓和些，"组织上认可你这段时间在金盾海岸公寓房建设中所做的贡献，但同时，你对不请示不汇报私自同意甲方变更施工单位负有不可推卸的责任。我和指挥长今天找你谈话，也是代表基地的意见，决定让你离开金盾海岸。到基层后也要多学习多提高，争取以后能给基地建设带来更多更大的贡献。"

"明白，我一定努力提高。"莫江龙仍旧有气无力地嗫嚅着，他的精气神似乎全被抽走了。

此时，只有顾重阳和莫江龙知道调离莫江龙的真正原因，在其他人眼里，就只是怀疑他收受了甲方的好处，而随意同意变更施工方。其实一切他都汇报过，只是汇报给了顾重阳，而不是基地集体，他干的是一项神秘而又充满了挑战的工作，不可能让人人皆知，但问题是，他搞砸了，连同他之前所有的努力与贡献都将彻底封存。在顾重阳这里，他也不可能凭着一句话用了莫江龙，而又凭着一句话拿下莫江龙。用什么做理由都已经不再重要，重要的是要换掉莫江龙。顾重阳和莫江龙对此当然也都心知肚明。

"好吧。"吴克忠摆摆手，"收拾收拾，准备到训练中队报到吧。"

莫江龙站起身，软绵绵转身离开了。

"知道叫你来干什么吧？"莫江龙身后的门刚闭上，吴克忠就语气生硬地问吴伟龙，不是询问，而是质问。吴副指挥长在大庭广众下对自己这个亲侄子表现出来的态度永远是不屑，甚至，从来都不会用正眼瞧一下他。

"你来说说，"未等吴伟龙答复吴克忠，顾重阳就问他，"你们营房办公室有没有合适人选。"随后又补充，"当然了，也不局限于你们营房办公室，只要懂得营房业务就行，但是有两点，一是负责任，二是靠得住。"

吴伟龙此时已经明白八九分，知道前期莫江龙在金盾海岸的工作让大佬们十分不满，已经决定将其换掉，继而找到早都应该找的他这个名正言顺的营房办公室主任，可是此刻，他并不打算即刻就把话题接过来，所以故意吞吐地问："首——首长，我不太——明白，您说的是什么合适的人——人选。"

"真是榆木脑袋。"吴克忠无可奈何地望一眼顾重阳，恨铁不成钢地乜斜着吴伟龙，"让你干这个营房办主任真是埋汰了这个岗位，以后多长点心。"

吴伟龙挠着脑袋，脸红脖子粗，这种场景真是令他尴尬。

吴克忠顺了口气，才又从头到尾给吴伟龙讲了莫江龙如何不称职金盾海岸公寓房的建设，因为犯了不应该犯的错误被撤掉。决定换掉他，再从营房办公室选个人，现在等吴伟龙推荐。其实能有金盾海岸这个项目，皆因应对第三国和域外分子的狙杀行动，结果一番博弈，过招的剧本已经完全变化，空域防护基地在金盾海岸项目的负责人这一岗位已经失去价值，此刻也要回归它只是一幢楼的本真属性，所以交给营房办公室最合适不过。

"余广强行不行？"吴伟龙试探着解释，"我们营房办的助理员。"

"余——广——强？"顾重阳把字音拖得很长很长念叨了一遍，更像是疑问。

吴伟龙介绍："余广强是北方建筑大学毕业的四加一学员，以前在工程分队当过助理工程师和副分队长，业务水平和管理能力都比较出众。"

吴克忠没有表态，靠在椅背上心不在焉地听吴伟龙对余广强的推荐。

"对了，"吴伟龙插了一句，"吴副指挥长比较了解余广强，几次机关业务技能比武吴副指挥长都是专家组评委，给过余广强很高的评价。"

吴克忠的面部表情瞬时一紧，旋即，又缓缓地松弛下来。

"是吗？"顾重阳扭头望向吴克忠。

"是有这么个人。"吴克忠淡淡地回应，"挺不错的一个年轻人。"

吴克忠当着顾重阳的面这样轻描淡写地回应，着实让吴伟龙费解。余广强在吴伟龙的眼里，一直以来都是一个巨大的谜团，此时，他本以为会像取出套娃一样，一个个提起，答案就理所当然在最里层了，可事实让他大失所望。吴克忠那么不疼不痒地一说，他更是坠入了无边无际的云雾之中。

余广强到底是什么来路呢？这个疑问一直存于吴伟龙心中，他却始终没有找到答案。余广强刚调到营房办公室，干部办副主任就在一次饭局上神秘兮兮地问吴伟龙关于余广强的来路。吴伟龙之前和余广强并无瓜葛，当然是一无所知，但此副主任不信，意味深长地诡秘一笑，让吴伟龙心中深深埋藏下疑惑的种子。后来，吴伟龙从只言片语里听说，是吴克忠把地方大学毕业的余广强特招到空域防护基地的，而且开始是放在工程分队最基层锻炼，后来当参谋、助理员、助理工程师，直到干上副分队长，一路走来也没用多长时间，就被调到人人向往的基地营房办公室当助理员。

余广强在空域防护基地的每一步成长都受到了吴克忠的关照，吴克忠打了招呼，下面当然特事特办。这一切众人不知，却瞒不过具体操办的干部办公室副主任。没有不透风的墙，一传十十传百，就把余广强传成了谜。

初闻此事，吴伟龙不相信，也难以理解，因为他这个吴克忠的亲侄子都没能享受副指挥长叔叔"一路关照"的待遇，而这个横空出世的余广强却能，于情于理都有些讲不过去。除非，吴伟龙开始天马行空地妄想，除非——吴克忠和余广强之间的关系比与他之间的关系更为亲密，但这个假设很快又被他坚决否定掉——这怎么可能呢？可不久后，真真切切发生在他眼皮子底下的两件事情更加坚定了吴克忠与余广强之间更为亲密的推测，一是去年干部调整，吴克忠打了招呼，专门让干部办的人找余广强征求意见，问余广强愿不愿意到基层当分队长，这无论对哪个机关干部来说都是求之不得的好事，不但可以提前一年晋职，而且增添了基层履历，为将来不管竞争机关的副主任还是中队一级的领导都打下了扎实的基础；二是后勤办集体在否决了十多个年轻干部报考硕士研究生申请的同时，据传还是受吴克忠之托，后勤领导专门让时任营房办公室主任的刘金刚问余广强要不要报名，如果他报，后勤领导就立马签字。但是，余广强对吴克忠的关心关照并不领情，两次都是直接回馈俩字——"不去"。

吴伟龙心知肚明，余广强去不去是余广强的事情，最起码，组织上已经给了他选择的机会，而这种机会并不是谁都能轻而易举获得的。作为人人皆知的副指挥长亲侄子，他莫说得到照顾，不被专门针对就算烧高香了。实践是检验真理的唯一标准，吴克忠对谁更为关照已经是明摆的了，但萦绕在吴伟龙心头的问题又疯狂滋长，他和他，到底有一层什么样的关系？而这个性格古怪、脾气暴躁、令人摸不透的余广强又是什么来路？

单位里的人也搞不清楚，余广强是真不知还是假不知吴克忠时时事事都在关照他，倒好像他从来都是自力更生，竟然多个场合都信誓旦旦地宣告："天大地大与我何干，我是小地方出来的，谁都不靠，就靠本事吃饭。"

余广强越理直气壮，吴伟龙就越浮想联翩。

他不禁又回忆起一桩几十年前的旧事。

那时他还小，隐约听大人提起过有关吴克忠的一桩绯闻。大概还是在吴克忠当分队长的时候，和营区驻地一个据说是开商店的女人好上了，这个女人姓甚名谁何方人氏他皆一无所知，就只是记得大人们忧心忡忡地讨论着——铁了心要离婚和那女人过日子的吴克忠会不会被单位除名遣送回来。他还记得，披头散发的婶子带着那时尚小、现在已是澳大利亚某家企业金领的堂弟回到老家，在几十口老少的同情里，一把鼻涕一把眼泪哭着委屈，全家人都和她一起悲伤着，也都骂，说曾经让整个家族引以为荣，现在却意欲抛妻弃子的吴克忠是忘恩负义的坏男人，是令人不齿的陈世美。那一段时间在吴伟龙记忆里是乱哄哄的，好像所有的人和所有的事都被裹挟进了这桩突如其来的是非里。持续了很长一段时间，吴克忠要离婚，婶子以死相逼迫，你来我往好几个回合，都不罢休。后来，还是刚硬耿直的爷爷拍桌子震慑吴克忠，说他胆敢离婚就断绝父子关系，永远也不要回家，不胜婶子搅扰的单位领导也给吴克忠下了最后通牒，说他要再不消停，就做好年底被勒令离开的准备。这两招还真是有效，他们从此真就消停了。

　　如同一场战争，互有攻守，此消彼长，想战胜的却终究未能战胜，以为失败的，也并未彻底败掉。那次离婚风波之后，为了所谓的爱情毅然决然不管不顾的吴克忠偃旗息鼓，不再固执离婚，而是选择无条件妥协，挥泪别了那个节外生枝的女人，又重新入轨平淡如常的生活。回心转意的吴克忠疯狂地干着工作，职位也扶摇直上，直到卡在副指挥长的位子上。

　　"会不会呢？"

　　吴伟龙大胆揣测着，余广强有没有可能是吴克忠当年为了所谓爱情而生的私生子，但一查，人家不但有亲生父亲，而且亲生父亲过世后又有继父，理论上和实际上都对不上号，令他兴奋一时的推断也就不了了之。

　　余广强又那么的与众不同，时时刻刻都扯着吴伟龙的神经。

　　他断定余广强是秘密，也是吴克忠极力隐藏的秘密。

　　余广强这个人，怎么说呢？是在整个空域防护基地绝对找不到第二个的天然愣头青，虽说到机关已有多年，也被人人事事磨去一些自带的棱棱角角，但作为一把随时准备出鞘肆意砍伐的大刀，他锋利的刀刃犹在。

空域防护基地上上下下只要和余广强打交道超过三次的人，很少有和他未生龃龉的。他要么在鸡毛蒜皮的小事情上绝不通融，要么占着哪怕一分道理也丝毫不饶人。就算在后勤领导的办公室里，他也敢斗志昂扬地秉持"有理走遍天下"的朴素道理，只要抓住一点"有理处"，就绝对会不依不饶死磕到底，直到后勤领导按他的意思就范。客观来讲，余广强是坚持真理不畏强权，主观来说就是典型的"犯二"，后勤办都称他是"无敌小钢炮"。

还好，余广强这个级别的助理员多是为应付后勤办内部事务跑跑颠颠，极少有和基地领导单独面对面打交道的机会，就算有，之前也早就在刘金刚和后勤领导那里及时屏蔽了，要么换了别人，要么暂时拖着不办，既不能把基地领导暴露在"小钢炮"的火力范围之内，又不能让他觉出被剥夺了和领导面对面的机会，总之是个只可意会不可言传的技术活，人人都做，人人都不说。到吴伟龙当营房办公室主任，当然也是萧规曹随，就算明知有着吴克忠的那层关系，却也不敢斗胆让"小钢炮"在首长的办公室架起来，任凭自己的朴素之勇，想向谁开炮就向谁开炮。吴伟龙有时也莫名其妙想象着，余广强在顾重阳或其他领导办公室声嘶力竭拍桌子的场景，想不出顾重阳或其他领导如何应对"小钢炮"，但可以断定，若真给了面对面的机会，他的余助理员会毫不含糊地"去战斗"，他绝不缺乏这样的胆量和魄力。

哪个年轻人没有棱角？但在谨言慎行的机关里，有棱角的年轻人只有两条路可走，一是磨掉棱角迅速适应跑腿打杂挨批评的角色，二是调离或自己辞职从此消失。基地机关历练多年，吴伟龙见了太多的来来去去，也见了太多的痛悔莫及。他虽尚未查明余广强来路，但既然他能受人庇护以"第三种状态"深深扎根后勤机关，肯定有别人不能企及的"核心竞争力"。

此刻，他把谜团一样的余广强抛了出去，静等终将揭晓的答案。

"老吴，我看还得你单独考察一下。"顾重阳若有所思，"这个金盾海岸是关系基地人员切身利益的工程，上面总部盯着，下面大家看着，咱们得选出能力强负责任的干部把关，必须保质保量，确保不出任何问题。"

吴克忠犹豫了片刻，告知顾重阳："余广强——是余友忠的孩子。"

"余友忠？"顾重阳转头盯着吴克忠，"哪个余友忠？"

"余友忠中队长。"吴克忠语气稍显沉重，"以前在拓展型导弹中队。"

"哦——余友忠中队长的孩子。"顾重阳颇为吃惊，"在机关吗？"

"对，在营房办公室。"吴克忠陷在沉默里，吴伟龙在顾重阳问完后欲言又止，思考片刻，还是代吴克忠回答，"叫余广强，是助理员。"

"时间真快，"顾重阳感叹，"余友忠的孩子都工作了。"

"是啊，一晃就这么多年过去了。"吴克忠长长地吁了口气。

提起余友忠，不得不从二十多年前的那场意外说起。

余友忠是当年空域防护基地最年轻的中队长，没有之一。和他同时期任同样职务的那一拨干部出了不少高级领导，但当时最被看好的，却不是那些大领导，而是能文能武的余友忠中队长，可遗憾的是，余中队长的仕途仅仅止步于此。他本可以走得更高更远，如果他还活着。

那个夏天雨后的傍晚异常闷热，按照余友忠的要求，政治办副主任已经汇报主任，说在《新闻联播》后，和宣传科的几个人一起研究阵地移防后的宣传教育提纲，当然，到时候余友忠也要现场听取计划并且最后拍板定案。

这是半个月之前已经筹划，却被其他事情一拖再拖，现在总算敲定下来的工作。宣传科早就忙了起来，修改计划，打印资料，布置会场,一直干到当晚的七点半。会议室里,主任和宣传科的人都已到齐,诸事齐备,时间到了,时间又过了,大家仍等着,直到一个多小时后,大家仍不见余友忠来,以为他忙其他事忘掉了,就让宣传科长去办公室请。宣传科长敲了几次门,打了几次报告,里面均无回应,他以为余友忠出去了,正要转身离开,门却被呼啦一声拉开,他见余友忠铁青着脸。

"中队长,请示下您,是否现在听取教育提纲方案?"宣传科长小心翼翼地试探着问。

"你让主任主持吧。"余友忠板着脸,十分焦躁,又说,"我去趟一分队。"

拓展型导弹中队刚移防新阵地没多久,一分队正热火朝天地修筑毗邻山崖一侧的道路和生活设施。分队长吴克忠是在灯火通明的施工现场被余友忠叫走的。赶在干部调整的节骨眼,大家都知道被找谈话只有两种预兆:要么即将提拔使用,要么理应提拔使用却提拔不了。但具体到空域防护基地标杆分队长吴克忠身上,大家断定他很快会被提拔,并且心知肚明,即使整个空域防护基地只空余出一个晋升岗位,那也一定非吴克忠莫属。

大家目睹了余友忠和吴克忠离开施工现场,都揣测着,等待着,议论着吴克忠好事将近,并且互相打着赌,猜吴克忠的新岗位会在中队内解决还是交流到其他中队,也可能,到基地机关当个参谋或者副主任过渡一下。毫无预兆地,余友忠和吴克忠离开工地只十来分钟,吴克忠就火急火燎地跑回工地,他惊慌失措地集合队伍,沙哑着嗓子喊:"余中队长失足滑下山崖了!"

大家不敢耽搁,顺着杂草丛生的道路冲向山下,他们只有一个信念,就是要找到余友忠,要救起余友忠。可是,等到一百多只强光矿灯陆陆续续在山崖下的灌木丛中聚焦时,光柱里软绵绵的余友忠蜷缩在湿漉漉的草丛里,脸朝下,一只腿翘着。任凭大家怎么叫,他都没有哪怕一丝一毫的反应。

"中队长,中队长,你倒是应一声啊!"吴克忠悲伤地大喊着余友忠的名字,疯了般抱着余友忠,一路穿越灌木杂草,直到放上吉普车,又跟着到医院。他对无奈摇头的医生歇斯底里地命令:"救人,必须给我救活!"他那样悲切,那样狂躁。即使知道四肢扭曲的余友忠早已断气,但医生们仍旧做着最大的努力,然而回天无力,余友忠殁于三十七岁。

联合工作组对吴克忠的询问笔录至今存于保卫办资料室。钢笔墨渍扩散于已经泛黄的纸页上,那是一桩公案的了结,也是余友忠生命的句号。

"余友忠几点到的你们分队?"

"不到八点,当时我看完《新闻联播》到工地没一会儿。"

"余友忠找你干什么?"

"中队长说了解一下大家移防后的思想反映。"

"为什么去悬崖边?"

"当时也没注意,黑咕隆咚的,中队长在前面走,我就在后面跟着。"

"你不知道那边是悬崖?"

"当然知道,也是鬼迷心窍,当时只琢磨着中队长此来找我何事,再加上习惯了走在中队长后面,没想着在前面带路,等反应过来已来不及了。"

"余友忠怎么掉下去的?"

"被藤条绊了一下,紧跟着一个趔趄就摔向前面的草丛,我想伸手去抓一把的时候,已经来不及了,雨后的地面太湿滑,中队长就滑了下去。"

"这期间你们谈了什么？"

"中队长问我最近是不是工作强度有点大，我说还行吧，移防新阵地也有一段时间了，就算苦点累点大家也都已经习惯了。他又问大家有没有不同声音，或者发牢骚什么的，我说大家热情很高，都争着干苦活累活，他随口'哦'了一声，好像就这么多，然后他就一个趔趄摔了下去。"

"你之前到过余友忠掉下去的那块悬崖边没有？"

"经常去，当时我们都觉得危险，教育大家小便什么的不要太靠边，原本想扎个篱笆，杂事一耽搁还没来得及弄，没想到就把中队长给害了。"

余友忠坠崖事件后，那处悬崖边扎起了竹篱笆。

余友忠出事的时候顾重阳还只是一个年轻的参谋，他远远见识过余友忠的风采和学识，但之后，这些印象就随着余友忠的牺牲而逐渐模糊了。不想今日，那些过往的旧事又被翻了出来，不由得唤起他的伤感来。

余友忠是在吴克忠的眼皮子底下摔下山崖的，为此，吴克忠从未轻饶自己。

吴克忠披麻戴孝送别余友忠后，写了血书自请组织给他处分，但守卫者集群总部保卫局的事故责任鉴定小组一番调查取证后，已经给出了这属于意外事故的结论，并没有追究吴克忠责任。他虽然当时在场，但阵地初建，设施不全，出了事故也不能全怪罪到他这个分队长的头上，后来组织上三番五次心理疏导和解释说服，才安稳下心怀愧疚的吴克忠。余友忠牺牲后，他的遗孀在滨海也无亲无故无牵挂，就带孩子回了老家。这么多年里，吴克忠雷打不动每月拿出一半工资寄给余友忠的遗孀。烈士子女余广强大学毕业前找工作屡次碰壁，吴克忠不但动用自己所有的关系把他弄进空域防护基地，而且特意给他量身打造了先基层后机关的成长路径。余广强却是根深蒂固的执拗，几年磨砺并未磨去他的棱角，依然是"生冷憎倔"。

每种个体生命的存在都有其深层的道理，在吴伟龙看来，余广强已经不是谜团了，他那样具体，那样清晰。或许余广强自己都没想过，他既有"无敌小钢炮"的不管不顾，又能在深似海的机关里毫发无损，到底为何？吴伟龙清楚，皆因余广强身上根植着余友忠中队长的基因。

"老吴情深义重啊。"顾重阳深情感慨。

"我这是在赎罪。"吴克忠叹口气，"要是换我替中队长去死就好了。"

"事情都过去这么多年了。"顾重阳转头望着吴克忠，"再说孰是孰非组织上已经给了定论，我们是组织的人，就要听组织的，不要再难为自己了。"

"我知道。"吴克忠重重叹了口气，"可我就是过不去这个坎。"

"你这么帮衬余广强，"顾重阳说，"若中队长地下有知，也会欣慰的。"

话到此处，一切曾经盘根错节在吴伟龙心中的曲里拐弯都水到渠成地解开了。可当他把要去金盾海岸的消息告诉余广强时，那家伙玩世不恭的脸上半天不见反应，好久，才冷冷地说："去就去，看他们能有什么花样？"

吴伟龙不知余广强在说什么，更不知他在想什么。这个受到父亲余荫庇护的年轻人永远这么特立独行。吴伟龙试探问他："只是一项工作，会有什么花样呢？"他不屑一顾地哼了一声，狠狠地说："大不了跟我老子一样，被他们夺了命去。"吴伟龙无语，惊讶于初生牛犊的口出狂言。

相隔半个多月后,吴伟龙终于在天蝉别墅区见到了胡云发。

"过神仙日子去了?"吴伟龙一见面就打趣胡云发。

"出去了一趟,处理了点小事情。"胡云发说得模棱两可,不疾不徐地喝口茶,又戏谑地问吴伟龙,"吴大主任有多大急事呀,我想着,不会又是因为什么国防工程需要呀,禁区安全呀,让我们把金色海岸爆破掉吧?"

"这倒不至于。"吴伟龙说,"真要这样,你还不得跟我们拼命啊。"

胡云发嘿嘿笑:"那倒不至于,钱财是身外物,最金贵的还是人的命。"

"顶替莫江龙的人已经确定了。"吴伟龙言归正传。

"谁呀?"胡云发关切地问。

"余广强。"吴伟龙说,"我们营房办的一个助理员。"

"那就好,自己人打起交道来也方便。"胡云发放下心来。

"可不像你想的那样简单哦。"吴伟龙放下茶杯,把余广强的来龙去脉详细地讲了一遍,最后专门强调,"他的脾气有些古怪,不太容易相处。"

"我们以诚相待,感情嘛,免不了从无到有,从生到熟。"胡云发倒是信心十足。

"希望你们能够愉快相处。"吴伟龙笑着摇头。

"会的。"胡云发说,"最起码我觉得会。"

在莫江龙卸任金盾海岸工程职务的同时,作为履行最初合同的纠正动作,胡云发已经中止了和天伦集团的外包合同,他们公司重新拉起人马进入金盾海岸施工,自然也就免不了和新到任的余广强频繁接洽并斗智斗勇。

相比上回,吴伟龙总感觉这次胡云发的天蝉会所里缺了一味东西,仔细想又无着落,等和胡云发说完话出来,见到大厅里闲置的扬琴,才觉出是少了音乐,这根神经如此一动,突然再次想起那日一袭白裙的吴涵。

吴伟龙突然想起,已经有些日子没见到吴涵了。

他的心里惦记着吴涵,却不好意思开口问胡云发,就胡乱猜测着,是不是吴涵的家里人棒打鸳鸯把这一对老少恋给拆散了,他倒真希望是那样。

二十五

魔鬼道场

"能找的地方都找过了,但是——"刘金刚疑惑,"没有找到。"

铁敏承转头盯着小马:"难道——消息走漏让他跑了?"

"这段时间的监控我们都看了。"小马也是百思不得其解,"工地周边加上滨河大道总共三十二个摄像头,把金色海岸周边一公里无死角覆盖,可奇怪的是,没有那家伙的任何蛛丝马迹,按理他应该还在工地里。"

铁敏承踱着步子,猛地停下来:"难不成他还真插着翅膀逃跑了?"

"不可能。"刘金刚摇头。

"绝对不可能。"小马皱着眉头。

"那么,你们谁能够给我一个合理的答案?"铁敏承盯着二人问。

刘金刚和小马你看我,我看你,都沉默不语。

"敌人的道行很深啊,我们真是不能有丝毫马虎。"铁敏承叹了口气。

"那我们接下来怎么办?"小马问。

"让路氏兄弟死死盯着圈定的那几个狙击点,他再怎么玩失踪,但要完成狙杀任务,总还是要回到金色海岸的,绝不可能在千里之外遥控进行。"铁敏承分析说,"我料定,他肯定是在金色海岸之外的什么地方潜伏着。"

"可是,他在理论上并没有离开金色海岸。"小马说。

"问题是,他也并不在金色海岸。"刘金刚强调。

"谜底总会揭开的。"铁敏承说,"他现在肯定把自己屏蔽在什么地方,无声无息潜藏着,居心叵测地在等待——"他缓缓地强调,"一个机会。"

"什么机会?"小马警觉地问。

"我们麻痹大意的机会。"铁敏承说,"也是能让他一击致命的机会。"

"这个猎人狙击手可真是不好对付。"

"是啊,猎人狙击手嘛,总该有几招过人之处。"

他们此刻极为关注的,正是金色海岸工地唯一符合猎人狙击手条件的犯罪嫌疑人罗炳南。因为没有近亲的血样可以采集,所以并不能确定金色海岸工地的罗炳南一定不是土生土长在大山里的那个罗炳南。他们只是怀疑,伪装成罗炳南的猎人狙击手先是神不知鬼不觉地杀害了真正的罗炳南,然后到罗炳南的老家伪造车祸现场杀死罗炳南的双亲,这样一来,既没有人能够否定猎人狙击手就是罗炳南,也没有证据否定猎人狙击手和罗家的基因传承。细想想,这真是一招只有魔鬼才能走出来的绝险棋路。

这个时候,他们也仅仅是怀疑,尚没有任何证据佐证前面推断的真实性。但金色海岸工地其他工人全部排除嫌疑,只剩下一个罗炳南,而且恰恰在此刻,嫌疑最大的罗炳南毫无征兆毫无痕迹地失踪了。这个事实,更加佐证了铁敏承的怀疑,他坚信罗炳南一定就是假冒罗炳南的猎人狙击手。

"局长,"小马皱着眉头沉思了半天,终于抬起头来请示铁敏承,"我们到底静等罗炳南在金色海岸出现,还是掘地三尺把他找出来?"

"找,一定要找。"铁敏承吩咐小马说,"不需要掘地三尺,你回头安排人到金色海岸工地装扮成工人，耐心等着就行，如果他领受了行动的命令，就一定会在金色海岸出现，除非，他不是狙杀令的最终执行者。"

"明白。"小马干脆领命，随即转身出门去安排。

"张继伦那边最近有什么动静？"小马离开后，铁敏承问刘金刚。

"最近忙着和胡云发办理两项工程的手续交接。"

"是不是有些气不顺？"

"这个倒不明显。"

"看起来他倒像是早有心理准备。"

"应该不会吧，这都是突然决定的事情。"

"他的人马下一步转战哪里？"

"郊区有个小工程，活不是很多，估计要遣散一部分人。"

"下来该你出马了。"

"我？"

"对，你给张继伦再把金盾海岸的工程争取过去。"

"怎么争取？"

"你和总部的营房局长以前业务对口，又是老乡，所以能说上话，这一次，是你找了他，他直接打电话给顾指挥长，让把金盾海岸交给天伦做。"

"明白。"

"张继伦会越来越相信你是一条大鱼。"

"但愿这样。"

"注意做好隐蔽。"铁敏承提醒刘金刚，"他们都像狐狸一样狡猾，稍有不慎就会被发现破绽。"又说，"以后咱们内线联系，尽量减少接触。"

"是，局长。"

铁敏承重重地拍着刘金刚的肩膀："加油，让我们一起迎接胜利吧。"

刘金刚坚定地"嗯"了一声，转身离去。

刘金刚给张继伦带来金盾海岸工程失而复得好消息的同时，莫江龙正坐着地方班车，摇摇晃晃两个多小时，从百里外的训练中队到滨海休周末。

两天前，莫江龙在微信朋友圈里看到了柳心月发的照片，心里堵堵的，很不爽快，思前想后，他还是决定和柳心月谈谈。做出这个决定时，莫江龙都怀疑，自己这是怎么了，之前是他主动提出来要和柳心月约法三章的，不提旧事，不联系，不见面。可此刻，他竟如此急切地想见到柳心月。

下了班车，莫江龙一眼就看到柳心月在车站外使劲冲他招手。她戴着墨镜，欢快喊着："这边，这边。"月余不见，柳心月像完全变了个人，弯弯死亡带给她的阴霾一扫而光，身上洋溢着青春少女本该有的阳光灿烂。

"上车吧。"她接过莫江龙的黑色背包，甩到了红色雪佛莱的后座上。

"什么时候买的车？"莫江龙疑惑地问。

"刚买的。"柳心月替莫江龙开车门，"放心吧，不是偷来的。"

柳心月原本在滨河大道订了一家餐厅，可车子已经驶进滨河大道，却被莫江龙要求从前面拐出去。他的理由很简单，离空域防护基地机关太近，保不准会碰到熟人。他刚经历了一场风波，可不想再多出什么意外之事。

"这有什么怕的？"柳心月嘟囔着，"还不让人吃饭了？"

"走吧，走吧。"莫江龙催促着，"听我的，没错。"

三转两转，柳心月也不知该到什么地方去，就转头问莫江龙。

"滨河夜市吧。"

"滨河夜市？"

"对。"

"这也太不上档次了吧。"柳心月拧着眉头，极不情愿地说，"你好不容易从山沟沟里回一趟滨海,再怎么说,我也得请你吃顿好的吧？"

"想吃滨河夜市的五味砂锅了。"

"砂锅有什么好吃的？"

"那可是我的最爱。"

"真去夜市？"

"真去。"

"行行行，那就随你吧。"

滨河夜市并不是固定的营业场所，而是摊贩们晚上沿着滨河两岸的步行道用简易帐篷搭建起来的"临时饭店"。这里的夜市已经有好几年时间了，起初只有十来家，后来随着人气上涨就吸引了更多的商贩过来，慢慢地就有了规模。夏天最鼎盛的时候，竟能延伸好几公里。这上百家小摊铺经营的品种也是五花八门无所不有，从烤串、铁板烧、凉拌、砂锅、香锅、面皮、豆花、凉面、冷面、鸡蛋灌饼、炸土豆，到东北菜、湘菜、川菜、鲁菜、粤菜，甚至还有印度飞饼等国外特色风味美食。虽说夜市里的吃食物美价廉，但搭在步行道上毕竟是有碍观瞻，为此，市政部门曾经大张旗鼓地取缔过几回，但每一回都遭遇众商贩的殊死抵抗，加之市民也站在商贩一边助战，同时还纷纷拨打市长热线，要求顺应民意保留滨河夜市。这不，民意终究是不可违，夜市就这样被人民群众齐心协力抢救了下来。市政部门能做的，就是在滨河两边竖起了将近五米高的告示牌,明确所有摊铺必须晚上五点之后才能搭帐篷经营,凌晨三点之前必须撤离。有了规矩好办事,滨河夜市就这样顽强地生存了下来,并且愈发繁荣,已经成为历史悠久的滨海古城的一张崭新的名片。

莫江龙在这些琳琅满目的吃食里,独爱五味砂锅。

他第一次发掘出这美味时,饶有兴趣地听老板介绍过,说五味砂锅的香全来自青花椒的麻、绿辣椒的辣、陈桂皮的香,还有两味,老板笑而不答。莫江龙也不追问,他清楚,就算问了,自己也做不出这令人欲罢不能的味道。索性就做个纯粹的吃货,闷头一通吃,涌出一身汗,那叫一个爽快。

在滨海的时候,莫江龙几乎每周都要在这里吃上几回。有一回和同事同来,同事吃完后提醒他,味道这样让人欲罢不能,会不会加了罂粟壳,又提醒,只有那东西能让人上瘾。莫江龙也警觉起来,可挨不了几天,那种对五味砂锅的渴望又搅动得他坐立不住,索性不管了,罂粟壳就罂粟壳吧,吃了这一口再说。这一吃就是多年,他也眼见着五味砂锅的生意越来越红火,从开始的两张桌子发展到现在的二十多张,而且每次去都得排号等座位。已见不到最初掌勺的那个胖乎乎笑眯眯的老板了,传闻他已赚得盆满钵满,在天蝉买了别墅,还给自己和老婆各买了辆价值近百万的车子,老婆开车做美容,他则赶赌场。经营摊铺的,据说是他的远房亲戚和徒弟,味道比以前差了一些,但名声已经远扬,慕名者仍旧一拨接着一拨。

夜市周边没有可以停车的位子,柳心月只能把车放在远处联通营业厅的门口,然后两人步行几百米绕到过街天桥上,再下到汹涌的夜市人群里。

"哇,这么多人?"柳心月一下天桥就夸张地喊着。

"没怎么来过吧？"莫江龙问。

"来过。"柳心月疑惑地嘟囔说，"但印象里不是这个样子。"

"那这回就好好感受一下。"

莫江龙带着柳心月穿过鼎沸的人群，直接到了"泸州胖师傅五味砂锅"的摊铺，和预想的一样，得排号等座位。

"吃砂锅了，五味砂锅，要吃的这边先等着。"一个光头中年男人站在街道中央卖力地吆喝着，他脖颈上套一根麻绳，牵引着胸前的纸箱子，纸箱子里放着塑料卡片，来一个人，他就发一个卡片，领了卡片的人就在原地站立等着，等前面的人吃完了，光头男就大喊："请某某号客人就座。"又给里面操作间里的人喊着："某某号客人五味砂锅一份，微辣，不要葱姜蒜，多放香菜。"

循着光头男的喊声，莫江龙惊奇地发现，胖乎乎笑眯眯的老板又出现了。莫江龙的眼睛里，复原了最初他到这里吃饭时看到的景象：脖子上挂一条毛巾的胖老板细眯着眼睛，大汗淋漓，左右开弓地操作着同时沸腾的八个砂锅，专注烹调，心无旁骛，而边上，久未见到的老板娘则忙着切菜配菜。

"你今天有口福了。"莫江龙对柳心月说。

"说的就像我没吃过砂锅似的。"柳心月不服气地说，"真不知道这里的砂锅好在哪里，还得站着等，真是服了你了，真是为了嘴累了腿啊。"

"绝对让你不虚此行。"

"我倒要看看怎么个不虚此行。"

他们终于被叫到号，落座时，莫江龙正好和胖老板四眼相对。

"来了。"老板跟他打招呼。

"嗯，来了。"他点了点头。

胖老板继续忙碌。

莫江龙则和柳心月等着上砂锅。

饭后,他们并没有急着回去,而是穿过人群,走在芦苇丛生的滨河边。

"真是名不虚传。"柳心月仍在回味着五味砂锅。

"他们说味道好是因为里面加了罂粟壳。"

"罂粟壳?"柳心月惊问,"那你还带我去吃?"

"罂粟壳只是听说有,但味道是真的香。"莫江龙叹一口气,"所以忍不住啊,五味砂锅让人欲罢不能,隔三岔五地就鬼使神差想吃上一回。"

柳心月不作声,默默地跟着他朝前走。

滨河两岸的高层建筑越来越多,竣工的高楼里,各色光柱衬托着林林总总的招牌和广告牌,未完工的,则灯火通明连夜施工,四面八方的灯火,映在橡胶坝拦截起来的河面上,五彩缤纷,波光粼粼,夜风一吹,仿佛搅动了遥远的银河,而芦苇,也在黑暗里居心叵测地摇晃着,似藏着什么秘密。

"我看到你微信里发的照片了。"

"哦。"

"那男的是谁?"

"男朋友。"

"可是——之前那个交警呢?"

"不合适,散了。"

"唉。"莫江龙重重地叹了口气,"那么——这个又是干什么的?"

"理工男。"柳心月欢快地说,"搞通信的。"

"什么时候认识的?"

"有一个星期了吧。"

"人怎么样?"

"人嘛——有点木,可是挺大方的,那辆车就是他送我的。"

"你啊——"莫江龙哀叹着说,"要对自己负责任。"

"我当然对自己负责任。"柳心月噘着嘴,"不然要你负责啊?"随即,她又拉着莫江龙的胳膊说,"你就别操心了,我会对自己负责任的。"

距离夜市越来越远,再往前,就是黑漆漆的裸露河床了。

"不早了,回吧。"

"嗯,听你的。"

二十六

咎由自取

　　武志被临时关押在警卫队的禁闭室里。

　　一个保卫办的干事，一个军务办的参谋，还有一个警卫分队的副分队长全程陪着，与武志同吃同住同娱乐，就像上学时住集体宿舍一样。在案子没有定性之前，谁也不知道武志犯了多大的事，会受到怎样的处理。保卫办的干事参与办案多，怕武志因压力大而想不开做出不理智举动，就宽慰他说，他的行为虽然触碰了保密底线，但并未造成实际后果，也不要想得太多，大不了给个处分，顶多就是年底离开基地。武志听如此一说，也就放下心来，每天除了欢乐地和其他三人打"掼蛋"外，就是心安理得地吃好睡好。

　　铁敏承和顾重阳通过视频系统，盯着柳江南提审武志。
　　"知道为什么把你关起来吗？"
　　"知道。"
　　"你说说。"
　　"做了不该做的事。"
　　"什么不该做的事？"
　　"从网上传涉密材料。"
　　"不是涉密材料，"柳江南对武志强调说，"是机密材料。"
　　"材料是从哪里来的？"

"借的。"

"跟谁借的？"

"刘参谋。"

"说名字。"

"刘俊龙。"

"他知道你借材料干什么吗？"

"我告诉他核对一组参数。"

"你害了自己，也害了他。"柳江南问，"你知道吗？"

"知道。"武志抬了抬眼皮，又心虚地垂了下去。

"你知道自己这是什么行为吗？"

武志低着头，不语。

"你这是间谍，卖国贼。"

武志的头垂得更低了，身子也弓了起来。

"你这是犯罪。"

武志瑟瑟发抖。

"要是严肃追究起来，你是要被杀头的。"

听到这里，武志不由得腿一软，瘫坐在地，哭丧着脸问："主任，不会真杀头吧？你就饶了我吧，我也是昏了头，我保证就这一次，绝对下不为例，你就饶了我吧，你就给我一次机会吧，我一定好好工作将功补过。"

柳江南去拉武志，他却死死抱着柳江南的腿，根本拉不起来。

"都是自作孽。"审讯没法再进行下去，监控室里的顾重阳颇无奈地说，"一个意志不坚定的干部一旦在生活上遇到挫折和困难，就极有可能成为安在我们身边的定时炸弹，说不定什么时候就会爆炸，真是防不胜防啊。"

"他很缺钱吗？"铁敏承一直关注的是武志的犯罪细节，对引发其犯罪的动因并不关注，也想不通，一个干部何以拮据到要靠卖密赚钱的程度。

"很缺——"顾重阳重重地一声叹息。

人生的道路没有定数，坎坎坷坷曲曲折折中，布满了数不胜数的必然和偶然，而所有的必然又都滋生于偶然之中，所以不难见到因偶发事件而功成名就的人，当然也有很多人成了一失足便永无翻身之日的倒霉鬼。

武志就是后者的典型代表。

武志说，那是他人生二十多年里最无能为力的一段时间。就像有讨债鬼埋伏在他青春的生命里，故意施下魔法，要将他拽向万劫不复的深渊。

第一件：从小玩到大且关系最铁的发小找到武志，说股市"疯了"，但自己钱不够，让武志借钱给他，还说亲兄弟明算账，每天给武志百分之一返点，一个月后连本带息一起还。那时武志常用周末时间偷着出去兼职做房产中介，赚了点钱，加上攒的工资，差不多有二十万，都给了发小，一是想着从"疯了"的股市里赚点，二是对发小深信不疑。谁知，很快遇到股市大震荡，武志的钱赔了多少他并不知道，因为发小失踪了，人找不到，电话也打不通。

第二件：父母托熟人买了一套未曾入住的二手房，准备给他做结婚新房，但随着滨海房价攀升，卖家反悔不卖了，宁愿赔偿违约金也要把他的房子拿回去，打官司也无用，顶多也就是赔点违约金，可婚期已定，没有房子哪成，于是父母东拼西凑，又花大价钱在市区重新买了套房子。

第三件：房子装修十几万，未婚妻今天要衣服，明天要皮包，后天还得去旅游,武志烦,但又不能不给钱。还有讨价还价始终没有进展的彩礼钱,他想给八万,那边开口十一万,说少一分都不行,只能暂且搁下。还有将要给未婚妻兑现承诺的金戒指、金项链、金手镯,一项一项都得要钱。

第四件:他父亲因房子的事一急二气诱发了心脏病,医院诊断要进行心脏搭桥,从入院到出院,前前后后又是好几万,这钱差不多都是借的。

事事花钱,处处缺钱,武志简直要被逼疯了。他后来说,他经济窘迫到了极限,甚至宁愿把自己身上器官割下来拿去换钱。到了这种程度,当敌人那份散发着诱人的金钱味道的邮件被他打开时,自然不会视若无睹。他需要钱,此刻,这就是他人生的主要矛盾,在武志看来,只要能解决钱的问题,一切都不是问题。或者就是一种宿命,无数个生活的残酷现实把他推到疯狂的边缘,而恰恰在这个时候,敌人也来诱惑,他注定在劫难逃。

"智商不够,拿命来补。"小马感叹着。

"你不同情他吗?这一辈子就这样完了。"顾重阳叹息着。

"恕我直言,"小马说,"他走到这一步都是咎由自取。"

"可他确实也有难处。"

"难处都是他自己找的。给朋友的钱非借不可吗?婚房的事只能听之任之吗?和未婚妻之间只能以金钱来维持吗?面对每一种困局,他都应该有更好的方式来解决,而他,恰恰都用了自己最缺的钱,也被动地等来了最坏的结果。一件接一件的事情看似他命不好,实际上都是他自己的处事方式决定的——是他自己在一件件事情上最为愚蠢的选择,把自己一步步逼到了绝境,更愚蠢之处在于,他把自己前面愚蠢造成的后果理所当然地作为继续愚蠢下去的绝对理由,所以,他卖了密,还觉得自己委屈。"

"言之有理啊,智商不够,拿命来补。"铁敏承无奈地摇着头。

"只是可惜——"话没说完,顾重阳重重地叹了口气,毕竟是他的参谋,毕竟是空域防护基地的人,他不忍见他成为内鬼,但已经改变不了既成的事实,他恨他损害国家利益,恨他败坏空域防护基地的名誉,却又可怜他将接受的惩罚。

"怎么向他的父母交代呀?"顾重阳喃喃着。

"向他父母交代的不应该是你,"铁敏承说,"而是他自己。"

顾重阳背过身去,不再说话,铁敏承知道他心中不畅,也不好搅扰,自己坐在沙发上悠悠地抽烟。过了足有十多分钟,顾重阳突然转过身来。

"武志的事是不是就到武志为止?"

"你的意思是?"

"他的主任陈火青没问题吧?"

铁敏承摇头。

"参谋长没问题吧?"

铁敏承摇头。

"其他人呢?"

铁敏承同样摇摇头。

"这最好不过了。"顾重阳长长吁了口气,"这事真让我寝食难安啊,最害怕的就是再牵出来个谁,那我这个指挥长是真没法给总部首长交代了。"

"你觉得还会牵出来谁?"

顾重阳看了一眼铁敏承,摇头:"这个,我还真是说不准。"

"放心吧。"铁敏承给他吃下一颗定心丸,"在这个案子里,没有上线,也没有下线,从头到尾就一个单枪匹马的武志,他也仅仅就是为了搞点钱。"

"但愿吧。"顾重阳叹口气,"希望后面不要再节外生枝。"

"不会节外生枝的。"铁敏承说,"最起码在武志这个案子里不会。"

武志的案子定性完毕,保卫主任柳江南代表基地协同滨海公安局将武志从警卫队禁闭室转移关押到滨海看守所,等待证据收集完毕后进行最终宣判。空域防护基地这边的事情就等于了了,后面的,都交给地方上按程序进行。

"这得判多少年啊?"出了看守所的门,刚坐进还没来得及起步的车里,和柳江南一起执行转移关押任务的保卫办干事张博就迫不及待地问。

"不好说。"柳江南皱着眉头,"重了吧,可能会判无期。"又沉吟说,"也说不定,量刑要看他造成什么样的后果,这个还得最后的证据决定。"

"哦。"张博嘀咕,"那最少也得几年吧?"

"几年?"柳江南提高了声调,"十几年能出来就不错了。"他突然又扭过头问张博,"对了,你们是不是一个学校毕业的,以前认识吗?"

"我们的确是同一年级一个学员队的。"张博落寞地说,"学员队一百多号人,我们不是一个专业,大课一起上,小课不在一起,也不同宿舍,虽谈不上多熟,但同学四年,看他落到今天这步境地,心里总不是个滋味。"

"是啊。"柳江南说,"谁能想到他会当内鬼。"

"真是一失足成千古恨。"

随后,绕过武志的话题,柳江南又交代张博一些工作上的事,由工作又牵扯到做人做事的道理,柳江南一边说,张博一边侧着身子不断地点头。

车到基地大院时已经下班,柳江南直接让司机开车到公寓楼回家吃饭。张博则打算去食堂,可车子刚从柳江南的公寓楼下拐弯出来,他的电话就响了。

"班长,我就在这儿下吧。"下车的同时,张博按下了手机的接听键。

"余助理好。"

"正准备吃饭呢。"

"没呢,刚到食堂门口。"

"一步之遥,都跨上台阶了。"

"哦,你太客气了,吃完饭还有点事,我就不去了。"

"真的,晚上加班。"

"这,不好吧,不要,改天我请你。"

"别别别,余助理别误会,不是这意思。"

"那,那——好吧。"

"行,好,那我过去吧。"

"行,地址你发短信到我手机就行。"

"哎呀,你,你这真是太客气了。"

"好好好,我这就出发。"

"行,行,余助理,咱们一会儿见。"

食堂是没法再去了。张博挂了电话,急匆匆回宿舍换了套便装,便赶去赴约。

来电话的不是别人,正是刚接替莫江龙负责金盾海岸工程的营房办公室助理员余广强。他这会儿正和天伦公司的赵和平坐在包间里饶有兴致地喝茶,一边聊着金盾海岸下一步怎么合作怎么干,一边等着张博的到来。

"余助理,我们早就等着你来呢。"赵和平把茶壶续满水,双手提着,咕噜噜给余广强倒上,"你不来,这百十号人就干等着,没事干啊。"

"我不来也总有别人来。"余广强端起杯子,"基地肯定要派人啊。"

"话是这么说,但你来了,这说明咱们有缘分啊。"

"可是我听说——"余广强一杯茶喝完,点着转盘把茶壶转过来,给自己倒上,又给赵和平添满,赵和平忙不迭来接茶壶,要自己倒,余广强却并不把茶壶给他,"这个工程被要求中止与你们合作,打算让胡云发干。"

"这个嘛,"赵和平笑呵呵地说,"世上没有一成不变的事情,总有转机的,总有转机的。难道余助理真的没有听说?"

"听说什么?"余广强疑惑。

"工程又给我们天伦了。"

"有这事?"

"千真万确,我还能蒙你不成?"

"哦,这样啊。"余广强颇为不解。

余广强的不解也在情理之中,工程交给谁不交给谁,原本也并不经过他。基地决定给谁就给谁,决定不给谁就不给谁,会开完后只是以书面通知或会议的形式告知他。他要做的就是在已确定谁是合作施工方的前提下,代表基地监督质量和进度,当然,他有合同范围内一票否决的绝对权力。

施工重新交给天伦的消息从铁敏承到刘金刚,又从刘金刚到张继伦,再从张继伦到赵和平,是点对点一条线传播的,当然高效而迅捷。而在余广强这条线里,可能机关的助理员才正拟通知,然后经过一级级首长三番五次修改,最后逐个签字后到保密室盖完章才能到余广强手里,也或者,机关正在草拟下周一召开情况通报会的计划,计划批准了,通知他开会了,到了会场上,他才能得到工程交给天伦的确切消息。如此看来,他比赵和平知道得晚,自然也就在情理之中。但于他而言,又分明觉得此种变化实在不可思议。

刘金刚第一时间把消息带给了张继伦,张继伦喜出望外,同样第一时间把消息告知赵和平,张继伦告诉赵和平并不是为了让赵和平喜出望外,而是给出一个明确信号,要开始跟金盾海岸的甲方——也就是空域防护基地接头了。而空域防护基地在金盾海岸的代表,也就是刚刚到任的余广强,自然是他们要进行感情投资的重点。出乎赵和平预料,余广强竟然一请就到。余广强问清没有其他人后对赵和平说:"那我叫上个兄弟一起吧。"

"好好好。"赵和平没有拒绝余广强的理由,"人多了热闹。"又对余广强说,"多叫上些兄弟,跟咱们基地的人在一起有回家的感觉。"他又提及他在基地曾经干过的经历。但余广强并不热心,压根不接他这个茬儿。

"就叫一个。"余广强说。

坐在出租车上的张博颇有些疑惑——余广强怎么突然要请他吃饭?

要说空域防护基地机关还没有大到互不相识,参谋干事助理员大多都因各种各样的事情有业务上的交叉往来,就算没有往来,同一个基地大院的大门进进出出,也都混成了熟脸,就算无深交,点头之交还是有的。节假日或者周末,几个同学同乡甚至同一批毕业或同一批参加工作的约着喝个酒司空见惯,酒局上别人的朋友也就成了自己的朋友。如此一年又一年,只要在基地机关待上几年,十有七八的人,也就慢慢有了交集和交情。

在张博看来,余广强却和别人有些不同。虽然他和余广强到基地机关都有好几年了,但两人从没在一处吃过饭喝过酒,这倒其次,关键是他觉得余广强办事完全不按路数出牌。那回余广强要陪后勤领导到拓展型导弹中队检查防汛工程，按程序是先要到他这里办理进入核心敏感地区的通行证，但这个通行证也不是他说发就能发的，而是需要办理的人打一个进入核心敏感地区的申请，然后依次由主任、主管部门副职、部门主官和基地主管业务首长签字，最后是基地主管安全的副指挥长签字，这些字签完了，拿上申请到保卫办，张博才能发给通行证。可余广强一到张博办公室就火急火燎要拿证，之前不知道程序的人也很多，张博专门打印了一张纸，把程序逐一列在上面，对照着办就行，但余广强不愿意，说时间来不及了，必须马上拿到通行证，并拿后勤领导压他。张博心里有数，就算拿指挥长压他也没用，一码归一码，给谁通行证不是他说了算，而是主管安全的副指挥长说了算，有他的签字就发证，没有签字，绝对不能发，他充其量也就是个办事员。他把这个道理给余广强讲了，可余广强压根不听，蛮不讲理地拍着桌子说张博是拿着鸡毛当令箭，有点权力就不知天高地厚。张博哑巴吃黄连有苦难言，眼见着余广强说不要了，让张博到时候去给部长解释，说完就重重地摔门离开。遇到这样的主，张博也紧张，虽说公事公办，但也怕误了首长的事，就赶忙原原本本去给柳江南汇报。柳江南和营房办公室主任吴伟龙通过电话后，还是让他先把通行证给办了，等余广强陪着领导去拓展型导弹中队后，再由营房办公室的另一个助理员找首长一级级补签申请。

那一回，张博算是见识了鼎鼎有名的"无敌小钢炮"，加之听说他上面有人，就在公事上多一事不如少一事由着他，私下里却无任何交集。

这一次，接到莫名其妙的约饭电话，他有些意外，也颇好奇。

他又想着，余广强请吃饭肯定是经过斟酌才打的电话，也不好张口就拒绝，去就去吧。于张博来说，类似的情况他也遇到过，多是对方有事相求。可这回呢，他知道余广强去了金盾海岸，也知道在那个岗位上多是供货商、包工头什么的有求于他，他又能有什么事情求一个保卫办的小干事呢？

去吧，不去又怎么会知道答案呢。

张博吃完饭更加疑惑，余广强并未提及有求于他的事，就像他说的，就是吃吃饭，喝喝酒，聊聊天。张博却又不明白，被找的为什么会是他呢？

二十七

不情之请

吴涵的突然来电让吴伟龙极为意外。

吴伟龙手机里并没有存吴涵的号码。"喂,哪位?"吴伟龙看到是陌生的阿拉伯数字,警惕地握着话筒问。大多数时候,他都不接没有显示姓名的电话,这也怨不得吴伟龙架子大,而着实是被陌生号码逼得没法。

吴伟龙自从当了营房办公室主任后,接到的乱七八糟的电话就日渐增多,那些推销建材、延揽工程的陌生号码还好说,挂掉就是了,最烦人的是那些曾经熟识,但早已不联系的故人的电话。他们往往先是说些陈芝麻烂谷子的旧事,接下来,百分之百就要请托事情了。对于这样的电话,吴伟龙很是为难,挂了吧,别人说他不念旧情,不挂吧,确实耽搁事。有一回,领导找他,愣是两个小时没打进他占着线的手机里。领导对此颇有些成见,拐弯抹角在大会小会上点过他很多次。那之后吴伟龙算是有了陌生号码厌烦症,看见闪烁的手机屏上是一连串数字,一般情况下,绝不接起。这一回,他也没法解释自己为啥就破了例。

"我——"吴涵在那边温婉地回答。

"那——你又是谁呢?"吴伟龙不是很忙,颇有些闲心。

"吴涵。"那边答。

"哦,吴经理,是你呀。"吴伟龙下意识地坐直了身子,仿佛吴涵不是在电话那头,而就在他的眼前。他甚至紧张起来,心脏咚咚咚地欢跳着。

"你以为是谁?"吴涵轻柔地问。

"我,哈哈哈——"吴伟龙说,"你的声音倒和我认识的一个熟人很像,我刚才真是分辨不清。"又说,"不过细听起来,你的声音要更动听些。"

"你可别夸我了。"吴涵笑问,"熟人的号码你也没存进电话里吗?"

吴伟龙这才意识到,光顾着拣好听的说,竟讲出了没有逻辑的话,也盘算着,这个胡云发的小女朋友真是够精明的,轻而易举就点出了破绽。

"下午有时间没?"吴涵并不纠缠于吴伟龙的破绽。

"有啊,要请我吃饭吗?"吴伟龙笑着问。

"对啊,请你吃饭,来不来?"

"来,当然来。"

"好,下午四点,东方荷园。"

"这么雅致的地方?"

"等你,不见不散。"

"好好好,不见不散——"

吴伟龙存完号码,呆呆望着"已接来电"吴涵的名字,开始琢磨起来——这电话到底是胡云发让吴涵打的,还是吴涵自己打的?如果是吴涵打的,她突然约自己吃饭又是为何?吴伟龙的这些疑问原本都可以在电话里问清楚,但他打心眼里又不想问,他期望着一切能是自己所期望的那样。

挂完电话后的时间过得好慢,吴伟龙穿戴整齐足有一个小时,墙上的时钟才缓缓走到三点半。这是他出门的时间,半小时到东方荷园绰绰有余。

　　路上出奇地顺畅，只用十分钟就到了。赴人家的约，太过积极总欠妥当，停好车子，吴伟龙就在东方荷园的后院里转悠，看看荷花，赏赏金鱼，一直等到三点五十五分，他才对着水影正一正衣领，朝着预订的包间走去。

　　"热烈欢迎吴大主任啊。"服务员刚推开门，尾随其后的吴伟龙就看见了起身来迎接自己的吴涵，她伸出手来，"不愧是大主任，蛮准时嘛。"

　　"赴吴经理的约，不敢耽搁啊。"吴伟龙也轻轻握住了吴涵的手。

　　"就你一个人？"吴伟龙落座后笑着望向吴涵。

　　"吴主任在这里还想见到谁呢？"吴涵笑问，她知道吴伟龙所指。

　　"胡总没来？"吴伟龙明知故问。

　　"为什么非得他来？"

　　"我还以为——"

　　"我就不能单独请你吃顿饭？"

　　"当然可以，只是——"

　　吴伟龙话未说完，尴尬笑笑。

　　"只是什么？"吴涵噘着嘴唇，"我又不是胡云发的附庸，总不能他到哪里我就跟到哪里，更不能我做什么事都得他在场吧，吴主任你说呢？"

　　"是是是。"吴伟龙笑着说，"女同胞早就翻身做主人啦。"

　　"本来就是主人。"

　　"对对对，没错，女同胞能顶半边天。"

　　两人都笑起来。吴伟龙确认胡云发并不参加今天的饭局后，内心莫名地增添了喜悦。他不知为什么，或许是期许变为现实后身体的本能反馈吧。

吴伟龙起身挂外套时,才发现东方荷园的停车场就在窗下,一扭头,下面就一览无余了,自然想着,刚才自己在下面熬时间的一举一动肯定被吴涵看得一清二楚。他因此生出窘迫,但从头到尾,吴涵都未提及这事。

等酒菜上齐,吴伟龙确定,今晚既无胡云发,更无其他人,只吴涵和他。服务员说一声"菜已上齐请慢用"后,就轻轻拉上了门。吴涵把红酒倒在玻璃醒酒器中,缓缓地摇了几摇,就开始侧着头倒酒,吴伟龙看见清凉的红色沿着透明的玻璃壁徐徐地淌落,未入口,便恍惚着有几分醉了。

一杯,两杯,三杯。

第四杯轻轻一碰,吴涵沮丧地说:"我和胡云发闹翻了。"

"怎么回事?"吴伟龙举杯碰了下吴涵的杯子,轻轻抿了一口。

"他说我给他添乱。"吴涵提着杯子再和吴伟龙碰了一下,说了声"喝完",然后仰起头来,把小半杯红酒全倒进了嘴里。

"哦。"吴伟龙也赶忙举起杯子,同样把剩下的小半杯一饮而尽。用湿巾沾一沾嘴唇,蹙着眉疑惑地问,"不会吧,你能给他添什么乱?"

"金色海岸的设计完工了。"

"这个我知道。"

"可我不能就此不工作了呀。"

"胡总那么多工程,你还愁没房子设计。"

"我也这么想的。"

"就是啊,放在胡总那儿,这都是小事一桩。"

"我想去金盾海岸。"

"金盾海岸?"

"对，就是你们单位的金盾海岸。"

"那可是公寓房，没啥设计的。"

"公寓房才是亲民设计，你也以为我不行吗？"

"不是，可是——"

"可是什么？你是不是和胡云发想的一样，觉得我搞设计就是玩一玩，水平和别的设计师差了十万八千里，所以都糊弄我，让我设计金色海岸就当是给小孩子一个玩具，让我玩着高兴罢了，但是，碰上金盾海岸这种和别人签了合同，要负责任的工程就不敢让我上手，怕我搞砸了。万一搞砸了就要赔人家钱，代价有点大，是不是？我就知道你们这些人，嘴上说我这好那好，心底里却觉得我因为跟胡云发好才给我一丁点儿面子，都觉得我徒有姿色，一无是处？"吴涵盯着吴伟龙问，"你倒说说，是不是？"

"不是，吴经理，你想多了。"

"我想多了？"吴涵笑着摇摇头，意味深长。

"你的能力我们大家都认可。"

"那你觉得我能干好你们金盾海岸公寓房的设计吗？"

"能，当然能。"

"可胡云发说我添乱，不让我找张总。"

"他是怕你太辛苦。"

"怕我辛苦？"吴涵噘着嘴，"他才不会呢，他唯利是图。他就是怕我搞砸了，张总亏了钱，到最后都算到他这儿来。"

"这不至于。"吴伟龙说，"你说的那个在胡总那儿算什么钱啊。"

"反正他是不帮我。"

"你们肯定有误会。"

"你要不帮我，我跟你也就有误会了。"

"我?"吴伟龙被吴涵戗了个措手不及。

"别告诉我你也帮不上忙。"吴涵淡淡地说,"当然了,你现在要是给我说试试,回头却什么忙都不帮也在情理之中,毕竟,你和胡云发是朋友。"

"这个。"吴伟龙说,"咱们大家都是好朋友。"

"真的假的?"

"当然是真的。"

"那我这个朋友的忙你帮吗?"

"那——我试试吧。"吴伟龙话出口,突然意识到掉进了刚才吴涵设下的话套里,赶紧使劲摆手,纠正过来,"不是试试,是尽力,一定尽力。"

"好,吴主任是爽快人,那——我就等你的好消息了。"

"嗯,我尽快给你回复。"

几杯酒喝得吴伟龙大汗淋漓,吴涵笑他:"跟我吃饭有这么累吗?"

吴伟龙一边用湿巾擦汗,一边抱怨:"这天变得越来越热了。"

"哦,对了。"吴涵神秘莫测地笑看着吴伟龙。

"什么?"吴伟龙仍在擦着汗。

"下次别叫我吴经理了。"她说,"听着别扭。"

"那——"

"就叫我名字吧。"

"哦。"

"好了,等你好消息。"吴涵像个欢快的小喜鹊。

"哦,没问题。"吴伟龙活脱脱一个听话的小学生。

吴伟龙转身取衣服,又不自觉地俯瞰了窗下的景象,甚至池塘里荷叶的摇曳和浮在水面金鱼的摆尾都看得一清二楚,而正下面,恰恰是他的车子。

周一上午开完交班会,顾重阳就带着钟秘书驱车一百多公里到拓展型导弹中队蹲点。他把自己的铺盖扔在技术分队,又亲自把钟秘书送到了警卫分队。

"你也好久没下基层了吧?"他问钟秘书。

"到基地机关后就再没下来过。"钟秘书坦诚相告。

"你啥时候到的机关?"

"快两年了。"

"好,那你这回下来就在警卫分队好好锻炼。"又给身边的中队长和分队长下命令,"必须让小钟和大家一起吃苦一起受累,不许搞特殊。"

"一定遵首长指示。"中队长表态。

"好,那我就回我的技术分队了。"

"可是,首长——"钟秘书追出来,"我还是跟您一起到技术分队吧。"钟秘书并不是怕自己不习惯,就算真有那么娇贵他也不可能此时说出来,他最清楚自己的使命不是下基层锻炼,而是保障顾重阳,服务顾重阳。

"不用,咱们各锻炼各的。"顾重阳当然知道钟秘书的言外之意,可他不想让钟秘书跟着就是为了更好地了解基层在干什么,在想什么,有什么困难,他又能为他们做些什么。要是钟秘书跟着,指挥长的身份就抹不掉,就算实现了"五同",在大家眼里也都是假把戏,谁还敢讲出心里话。

"首长,我——"钟秘书还想再争取。

"别你你我我的了,好好锻炼,我不定时来检查。"顾重阳斩钉截铁地说。

"是。"钟秘书答得中气不足。

拓展型导弹中队为迎接顾重阳到基层锻炼备了两套方案,一是腾出连部隔壁副分队长的宿舍,按照标准间配套,二是在班里留出一个硬板床空铺。

到基层锻炼嘛,中队长想着指挥长能来到基层就已经非常难能可贵了,副分队长的宿舍也是分队的宿舍,也算是住到了基层的分队,但顾重阳压根不给中队长提建议的机会,直接进到班里,自己动手把铺盖卷铺上了。

技术分队辛苦,早上两眼一睁就开始忙碌,一直到晚上有时还干不完活,要加班个把小时甚至更长时间,不论哪组加班,顾重阳都跟着,最晚的一次回连里已经过了十一点,有了切身感受,顾重阳才更明白基层的苦。

顾重阳虽疲惫,但躺在床上压根睡不着觉,不是他想事太多,而是上铺那个叫刘钊的胖小子不让他睡。那呼噜直震得他的床板都跟着有节奏地动,就这样,顾重阳一会儿睁眼,一会儿闭眼,在床板上炒黄豆一直到起床号响起。

分队长神通广大,很快就弄清了顾重阳为啥顶着一对黑眼圈。

他想把刘钊从宿舍里调走,可中队长没有批,中队长知道就算他批了,顾重阳也肯定不会批。以前这样的事情不是没有过,但顾重阳就类似非原则性问题领导乱指挥的情况讲得很明白,领导干部一句话说完就完,但下面怎么想又怎么议论,后果谁来承担?得了顾重阳的真传,他自然就不敢瞎胡来。还是分队长出主意,那就让班长在刘钊身上装一个"控制开关"。

第二天晚上顾重阳睡得踏实,但他起床后却纳了闷,晚上惊天动地的刘钊为什么突然变得静悄悄的？第三天晚上他留心观察，原来刘钊的呼噜照打无误，只是头对脚的班长在他胳膊上拴了根绳，只要刘钊有动静，班长就猛拽绳，刘钊被拽醒，自然没了呼噜声，宿舍也就安静了下来。

可问题又来了，顾重阳的黑眼圈没了，可班长和刘钊却各多出了一对黑眼圈。顾重阳不忍，却又暂时找不到好办法，尤其是不能堂而皇之地把刘钊打呼噜的事说破，那样小伙子肯定会有压力。也是太累，晚上没来得及观察班长"控制开关"，一挨着床就睡着了，半夜里却被一阵说话声惊醒。

"班长，你蹬我干啥？"

"你说干啥，用绳子拉你咋不管用？"

"我都没睡着呢，你拉我干啥？"

"还没睡着，呼噜声都快把房顶掀翻了，首长还不被你吵醒？"

"真不是我。"

"那能是谁？"

"你看——是首长。"

"啊——首长？"

宿舍里又恢复了静悄悄。

山里清晨的阳光明亮，空气新鲜，大家出完操后，顾重阳又自个儿绕山快走了半小时，就在带着欢畅的满身大汗洗洗涮涮的时候，分队长忙不迭地跑进了公共洗漱间："首长，滨海来的电话，说有万分紧要的事找您。"

"哦。"顾重阳牙膏还噙在口里，就急匆匆去接电话。

他接电话仅用十几秒，就匆匆挂断。

随后，顾重阳让分队长通知他的司机即刻回滨海，顺道在半路上，

223

接了早候着的钟秘书。顾重阳一路无语,车子疾驰向旋涡里的空域防护基地。

"什么情况?"顾重阳一见着铁敏承就迫不及待地问。

"内鬼又开始活动了。"铁敏承凝重地望着他。

"不是说到武志为止吗?"

"我们以为前期发现的线索和甄别局掌握的是同一人。"

"结果呢?"

"甄别局发现的是武志。"

"你们不也是武志吗?"

"我们发现的另有其人。"

"另有其人?"

"对,武志这条线已经断了,而那条线还在活跃。"

"怎么可能?"

顾重阳惊出一身冷汗。他原本悲观地认为,武志上面或者还有更为隐蔽和更为重量级的内鬼,但铁敏承给他显而易见的结论是一切到武志为止,是的,到此为止,没有别人了,空域防护基地不会有除武志之外的第二个嫌疑者,这是在武志案件里唯一让顾重阳觉得庆幸的。可突然地,在武志这条线索之外,又冒出另一条线索,且直指空域防护基地,也就是说,有可能在空域防护基地,还隐藏着更为隐秘和危险的内鬼,这是顾重阳始料未及也不愿接受的。

"已经确定,基地内部还有内鬼。"铁敏承冷冷地说。

"能锁定吗?"

"不能。"铁敏承踱着步子,"这个内鬼很狡猾,不声不响长期潜伏,我们这一年多只捕获到他传递出的两条讯息,而且都是点式传递,我们摸不清他的来路,也摸不清他的去处,这也是为什么从一开始,我们把他和武志混淆在一起的原因,如果武志是小虾米,那么他才是真正的老狐狸。"

"他传递出去的是什么讯息?"顾重阳对此当然关心。

"新建阵地。"

这个消息是如此沉重,压得顾重阳缓缓地低下了头。

铁敏承所说的一切,对顾重阳来讲都宛如晴天霹雳。顾重阳曾经以为密不透风的绝密大杀器,在顷刻间,似乎已经成了人尽皆知的公开秘密。

二十八

无迹可寻

张继伦设宴请余广强吃饭，原本预约了吴伟龙一起，毕竟吴伟龙是余广强的主任，有他这层关系，和余广强打起交道来要更加容易一些。可饭前吴伟龙来电，说上级领导找他问办公楼加盖工程的核算账目，怕是要拖延。工作上的事毕竟为大，张继伦只能回复说，就他的便，能来则来。

张继伦挂了电话，也就没想着吴伟龙能来。

几人酒喝好，饭吃好，刚送走余广强，却接到吴伟龙的电话。

"张总，不好意思，这会儿打电话是不是有点晚了？"吴伟龙问。

"不晚不晚。"张继伦忙不迭地说。

"我就不过去了吧？"吴伟龙显然是做了过来的打算。

"得过来，得过来。"张继伦极为配合地说，"吴主任，我在这里专门等着你呢，你要是不过来，我就是白等一场啊，你总不能让我白等吧。"

"这个——那好吧。"挂完电话，张继伦没有离开酒店，当下又订了一个小包间。

握手进了包间，吴伟龙才知上一场酒局已经散场，余广强也回了金盾海岸的工地，就作势起身要走，说："我还以为你们没散呢，想着过来凑个热闹，也给小余隆重介绍一下你张总，既然散了，咱们也就别再麻烦了。"

"不麻烦,不麻烦,一码归一码,咱们也好久不见了。"张继伦急忙把吴伟龙拉住,并嘱咐服务员关上了门。这期间,酒菜陆续就端了上来。

既然坐下了,就少不了拉拉杂杂引出些话头。

张继伦说完金盾海岸,说完余广强,就该吴伟龙说吴涵的请托了。

吴伟龙没点名是吴涵,只说一个朋友的家人是搞设计的,朋友本身也做房地产,但自己人跟着自己人干总觉得不是那么回事,就想找个地方施展手脚,朋友不好说这事,还是朋友的家人辗转找到他问能否介绍工程做。

张继伦多聪明的人,一口就应承下来:"别找了,就让做金盾海岸吧。"

"这——妥当吗?"吴伟龙笑着问。

"有啥不妥当?"张继伦拍胸脯,"除非你吴主任不让我干这个工程。"

"那怎么可能。"

"就是嘛,那这事不就成了。"

两人会心笑着碰杯喝酒。

"要不要给余助理那边招呼一下,你们人熟,好说些。"张继伦试探着问吴伟龙,"怕设计方案变动不合他心意,到时候再多出什么事情来。"

"我就不惊动他了,我把人介绍给你,剩下就是张总你的事。"又说,"真到时候工程方面有什么问题,咱们再具体沟通吧,小余还是不错的。"

"对对,余助理人不错。"张继伦心领神会。

酒局散场,吴涵的事也算定了下来。

吴涵一天几个电话催问结果,吴伟龙压着没说,他闹不清胡云发和吴涵间到底什么状况,但为了稳妥,还是决定给吴涵准信之前先跟胡云发通个气,免得到时候出了力反而生出嫌隙来。可是连着两天,胡云发人见不着,电话也打不通,问公司的人,都说出差了,但去了哪里,却没人知道。

恰巧吴涵催得急,他就给了话:"下周一找张总上班。"

吴伟龙能这么给吴涵准话,已事先给自己想好了台阶。他琢磨着,就算胡云发真像吴涵讲的,不愿让她去张继伦那里干,他也可以合乎情理地解释,说吴涵找他急切,而他想征询胡云发意见,却联系不上,加之所请托的也不是什么大事,就力所能及先帮她办了,也属人之常情的范围。

星期一的基地交接班会吴伟龙未去参加,他让副主任顶缺,给值班员的理由也冠冕堂皇——约了办公楼加盖工程的材料商核算货款,这档子事倒真有,但他约的是十点钟之后。这会儿,随着嘹亮的上班号响起,整个办公楼都陷入安静,吴伟龙背靠椅子闭目养神,心里默默盘算着时间。

他从椅子里起身,睁眼瞥向手机屏幕,正好八点半。

不疾不徐,吴伟龙拿起电话,按下了拨出键。

"张总,早上好。"

"在办公室啊,今天星期一,我身在公职,当然得上班了。"

"喝早茶没问题,只要张总有时间,我随时奉陪。"

"哪个美女?我也认识吗?那你让我想想。"

"哦,我知道了,我就是为这事向张总你负荆请罪啊。"

"不不不,这事都怪我,是我给吴经理出的主意,我想着熟人的事不好说,就索性来个匿名推荐,本来想着是个大惊喜的,但回来我想了想,觉得又不太妥当,关键是怕张总为了这事对我有意见,当然了,对我有意见是小事，重要的是不能影响了你的工程，也不能影响了吴经理的工作嘛。"

"是嘛，我们刘大主任在你那儿，哦，你安排他跟吴经理接洽，真是太巧了，都是老熟人，你看，这各路精英都会聚到你那儿了，蒸蒸日上啊。"

"那行，反正这都是你和胡总间的事，我算是横插了一杠子，不管妥不妥当，反正都插进来了，谁让你和吴经理都是我的好朋友呢，对不对？"

"那张总就费心了。"

"好，那你忙，好，回头我请你喝酒，好好好，约刘主任一起。"

吴伟龙挂断电话，长长地吁了一口气，又闭着眼睛躺进了椅子里。

电话里提到的刘主任正是吴伟龙的前任刘金刚，他这几天可是一点儿也没闲着，天天扎在金盾海岸工地和一门之隔的金色海岸工地监督工程，角角落落跑个不停，他用火眼金睛四处扫描，尽其所能寻找罗炳南。

小马把滨河大道四周的监控全部调出，从头看到尾，从尾看到头，可是哪怕罗炳南的影子都没有发现，他坚决断定：罗炳南一定还藏身在工地。

这样一来，寻找罗炳南的任务就落在了已进入工地的刘金刚身上。其实刘金刚从进入工地就没闲着，给百十号人都建立了详尽的档案，谁是哪里来，家有几口人，有何种兴趣爱好等等都登记在册，对上至张继伦下至每名小工的情况亦了如指掌，绝对是尽职尽责，但遗憾的是，最为关键的罗炳南却遁于无形。找不着罗炳南也不能归咎于刘金刚，因为从一开始，罗炳南就没有给他揪住尾巴的机会。刘金刚领受任务的时候，罗炳南就是个影子，甚至影子还能看到，可罗炳南无影无形，比影子更飘忽，怎样去找，反正刘金刚排除了所有可能性，就差把浇铸了混凝土的柱子砸开了。

"一定藏在工地里。"小马的坚定建立在看监控差点看吐了的前提下。

"除非这个罗炳南入地三尺或者上天九丈。"刘金刚充满了疑惑，他实在想不出这背后暗藏着怎样的答案，"要不然，他会躲在什么地方呢？"

铁敏承同样无法给出结论。

谜一样的罗炳南给他们立起了一个谜一样的路障，都只能在这边等着，却丝毫找不到冲过去的办法，眼瞅着一切的努力，都要在这里戛然而止了。

"金盾海岸有情况。"路氏兄弟的报告如同在冰冻三尺的湖面扔下颗大威力的炸弹，冰层开处，重现曙光，最起码，他们可以绕开罗炳南这个路障，重新选一条路走。

"什么情况？"铁敏承的急切不言自明。

"昨天晚上，从金盾海岸四、五、六三层分别有细微的红色光线射向基地办公楼，虽然没有对焦顾指挥长办公室，但可以断定光线来自狙击步枪。"路文刚说完，路武又补充，"从射来光线的时间和形状看，应该是一个人一支枪，而且——"路武话未说完，路文又抢过话头说，"对面这么急切而且频繁试枪，可以推测，狙击手进入金盾海岸工地的时间不会太长。"

"和之前金色海岸的是不是同一个人？"小马问。

"会不会是罗炳南？"刘金刚也问。

路文摇头。

路武说："这些暂时都不能确定。"

"刚进入金盾海岸。"铁敏承望着刘金刚，"这会是谁呢？"

"难道？"刘金刚又否定了自己未成形的想法，"不可能是她。"

"谁？"

"一个新来的人。"

"为什么不可能是她？"

"感觉吧。"刘金刚咂咂嘴唇，又说，"不过她也不能排除嫌疑。"

"查。"铁敏承斩钉截铁，又吩咐小马，"注意，不要打草惊蛇。"

"明白。"小马斗志昂扬。

这是罗炳南人间蒸发切断线索后最值得期待的新发现。

这个时候，不管他们新锁定的嫌疑对象是不是千辛万苦寻找的狙击手，最起码，他们的工作再次启动，他们又重新踏上了充满希望的新征程。

二十九

欲罢不能

柳心月离开她一室一厅的住所后,莫江龙就开始一路尾随。

柳心月先是在一家包子铺吃了早点,然后到金盾海岸上班,中午未到开饭时间,就坐了赵和平的越野车出门,在川菜馆吃饭,然后到一家快捷酒店。柳心月先进酒店,赵和平停车,然后也跟上去。一个多小时后,赵和平一个人下来,开了他的车离开。莫江龙就坐在酒店大堂的沙发上等着,直到柳心月出来。

"咦,你怎么在这里?"柳心月张大嘴巴的脸上满是疑问。

"我正巧在这里有点事。"莫江龙情绪低沉地说。

"哦,这么巧。"柳心月还置身疑惑里。

"一起走走吧?"莫江龙从沙发上站起身。

"哦,好啊。"柳心月问,"你什么时候到的?我请你吃饭吧?"

莫江龙没说行也没说不行,他们一前一后,出了酒店的大门。

出酒店右拐,直到十字路口继续右拐,穿过两条街道,就到滨河边。莫江龙一路无语,大幅度地迈着步子走在前面。柳心月穿高跟鞋走不快,小跑两步,赶上了莫江龙,但很快,又被甩开一段距离,她终于喊起来:"能不能不要走那么快,我赶不上你呀。"莫江龙停下,转过身来,看一眼她,仍旧不说话,见柳心月气喘吁吁地走过来,就回头继续走,步子却慢了些。

天要下雨了,云层低低地压在滨河的上空,风吹起一层层水波。

"你刚才在酒店干吗呢？"莫江龙头也不回地问柳心月。

"有点儿事。"到河边才赶上莫江龙的柳心月有些猝不及防。

"什么事？"

"工作上的事。"

"我刚才在酒店大厅里。"莫江龙颇为艰难地说，"也碰到赵和平了。"

"哦，这么巧？"

"你觉得巧吗？"

"是挺巧的，赵和平怎么也在？"

"我还要问你呢。"莫江龙扭过头，盯着柳心月。

柳心月却把头转向水面，望着起起伏伏的水鸭子："问我？"

"实话说吧。"莫江龙说，"从上午开始我就一直跟着你。"

"你跟踪我？"柳心月转过头，张大嘴巴惊讶地望着莫江龙。

"我是担心你。"

"担心我？"

"对呀，难道你还不明白吗？"莫江龙忧愁地说。

"那你把我娶了吧，那样就不用担心了。"柳心月发着小脾气。

"不论怎样——"莫江龙痛苦地说，"你不能这样对自己。"

"我怎样对自己？"

"你还年轻，要有自己的生活。"

"我当然有自己的生活，而且还是丰富多彩的美好生活。"

"可是，"他说出来那样艰难，"你为什么和赵和平瞎混？"

"瞎混？"

"不是吗？"

"我们不能有爱情吗？"

233

"你和那个赵和平谈爱情？"

"赵和平怎么了？我喜欢。"

"可是——"

"可是他能给我你给不了的东西！"

"那你之前谈的那个交警呢？"

"不合适。"

"那个通信工程师呢？"

"也散了。"

"这就是你和赵和平在一起的理由吗？"

"不是，我和赵和平在一起的理由是爱情。"

"你们有爱情？"

"是的，不行吗，我爱他，他爱我，这样不行吗？"

"不行！"莫江龙大喊着，"这不应该是你的生活。"

"那你说说，什么该是我的生活？"

"我希望你幸福。"莫江龙无力地说。

"幸福？"柳心月冷冷笑着，"你能给我吗？"

"对不起。"莫江龙把头慢慢地低了下去。

两人再无语，又慢慢朝前走着。一个响亮的炸雷过后，雨却并没有落下，云层倒被缓缓地撕开，一缕阳光穿过来，照在河面上，波光粼粼。

"你应该——"莫江龙还是说出了口，"从弯弯的生活里走出来。"

"你说什么？"柳心月惊异地回头，骇然地盯着莫江龙。

"我知道你想干什么。"莫江龙低头前行，语调慵懒。

"我——没想干什么。"柳心月急切地回应莫江龙。

"你最先找我，让我把你安排在了天伦，然后找了一个交警，交警嘛,最拿手的就是查清一起交通事故的来龙去脉,再后来是通信工程师,干这行的,随便破解谁的通信记录还不是轻而易举,这回,又是赵和平,虽然这个赵和平年纪大了点,又有一身的毛病,但起码,他是张继伦跟前的红人。"莫江龙深深地一声叹息,"你知不知道,你正朝着一条死路上走?"

"我不知道你在说什么。"

"你想替弯弯报仇。"

"没有的事。"

"你瞒不了我。"

"你瞎猜。"

"但愿是我瞎猜。"莫江龙抓着柳心月的双肩,"但我希望你能够听我的,离弯弯的事远一点,那不是你该掺和进去的,我不希望你为一个已经离开的人把自己搭进去,还有,好好爱自己,我更愿意看到你过得幸福。"

莫江龙的泪水也勾出了柳心月的泪水,她紧紧地抱住了莫江龙,贴在他的胸前喃喃地重复着:"我懂,我知道——"

莫江龙也搂住柳心月,那样紧,似乎要把她融化进自己的胸膛里。

"爱自己。"

"嗯。"

"不要做傻事。"

"我知道。"

赵和平和柳心月在酒店分开后,就开车到市区人民路天伦公司的楼下。上午张继伦给他打了电话,说下午有个工程协调会要开。可他刚泊好车,却见张继伦夹着个公文包从楼里出来。他老远就打招呼:"张总这是要出去?"

"对,出去一下。"

"那下午的会?"

"哦,对了,还开会呢。"张继伦抬起手腕看了看表,迟疑一下说,"我时间也来不及了,要不你就先回工地,开会的事咱们回头再说。"

"那行,我就回工地了。"赵和平盯着张继伦的车子驶离,才上了自己车。他并没有立即打火发动,而是给柳心月拨了个电话,原本想着柳心月要是还在酒店,他就掉头去接她,一块儿回工地。可那边柳心月却说,已经在路上,马上就到工地。

柳心月撒了个谎,她还在滨河边。

赵和平有些小小的失落,点火发动车子,独自回了工地。

张继伦取消既定会议不为其他,只为赴胡云发的酒局。

胡云发回来了,和上次一样,在吴伟龙的世界里无缘无故地失踪了几天,又春风满面地出现在了滨海。他一回来,就在天宴摆了酒局说和大家聚聚。

吴伟龙的心思在吴涵的事上。之前只是听吴涵一面之词讲了胡云发不愿让她到金盾海岸,而到底是不是如她所讲,或者还有其他什么原因,吴伟龙不得而知,他没理由怀疑,也没办法确定。关键是胡云发的意见他只字未听到,当然了,不是不想听,而是确实联系不到,但在拿捏不准的情况下,他却把事情给办了,到底办成的是好事还是坏事,吴伟龙没底。

话头最先是张继伦提起来的:"今天本应是我做东,却让胡总抢了先。"

"这个怎么说?"胡云发问。

"两层意思,一个是胡总大老远出差回来,我们这些好朋友理应给你接风,二是让吴经理到我们天伦帮忙,实在感谢,理应摆酒局以示真诚。"张继伦把一番话说得极为漂亮。

"话说反了。"胡云发哈哈笑着,"小吴干金色海岸我都觉得是给张总添麻烦,当时也拗不过她,就给张总张了口,你们也知道,女人嘛,缠到什么事上都是一根筋,也就由了她了,可是呢,她还真上了瘾,干完金色海岸又要干金盾海岸,这个我可没法再给张总开口了,你们不是不知道啊,我宁愿无条件地帮助朋友,成就朋友,实在干不来那净给朋友添麻烦的事,所以她催着,我拖着,一直就没跟张总提这个事,可不承想,我这出一趟差回来,她自己竟找张总办成了。"胡云发摊开手,"罢罢罢,既然是她找了张总,张总你又卖了她的面子,我也就不好说什么了。"

"哪里。"张继伦打住胡云发,"吴经理来了可是助我们一臂之力啊。"

"助什么一臂之力,她不给你添麻烦就谢天谢地了。"胡云发笑说。

"那我们今天也算是庆祝吴经理入职金盾海岸啊。"吴伟龙提议。

"就是,这对我们天伦来说是大事,应该好好庆祝。"

"要我说呀,这就是答谢宴,感谢张总给小吴瞎折腾的机会。"

"你们也不要计较那么仔细了,来,喝酒喝酒。"吴伟龙挨个儿碰杯。

吴伟龙颇有些费解,自始至终,不论胡云发还是张继伦都没在吴涵这件事上提起他的名字。他疑惑,胡云发这边不提还讲得过去,可能吴涵并没有详细告诉他是通过吴伟龙到金盾海岸的,而只是说了去那里上班的既成结果。可张继伦呢,明明是经了他的请托吴涵才去金盾海岸上班的,可整个对话中不管有意还是无意,他只字未提吴伟龙。就好像胡云发以为的那样,吴涵到金盾海岸只是吴涵和张继伦的瓜葛,而与他毫无关系。

吴伟龙想着,也好,省得他费半天口舌去解释。

酒局上胡云发说的一个事情倒引起吴伟龙的兴趣。胡云发说他们单位和旅游公司签了旅游的团,价格很便宜,玩的景点却很多,原本是犒劳公司优秀员工的福利,但计划没有变化快,有个工程突然被甲方提前了交工时间,所以去不了原定的那么多人,但是钱已经交了,旅行社又不给退,问吴伟龙有没有要好的同事,可以跟着一起去,纯玩一星期,全部免费。

"有这样的好事?"吴伟龙问,"胡总给我几个指标啊?"

"十个以内没问题。"胡云发又补充,"就算超过十个也能解决。"

"我倒是想去,"吴伟龙叹息着,"可基地肯定不会放行啊。"

"你是大忙人,肯定走不了。"

"看来我只能为兄弟们争取胡总发的这个福利了。"

"想着兄弟,兄弟才会想着你啊。"

"那倒也是——你们这个旅行团什么时间出发?"

"下个月初。"

"好,回去我问问,人定下来我再给胡总汇报。"

"没问题,静等吴大主任的电话。"

三十

布设陷阱

赵和平已在空域防护基地机关对面的超市门口等了将近一个小时，他在副驾驶位置上目不转睛地盯着大门口。号声已响过半个多小时了，一拨一拨的基地人员从里面走出来，可就是没有他要等的人，不免有些急切。

今天他真不想到这儿来接人。

下午快下班的时候，他原本已经约了柳心月一起吃饭，却接到余广强的电话，他预感没好事，想着顶多过上一两个小时再回过去，随便找个理由说没听到电话，那时候余广强的事肯定也就过去了。想是这么想的，但手却不由自主，还是按下了接听键，果然，他后悔了，余广强又来给他派活儿。说晚上想请张博坐坐，要赵和平给安排一下，赵和平的头一下子就大了，但努力克制，还算委婉地回绝余广强说："晚上我还有点儿事。"

"你有事？"那边明显不悦。

"哦，对，我约了——"赵和平解释得吞吞吐吐。

"好吧。"未等他说完，那边就挂断了电话。

赵和平心里很不舒服，他想着，自己当年在空域防护基地干的时候，你余广强还不知道在谁的肚子里蜷着呢，今天只不过是个小小的助理员，虽说负责金盾海岸工程，但也只是临时岗位，平时吆五喝六也就罢了，竟然就这样直接挂了他的电话，越想越生气，气到头上就开始破口大骂起来。

赵和平正过着骂余广强的嘴瘾,电话响起,一看,是张继伦。

"听说你今晚有事?"那边问。

"哦,我——"赵和平有些紧张,他被张继伦问得不知如何回应。

"什么事啊?"张继伦盯着问。

"也——没什么事。"他的舌头捋顺了一些。

"你晚上安排余助理活动一下。"

"真去啊?"

"当然真去,这还能有假,你那边什么情况?"

赵和平这会儿反应过来,肯定是这边挂完电话,余广强又把电话打给张继伦,看看,这帮善于吃拿卡要的家伙,又拿张继伦来压他了。赵和平心里不舒服,就和盘把刚才的郁闷对张继伦抱怨出来:"都是干工作,我们凭什么整天听他的,给他吃,给他喝,给他送也就罢了,难道还要当他的三陪,随时随地伺候着,有这必要么,咱们可是规规矩矩干工程的呀?"

他把张继伦逗乐了:"老赵啊,把余助理安排好也是咱们干工程的一部分啊,你想想,要是随便什么地方余助理大手一挥说不合格,你算过没有,这是多大的代价,你给他安排一下,又是多大的代价,能比吗?"

"这个,也不能这么算啊?"

"就是这么算的,你不这么算就要吃亏,吃大亏。"

"这,这个。"

"别这个那个了,赶紧调整情绪,高高兴兴地去替我落实余助理安排的事。"张继伦说完,又问赵和平,"你那个越野车开着怎么样啊?"

"哦,车啊,还凑合吧。"赵和平被问得莫名其妙。

"回头给你换辆车,你出了门好坏也代表天伦的形象。"

"张总,这个,就不用了吧?"

"别废话,过几天我给你钥匙。"张继伦又叮嘱赵和平,"你一定要把余助理安排好,他说什么你就做什么,不要舍不得花钱,记住我说的,舍不得花小钱,将来在工程上就得花大钱,你的任务就是让余助理高兴。"

"明白了,绝对完成任务。"

赵和平茅塞顿开,利落地回应张继伦。

看来和柳心月的约会只能取消,他有些怅惘,极不情愿,却又不得不拨通了柳心月的电话,一个劲地道歉,又一个劲地许诺,这才安抚住那边。

终于,赵和平左等右等的张博干事从大门口出来了。他一脚油门,车子就从超市门口的停车位上冲了出去,一个急转,稳稳停在了张博的面前。

"实在抱歉。"张博一上车就给赵和平解释,"正准备走呢,却来了个电话,三句两句又说不完,结果一直到现在,让你等得有点久了。"

"没事,也没等多长时间。"调整好情绪的赵和平微微转过头,笑着问张博,"上次给你带东西过来,你却出差,我让他们转交你,拿到了吧?"

"我知道这事。"张博说,"赵经理你真是太客气了。"

"谁让你是余助理的好兄弟呢,那些是公司每个月给我们中层的福利,也不值多少钱,送过来也就是个心意,不过余助理说了,以后每月都给你送,到时咱们得先通个电话,免得又赶上你出差。"赵和平说。

"你和余助理太客气了。"

241

"这都是小事。"赵和平爽快地说,"以后需要用车用人什么的,你这边如果不方便,就直接给我打电话,兄弟之间,你也不要太见外。"

一脚油的工夫,就到了天外香酒店的楼下。

赵和平去泊车,张博却未上楼,在门口一侧的路边等他。

"张干事,啥情况,咋不上去呢?"停完车的赵和平去拉张博。

"赵经理,这地方——"他抬头望着霓虹闪烁的招牌——天外香。

"咋了?"

"来这地方——不大合适吧?"

天外香在滨海的鼎鼎大名一点不逊于天宴。

"走走走,有啥不合适的。"赵和平仍旧来拉张博,"我猜呀,你肯定是想多了,天外香是酒店,咱就是来吃个饭,又不干违法乱纪的事,怕啥?"

"赵经理,这个,这个——"半推半就,张博还是跟着赵和平上了楼。

吃完饭后洗澡,洗完澡后他们分开到不同包间按摩。睁开眼睛的时候,张博发现就自己赤裸裸地躺在床上,脑袋有点涨,记忆就停留在一个男技师给他敲背,然后,就没有然后了——可能太累,竟昏沉沉睡了过去。

床头柜的座机响,接起,是余广强,说在二楼的自助餐厅等他。

张博抱着头揉搓半天,脑子才清醒些。他拿着衣帽柜的钥匙取了衣服,换好,刚到二楼,就见赵和平使劲摇着胳膊喊他:"张干事,这里,这里。"

"昨晚休息得好吧?"余广强低头吃着早餐。

"还行,就是感觉昏昏沉沉的,可能酒喝多了。"张博虚弱回应。

"几两酒的事儿,睡过一觉就好了。"

"嗯,这会儿稍好些。"

"回办公室还是回家？"

"办公室。"

"好。"余广强对赵和平说，"赵经理，你一会儿送张干事回去。"

余广强再没和张博打招呼，起身走了。等张博把低在餐盘里的头抬起来时，见余广强已没了影，环顾四周后，疑惑地问了句："余助理走了？"

"对，他上午有点急事，就先走了。"赵和平替余广强打圆场。

饭还没吃完，张博就接到柳江南的电话，说有急事，催他赶紧回去。张博知道柳江南的急脾气，所以扔下筷子擦把嘴，就马不停蹄往办公室赶。

张博敲了好几次门，一次比一次劲大，打了好几声报告，一回比一回声响，可里面没有半点动静，闹不清状况，就问其他干事，才知道就在几分钟前，柳江南被顾重阳召去。干事们透露：看样子是发生了大事。

久经磨炼的干事们并未猜错，的确发生了惊天动地的大事。此刻，在保卫战线摔打磨砺多年的柳江南大汗淋漓，惊愕地站在顾重阳的办公室。

"你们就没有发现一点迹象？"顾重阳注视着他的保卫办主任。

"没——没有。"冷汗涔涔的柳江南急促呼吸着。

"上次让你筹划组建的网上监控队伍进展到哪一步了？"

"正在选人。"

"得快啊，我的柳大主任。"顾重阳无奈地说，"上次武志案子出来的时候，总部发现了，甄别局发现了，就我们无知无觉，这次，上面也有察觉，而我们仍然是一丁点问题都没看出来，这是非常不正常非常危险的。"

243

"是，首长。"

"我的柳主任啊，你给我说说，你们保卫办能保卫得了谁？"顾重阳恨铁不成钢，"你们总不能就满足于做个政审填填表格，或者在家属院里教训几个小偷，你要对得起职责使命，对得起空域防护基地这块招牌啊。"

"是，首长。"柳江南表态，"我们抓紧侦查内鬼的事。"

"好吧。"顾重阳语重心长，"很多事也是急不来的，敌人在明处，我们在暗处，你最紧要的是先把网监队伍建起来，底线是把咱们自己的关口把好，不管外面惊天动地，我们的最低限度是保证信息不从我们的地盘流出去。"

"明白，首长。"

"有困难吗？"

"没有。"

"好吧，希望从你那里听到好消息。"

柳江南出了顾重阳办公室的门，才意识到自己已全身汗透，从首长楼回办公楼的路上经风一吹，衣服便被冷却下来的汗水贴住了，别扭，难受。

"主任，有事？"张博正在门口等着。

"上次说的选计算机专门人才的事怎么样了？"柳江南掏钥匙开了门。

"列了一个十多人的名单。"张博随着柳江南进了办公室后，顺道把门从里面闭上，"我想着，咱们是不是集中组织一次考试，做一下初选？"

"这个你定。"柳江南沉吟片刻，"要五六个人就行。"

"好的。"张博问，"什么时候落实到位？"

"越快越好。"柳江南想了想，问张博，"明天上午考试行不行？下午就让人到文化站报到，哦，还有，文化站那边的场地和电脑都到位了没？"

"考题是现成的，场地和电脑我去看过，也都没问题。"

"那好，明天上午考试，下午定人后就直接到文化站报到。"

"这么急？"

"不急不行啊，我们不占领这块阵地，就被敌人占领了。"

"又有情况？"张博试探着问。

"哪天没情况？"柳江南并不打算把出内鬼的事提前泄出去。

"明白，那我这就去办。"

"去吧，把好关，选好人。"

张博离开后，柳江南独自坐在办公室里，仍旧回味着刚才顾重阳告知他基地有内鬼时，他内心突然产生的那种强烈的痉挛。他不能接受刚了结完武志的案子又出内鬼的事实，真是知人知面不知心，到底是谁呢？

到底是谁呢？

同样的问题也萦绕着铁敏承。

小马志在必得的调查很快有了事实确凿他却不愿接受的结论——他曾经高度怀疑的吴涵，在证据面前一清二白，她并不是黑夜里躲在金盾海岸用狙击步枪瞄向空域防护基地首长办公楼的那个狙击手。

"确定不是？"铁敏承也不甘心。

"时间对不上。"

"发现狙击手是哪一天？"

"上周三晚上。"

"当时吴涵在哪里？"

"滨海学校。"

"滨海学校？她去那里做什么？"

"旁听公开课。"

"她经常去那里听课吗？"

"不是。"

"平时不去，恰巧那晚去了，你不觉得这里面有问题吗？"

"我也觉得蹊跷，为什么偏偏在这个时候，从未去滨海学校听过课的吴涵要去听什么公开课。"稍顿，小马解释，"后来我了解到，正好那天是北京装修大学设计学院的李云如教授到滨海讲课，这是她头一回到滨海。"

"李云如又是谁？"

"装潢设计师，在国内也很有名。"

"所以——"

"所以搞设计的吴涵突然去滨海学校听课也是情理之中。"

铁敏承默然不语，他在思考，试图分析出破绽来。

"感觉她也不像。"小马补充。

"不像什么？"铁敏承猛地抬起头来，盯着小马问。

"狙击手。"

"狙击手脸上也不会刻字。"铁敏承踱着步子，来回几个回合，最后在小马的面前站定，慢条斯理地说，"你觉得她不像，在我看来只有两种可能，一种是你道行不深，看不出她的破绽；第二种是——她确实不是。"

小马迷惑。

"你说说，现在的情况是哪一种呢？"铁敏承问。

"第一种。"小马挠挠头，"也可能是第二种吧？"

小马变得不自信，也变得不确定。

"通知路文路武，继续盯紧金盾海岸和金色海岸。"铁敏承把握十足地说，"不管对方是谁，总要在那两幢楼里出现的，我们就守株待兔好了。"

"明白。"

"罗炳南那边怎么样了？"他突然问了一句。

"还是——没有进展。"小马如实报告。

"就这么从我们眼皮子底下消失了？"铁敏承喃喃自语，"不可能。"他站在窗前，长久凝视对面，好像要看穿万物，找到神秘消失了的罗炳南。

三十一

致命诱饵

凌晨两点多,柳心月才醉醺醺地从外面回来。

她酒喝多了,也疲惫到了极点,站立似乎都困难,扶着栏杆一级级朝上走。拐到三楼一跺脚,灯亮了。"谁?"她正准备开门,却被惊了一跳。

"喝多少酒啊?"莫江龙赶紧扶住差点倒下去的柳心月。

"没多少——也就几瓶。"柳心月呜呜啦啦地说着,一手抓着莫江龙,俯下身子用另一只手捡起刚才掉落的钥匙,人迷糊着,钥匙孔都插不进去,心里着急,钥匙又掉了。这回是莫江龙帮她捡起来,打开了门。柳心月已经坐在了客厅的沙发上,突然想起来似的问:"你——怎么会在这里?"

"等你呢。"莫江龙给柳心月倒了一杯水。

"等我。"柳心月接过水嘿嘿笑,"是不是想我了?"

"你每天都这样吗?"莫江龙在柳心月身边坐下。

"也不是。"柳心月把空杯子还给莫江龙,"我还渴,再来一杯。"

莫江龙接过杯子,又去倒水,柳心月把头高高仰在沙发背上:"今天是个特殊情况,胡云发过生日,他们说一杯酒就是一声祝福,我知道这是他们忽悠我,可那有啥,不就是喝酒嘛,又不是喝毒药,他们喜欢看我喝,那我就喝喽,一杯,两杯——我也不知道自己喝了多少杯,就成这样子了。"

"你自己回来的？"

"不是，是张继伦，啊，不，是张总派车送我到楼下。"她坐起来，把莫江龙刚刚倒好的水接过去，仰起头来，一口气就喝掉了大半，"男人要是不知道晚上送女人回家，还算什么体面的男人，你说，是不是？"

"你要少喝酒。"

"知道。"

"也少和那些人打交道。"

"知道。"

"别光知道知道的，知道还那么不爱惜自己。"

"我不是有你爱吗，可你爱我又有什么用？又不娶我。"柳心月仰头靠在沙发上，闭了眼睛，有一句没一句地呓语着，"你们都是骗人的。"

莫江龙望着半睡过去的柳心月，无奈地叹了口气："我扶你进去睡吧？"

"不要你扶，我自己能走。"柳心月摇摇晃晃地站了起来。没走两步就自己把自己绊了一个趔趄，多亏被莫江龙抱住，她才没倒在地上。柳心月也顺势抱住了莫江龙，紧紧地，像一条受到惊吓的水蛇缠住了树枝。

"你到底爱不爱我？"她问他。

"爱。"他回答。

"那你娶我不？"

"娶。"

"真的？"

"千真万确。"

她高兴地叫起来："有人要娶我喽，有人要娶我喽。"他觉出她在深夜大喊不妥,伸手去捂她的嘴,她却跑开了,他追她,两个人都摔倒在地上。

阳光穿过半拉开的窗帘,落在床上,播撒出满世界的温馨。

他醒了,正要起身,却被她拉着又躺到了床上,她还拉了他的胳膊垫在头下,当枕头。他走不了,也就安静地躺着,屋子里很静,能听到窗外马路上汽车鸣笛,能听到楼上厨房里锅碗瓢盆的碰撞,能听到楼下广场上大人提醒孩子的呼唤。一切声音仿佛都因为融进柔和的阳光里,才悦耳和美妙。他仿佛置身童话的世界,眼前是望不到头的薰衣草种植园。她说,你追我,被蒙着眼睛的他就伸开手,笨拙地到处寻找,能听到她银铃般悦耳的笑声,却总找不到。他摔倒了,在芳香里起身,仍旧笨拙地摸索着。

他总是找不到,就着急,睁开眼,却见柳心月坐在床边微笑望着他。

"你去了哪里?"他还没有从梦里出来。

"我做饭去了,赶紧起床,尝尝我的手艺。"柳心月吻了吻他。

"哦。"他才回过神来,揉揉惺忪的眼睛,原来只是一场梦。他看到满桌子的丰盛早点,不知道柳心月几时起床的。

"煎蛋、沙拉、素拌菜心是我做的,其他都是买的。"不待莫江龙坐下,柳心月就给他介绍,"先尝尝我的手艺吧。"她给莫江龙夹了一个煎蛋,四周是嫩嫩的白,中心是油油的黄,看着莫江龙咬在嘴里,她便侧了头问,"味道怎么样?"

"色香味俱全,没的说。"

"那客官吃完别忘了给个好评哦。"

莫江龙乐了。

柳心月更欢愉,竟笑得捂着肚子站不起身。

莫江龙吃完饭要洗碗筷,却被柳心月抢了过去。

"你不去上班吗，时间要来不及了。"莫江龙问。

"你来了，我专门请了半天假。"柳心月精灵古怪地笑着。

"不怕被炒鱿鱼？"

"我正要炒老板呢。"

"你不在天伦干了？"莫江龙警觉。

"不干了。"柳心月轻描淡写。

"那你去哪里？"

"胡云发的公司。"

"怎么去他那里，去干什么？"

"转行干行政。"

"你——"莫江龙叹口气，"你怎么还是不听我的。"

柳心月没听到，或听到了不作声，她认真地在哗哗哗的水流下洗着碗。

"我知道。"莫江龙冲到厨房里，"你在寻找害死弯弯的凶手。"

"我没有。"

"你有。"

"真没有。"柳心月眼睛红了，"弯弯姐走了这么久，你为什么又提起。"

"我不是要提起，而是要让你忘了。"

"忘？你给我说说，怎么忘？"

"从伤心里走出来，过好自己的生活。"

"我知道。"

"那你还要去胡云发的公司？"

"这跟忘不忘弯弯姐又有什么关系？"

"他们——"莫江龙急得说不出话来。

251

"他们怎么了?"

"他们不是你想的那么简单,你也不可能轻而易举找到害死弯弯的人。"莫江龙极力控制自己,但他的巨大痛苦又试图强力挣脱这种控制。

"这么说你也认定弯弯姐是被人害死的?"

"是又怎样?"

"不怎样。"柳心月的眼睛里释放着熊熊燃烧的复仇火焰。

他们长时间地沉默,都清楚对方在想些什么。

"你——"空气凝滞了十多分钟,最终还是莫江龙先开了口,"你不是说让我娶你吗?"他搂着她,望着她的脸,"昨晚说的话,还作数吗?"

"作数。"柳心月把脸贴在他的胸前,轻柔地回应。

"那你等着我。"

"嗯。"

莫江龙已经不能自拔地陷入对柳心月的爱恋,他原本不愿做逃避责任、辜负女友的负心汉,但他无法欺骗自己,柳心月成了他的心结,想着她,念着她,时刻担心着她。终于,莫江龙做出了决定,宁愿为了柳心月舍弃现在的一切,包括在空域防护基地经营多年的身份和职务。一个成年男人最极致的丧心病狂大抵也就如此了,他情愿做出轰轰烈烈燃烧自己的抉择。

"我们离开滨海。"他问她,"好吗?"

"你——可以吗?"

"可以,为了你,我甘愿如此。"

"真的假的?"

"真的,我回去就打辞职报告,我们离开滨海,去北方,或者去南方,反正离这儿远远的,这里是危险的是非之地,我不想让你沉陷其中。"

"那——我们去海边吧,我最喜欢大海了。"

"没问题,听你的。"

下午,莫江龙坐公共汽车回训练中队,柳心月送他,两人相望而不舍,他抱着她,她催他走,刚走两步,她又上去抱住了他,他说汽车要走了,挣脱开,还未转身,却又过来揽她入怀,直到司机一个劲鸣喇叭催促。

柳心月送走莫江龙回到金盾海岸时,一辆旅游公司的大巴也刚好在隔壁金色海岸的项目部门口停下,车门一开,一车厢欢快的声音就窜了出来。

"心月。"正要进入工地的柳心月被一声呼喊扯回了脚步,转过身,愣怔半天,对方戴着遮阳帽,扣着太阳镜,露在外面的皮肤被太阳摧残成褐红,她通过大波浪的头发才辨认出:"吴——经理,你这是干什么去了?"

"跟着公司组的旅行团出去逛了一趟。"

"我就说呢,这几天怎么不见你。"

"还以为我失踪了吧?"

"就是,正准备打110找人呢。"

两人有说有笑,互相挽着胳膊进了金盾海岸的大楼。

吴伟龙也是在办公楼的楼道里碰到财务处的董助理,才知道胡云发组织的旅行团已经归来。"你这个小董,啥时候回来的,也不汇报一声。"吴伟龙从当助理员的时候就和上下没大没小,虽是机关的主任,但一帮助理员都当他是老大哥。这次借胡云发组织员工旅游,他也给董助理谋了福利。

"刚到,正准备去你办公室呢。"小董神秘地凑近吴伟龙,"一会儿在办公室等我,给你带东西回来了。"临走还叮嘱,"等我呀,很快我就过来。"

吴伟龙去了趟部长办公室,再回办公室时,小董已经在门口等着了,提着个黑色的公文包,里面鼓鼓囊囊装着东西。随着吴伟龙一进去,他就把门从里面锁上了。"干吗呀?"吴伟龙笑问他,"搞得神神秘秘的。"

"不是怕别人看见影响不好吗?"董助理打开包,把四个长盒子一个个掏出来,在吴伟龙的办公桌上摆成了一长溜儿,"这个,是带给你的。"

"什么东西,是画吗?"

"你打开看看。"董助理拿过一个盒子,递到吴伟龙手里。

吴伟龙打开,没猜错,果真是卷轴的画,展开,却不是一般的画,上面的一山一水不是笔墨,而是丝线,吴伟龙用手摸着:"这是贴的绒吗?"

"什么绒,这可是大名鼎鼎的苏绣呀。"

"苏绣?"

"当然了。"

吴伟龙凑到跟前,又看一遍,摸着:"还真是丝线绣出来的。"一边啧啧地赞叹工艺不一般,一边估摸着说:"看这手艺,得不少钱吧?"

"那是,这可是出自顶级大师之手的绝版苏绣。"

"那你拿回去,这么贵重的东西我不能要。"

"别呀。"董助理急了,"你别误会,这可不是我送你的。"

"那是谁?"

"当然是胡总,胡云发胡总送你的。"

"可是——也太贵了吧?"

"不光送你了,我也有,胡总就是大手笔。"

"都有?"

"那是。"

吴伟龙疑惑,弄不清这胡云发到底唱的哪一出,如果平时舍得在他吴伟龙身上投资,经常请吃请喝一掷千金什么的也都说得过去,毕竟吴伟龙是他潜在的利用对象,可这回也送东西给董助理,要么是他的钱真是多到没处花,要么就是他对董助理也有所企图,可吴伟龙不明白,就算有所图,胡云发又如何在董助理身上实施他的所图呢?吴伟龙坠入了云里雾里,更关键的问题在于,经胡云发这么出手阔绰一馈赠,董助理肯定会胡乱想地觉得,不认识的人都送这么贵重的东西,指不定他吴伟龙吃了多少好处呢。

吴伟龙后悔起来,真不该让机关的小兄弟跟胡云发去免费旅行。也预感到,胡云发和董助理的关系并没有因旅行结束而结束,他们彼此已经生出了外力短时间内无法拒止的吸引力,难以预测结果的相遇才刚刚开始。

三十二

见招拆招

在空域防护基地例行的周交接班会上,顾重阳被敌情要闻播报的内容紧紧揪住了神经——"域外分子军方发言人近日对外宣称,他们与第三国合作的'弧形铠甲'防御系统将于近期在田螺海域部署完毕。据悉,这套系统是第三国最新研发的用于拦截拓展型导弹作战单元突击的有效防御手段,在第三国本土尚未部署,部署田螺海域属首例。第三国发表公报称,此次带有验证性质地在田螺海域部署这一系统,意在提升域外分子在这一海域的军事存在,也是他们重返地球中心战略在具体军事行动中的最有力体现……"

顾重阳刚开完交接班会,就迫不及待地找到铁敏承。

"他们的'弧形铠甲'系统眼看着就要部署完毕了。"顾重阳忧心忡忡。

"或许吧。"铁敏承早知此情,并不惊异。

"事情急切啊。"

"的确不能再等了。"

"寻找猎人狙击手还没进展?"

"没有。"

"金盾海岸的狙击手呢?"

"也无踪影。"

"已经这个时候了,"顾重阳推测,"他们是不是也都该露面了。"

"说不准。"铁敏承沉吟片刻,"敌人的狡猾远远超出我们的预料。"

"有新情况?"

铁敏承点点头。

"快讲讲。"顾重阳急不可耐。

"黑猹狸那边截获情报,似乎敌人对我们的光束波武器感兴趣。"

"光束波武器!?"顾重阳惊愕地望着铁敏承,急切地问,"他们是怎么知道的,情报上是怎么说的?"他恨不得从铁敏承身上搜出那份情报。

"具体的情况还不知道。"铁敏承摆摆手,"就知道他们开始关注光束波武器了。"

"敌人真是狡猾。"

"东西是在你这里吗?"

顾重阳犹豫一下,知道已经无密可保,只能说:"是的。"

光束波武器从最开始筹划到刚才,这都是一个天大的秘密,国家的秘密,国防的秘密,守卫者集群的秘密,空域防护基地的秘密,更是顾重阳的秘密。刚开始,他紧急督促新建的阵地就根本不是什么拓展型导弹作战单元阵地,那样对外宣称只是为了掩人耳目,事实上他们承建的是国家刚刚研发成功的光束波武器的试射阵地,这对全世界来说都是一个重磅新闻和绝密信息。一旦光束波武器试射阵地建成使用,他的空域防护基地就是撒手锏中的撒手锏,可以预见,只要在未来作战中他们一键开启,即可随意击毁敌方悬浮于太空中的卫星,进而轻而易举致盲对方的信息化武器,被敌人吹得神乎其神的高科技战争瞬息间就会回到短兵相接的热兵器时代。那时,空域防护基地依托传统技术的常规导弹、增强型导弹、拓展型导弹、聚波型导弹等作战单元就能大发神威,这多种类作战单元不依靠信息制导,其"对焦点射"

的优势足可以让他们超想象发挥近搏利器的巨大能量，单发伤敌，群发毁敌，一场局部战争的胜负尽可在他们的把控之中，也因此，最高层决定将光束波武器落户空域防护基地之时，就意味着开启了一种非对称的崭新作战模式，空域防护基地在国家军事战略版图上，也成了不可替代的绝对王牌。这是国家机密，保住了，就会让敌人防不胜防，在未来充满不确定性的作战中可以发挥对敌人一剑封喉的致命作用；可一旦泄露出去，敌人提早进行防备和应对，光束波武器的战斗力就会大打折扣。所以上至高层，下到守卫者集群和空域防护基地，参与者都是单线联系，知情人数不超过二十个。空域防护基地也只有顾重阳是知情者，其他人虽参与进来，也接触过小炮弹一样的光束波武器，但除了毁伤效果之外，光束波武器和小型号的常规导弹作战单元在外形上并无二致，所以空域防护基地的官兵坚定地视之为常规导弹作战单元，他们从没有想过，也都不会想到，他们整日里接触和操弄并且已经模拟训练的，竟然是令敌人为之胆寒的光束波武器。

此刻，光束波武器部署在空域防护基地显然已经不是秘密了。

"我知道了。"铁敏承竖起的手指频频在空中点着。

"知道什么？"

"敌人狙杀你的原因。"

"不是夺取田螺海域吗？"

"这是表面的。"

"实际呢？"

"你想想。"铁敏承拉着顾重阳坐在沙发上，将茶几上的杂物推向两边，似要推演沙盘，"你是空域防护基地的指挥长，也是常规导弹作战单元集群攻击的指挥官，但像你这样的指挥长很多，敌人为什么偏偏选了你？"

"他们不是要利用指挥官易人的时间差吗？"

"那狙杀其他基地的指挥长是不是也存在这种时间差？"铁敏承进一步分析，"既然目的在于争取集群攻击时间差，那他们为何部署'弧形铠甲'防御系统，要知道，他们的'弧形铠甲'系统是专门用来对付常规导弹作战单元的，既然有'弧形铠甲'，时间差还有意义吗，他们还用得着费这劲吗？"

"也是。"顾重阳嘀咕着，"那他们是想——"

"项庄舞剑。"铁敏承斩钉截铁。

"项庄舞剑？"

"对，项庄舞的不是剑，而是阴谋。"

"敌人看似要抢占田螺海域，其实也不是为了抢占田螺海域？"

"我是这么认为的。"

"他们的阴谋是什么呢？"

"我也说不准。"铁敏承猜测，"但一定和光束波武器有关。"

"摧毁我们的光束波武器阵地，但他们又部署'弧形铠甲'系统做什么？"

"这都是谜啊，等我们一个个去破解。"

"那——"顾重阳并不确定，"狙击手会不会也是一个幌子？"

"怎么讲？"

"如果狙杀我就是为了争取时间差，那么，争取这几个小时确定无疑是敌人迷惑我们的一个假象，那狙杀我，也就没有一点实在意义了。"

"可是——"

"什么？"

"我们并不知道敌人的真正意图。"铁敏承沉思着，"如果，在另一盘更大的棋局里,你仍旧是一个躲不开的环节,那么,被狙杀的危险依旧存在。"

"何以见得?"

"因为——他们关注的光束波武器正是在你的掌控之中。"

顾重阳沉默,他想象不出敌人在下一盘什么样的棋,更不知道如何去应对。敌人在暗处,他和他的空域防护基地在明处,他担心敌人现身之时,已经是出车架炮开始将他的军了,一盘险棋,随时都可能被逼上绝路。

"我们要怎么做?"顾重阳肯定不可能甘心坐以待毙。

"等。"铁敏承一个字就是一个钉。

"等什么?"

"等罗炳南的出现,等黑猯狸那边进一步的消息。"

"这要等到什么时候?"

"不知道。或许马上,也或许,要很久。"

两个人相对无言的沉默令人窒息。铁敏承一根接着一根抽着烟,而顾重阳心事重重地枯坐着,他内心既毫无希望地焦灼着,又满怀信心地期待着。

三十三

盛情难却

张博办公室的门被轻轻敲了几下,不等他回应,就有人静悄悄推开门走了进来。这时候,张博正盯着花名册核对进入常规导弹作战单元阵地的涉密人员信息,他忙得顾不上回头,只是从动作、气息里判断,进来的不会是主任柳江南,也不会是办公室的其他同事,更不会是同办公室的马干事。马干事回老家结婚去了,要半个月后才回来,他可不指望新郎官撇下新媳妇千里迢迢赶回来,帮他把水都顾不上喝一口的工作节奏给降下来。

来人没说话,只是在办公桌前站住,一动不动定在张博的余光里。

张博感觉出异样,鼠标的光标移到表格的一处,明灭闪烁,权当标记,这才缓缓地抬起头来。

"余助理。"张博显然有些惊讶,也顾不上核对他的花名册信息了。他热情地把余广强让到对面马干事的位子上,"你怎么来了?"他又急着取纸杯,捏茶叶,从饮水机里咕嘟嘟接了一杯子的水。

"怎么,不欢迎我来?"余广强接过张博递过来的热茶。

"不是不是,你是稀客嘛,我就是觉得稀罕。"

"过来看看你。"余广强点一点桌面上的鼠标,"这个电脑能用吗?"

"能啊,你要用?"

"对,看个东西。"

张博猫下身子打开主机,输入第一道密码,界面出来,又输入第二道。电脑打开，屏幕上是一把AK47的特写，黑洞洞的枪口正对着余广强。

"这个桌面有意思。"余广强从随身的公文包里取出一张光盘，装进去，随着呼啦啦的响声，显示器上出现了对话框，余广强轻轻一点鼠标。

"喝点水。"张博热情地把茶水往余广强跟前递了递。

"把门反锁一下。"余广强命令似的强调。

张博觉出意外，锁上门再走过来时，屏幕上的视频已经开始播放了。

张博在一刹那间，眼睛就瞪大了，继而，充血的脸变得猪肝一样通红。他不知道自己是什么时候和那个赤裸的女人缠抱在一起的。镜头很近，甚至能看清他私处一颗隐藏了三十年的痦子。很快，镜头里又出现了另一个女人，同样赤身裸体，两个女人把他翻来覆去，他神魂颠倒地欢乐着，一会儿趴在这个女人的身上，一会儿趴在那个女人的身上，女人此起彼伏的叫声那样大，让他想起了春节屠宰场上那些濒死的肉猪。而此刻，在余广强眼里，他又何尝不是一头已经上了案板，随时等着被宰割的肉猪呢。

"余广强，你——你想干什么？"张博惊恐愤怒到浑身战栗。

"不着急，还没放完呢。"余广强头也不抬，仍旧盯着屏幕。

张博的煎熬一直在他与两个裸体女人的纠缠中持续着，一分一秒，一个画面一个动作，都让他脸红心跳，都让他喘不上气来。终于，随着视频里三个欢跳肉体的偃旗息鼓，播放结束了。

"你不要误会。"余广强轻抿了口茶水慢吞吞地说。

张博站在那里，不知要说什么，也不知要干什么。如果可以，他真想把余广强掐死。余广强突然给他注入了一剂无法排解的深度恐惧，就像一头肉猪，目睹着自己被绑在了案板上，又目睹着光着膀子的屠夫磨刀霍霍。

"你知道基地以前有个中队长叫余友忠吗？"余广强的声音仍旧轻柔。

"不知道。"张博摇头。

"也是，多少年前的事了，你肯定不知道。"

张博坠在云雾里，闹不清面目可憎的余广强到底想干什么。

"你也坐吧。"余广强指着张博的办公椅。

张博机械地把椅子拉出来，像一个听话的小学生，拉出来放在余广强椅子的侧前方，坐下，紧紧张张，规规矩矩，开始听余广强讲余友忠。

"那是我的爸爸——"余广强目光空洞，把时间拉到遥远的故事里。

"他当年是基地最年轻的中队长，总部首长都说他能干到大领导，可是他从中队长的位子上还没提起来就被害死了，当年基地那帮领导把他的死定性为意外事故，可我妈和我都觉得那不是一次事故，而是一场阴谋。

"你知道吗，和他搭班子的那个老奸巨猾的家伙和我爸爸有矛盾，全中队的官兵都知道他贪污公款、滥用权力、玩弄女性，我爸爸是后到中队的，他看不惯那家伙的做派，曾拍着桌子和他干架，也向上反映过他的问题，但那家伙上面有人，烂事出了一桩又一桩，却丝毫没影响他的仕途。你是不是觉得很可笑，干事的在意外事故中死了，惹事的却平步青云一路高升。"

"可是——"张博的疑惑明白无误地写在脸上。

"是的，我知道这些都跟你没有关系。"余广强摆摆手。

他继续说："我爸爸摔下悬崖的时候是和吴克忠在一起的，都知道吴克忠是那家伙一手提拔的，我实在难以想象，他们竟然敢明目张胆地对我爸爸下毒手,更不能理解的是,当时的基地首长息事宁人,既不调查那家伙在这里面到底干了什么,甚至连直接参与者吴克忠的责任也不追究。"

"对了,"余广强说,"这个吴克忠就是副指挥长吴克忠,你看看,可笑吧,杀人犯都是基地首长了,他可能也做着大领导的美梦,可惜没戏了。"

"他以为他对我仁至义尽,但我最清楚他为什么对我这么好,我不说,但记着,如果不来基地,我什么都做不了,既然来了,我就要查个水落石出。那个当年的杀人犯还活着,吴克忠也在,我的努力就绝对不会白费。"

"可是,"张博终于忍不住了,"我——能做什么呢?"

"我爸爸当年去世是保卫办做的结论,那时候,他的一些东西作为调查资料也被拿走了,后来归还了一部分,但有一样东西,我始终没有找到。"

"可——这也跟我没有关系啊?"

"当然跟你没关系。"

"那?"

"我想找回那个东西。"

"是什么?"

"一个日记本,我爸爸每天都写日记,我当时甚至还偷看过他那些潦草到不易辨认的文字。记得他每回都是看完《新闻联播》后写,长则几页,短则十几个字,反正不间断,之前的日记都在,唯独他去世前最后一本不见了,除了调查组,没有谁能接触到日记本,我断定这个日记本在保卫办。"

"这都多少年过去了?"

"时间再久,也否定不了事实。"

"但我不可能帮你找回日记本啊。"

"你不是保卫办的内勤吗?"

"这又怎样?"

"内勤不是管着机密资料库房的钥匙吗?"

"可那些库存的资料是不能动的,再说过去那么久了,也不一定能找到。"

"不试试,又怎么知道找不到呢?"

"没有首长签字擅自进入是要被勒令辞职的,再说里面有监控,要验指纹,还有擅自触动文件柜的警报装置,复杂着呢,不是你想的那么简单。"

"张博,张干事,好兄弟。"余广强把椅子往前拉一拉,几乎和张博膝盖挨着膝盖了,"我们无冤无仇,拍这个视频我也是迫不得已,我不想害你,你是名校毕业,保卫办的业务骨干,政治办的后备干部,有可能过几年就是副主任,再过几年又荣升主任,再以后——谁知道要走多远呢,说不定还能当上大领导。我对你始终是抱着良好的祝愿和真诚的祝福的,但你也听明白了,我不想做坏事,只是想找到本来就属于我,后来被弄丢了的日记本,完事了,你继续干好你的工作,我去追究我的真相,咱们还是好兄弟。我知道你肯定不会难为我,你也要相信,我绝对不会给你添麻烦。"

"可是——"张博的眉头紧紧皱到一处。

"我还没有说明白吗?"余广强冷冷地问。

"嗯——明白了。"张博在一瞬间的挣扎后,还是屈服了。

"好了。"余广强站起身来,"要怪你就怪我,不要太苛责自己。"

张博无话可说,毫无表情地望着同样毫无表情的余广强。

"这个，"余广强已经走到门口，张博想起来问，又后悔问，但已经话到嘴边，收不回去了，"你不带走吗？"退出来的光盘被他捏在手里。

"不带了，留个纪念吧。"余广强打开门，只留给张博一个飘忽的背影。

余广强刚离开，张博就迫不及待地摁下立在墙角的碎纸机电源，碎纸机启动后，他狠狠地把那张光盘塞了进去，在刺啦刺啦的脆响中，他和两个陌生裸体女人的故事被绞成了粉条状，掉落在碎纸屑里，本来要松一口气，可那股气流已到口边，又被他生生咽了下去，充斥在体内，憋得周身肿胀。张博太清楚，就算碎了光盘，也不可能抹掉那晚酒后乱性的事实，这会儿碎掉的只是毫无意义的假象，此刻，他恨不得连碎纸机一起砸掉。

又有什么用呢？他想着，不知余广强那里备了多少份光盘，也不知在不确定的时间和不确定的地点，他会把那些不堪入目的画面展示给谁看。张博不敢去想，任何想象都令他毛骨悚然。不去想那些了，他告诫自己，下一步，要考虑的是如何从机密资料库房中找出余友忠的日记本。

张博下班一出办公室，竟又碰到穿着训练服的吴伟龙。

"主任去锻炼？"张博礼貌地打招呼。

"嗯，打会儿乒乓球。"吴伟龙点头示意。

张博望着吴伟龙健步远去的背影，心里别扭地想着，这个平日里风流倜傥的营房办主任会不会知道他的属下余广强是个阴险狡诈的家伙呢？也大胆猜测着，吴伟龙会不会也被余广强设下圈套牵住了鼻子，甚至已经听命于余广强了呢？但——看吴伟龙的精神状态，张博自己先否定了，一个被装在套子里的人怎会有吴伟龙那样的意气风发，由吴伟龙想到自己，就又自责起来，他悲观揣度，也许在整个基地，也只有他这样心无城府的傻蛋才会稀里糊涂和余广强走得那么近，又莫名被设了圈套牢牢勒住脖子。现在，他已经没有其他的选择，只能听余广强的，用一个错误去掩盖另一个错误。

吴伟龙遇到张博之前，刚刚从财务处董助理的办公室出来。

吴伟龙和董助理都爱打乒乓球，没有特别的事情，两人下午下班后会约在地下室的活动中心打上几个回合，董助理技术好，赢的时候要多一点。按照惯例，如果他们谁晚上有事不能打球，都会提前给对方说一声，好让彼此有个心理准备，提前预约别的球友，免得兴致勃勃到达场地却扑了空。

董助理这次不在，吴伟龙却没提前得到预告。

"他晚上好像有个饭局。"同办公室的杨助理如此告知吴伟龙。

回到办公室的吴伟龙想打电话再约人，才发现有一条未读的微信信息，是董助理半个小时前发来的，他竟没有看到，内容是："晚上有事，不能打球，见谅。"吴伟龙也没在意，划拉通信录，重新找了其他同事打球。

吴伟龙换了对手后，球路不熟，打得别别扭扭。正好来个电话，吴伟龙就借着要加班的由头，和打球的同事散了。回到办公室再翻出董助理的微信信息，吴伟龙越琢磨越不对劲，他决定探究一下董助理到底去了哪里。

吴伟龙把车子停在天宴酒店最偏远处的角落里，熄了火，灭了灯，坐在车里耐心关注着灯火通明的酒店入口。晚上八点多了，还有一拨一拨的人走进去，却很少有人出来。盯了一个多小时，吴伟龙有点疲惫，刚从一个盹里提起精神，就恍恍惚惚看到几个人从酒店出来，他集中精神收紧目光，便惊讶地发现，果然和他猜测的一模一样，董助理竟然真是去赴胡云发的约请了。

他猜对了开头,那结尾呢?

吴伟龙纠结地想着,自己是不是必须得做点什么了。

三十四

蹊跷死亡

上午，训练中队战术训练场。

莫江龙正给预晋升的骨干们做匍匐前进的示范动作，装在作训服上衣口袋里的手机突然呜呜呜地振动起来，虽然胸前有麻酥酥的触感，但百余双眼睛盯着他专注地看着动作要领，实在没法接听。但是，那边似乎没有善罢甘休的意思，刚停下几秒钟，就又振起来，一遍，两遍……一直到莫江龙把一套动作从头到尾做完，呜呜呜的振动仍旧没有停止。

"好，下面大家自行体会动作。"那边安排完，莫江龙这才摸出衣兜里的手机，一看，和猜测的一样，能这样坚持不懈振动他的真是柳心月。

"喂，心月。"他忙不迭接起已经振到有些发烫的手机。

"干吗呢，怎么老不接电话？"那边声音急切。

"训练呢，啥事？"

"你能请假吗？"

"怎么了？"

"下午到滨海，大事，你到了就知道了。"

"可是现在是上班时间。"

"真的，你得来，十万火急。"

"那——好吧。"

"我等着你。"

"哦。"

"直接到我单位门口,到了打电话。"

"好的,明白。"

莫江龙挂了那边电话,立马就为难起来。他虽说铁了心准备辞职,但现在还是训练中队的副中队长,百十号人等着跟他学本事,这不节不假的,若突然提出到滨海,莫说上面批不批,就连自己这里的关口都暂时过不了。可是,柳心月那样急切地打来电话,肯定有重要的事,思来想去,他还是硬着头皮给所在新单位的领导打了电话,那边倒没多问,只是说协调参谋部的副参谋长代他顶班,填个请假单送到干部干事那里就可以走了。他松了口气,正准备收拾东西下山,那边却又打来电话,说副参谋长正带人推一个接待上级工作组的汇报材料,下午大概过不去,要到明天上午,问莫江龙能不能等,话到这份儿上了,他总不能说不能等吧。只能放下东西,继续等着。第二天上午早饭后副参谋长到位,他才紧赶着去坐长途汽车。

他打算提前预报一下柳心月,一路上拨打电话,却总是回复"您拨打的电话已关机"。他想着是柳心月赖床还没起来,或者在公司开会暂时关了手机,但猛然又想到,柳心月关机的情况似乎从未有过,就陡然焦虑起来。

莫江龙到了曾经熟悉但离开后却再未去过的金色海岸门外,继续拨打柳心月的电话,那边仍旧是关机状态。莫江龙实在不愿意,但迫于无奈,不得不硬着头皮拨了之前在金盾海岸时一个经常交往的包工头的电话。

"柳心月?你不知道?"那边的语气在吃惊里渗透着恐惧。

"我不知道。怎么了?"莫江龙大气不敢出。

"柳心月昨天晚上突然发病，送去医院了。"

"什么病，现在怎样？"

"急病，人可能没了。"

"啊，你说什么？"莫江龙耳朵嗡嗡响。

"人没了。"那边哀叹，"你说一个年纪轻轻的小姑娘，咋说没就没了？"

莫江龙傻掉了，这个结果太过残忍，让他猝不及防。

他突然想起来问："哪家医院？"

"人民医院。"

莫江龙挂了电话，疯了一般拦了出租车赶往人民医院。

是的，没错。他不愿接受却不得不接受，经过一大圈的打听和询问，他爱在心里、想在心里、惦记在心里的柳心月此刻正安安静静地躺在太平间。

莫江龙揭开白布，面色煞白的柳心月紧闭双眼，像睡着了一样。莫江龙多希望她是睡着了，期盼几个小时后，当她解除了疲乏能够苏醒过来，但这无疑已经是痴心妄想，柳心月走了，永远地走了，就像他青春岁月里那些匆匆擦肩而过的美好，都留在了远去的岁月里，不能再和他相伴而行。

莫江龙抚摸着柳心月的面庞，任凭泪水肆意横流。

往事不堪回首，可是，往事又一幕幕不由自主地涌上心头。生活就是这样的折磨人，毫无征兆地让她走进他的生活里，又粗暴地将她带走。

"我知道你想做什么。"莫江龙哽咽地看着柳心月的遗容，"可是你答应过我不再纠缠进弯弯的事情里，要爱自己，要好好生活。"他擦一把泪水，"我也知道，你是个有情有义的姑娘，你想找到害死

271

弯弯的人，可你只知道知恩图报，不知道弯弯是干什么的，不知道她的世界你完全不懂，你原本就不该和她走得那么近，更不该让她成为你生活的一部分。也怪我，没有告诉你真相，让你一意孤行走到你不该走的道路上，你放心吧，就像你不会让弯弯那样走了一样，我也不会任凭你就这样不明不白地死去。"

莫江龙走进主治医生的办公室，轻轻关上了门。

"我是柳心月的家属，我想知道她的死因。"

"突发性心肌梗死。"医生翻看着病例。

"可她从未有过治疗心脏疾病的医学记录。"

"从她的症状看，情况确实特别。"

"会不会——"莫江龙问，"她是被谋杀？"

"这个——"医生吓了一跳，有些磕巴地说，"我——我们——只做医学上的诊断，不能——不能对这个妄下结论。"又说，"这是警察的事。"

"我怀疑她是被别人害死的。"莫江龙盯着医生的眼睛。

"这个真不好下结论。"医生坚持。

"我想问一下，"莫江龙靠近医生，"一个没有任何心脏疾病诊断记录的人，突然患心梗的概率有多大？"

"这个，"医生犹豫一下，"不同人群不好说。"

"定期做体检的年轻人呢？"

"如果定期体检，心脏病应该早期即被诊断。"

"那已经确定没有心脏疾病，患心梗的概率有多大？"

"心梗的成因一般情况下都是冠状动脉斑块形成，心脏健康的人在体检中如果有胆固醇和甘油三酯升高的情况，也可能间接引发心肌梗死。"

"那——这几种情况都没有呢？"

"那么——"

"那么什么？"

"理论上不应该患心肌梗死。"

"理论上不成立，却出现了呢？"

"有两种可能？"

"什么？"

"一种是医学上暂时无法解答的特殊情况。"

"另一种呢？"

"外力作用。"

"也就是谋杀？"

"这个，不好定论。"

"谢谢医生，我知道了。"

他决心去找答案，他也确定，表象的背后一定有另一个答案。

同在金盾海岸的刘金刚没有想到送去人民医院的柳心月会那么快就死去，精灵古怪的一个小姑娘，说没就没了，整个工地都沉浸在灰暗里。他不美气，晚上就去工人宿舍找包工头老宋下棋，老宋却非拉着他喝酒。

老宋大名宋金宝，山东郓城人，四十出头，魁梧，实诚，早年拉了一帮子老家的乡亲到滨海找活干，正赶上房地产红红火火的高潮，就立了门户自揽工程，很是赚了一笔钱，但乡亲们觉得一起出来打工，他们吃苦受累多却赚得少，老宋干活少却挣得多，心里不平衡，就经常闹别扭，生矛盾。老宋索性一不做二不休，自己从原来的队伍里只身离开，在劳务市场找了几十个毫不相干的人另立了门户干起来。时日不长,那边的队伍散了,就又来找老宋,老宋闭门不见,并立下规矩,他的工程队里老家的人一个不要,他"五湖四海皆兄弟"的理念深得人心,工程队也风风火火地顺风起势,从最初的几十人到最多一百多人。老宋不亏待工人,大家也都愿意跟着他干,可这个老宋有一点不好,就是总爱神神道道装神弄鬼。

他遇到脚手架坍塌,说是惊动了地公爷,就从庙里请一尊地公像敬起来;工人受了伤,他非说天神让工地见血开光,绝对要杀鸡燃香进行一番祷告。他成年累月神神道道,工人们见怪不怪,也都跟着他信了这一套,所以发展到后来,但凡工地上有个风吹草动,他无一例外都要请神仙帮忙。上回罗炳南突然没了音信,他就跑到赵和平那里说是可能工程的地基挖得太深惊动了哪路神仙,要到庙里请大师做法事,被赵和平嘲笑了一番,没有结果,他快快不乐地回到工地,自己燃了几天长香,这事才算过去。

几个外卖的凉菜,一瓶简装白酒,吃着喝着,老宋又开始老调重弹。

"刘经理,咱要重视哩。"

"重视啥?"

"上回不见了罗炳南,这回又没了姓柳的小姑娘。"他瞅瞅四周,压低了声音说,"工地犯了鬼神,不把他们请走,以后还指不定会有啥事呢?"

"犯了鬼神?"

"嗯,人神为鬼,天神为神。"

"你怎么又来这一套?"

"你看,我就知道你们都是这个态度。"他无奈地说,"老人家都说过,迷信这个东西,不能全信,也不能不信,你们就是犯了不信的经验主义错误,事实证明不能不信啊,你看,这一个接一个的事,都是不信招惹来的。"

"纯属巧合。"

"巧合？"老宋激动起来，"罗炳南一个大活人说不见就不见了，这是巧合？一个活蹦乱跳的小姑娘说没就没了，这是巧合？"他声音嘶哑，"这么多年了，我在滨海干过的工地没有几十个也有十几个，从没发生过这么些莫名其妙的事，可现在却接二连三发生，你说说看，除了鬼神发威，还能有什么原因，你看吧，要是不做法事，大事情说不定还在后面呢。"

"别耸人听闻。"

"我怎么会耸人听闻。"老宋几杯酒下肚，面红耳赤，越发激动起来，他边说边比画，"你知道吗，那天晚上罗炳南还好端端地坐在我对面，一转眼的工夫就不见人了，真是不可思议，一个大活人就那么活不见人死不见尸了。"他喃喃说，"你信不，他就被鬼神关在工地的某个角落里。"

刘金刚被瘆出一身冷汗："老宋你别吓我。"

"不是吓你。"老宋酒越喝，叨叨起来越精神，"那天晚上罗炳南就坐在你那个位置。"老宋指了指刘金刚，"他请我喝酒，说是有急事，要预支一个月的工资。"他抿一口酒，继续说，"你想想，一个小伙子只身在外，有了难处也找不着别人，把我当成大哥，你别说，人家小伙子也会来事，咱把人家酒喝了肉吃了，总不能把嘴一抹，对人家请托的事情说不行——这也不是咱的行事风格，说实话，我能喝他的酒就敢应承他的事。我就问他，要钱干啥，他说有急事。这么说了，我也就不好细问，谈女朋友了，赌钱输了，还是寄回老家给爹娘，这也都不是我关心的事，我就问他五千够不，他说够了，我当下就打电话叫人取了五千块现金拿过来给他。"老宋比画着，"我没让他打借条，也没给他规定还钱的时限,我相信罗炳南是个实在小伙子,做事有谱,可万没想到,一顿酒后,他竟人间蒸发了。"

"你们——在罗炳南失踪前一晚喝的酒?"刘金刚警觉起来。

"那还能有假?"老宋掰着指头,"三号凌晨不见他的,我们二号晚上一起喝的,不对,确切地说,是从二号的晚上一直喝到三号凌晨。"

"喝到三号凌晨?"

"对,一点儿没错,最后一趟上厕所我记得手机上的时间是凌晨一点半,撒完尿回来我们又喝了一会儿,酒完了,他说去拿,小伙子也是有意思,有没酒他都不知道,转了一圈回来,两手空空,又嚷嚷着要出去买。"

"出去买了吗?"

"买啥呀。"老宋说,"大半夜的,到哪里去买?我就说了,今天就这样吧,不尽兴回头再喝,到时候我备酒菜,绝对都能喝得痛痛快快。"

"然后呢?"

"没然后了。"

"散了?"

"散了。"

"几点。"

"哎呀,大概两点吧。"他沉吟一下,"可能还要晚。"

"两点半?"

"嗯——也差不了多少。"

"你喝得咋样?"

"还行。"

"晕乎没?"

276

"有点。"老宋摊开手,"但是再来半斤绝对没问题。"

"罗炳南呢?"

"他酒量不行。"

"不如你?"

"这个——咋说呢,"老宋比画,"一对一他肯定干不过我。"

"那晚你们喝了多少?"

"两斤。"

"白的?"

"当然白的,哪能是两斤啤的。"

"罗炳南喝到晃悠没?"

"晃悠,肯定晃悠。"老宋回忆,"他嚷着回去取酒的时候把头都撞在了柱子上,你说,他撞到那硬家伙上也不知道疼,搓一搓跟没事一样。"

"散了你就回去睡觉了?"

"对。"

"罗炳南呢?"

"也去睡了吧。"老宋说,"就他喝成那样,除了睡觉也没法干别的。"

"可他怎么就不见了呢?"

"他远不了。"老宋举着酒杯子的手在空中转一圈,"我都说了,那小子远不了,肯定在这工地的哪个角落里,说不定正睁大了眼睛看着咱们呢。"

"那你说——"刘金刚问,"他能藏在哪里?"

"得问鬼神。"

"怎么问?"

"请大师来,做一场法事。"老宋说,"准能都弄明白。"

"你这个老宋。"

"迷信也是科学,我就知道说服不了你们。"老宋闷闷不乐,"为了兄弟们的安生,我给你说,不让公司花钱,我自己花钱也行,可张总不干,说传出去怕影响房子销售,真是闹不懂,这些老板们都是怎么想的。"

"你当了老板就知道了。"刘金刚调侃老宋。

"当老板?"老宋哼一声,"我看还是当我的包工头自在。"

两人一直把酒喝到见底,老宋才哼哼唧唧一摇三晃地回他的房间睡觉。

老宋的一番话让刘金刚茅塞顿开。

他一直琢磨着老宋说过的几个关键词:喝多了,凌晨两点半。再联想到那天铁敏承组织的突击行动是从凌晨五点左右开始的,就算罗炳南预谋离开,似乎也没有更为合适的时机,加之小马调看了周边所有监控摄像头,里面都没有罗炳南的影像。或许——就像老宋说的——他自己的想法先把自己吓了一个哆嗦——罗炳南就在工地——就在近处的某个角落里。

峰回路转,坚固的大门已然在刘金刚的面前开出一条缝隙。

三十五

鱼儿上钩

张博丝毫不敢怠慢,第三天就给余广强打来电话。

这次,余广强没让赵和平去接张博,而是要了张继伦刚给赵和平配的别克商务的车钥匙自己去接。他在出了基地机关大门左拐几百米的一条僻静巷子里拉上张博,就一直往北,出了市区,直到一家极为偏远的农家乐。

余广强一路上无语,张博也紧张地望着车外,他弄不清余广强要把他拉到什么地方去。

"到了。"车子停稳,余广强喊他,他才反应过来。

余广强下了车,他和农家乐的老板似乎很熟,打过招呼,就直接从后院的阶梯上了二楼。张博跟着,拐过两次弯,豁然开朗,一半是开阔的露天平台,一半是几个房间。余广强没有片刻停顿,直接进了打头的一个房间。

满桌子的菜已经上齐,酒也满满地倒上了。

"坐吧。"余广强倒蛮客气,自己坐下之前,先给张博拉出了椅子。

张博有些意外,稍迟疑,还是在余广强给他拉出的椅子上落了座。

张博刚坐下,又像想起了什么,起身,过去把房间的门关上,再返回来,从随身带的黑色挎包里掏出一个褐红色的本子:"这个给你。"

那个笔记本就放在余广强眼前的桌子上。原本应该是红色,岁月的痕迹一层层沾染在上面,便深沉成了褐色。三十二开的封面中间靠上,是"日记本"三个鎏金的斜体字,凹了进去,金色便不再醒目,有点发白,在褐色封皮的映衬下,更显陈旧。余广强捧起日记本,打开,那些钢笔刺写在上面的纯蓝痕迹已经有点洇开,模糊发散,就像过往的岁月那样让人琢磨不透。日记本有一指厚,不经翻就到了封底。如同速速翻完了父亲的一生。

"谢谢你。"余广强拉着张博的手。

"谈不上谢。"张博把手从余广强的手里抽出来,"你清楚,我并不是帮你,而是被你要挟,迫于无奈,东西给你了,你也该把东西给我了吧?"

"什么东西?"

"你要耍赖?"张博憋红了脸,语气也软下来,"原始的视频给我吧,难道你还要再要挟我?"又说,"当然了,我也不知你复制了多少,要把那个东西给我还是留在你手里,全凭你了,我相信你不是言而无信的人。"

"你帮了我,我对你感激不尽。"

"咱不说这个。"张博觉得余广强并不打算把原始的视频给他,沮丧起来,"反正现在是我为鱼肉你为刀俎,不管是那个视频还是私自在资料库里取出日记本的事,都能整死我,任由你想怎么样就怎么样吧。"

"视频——我不是已经给你了吗?"

"那个光盘?你别玩我了,我要的是原始的视频。"

"那就是原始的,你要相信我,因为我实在没法自己办到,所以只是麻烦你帮我取出日记本,我没有必要留那个视频,更不会再要挟你什么。"

"当真只有那一份?"

"千真万确。"余广强举起右手,"我拿我的生命做保证。"

"那你不怕?"

"什么都不怕,我相信你。"

张博有些惭愧,羞红了脸,无言以对。

"你放心吧。"余广强说,"这个事天知地知你知我知,我不会对任何人说起你在天外香的事,除非你自己为了炫耀而说出去。当然,你肯定不会,那么,这个事就死在过去了,不会再被翻出来。至于日记本,也就到此为止,我不妨说个实话,我本来也没打算在空域防护基地干下去,弄清了我爸这桩冤案,我就会离开,从此我们、我和空域防护基地的所有人都不会再有任何的联系,也就是说,和你也就没有半点瓜葛了,你过去做的一切,今天做的一切,到我这儿就全结束了,都悄悄地死掉了,不会影响到你一丝一毫,我希望你能当上主任,更希望你能当上大领导。"

"可是——"张博张了张嘴什么都没说出来。

"没什么可是的。"余广强起身,"这段时间有点折腾你了,我知道你恨死我了,但也希望你能理解我,今晚算是赔礼酒,希望我们开怀畅饮。"

这时不论余广强说什么,张博都不可能做到开怀畅饮了,一朝被蛇咬十年怕井绳,他虚弱的内心已经对余广强产生了一万种本能的戒备,虽然希望他说的句句是真,希望他没有恶意,但心底里却难免怀疑:可能吗?

张博当晚不愿意得罪余广强,却又刻意地控制着自己,但余广强倒真如他一开始说的,做到了开怀畅饮,喝到最后,一会儿哭,又一会儿笑,一会儿说对不住他的爸爸,一会儿又说对不住他的妈妈。农家乐的老板和老板娘也加入了进来,陪着余广强一起哭也一起笑,就跟沉浸在错乱了的世界里一样。言谈举止里，清醒着的张博听出来，原来农家乐的男主人是余友忠中队长最后一任公务员，余友忠牺牲的当年，他就辞职了，但没有回家，而是留在滨海打工，后来娶了媳妇生了孩子，又开了这家农家乐。

余友忠好像对这家的男主人有大恩，即使余广强母子离开了滨海，他每年仍和他们走动，余广强大学毕业重新回到空域防护基地后，他们来往得就更加频繁。张博并不能弄清楚，日记本的事男主人有没有参与进来，整个谈话里似乎并没有丝毫的涉及。那晚除了张博，众人皆醉。

他们胡乱倒在农家乐里，就那样度过了一个晚上。

次日清晨，余广强醒了酒，他们才一起回到滨海。

张博刚到办公室，柳江南就进来："准备一下，咱们一起去一号那里。"

"一号？"张博惊出冷汗，首先想到的是天外香视频的事，又想到在资料库取日记本的事，虽然余广强在他跟前一百个承诺，但这几年摸爬在保卫口的经历告诉让他：要想人不知除非己莫为，只要做了，暴露出来就是迟早的事。内心的侥幸和恐惧交织在一起，他有了随时慷慨赴死的悲壮之心。

"对，有案子。"柳江南提醒他，"记得带上笔和本。"

"明白。"他这才放松了一些。

张博到时，工程办的邢玉明参谋已在顾重阳的办公室里坐着了。他见柳江南和张博进来，赶紧起立相迎。顾重阳示意几人坐下说话，随即，钟秘书把门拉上了。

"柳主任，小邢说有重要情况反映。"顾重阳言简意赅，又对邢玉明说，"你不要急，把刚才给我汇报的情况再给柳主任详细说说。"

"是。"邢玉明起立点头。

"办公室就不要那么多礼节了,抓紧时间说事情。"顾重阳说。

"你说一说,什么情况?"柳江南摊开笔记本,准备记录。

"我琢磨着,我应该是遇上间谍了。"邢玉明小心翼翼。

"什么时间,什么地点,说得具体些。"柳江南提醒他。

"上周末,"邢玉明回忆说,"就是周六下午,我正在办公室加班,财务处的董天鹏给我打电话,说晚上一起吃饭,我们是一批毕业的,关系还行,几个同龄人隔三岔五也聚一聚,就答应了,可是那天去了之后和以前不太一样。去之前我就琢磨呢,以前几个人在小饭馆吃点饭,喝点酒,不管谁买单,也就一两百块钱的事,可那天,他通知我去的地方是天宴酒店,那地方我就听说过,从来没去过,总觉得不对劲,但他已经定了,我想着得去呀,去前我还问了他都有谁,他说你来了就知道了,我想着,那就还是我们以前经常在一起的那几个人呗,也大意了,就那么稀里糊涂去了。进了屋子大概有五六个人吧,除了董天鹏我一个也不认识,董天鹏就给我介绍了,说这个是胡总,那个是王总,还有什么李总马总的,反正都是社会上的人,介绍完了就开始喝酒吃饭,这期间倒也没什么,反正就是各种劝酒,各种说辞。那晚上也是贪杯,不知不觉就喝高了,当场在酒桌上就有些迷糊,感觉血直往脑门子涌,不光我一个,所有人都亢奋,都在包间里大喊大叫,后来又进来几个女的,好像是放了音响唱歌,后来的事我真都不记得了,到第二天,我在天宴酒店包间里醒来后才知道喝多了。"

"然后呢?"柳江南见邢玉明停下,追着问。

"昨晚董天鹏又给我打电话,说吃饭,上次的饭就吃得稀里糊涂,这次我说不去,可他说胡总要给我看个东西,我听出他话里有话,就去了。"

"什么东西？"

"就是——就是——"

"没事，说吧。"

"就是那个视频。"

"不雅视频？"

"嗯。"邢玉明低下头。

做着记录的张博也血液上窜，立马感觉到周身发烫。

"那个胡总提了什么要求？"

"让我把基地所有的阵地图纸给他复制一份。"

"直接提的这个要求？"

"对。"

"他没说为什么要这个东西？"

"说了。"

"什么？"

"说部队征地出价高，他想把阵地周边的地都买了，囤着，等部队扩建阵地的时候他能卖个大价钱，并且许诺给我一笔辛苦费。"

"你答应了？"

"嗯，当时答应了。"邢玉明嘟囔着，"那个情况下也没办法，他们说以前那个组织办杨主任被勒令辞职，就是因为他们给基地首长送了那样一份视频，所以要挟我，与其被勒令辞职，还不如利用手中的权力捞点实惠。"

"你觉得他们就是冲着挣钱？"

"不像。"

"像什么？"

"间谍。"

"你为什么来报告,就不怕受处理?"

"怕。当然怕。"邢玉明搓着手,看一眼顾重阳,立马胆怯地把目光收回来,又看向柳江南,怯怯低了头,"昨天回去后,我翻来覆去睡不着,后来想明白了,再怎么受到胁迫都不能干遗臭万年的蠢事。"叹口气又说,"我过来举报他们,想着是不是能将功补过,毕竟当时也是中了圈套。"

柳江南低头补做着记录。

"你立了大功。"顾重阳发了话,"你放心,基地不会让你辞职的。"

邢玉明深深吁了口气。

张博做完记录,和邢玉明随钟秘书出了顾重阳的办公室。

"首长,下一步怎么做?"柳江南面色沉重地请示顾重阳。

"我想听听你的意见。"顾重阳望着柳江南。

"先把相关人员控制起来,包括那个胡云发胡总,然后逐个询问?"

"不。"顾重阳站起来,"先监视起来,看他们想干什么。"

"是。"

"记住,不要打草惊蛇。"顾重阳说,"争取时机成熟时一网打尽。"

"明白。"柳江南退出门外。

顾重阳绕过办公桌,背手站在窗前,望着被脚手架层层包裹的两个工地,他望见了影影绰绰的一派繁忙,也似乎望见了隐藏在繁忙背后的重重杀机。

三十六

复仇火焰

　　子夜，滨河大道两旁矗立的路灯照出街上一览无余的清冷，一路之隔的金盾海岸工地此时已经完全陷入了黑夜的包围。莫江龙蹲守在围墙之外，一直等到巡逻的手电光柱一扫而过，才纵身一跳，越过墙头。摸索到金盾海岸大楼更为隐蔽的角落里，他抓着脚手架，灵活地腾挪上升，很快就到了财务部所在的五楼。他用手拉了拉，窗子并没有关死，他轻轻地推开，刚要进去，却被一个倦怠的叫声吓了一个激灵，很快，他看见一团活物横穿整个办公室向角落里跑去。虚惊一场，原来只是一只被惊动了的小猫。莫江龙尽力地调整呼吸，然后抓着窗框跳了进去。和他记忆里的财务部相比，布局完全变了，他摸索着寻找柳心月的办公桌。正无着，月亮光芒里那张曾经熟悉的照片却吸引了他，白色的遮阳帽，一身浅绿色的连衣裙，舒展的腰身，笑容像阳光一样灿烂——不就是柳心月嘛。

　　莫江龙擦了一把涌出的眼泪，把照片收起来，放进随身背着的背包。凄凄冷月，举目无亲，他绝不忍心让柳心月一个人待在这里。

　　第二天吃早饭时，工地上的工人炸开了锅。
　　"工地进贼了。"
　　"丢什么没？"
　　"别提了，财务部被翻了个底朝天。"

"这贼也真是笨,就知道财务部是管钱的,想着里面就一定有钱,岂不知人家的钱天天是要送银行,就是不送也都放在保险柜里,那个铁家伙就算给他,他能搬得动?真是想钱想疯了,要那么容易,咱还下这苦力气?"

"听你这话,以前是不是也琢磨过财务部的事儿?"

"别瞎说,就算琢磨也是瞎琢磨,那贼还不是白跑一趟。"

"那贼听说可没白跑。"

"偷着啥了?"

"几台笔记本电脑,文件盒,哎呀,听说连喝水的杯子都拿。"

"这个贼也真是饥不择食。"

"也是,你说这每层楼都有保安,大门也锁着,他是咋进去的?"

"闹不清,说不定是内部人作案。"

"内部人?内部人要喝水杯子干啥?"

"肯定是恋物癖,对面院子不是抓过一个偷女人内裤的死变态吗?"

"唉,这帮人的世界咱不懂,赶紧上工吧,一会儿老宋又要催了。"

"别急,等等我,这碗粥喝完。"

在工地造出一桩悬案后,莫江龙正把一大堆东西摊开在柳心月的租住屋里。物是人非,柳心月死了,现在只等他去揭开一个个谜底。

莫江龙把柳心月的遗照一遍遍地擦拭,然后放在茶几最中间的位置,他要看着她,他要陪着她。上午,他去了趟检测中心,去检验柳心月水杯里残留物的成分,对方说要等几天才能出结果。莫江龙回来就关上门,把几台笔记本电脑都连上,台式机的主机也接通,试图在里面找到想要的答案,他坚信,柳心月肯定是死于非命,而且,害她死亡的谜底都在电脑里。

柳心月电脑里的一个文件引起了莫江龙的注意，分明是一个普通的 EXCEL 文件，命名却是一组类似手机号码的数字。莫江龙觉得蹊跷，就打开来仔细看，里面都是建筑工地的材料账目，钢筋的单价数量总价，水泥的单价数量总价，木材的单价数量总价，从头捋到尾，全都是枯燥的阿拉伯数字，并没什么特别之处，但第六感让他隐隐觉得，应该能从里面找出柳心月死亡的蛛丝马迹，可事实上，他在一整天的时间里，除了得出这段时间钢筋的价格在不断下跌和水泥价格小幅上涨的结论外，一无所获。

莫江龙关闭了文件，却记住了一组电话号码：*******7982。

这组数字的再次出现是莫江龙浏览柳心月上网记录时，发现她登录了一个非柳心月账号的购物界面，上面有一连串邮寄地址，有金盾海岸，也有金色海岸，就在一个标注地址为"滨河大道 25 号"的联系方式里，又出现了那个号码，尾数 7982 紧紧揪住了莫江龙的神经：究竟是巧合，还是暗示？

他试着拨那个号码，却是关机，隔几小时再拨，仍关机。莫江龙琢磨着，到底是欠费停机，还是对方有意关机？再看同一个账号里的其他联系方式，几个电话号码都不相同，他一个个都记录下来。同时有个小细节让他警觉——柳心月登录这个账号的时间恰恰就在医生诊断死亡的几个小时前。他坚定认为，如果柳心月是非正常死亡，那么她的死很大程度与此有关。

这个号码会是谁的？莫江龙自然想到了胡云发，因为柳心月死亡前最想接近的人就是胡云发，她觉得弯弯背后的胡云发最可能是杀死弯弯的凶手。此刻，这一问题又盘踞在莫江龙心中，他复仇的矛头也指向了胡云发。

莫江龙按照那个莫名账号里的联系地址，分别在几个地方发出短信：你好，我是**快递，请到楼下取包裹，我十分钟后离开。前面几个都毫无回应，也没人在他指定的地点取包裹。只有金盾海岸的有了回应，他蹲在街角，看到一个女人急匆匆从楼里出来，在门口转了一圈，又莫名其妙地回去了。他看得清清楚楚，来者不是别人，正是胡云发的女友——吴涵。

莫江龙惊讶，吴涵肯定清楚自己有没有包裹，她能来，就一定是给别人取，在金盾海岸能使唤吴涵取包裹的，除了胡云发，不可能有第二个人，那么顺理成章地说明，尾数7982的神秘号码一定和胡云发有关，但是柳心月为何会登录胡云发的购物账号？这和她最后的死亡又有什么关系？

正当莫江龙暂时陷入迷惑时，检测站打来电话让他去取结果。果然，在柳心月杯子的残留物中检出了一种强力兴奋剂。莫江龙上网查了，发现这种兴奋剂能在短时间内把人的心率提升三倍以上，是治疗心脏病的速效药，凶手正是利用这种药见效快的特性，肆无忌惮地以心脏病和心肌梗死的名义杀人。但是，这种药剂尚在临床试验阶段，在医学领域还没有大规模地生产使用，当前只有在欧美和东南亚一带的黑市上才找得到。那么——莫江龙推测，能使用这种药杀人，说明杀死柳心月一定是对方蓄谋已久的。

莫江龙想不通——杀一个手无寸铁的小姑娘又有什么意义呢？

莫江龙猜测——一定是柳心月找到了杀弯弯的凶手。他尚不能确定这个人是谁，但可以断定，杀死柳心月和杀死弯弯的，极有可能是同一个人。

就在整个金盾海岸工地为财务部的失窃而人心惶惶之际，余广强却把自己反锁在同是五楼的办公室里，任凭外面议论纷纷。

他捧着余友忠的日记本，翻来覆去看了不下五遍。

这本日记是余友忠从当年五月份开始写的，到七月底他坠崖身亡，满打满算也就两个多月。余友忠是一个自律性极强的人，两个多月竟然一天没落，天天都有记录，就算某个周末并无工作或者心得可以落笔，他也会草草地记上几笔流水账，诸如：今晚食堂面条很棒，吃多，稍胀。又或者：老卢又来说人员调整事，他申明未拿别人好处，但我仍坚持公开投票定人。

日记中的老卢就是当时和余友忠搭班子的卢克友。余广强翻阅日记时，做了详细的记录，共计七十九篇近一万字的日记里，先后提到三十九个人，最多的就是卢克友，有十七次，其次是当时的政治办主任十二次，副主任九次，一个叫田里平的干事三次，当时还是分队长的吴克忠两次，其余诸如老李、大陈、老班长、王副指挥长之类模糊提到的有十多人。当然，也提到余广强，其间正好他过生日，但是余友忠因为值班未能回去，他写道：

儿子，莫怪我此刻缺席了你人生最美好的篇章，也许你不理解我，这样负面的情绪迭日累加，或者到最恶劣的境地，那就是有朝一日我们父子决裂到成为陌路人，当然了，我相信你是懂得事理的孩子，在经历了人生的一个个人一件件事之后，也许你会理解我，视我作人生除父亲之外的其他角色，比如榜样、老师或者无话不谈的朋友，若是前者，说明我不是一个称职的好父亲，若是后者，我则幸运，亦是对我们血脉亲情最好的呵护。

写下这段文字不到半个月，余友忠就坠崖身亡了。

二十多年里，这些文字静静地躺在保卫办的机密资料库房里，余广强无缘看到这些亡父发自肺腑说给他的心里话，直到此时此刻，他终于读到了父亲留给他的话。他实在无法克制自己，感情的大坝瞬间崩溃。

他哭过了，擦干眼泪，振作起来，又重新检索暗藏着无数秘密的日记。

字里行间看不到余友忠和卢克友剑拔弩张的场景，提到的桥段里，大多是具体到在某个事情上的分歧，比如卢克友怎么讲的，他是什么态度，或者他决定了什么事情，卢克友又有什么不同意见。余友忠的日记里，几乎对每一件曾经胶着的事情都有一个最后的交代，比如：遵老卢意见，李彬仍做宣传科长工作，副分队长吕俊友提前晋升。又比如：终于说服老卢，二分队新场地不再建成高大的围墙，改成文化墙，已让副主任外出调研，若顺利，估计国庆前可竣工。这些文字大大出乎余广强的预料，在余友忠坠亡之后，父亲故旧去家里慰问时，有很多人提到了父亲与卢克友之间的不合，甚至有人断言，余友忠的死肯定和卢克友脱不了干系，这些断言就像种子一样留在了余广强幼小的心中。这些年，他无法不去想这些，一场场不断涌现在脑海里的阴谋时时折磨着他，怂恿他必须追根究底。可此刻，那些雷电一样蓄积起来的情绪却被湮没在了平静大海一般温和的文字里。余友忠在日记中自始至终都称呼卢克友为"老卢"，他无法想象父亲能和他称为"老卢"的卢克友有生死仇恨。"老卢"之外，余广强鲜活接触过的只有吴克忠，自然地，就把关注点转移到了提及吴克忠的两篇日记里。

六月九日，星期三，晴。

简直令人震惊，吴克忠竟在外面包养了女人，听说还生了孩子，现在两边都不依不饶，他妻子找到我这里，让给她做主。据吴克忠讲，包养的那个女人也要求他离婚娶她，不然就举报到基地和总部，真不知道要怎样收场。吴克忠是一个综合素质相当优秀的干部，培养不易，但思想滑坡造成的后果谁都不可预料。他已经表态要痛改前非，当务之急是做好另一个女同志的工作，若她不生事，一切都好解决，当然，吴克忠必须给人家一个妥当的安置，否则她也没有去处。我们集体的意见是尽量保护吴克忠。

七月十三日，星期五，小雨间多云。

吴克忠作风问题刚刚平息，不想又生出这样的事情，如果真有其事，那么这一次任凭如何，集体也是无能为力了，对事业忠诚和负责是一个干部最起码的素质，否则枉为干部，这样的事发生在我们干部身上实在难以置信。也或许，吴克忠是被冤枉的，最起码站在我的角度看，他没有任何经得起推敲的理由那样去干，事情查明之前，我必须抽时间和他谈谈。

吴克忠身上有什么事情？余友忠找他又要谈些什么？

没有下文，三天后在吴克忠的地盘上，余友忠坠崖身亡。

余广强紧闭双眼，冥神思索，竭尽所能把自己带到那年那月那日的场景中，去推测，去想象，余友忠到底因为突然发生在吴克忠身上的什么事情找到吴克忠谈了什么，虽然陈年的材料里分明写着是关于干部调整的事，但余友忠这"谈谈"里深藏的奥秘，或许就是余友忠的死因之所在。

吴克忠身上到底有什么事呢？贪污？渎职？或者……

基地维修队有个老杜，以前余广强在营房办公室分管维修队时两人就熟识，后来余广强去了金盾海岸，有包装建筑材料的破纸箱子、塑料板子什么的，他就让人给老杜打电话。老杜总是乐呵呵骑辆板车去拉，也总装得高高隆起，然后拉到废品站去换钱。老杜为了表达感谢，多次邀请余广强到夜市喝酒，余广强嘴里应着，可总是没时间去。这个老杜看着邋里邋遢，但有着值得吹嘘的身份，就是和副指挥长吴克忠同批到基地。刚到空域防护基地的时候，老杜因为干活积极，还给吴克忠当过副班长，后来几年，两人成长进步也是不分伯仲，但后来，老杜受了次重伤，伤愈后转成职工身份留在了基地，吴克忠则成为干部，工作岗位和身份的迥异让两人渐行渐远，直到现在的老杜成了老弱妇孺皆可高喊的老杜，吴克忠却成了基地上下都毕恭毕敬称呼的吴副指挥长。但这并不影响老杜成为基地的活字典，余广强这回专程请他喝酒，闲聊着就七拐八拐扯到了吴克忠身上，在别人眼里吴克忠是高高在上的副指挥长，但在老杜口里，却永远都是"那家伙"。

老杜说，那家伙除了搞女人差点出事外，也没犯过原则性错误，最起码他没听说过。老杜还说，别以为那家伙整天在办公室加班干工作呢，他可是在省城有房子的，而且还和别人合伙在外面做生意。老杜又说，那家伙命好，要是他当时不逞能受伤，准能成为干部，也肯定比那家伙现在干得好。这时候，老杜酒劲上头，说话的舌头已经捋不直。

老杜照例喝多，余广强怕出意外，就送他进了家属院。

余广强搀扶着老杜上楼时，他家人已把门打开，老杜却不进，倚着门框对余广强说："告诉你，还有个事你绝不知道，这是个天大的秘密。"

"什么？"余广强紧盯着老杜问。

"赶紧往进走,多大年纪了自己不知道吗,还以为像年轻时候那样胡吃海喝?"五大三粗的老太太余广强并未见过,估摸着可能是老杜的媳妇。

"喊啥喊,这是余助理,倒茶去。"老杜厉声呵斥着老太太。

"哦,是余助理啊,老听提起你呢,赶快进来喝杯水。"老太太脸上现出恍然大悟的神情。

"回头吧,现在赶紧把老杜安顿好。"余广强扶着老杜往里走。

"那家伙还有个私生女。"老杜挣脱了余广强的手,转个方向,把整个身子都靠在了另一边的门框上,又扭过头来,"这事——你不知道吧?"

"私生女?这怎么可能?"余广强瞪大了眼睛望着老杜。

"别听他乱说,都醉成这样了,明天醒来估计他都不知道自己说过啥了。"老太太来扶老杜,他却甩胳膊不干。余广强帮忙,才好不容易将他扶进去。

家属院里的路灯已经熄灭,黑暗里的野猫被脚步声吓得窜来窜去。

余广强突然无比强烈地想念起他英年早逝的父亲。

余广强那时虽然已经记事,但对父亲形象的记忆却非常模糊,他就记得他玩时他训斥他,他哭时他训斥他,他考试成绩不好时他仍旧训斥他。

父亲走后,再没有人训斥余广强,那是青春期最刻骨铭心的寂寞。念及此,余广强突然被强大的悲哀紧紧攫住,他好想痛痛快快地大哭一场。

三十七

光束武器

顾重阳想到让钟秘书叫柳江南来办公室时，柳江南已在外面候着了。他比顾重阳更急切，但政治办主任之前在顾重阳办公室里请示二季度干部调整的事，他不好贸然闯进，就压制住火烧眉毛的急切在外面焦急地等着。

"进展到什么程度了？"顾重阳望着柳江南开门见山地问。

"根据邢玉明讲的情况和我们这段时间的摸排，现在基本能确定，胡云发这段时间确实频繁接触我部人员，除了董天鹏，还有其他一些干部。"

"这个胡云发得到他想要的东西没？"

"现在还不好说，但就已经掌握的情况看，虽然和胡云发有接触，但这些干部也都有基本的判断和警惕，大体都知道什么该说什么不该说，没有造成严重后果，但根据掌握的情况判断，下一步，胡云发如果有着明确的个人目的，不排除以要挟邢玉明那样的方式来达成自己目的，所以我建议——"

"什么？"

"及早干预，免得造成不可挽回的损失。"

"但是——"顾重阳嘀咕着，"就没法摸清胡云发的底细了。"

"我们可以选择性地放一些诱饵。"

"放谁呢？"

"邢玉明。"

"行吗?"

"我们对他进行几天特训,应该没有问题。"

"好吧,要确保万无一失。"

"明白。"

柳江南正要出门,却被顾重阳叫住:"那个,吴伟龙呢?"

这莫名其妙的一问让柳江南片刻愣怔,但随即意会:"就目前掌握的情况,明面上跟吴主任没有关联,但背后有没有他参与,暂时还不好说。"

"哦,这样啊。"顾重阳这一问非但没有结果,反倒让他更加疑惑了。

柳江南还没出门,铁敏承就打来电话急着要和顾重阳见面。

"黑猾狸那边来消息了。"铁敏承一见面就兴奋地说。

"找到罗炳南了?"这是顾重阳的第一反应。

"比这个更有价值。"

"什么?"

"敌人的意图。"

"说说看。"

"敌人想捕捉你们的光束波。"

"原来如此。"顾重阳陷入了深深的沉思中。

光束波武器运用到的光束作战理论是在激光作战理论的基础上形成的,其实现途径主要是依托卫星的定位识别功能和光束产生波段的广辐射性,引导作战力量覆盖式打击,具有百分之百命中、百分之百摧毁、百分之百实现作战意图的强大功能。自去年我方首次在理论层面验证这一武器的可控可用性后,就在世界范围内引起了广泛关注,有外媒推测,光束波武器的出现是武器系统的革新换代,必将推动世界军事格局重新洗牌。

外媒如此评价，各国的政客们更是坚信不疑，于是围绕光束波武器展开了一系列针锋相对的斗争。就在一个月前的西方八国会议上，由第三国提议、域外分子积极响应的"关于在世界范围内禁止光束波武器的研发应用以维持世界既有和平状态"的提案刚获通过，但鉴于这次会议只是八国关起门来的一厢情愿，并没有广泛的支持度和约束力，所以我国在刊发一系列针锋相对的驳斥文章后就不再理睬。可以预判到，在穷尽办法禁止我国研发使用光束波武器的同时，第三国和域外分子必定要集中优势科技资源夜以继日追赶我国的脚步，研发出光束波武器于我国而言，是维护世界和平的重要盾牌，但对于第三国和域外分子，则是继续称雄世界和维护霸权并肆意掠夺别国资源的武力威慑，否则，他们必定要坠入力不从心的恐慌之中。

我国科学家早在几年前就作出判断，他们两国肯定已经具备生产出实验性质光束波武器的科技实力，但形成可与我国对抗的作战力量就需费些功夫和时间，因为一些核心技术在世界范围内并没有理论层面的面世和交流，从已经解密的信息来看，得益于我国一批顶尖的科学家闭关修炼得出的成果，就算敌人想学也是无处找老师，所以他们现在能做的，就只是看着我国完成光束波武器的实验室孵化，然后形成作战能力并用作实战。

第三国和域外分子在实验室里苦心钻研的同时，也没有放弃盘外招，从筹划攻夺田螺海域开始，一步步布下陷阱，将最后的落子瞄准了光束波武器。正所谓，让敌人梦寐以求的就一定是让他们心惊胆战的。

"既然目标是光束波武器，"顾重阳不解，"那他们大动干戈在田螺海域部署'弧形铠甲'系统干什么？耗费那么多财力物力，没有任何意义啊？"

"第三国的目标是直指光束波武器，但域外分子或许一直被蒙在鼓里。"

"你的意思是，这个计划域外分子也有可能不知情？"

"太有可能了。"铁敏承分析说，"第三国多么精明啊，其最精明的地方在于知道域外分子精明，所以一开始，就给域外分子画了攻夺田螺海域的诱人大饼，域外分子的贪婪自始至终没改变过，这点第三国是再清楚不过，所以就用这个诱饵把他们拴到钩子上，然后利用我们一步步的应对之招，胁迫着域外分子不断随着他们的意图变阵改招，直到达成捕捉光束波的最终目的。"

"照这么分析，'弧形铠甲'系统会不会就是个样子货？"

"我也这么想过。"铁敏承越说越带劲，"你想想，就算像第三国对外宣称的那样，他们的'弧形铠甲'系统已经在理论层面得到验证，达到了实战的要求，但他们又不笨，会第一个部署在田螺海域吗？你想想，域外分子窃取技术的不耻历史人尽皆知，我敢打赌，只要一部署，那些核心技术分分钟就都到了域外分子手里，这些可是第三国绝不愿意看到的，第三国就是要把世界弄得乱糟糟，恨不得拓展型导弹作战单元满世界飞，然后搞个防御系统，大价钱卖给没有安全感的国家，既挣足钞票，又落个世界卫士的美名，他们从来都是这么干的，所以他们绝不可能把'弧形铠甲'系统部署在田螺海域。"

"这样来看，田螺海域的'弧形铠甲'系统应该是假的？"

"我分析，那就是故弄玄虚的样子货。"

"不怕域外分子发现了跟他们翻脸？"

"怕什么，第三国早就捏准了域外分子的小心思，一方面域外分子要和他们搞好关系靠他们撑腰，另一方面，域外分子是真心实意想把他们的技术偷来。所以就算吃再多亏花再多钱，域外分子也会心甘情愿按照他们的要求建造所谓的'弧形铠甲'系统。可这个系统到底是真是假，只有用在战场上才知道，而第三国从筹划时开始，就没打算让这个系统用起来，所以自然不用担心露出破绽。"

"他们能断定我们不发射拓展型导弹作战单元？"

"是。"

"有点不靠谱吧？"

"听着不靠谱，其实他们有着十足的把握。"铁敏承句句在理地解释说，"就比如高手对弈，三步之内我既知道我怎么走，也知道我走后你怎么应对，所以只要考虑成熟了，就自然可以做到走一步看三步，步步不差。"

"但这得建立在信息对等的基础上。"

"的确，第三国从来不认为他们能保得住自己的秘密。"铁敏承流露出自信的微笑，"所以他们没打算隐藏自己的棋路，也用此引出我们的对招。"

"你的意思是说，所以他们——"

"所以第三国断定我们知道他们部署'弧形铠甲'系统的内幕，而全世界都知道他们的这套'弧形铠甲'系统是专门用来防御我们拓展型导弹作战单元的，所以也断定，一旦我们得知拓展型导弹作战单元打不进去，我们自然就会启用最为锐利的光束波武器。"铁敏承说，"他们对我们也是了如指掌，面对主权问题，他们知道我们会使出最夺命的招数，这个时候，他们得逞了。"

"可田螺海域就成了战场？"

"那跟他们又有什么关系呢？田螺海域不是他们的领海，他们根本不关心那里的事，他们可以捕捉到光束波，这就足够了，他们已经达成目标。"

"域外分子能够任凭他们这样？"

"到这一步，域外分子已经阻止不了。"铁敏承大胆推测，"域外分子在一开始最有自主权，能够决定干或者不干，但第三国吃定了他们，用田螺海域和海矿资源做诱饵，轻而易举地把利欲熏心的域外分子拉上这趟有去无回的贼船，域外分子一旦登上了船，就不可能按照自己所想控制事态的走势，就算他们疑神疑鬼精于算计，在这过程中洞悉了第三国的真正意图，也没有机会改弦更张或者全身而退，只能小心翼翼，冒着田螺海域变成战场的巨大风险，一步步陪着第三国把这盘对他们来讲没有任何胜算的棋下到底，他们压根离不开第三国，就像狐狸离不开老虎，威风全仰仗后者。"

铁敏承补充："域外分子也尝试过反扑，比如弯弯之死。"

"可是毫无作用。"

"所以，他们只能被第三国攥在手里继续往前走。"

"这样的话，"顾重阳说，"咱们应对起来岂不容易。"

"怎么个容易法？"

"既然一切都是幌子，那我们就来个按兵不动。"

"如何按兵不动？"

"任凭他们鼓捣风浪，我们不出一兵一卒，更不动用光束波武器。"

"我也这么想过，可是——"铁敏承忧心忡忡地说，"刚才的那些结论只是我们基于当前情势的判断，有合理的成分，但不一定就是这场迷局的标准答案，再说了，就算第三国的直接目标是诱导我们发射光束波武器，但你想过没有，万一我们以为摸准了他们的命脉而选择按兵不动，但他们事实上有两套方案，刚才的只是其中之一，之二呢，就像之前我们认为是假象的那些东西，比如狙杀你，比如攻夺田螺海域，在我们不干预的情况下就会变得易如反掌，真到这一步，岂不是正中了虎视眈眈的域外分子的下怀？还有一个更重要的问题，那就是一旦田螺海域丢失，我们将无法预判在国际国内产生的巨大连锁效应，这个可能比动用光束波武器更危险。"

"这么说，我们会不可避免地进入第三国设下的圈套？"

"也未必。"

"这局怎么破？"

"相时而动，见招拆招。"

顾重阳突然回过神来，又关注起那个没有答案的问题："黑猯狸那边就没提到罗炳南的消息？"他视整个棋局走第一步的罗炳南为最关键。

铁敏承表情僵硬："刘金刚把他找到了。"

"在哪里？控制起来没？"顾重阳急切追问。

"被回填进了金色海岸工地的地基。"铁敏承满面犹疑地说，"刘金刚把他挖出来时，完全凝固在了混凝土里，据判断，他是活着被封进去的。"

"什么时候的事？"顾重阳大为吃惊。

"有段时间了，据推断，早在我们动用疾控中心的力量进去找人之前，他就被封在里面了，仅仅晚去了几个小时，原本我们是有机会抓住他的。"

"谁干的？"

"不清楚，暂时没有线索。"

"你说，他被杀的原因会是什么？"

"和弯弯之死是一个原因？或者，背后有更大的阴谋？"

"会不会我们搞错了，猎人狙击手原本就不是罗炳南？"

"那么，不是猎人狙击手的罗炳南为什么会被毁尸灭迹？"

"也是。"顾重阳颇疑惑,"这个罗炳南的身上一定藏着秘密。"

"不知道,也许吧,没有什么是不可能的。"

两个人的脑中现在盘桓着同样的问题——不管是不是猎人狙击手,他们唯一的怀疑对象罗炳南已被封存进了金色海岸的地基,那么,掌控对面那个黑洞洞枪口的又会换成谁呢?可以断定,路氏兄弟锁定的来自金盾海岸的射击点肯定另有其人,那么,这个隐藏在黑暗中的人又到底是谁?

三十八

功败身死

　　莫江龙在天蝉会所蹲守了两天两夜，那扇久闭的大门终于打开了。他一动不动倚在墙角的灌木丛里，直等到胡云发的越野车驶离，才轻巧地从参差不齐的墙角爬上了墙头，又纵身一跃，便不偏不倚落到一块草坪上。他起身往四周看看，确定别墅里没人，这才猫着腰贴着墙根摸进了内厅。

　　别墅里的书房很好找，进入内厅后左手第一个门就是。莫江龙推了推，还好，看似无比坚固的木门并未上锁，他顺势轻轻一推，就迅速将身子移了进去。屋内，左右两边顶齐屋顶的醉红色书架顺墙排开，里面的书由高到矮顺序井然地排列着，倚着两边书架，各有一张书桌，左边的摆着一台笔记本电脑，右边的则陈设着笔墨纸砚，尤其那张铺开的宣纸最为显眼，似乎主人随时会进来写上两笔。从挂在笔架上长短粗细不一的毛笔来看，使用它们的人应该是个龙飞凤舞的行家。对于这些，莫江龙并没有丝毫兴趣，他无视笔墨纸砚，直接走到了电脑前面，摁下主机的电源。正如他所料，屏幕上显示着输入密码的指令，连着三次键入，都不对，电脑自动锁死。与此同时，胡云发的手机发出了凄厉刺耳的警报声。

　　莫江龙未能打开电脑，于是开始用细铁丝一个个捅开了办公桌锁着的抽屉，并且仔细地搜寻着，不放过任何一张带字的纸片。

　　莫江龙的脑子里刻下了那个尾号7982的电话号码，此刻，他的眼

303

睛像扫描仪一样，迅速地扫描着所见到的每一组数字，试图找到最大的契合点。他翻到第三个抽屉时，眼前一亮，竟是一本密密麻麻记着电话号码的通讯录。他也惊奇，在电子通信如此发达的时代，胡云发竟然还在用纸质的通讯录。他仔细地翻阅了一遍，并没有看到那组要找的数字。但是，一个个熟悉的名字却让他疑惑，在胡云发的通讯录里，有许多他认识的空域防护基地熟人的联系方式，而且通篇以 ABCDEFG 等字母加以区分，奇特之处在于这些字母的划分并不是以姓名的首字母为根据，就基地他熟识的人来判断，似乎是以职位的高低来确定的，但又不全是，在高职位的人名单里，偶然也会有低职位人的名字。凭着直觉，莫江龙认为通讯录里一定有名堂，便收起来，装进了随身的黑色拎包。还有一张世界地图，打开来，发现在我近海一带标注了密密麻麻的黑点，每一个黑点引出一条黑线，标注了一组数字。我近海以北的几个岛屿上标注了红色的三角，还有一些岛屿则是大大的红色问号和黑色感叹号。他断定这里面也大有文章，于是卷起来，装进了拎包。再翻，竟然还有一把手枪，莫江龙掂了掂，那种轻武器特有的金属质感让他断定是一把真枪。他熟练地退下弹夹，里面竟有一颗上膛的子弹，说明胡云发在这个安静的书房里时刻做着和谁拼命的准备，可为什么是一颗子弹？他来不及想清楚，索性将手枪也装进了拎包。他清楚自己无意间挖到了一座阴谋的富矿，他越继续寻找越亢奋，也越感觉到了这个永远面带笑容的胡云发在他心底辐射出来的恐惧和未知，但他告诫自己要战胜这子虚乌有的恐惧，此时已经不单单是为了柳心月，而是要揭开深藏在这栋别墅里，深藏在胡云发身上的巨大阴谋。

莫江龙正沉浸在探寻阴谋的巨大亢奋中时，却被一声沉闷的哐当声唤过神来，扭过头，就见胡云发带着几个彪形大汉站在门口，脸上是熟悉的笑容。

"别来无恙啊,莫副中队长。"胡云发诡异的笑容里隐藏着难掩的杀气。

"别来无恙。"莫江龙站起来望着胡云发。

"来了也不打声招呼?"

"抱歉,我不请自来了。"

"不但不请自来,而且还未经同意拿了我的东西?"

"这个——"莫江龙淡定地说,"是个误会。"

"怎样的误会?莫副中队长给解释解释。"

"贪财心切,在胡总面前露丑了。"

"不是贪财这样简单吧?"

"见笑了,胡总觉得我还能怎样?"

"你这是在要我的命。"

"这玩笑开大了。"

"你觉得是玩笑?"

"既然被抓了个现行,那这些东西就都还给胡总吧。"莫江龙说,"还求胡总千万别把这事说到单位去。"他把手伸进挎包,要掏出里面的东西。

"别动!"

一个黑洞洞的枪口瞬间抵在了他的脑门上。

莫江龙来不及拿出那把已经有一颗子弹上膛的手枪,只能丢了挎包把双手缓缓地举过头顶。胡云发在挎包里掏出了他刚刚装进去的通讯录、地图,还有那把有一颗子弹上了膛的手枪。胡云发打开弹夹确认子弹仍在里面,扣上,关了保险,问莫江龙:"这下知道我是干什么的了吧,可是知道了又能怎样?"又说,"你看到这颗子弹了吧,

305

这是我随时准备留给自己的。"

"胡总,别开玩笑,我什么都不知道。"

"但是,我觉得你都知道了。"

"可是——"

"别可是了,你的命运现在是我说了算。"

莫江龙面前的空气犹如凝滞了一般,那种无能为力的脆弱感像汹涌的大海一样吞没了他,他预感里的恐惧如此真切,脑子里却仍旧闪现着那个尾号是7982的号码。

那几个人推搡着莫江龙朝书房外走去。

"再见,莫副中队长。"胡云发在后面笑嘻嘻朝莫江龙摇手。

莫江龙站定,想回头,却被一个大汉抓住肩膀狠狠地推了出去。

顾重阳盯着站在面前的柳江南,再次疑惑地追问:"情况搞准了?真是莫江龙?正课时间他不是应该在训练中队吗,怎么会在天宴酒店坠亡?"

"确实是莫江龙。"柳江南无比沉重地说。

就在两个小时前,柳江南接到滨海公安局的电话,说在天宴酒店有一男子坠亡,身上有空域防护基地的工作证,显示姓名是莫江龙。柳江南既惊讶又疑惑,他不敢大意,赶紧一边赶往现场,一边打电话到训练中队问询莫江龙的情况,当得知莫江龙的确请假到滨海的事实后,他不由得心头一紧,已经意识到了问题的严重性。他到现场后,忐忑地揭开覆盖着遗体的白布,通过扭曲变形的面庞,他确定了就是自己的同事莫江龙。

"是自杀吗?"

"正在尸检。"

"立即上报总部,请他们来人协同调查。"

"是不是也请总部的情报部门参与进来?"

"可以。"顾重阳沉思片刻,部署说,"也可以请地方刑侦部门参加,成立一个联合调查组,前因后果弄清楚,我们一定要查个水落石出。"

"是,我这就去办。"

顾重阳望着柳江南离去的背影,突然就生出对莫江龙死去的巨大惋惜。他想着,或许当初不应该把莫江龙从作战单元阵地抽调到金盾海岸,那样的话,他的人生就不会横生枝节,而是按照可以看得到的路径慢慢成长,假以时日说不定会是一个出类拔萃的中队长,或是一个挥斥方遒的参谋长乃至一个运筹帷幄的指挥长。可是,正因为莫江龙早早从同批干部中脱颖而出的优秀吸引了顾重阳的注意,才被从山沟沟里调到金盾海岸承担重任。那是一个诱惑场,是一个名利场,更是检验干部的练兵场,莫江龙虽极为努力,也做了许多卓有成效的有益工作,但他间接替敌人拿掉了水辛明,这是令顾重阳和铁敏承极为恼怒的,同时,他自己又不可遏制地掉进了和柳心月无法言说的私情里,一步步,将自己从一个前途无量的青年干部逼到了无处可走的绝路上,直到死去。怪谁呢?归根结底这个责任还要他自己来承担。

刘金刚和老宋在金色海岸工地推杯换盏打探罗炳南下落时,小马也悄无声息地远赴江南、许地,连着几天都紧盯着一个叫李玉香的女人。刘金刚把裹进混凝土里的罗炳南用铲车艰难凿出来时,小马也硕果累累地回到了滨海。

"您的推测简直是太准了。"小马一进办公室门就兴奋地对铁敏承说。

"哦,是吗?说说看。"铁敏承洋溢在脸上的兴奋一点都不亚于小马,他太清楚,小马此番一定是带回了他久久等待的好消息。

"那个李玉香果然有问题。"

"是间谍?"

"这倒不能断定。"小马说,"不过嫌疑很大。"他拿出一张李玉香的证件照片,"她年轻的时候和一个叫九哥的男人结过婚,后来这个九哥出国务工,很长时间没有回来,在这期间,这个李玉香和九哥离没离婚暂时还没法查到,但是,李玉香后来厮混过其他几个男人,也都没结婚,而且都时间不长就散了,弄不清具体原因。不过据了解,那个九哥虽然再没回过许地,但也并不像他家里对外说的那样定居国外,而是一直住在江南。"

"一直在江南?"

"对。"

"他在躲避李玉香?"

"恰恰相反。"小马又拿出一张李玉香和一个男人前后脚走在街道上的照片,"虽然李玉香住在许地,但差不多每个月都要开车去江南和九哥见面,蹊跷的是,她又不直接到九哥的别墅里,而是每次约在不同的酒店或宾馆,两人在里面长则两天短则只待一天,出来后她即直接返回许地。"

"旧情重续——又怕别人知道?"

"没那么简单。再说了,李玉香和那个九哥原本是夫妻,现在又都单身,就算旧情重续也是理直气壮的,没有必要回回都偷摸着到酒店或宾馆。"

"他们这种状况多长时间了?"

"最少十年。"

"这么久?"

"或许不止十年。"小马抖着一沓复印的住宿记录,"十年内是有记录可查的,至于之前的,因为宾馆登记信息丢失,无法查证,但我隐隐觉得,他们一直都没断,而且这个打着在国外定居旗号住在江南的九哥身上有大文章。"

"查到什么线索没?"

"甄别局那边暂时还没给准信,但就像您经常说的,每个间谍的被发现都是从一个个看不懂的细节开始的,而现在,不管李玉香还是这个九哥,身上都有很多令人疑惑的地方,我有预感,这是两条潜伏已久的大鱼。"

"你这么自信?"

"当然。"小马激动地说,"您知道吗,我还查出来一条重要信息。"

"什么?"

"二十多年前李玉香来过滨海。"

"来过滨海?做什么?"

"不清楚,但她在滨海待了一年多。"

"一年多?"

"对,这一年多在一个女人身上应该有很多故事可以上演。"

"会有什么样的故事呢?"

"一切皆有可能。"

"许地,江南,滨海,李玉香,九哥,这些线索如果串联起来,"铁敏承越琢磨越兴奋,"很有可能,他们在下一盘旷日持久的大棋。"

"还有很重要的一点。"

"什么?"

"一个女人数年不断地奔波着去会一个曾经抛弃了她的男人,"小马意味深长地说,"这得有什么样令人无法抗拒的诱惑力才能做到呢？"

"你认为？"

"钱。"

"钱？"

"对。"小马分析说，"李玉香是一个女流之辈，没有家业继承，没有工作，也就没有收入，但我在许地见过她的家，三层小洋楼高大气派，而且开的是将近一百万的越野车，整日出入的也是高档场所。那么，钱从哪里来？只能从九哥那里来，按说一个男人给自己的前妻多少钱都无可厚非，但整日宅在别墅里的九哥的钱又从哪里来？只能有一个合情合理的解释——他们一起通过某种方式在挣钱，所以也就理所当然都是有钱人。"

"卖情报？"

"这是目前为止最为合理的解释。"

"这么来看，李玉香和这个九哥极有可能都是大鱼啊。"

"甄别局盯上他们也有段时间了。"

"暂时别让甄别局动他们，先跟一跟。"铁敏承布置说，"你也抓紧摸清李玉香那一年多在滨海的生活轨迹，重点查查和空域防护基地的交叉点，这个点要是抓住了，顺藤摸瓜，也就不难抓到隐藏在背后的那条大鱼了。"

"明白。"小马说，"很快就会水落石出的。"

就在一周多前，铁敏承得到甄别局通报，说在关键词搜索跟踪中捕获一条关于空域防护基地的信息，并通过破解 IP 地址锁定了九哥的别墅。原本是司空见惯的普通案件，但当从信息通报里看到"光束波武器"字眼时，铁敏承决定让小马跟一跟，他预感到这个突如其来的信息能跟狙杀令挂上钩，他也相信，这是他们于重重迷雾中破解狙杀令难题的一道曙光。

这边刚部署完，那边柳江南就打来电话汇报对莫江龙的尸检结果。

"莫江龙体内检测出了三唑仑片的成分。"

"就是说他很有可能在坠楼之前已经失去了知觉？"

"初步判断，应该是这样的。"

"这是一起谋杀？"

"事实越来越向着这个趋势发展了。"

"凶手会是谁？他们为何谋杀莫江龙？"

"正在查，我怀疑可能和狙杀顾指挥长的阴谋有关。"

"查出什么线索没？"

"莫江龙死前多次拨打同一个电话号码，一直没有拨通。"

"什么号码？"

"尾号是7982。"

那边刚报完，这边铁敏承又喃喃自语把号码重复了一遍。

这个被铁敏承轻声吟念的号码如同号令，传进小马耳朵的一刹，他就警觉起来，挪动几步，凑到了铁敏承的身边，刻意侧了身子，去听那边柳江南的声音。铁敏承索性按下了免提键："那个号码是多少，你再说一遍。"

柳江南一字一顿，又清晰无误地重述了一遍。

"丝毫不差，就是这个号码！"小马盯着铁敏承兴奋地大喊。

三十九

绝地绞杀

余广强一整晚都辗转反侧，他没有丝毫睡意。

天刚刚亮，他就下定了决心。

八点刚过，余广强把电话打到了吴克忠的办公室。他叫"吴叔叔"时的内心是极度抗拒的，但电话接通一瞬，他还是非常礼貌地如此称呼吴克忠。二十多年里，吴克忠对他和他母亲的热情从未改变，而他，对吴克忠的敌意却因为年龄的增长而一日胜过一日，即使吴克忠不遗余力地照顾他和他的母亲，而且凭借一己之力给他在基地打通成长的道路，他也丝毫不领一丁点情分。一直以来，余广强在内心深处坚持不懈地和吴克忠对峙着。他和吴克忠交流，用得最多的称呼就是"你"，或者不称呼，就那样横眉冷对地白搭话，就像他习惯了吴克忠的热情一样，吴克忠也早已接纳了他的冰冷，毕竟，他们彼此心照不宣地知道对方的热情和冰冷从何而来。

秘书遵照吴克忠指示，早已阻挡了签批文件和请示事情的部长、主任以及参谋干事助理员们。吴克忠在办公室里，秘书在办公室外，耐心等待着余广强，就像等待考察吴克忠能否提升领导的干部局领导那样庄重。

余广强在电话里说，要给吴克忠汇报金盾海岸建设进展的有关情况。

这样的理由并没有什么不妥的，毕竟，吴克忠是主管后勤的副指挥长，余广强是营房办公室的助理员，而当下，又是基地在金盾海岸的总负责，论公，他给吴克忠汇报这事是应当应分情理之中。可当那声"吴叔叔"叫出口的一瞬，吴克忠已经知道余广强此来不仅仅是汇报金盾海岸的情况。余广强也清楚地意识到，吴克忠似乎比他更知道他想在见面之后说什么。

"吴叔叔好。"余广强终于来了。

"来来来，广强坐。"吴克忠起身迎他。这是多年来吴克忠与余广强见面时余广强最正常的一次，从余友忠死后到这之前，他记忆里余广强那张稚气未脱的脸总是扭曲的，他能读懂那张脸上流露出的敌意、愤怒以及仇恨。

如果没有当年余友忠坠崖那档子事，也许余友忠的孩子和余友忠的老部下见面理应就是现在这种互敬互爱的场景。可事实上，他们今天的相见是建立在当年余友忠坠崖死去的阴影之下的。两人内心都埋藏着一粒余友忠的种子，二十多年里各自生根发芽，有人滋生出了愧疚，自然也就有人滋生出了仇恨。

余广强提前做足了准备，但是此时此刻说起金盾海岸来，还是磕磕绊绊，尤其提到一些具体的数字时，竟然把千位和万位都搞混了。吴克忠并不打断他，任由他说，他自己说错了又纠正过来，或者他自己也不知道是对或者是错，就稀里糊涂地继续往下说。吴克忠盯着他，开始余广强看着吴克忠汇报，后来有意回避吴克忠的目光，再后来，即使他的眼睛有意盯着别处，也被吴克忠像聚光灯一样的注视蒸出了全身的汗水，尤其额头上，一滴一滴的汗水汇聚，又一条一条地顺着脸颊淌了下来。余广强分明能感觉到，自己越在乎吴克忠的注视，内心越滋生出巨大的惶恐，他也就更加语无伦次，词不达意。终于，他决定戛然终止令人沮丧的汇报。

313

余广强停下来，在面前的纸盒里抽一张纸，擦干头上的汗。

"就这些？"吴克忠语气温和地问。

"对，就这些。"余广强的样子就像刚刚跑完五公里武装越野。

"你讲得很详细。"吴克忠缓缓地说，"让你去那边对你是压担子，也是给机会，干好了，以后有更多机会，干不好，这就是最后一次机会。"

"我明白。"余广强应付着，心里已经筹划着下一桩事。

"你是不是还有其他事情要讲？"吴克忠仍旧不紧不慢。

余广强抬起头来半张着嘴，却一时紧张，不知该怎么说出口。他在心底里，以为吴克忠要长篇大论地给他上半天教育课，所以做好了应付的准备，也正好一门心思筹划他接下来的小心思，但突然地，吴克忠这边收尾了，紧接着就该他再次出场，余广强定在了那儿，一时间还转不过来弯子。

"是有事。"他终于卸下了谦恭的面具，热乎乎的脸刹那就冷了下来。

吴克忠望着他，端详着他的脸，揣度着他要说什么。

"我想问你要句话。"他的语气里充满了火药味儿。

"关于你父亲？"吴克忠显然看穿了余广强的心思。

"你知道就好。"

"你问吧。"

"我爸爸怎么死的？"

"意外事故，坠落悬崖，这你是知道的。"

"这都是你骗了我们二十多年的鬼话。"余广强激动起来，刚才擦掉的汗水又被他激烈的情绪引了出来，一滴一滴在脸颊上重新汇聚。

"我会承担在你父亲坠崖一事上应承担的一切责任，但我不会骗你，你父亲的事故鉴定是总部和基地给出的，不管当初还是现在，就算你怀疑我，但总该相信组织吧？"吴克忠抽出几张纸巾，起身递给大汗淋漓的余广强。

"你没骗我？"余广强从吴克忠手里拽过纸巾，重重地哼了一声。

"对，我也不可能骗你。"

"我只相信事实。"

"组织的鉴定就是根据事实而来的。"

"我找到了我爸爸的日记本。"余广强瞪着吴克忠。

"什么日记本？"吴克忠转过头，眉头瞬间拧到一处。

"我爸爸出事前两个月的日记。"余广强说，"他把自己做过的事说过的事知道的事都记在里面，你可以胡说八道，但他的日记容不得别人篡改。"

"你从哪里找到的？当年事故鉴定时没听说中队长有日记本。"

"当年从总部机关领导到基地首长，都倾向于大事化小，所以把那场谋杀定性为事故，这样就不会牵扯更多人，但当年的保卫办马主任和我爸爸是同一批参加工作的好友，他把一些重要证据封存了起来，他相信有真相大白于天下的一天。"余广强激动地说，"我相信，这真相大白于天下的一天就要到来了，我要给我爸爸一个交代！"

"日记里有什么能够推翻定论的线索吗？"

"当然有。"

"什么？"

"你的婚外情。你有妻有子却在外面拈花惹草，对老婆孩子的苦苦哀求不为所动，身为一个干部，竟然甘愿为了私情连家庭和事业都不要。"

"这是我年轻时候犯的错，痛悔不及。"

"还有更为恶劣的。"

"什么?"

"你自己清楚,贪污?强奸?杀人?"

"你对我的怨恨我能理解,但现在你已经是成年人,不能因为不理智的情绪而诽谤我,这是对我的不负责任,也是对你自己的不负责任。"

"不负责任?"余广强狠狠地说,"我还没说你勾连间谍呢!"

吴克忠的表情狰狞起来:"你不要再乱说了!"

"我乱说?"余广强几乎要指着吴克忠的鼻子了,"我爸爸的日记里记得清清楚楚,你吴克忠当时有比婚外情更为严重的问题,这个问题甚至中队领导都保不了你,人在做天在看,你应该比谁都清楚自己的所作所为!"

"你?你!"吴克忠表情复杂地望着余广强。

"而且,当年我爸爸就是在找你核实那更为严重的问题是否属实的时候坠崖身亡的。我去看过,那地方有那么大的树挡着,怎么可能不慎滑落?只能是你推下去的!我爸爸掌握的证据已经到了非他死即你亡的地步,你穷凶极恶迫不及待,用他的死掩盖了你的罪恶!"

"你这是诽谤!"吴克忠涨红了脸,"中队长对我有知遇之恩,我怎么会去害他?再说了,都知道坠崖的地方当年是光秃秃的,大树是后来才栽种的,还有,我能有什么罪恶?我如果有罪恶,瞒得了一时能瞒得了一世吗?如果我真有你说的那些问题,能瞒到今天,能当上副指挥长吗?"

"这只能说明你掩藏得很深。"

"你——小余——你血口喷人!"

"我有证据。"

"拿给我看。"

"我不会拿给你,我要呈送到总部。"

"你对我这么不信任,非要一味地无理取闹下去吗?"

"我是不是无理取闹你心里最清楚!"

"你误读了我对你父亲的感情,你伤害了我这么多年对你的关爱。"

"不要玷污我爸爸,我也不接受你虚伪的关爱。"

"我希望你能懂我。"

"我当然懂,我还知道你有一个秘密养大的女儿。"

"你——"

"我怎么了?我是不是知道得太多了?"

吴克忠叹一口气,转身坐到他宽大办公桌后面的黑色椅子里:"广强呀,过去,我很尊重你的父亲,现在,我很爱你。即使到现在依然没有改变。这么多年来,我一直在弥补当年未能救活你父亲的过错,虽然能力所限,但这些年我做的努力你心里是有数的,如果,你坚持认为是我害了你父亲,并且按照这个理由选择与我为敌,那么,我只能说我很遗憾,也很伤心,相信如果你父亲地下有知,他也会很难过的,今天,在这里,我希望你能给我一个我想要的答案,不是把我当成敌人,而是把我当长辈或者朋友。"

"我要和你一笔笔算清过去的老账。"余广强的态度刚硬到不容置疑。

"那么,我无话可说。"吴克忠摆摆手,重重地叹息一声。

"你将等到应有的惩罚。"余广强临出门时又回头补充。

"我等着。"吴克忠无力地说。

余广强回到金盾海岸办公室后,再没出门。

余广强没有老婆孩子,母亲又远在老家。他嫌回一趟基地家属院的单身宿舍太麻烦，所以自从到了金盾海岸后，他大多数时候都是宿办一体，白天办公，晚上沙发床拉出来就当成了宿舍，倒也逐渐适应了这样生活。

夜里十一点多，赵和平踉踉跄跄地回到了大楼里，他的办公室和余广强的办公室相连着，他倒很少睡在办公室，只是知道余广强在，有时喝多了酒就来找余广强说话，或者拉了他再出去喝一顿。多数时候余广强不愿意和已经大了舌头的赵和平瞎掺和，但偶尔，拗不过他一口一个"好兄弟"地叫，也就一起去。这晚，赵和平不知是来找余广强喝酒还是说话，反正之前他已喝了不少，从扶着墙一摇三晃的姿势就能看得出。赵和平在外面叫了余广强几声，没有回应，一推，门竟未关，他就顺手推开进去，黑灯瞎火的，他大概想着，余广强应该也是出去应酬喝酒没有回来，就在已经拉开的沙发床上坐下来，可没坐一会儿，他的酒劲就上来了，顺势就躺倒在沙发床上，也懒得起来，就那么睡着了，他的呼噜声几乎传遍了一层楼。

赵和平睁开眼时，大火已蔓延了整个办公室，滚滚明火裹挟着呛人的浓烟灌进赵和平的五脏六腑，他以为自己掉进了阎王爷把持的阴曹地府。他醒过神，欣慰地发现并不是刀山火海，他还活着呢，就使劲挣扎，慌乱中也没处去，冲过去使劲拉门，门却在外面锁死了，根本拉不开，又拉窗子，窗子是拉开了，但下面黑黝黝的不知深浅，一时不敢跳，但后面的火焰炙烤着，那种灼心的痛苦逼着他宁愿去死。他咬咬牙，披着燃烧得正旺的被子在黑夜里急速坠落，耳边，仍旧是挥之不去的噼噼啪啪的爆裂声。

这个时候，余广强早已顺着外墙上的水管爬到了楼顶，但是他并不知道，办公室起火后，从窗口掉落下去冒着火苗子的竟是大活人赵和平。他只聚精会神地观察到路灯下有辆金杯面包车进了工地，在阴暗处的角落里停下来后，又下来几个鬼鬼祟祟的黑影，他们提着一只大桶上了楼。几分钟后，他的办公室就烧了起来，一个小时后，消防车拉着警报冲进来灭火。

余广强的亢奋比燃起的大火更为炽烈，他清楚这场大火背后肯定有吴克忠的迫不及待，也知道他的一番威胁动摇了吴克忠平静的内心，虽不知他曾经有什么"更严重的问题"，但吴克忠二十多年前隐藏起来的肮脏秘密显然即将揭开盖子，而他的爸爸，也将在厚重的档案里被重新评价。

"烧得再猛烈些吧！"余广强想着，吴克忠的一切伪装都将化为灰烬。

铁敏承在招待所的房间里也关注着那团照亮了半条滨河大道的烈火。

"什么情况？"铁敏承迫不及待地要通了刘金刚的电话。

"五层——西北角——这个过火位置应该是余广强的办公室。"显而易见，刘金刚也站在某个黑暗的角落里，关注着火光冲天的金盾海岸。

"火怎么这么大，是办公室里堆放易燃建材了吗？"

"不可能在余广强的办公室堆放建材。"刘金刚肯定地说，"根据火势和燃烧区域判断，应该是有人纵火，从挥发的烟尘判断，烧的是汽油。"

"纵火？什么人干的？"

"暂时还不知道。"刘金刚请示，"我这就过去看看？"

"好吧。"铁敏承提示，"重点关注胡云发那边的动静。"

"明白。"铁敏承挂断电话，目睹着消防车拉着凄厉的警报横穿了整个滨河大道，很快，消防车停在金盾海岸工地，水龙强势地冲了上去。

"谁？"一阵急促的敲门声惊动了铁敏承。

"首长，是我，小马。"铁敏承打开了门。

"首长，顾指挥长请您过去。"小马迫不及待。

"这么晚，过他那边？"

"嗯，不到办公室。"

"哪里？"

"保卫办的审讯室。"

"有好消息？"铁敏承惊喜地问。

"嗯。"小马说，"关于狙击手的。"

"太好了。"铁敏承关上朝向金盾海岸的窗子，急切地说，"走。"

就在十分钟前，空域防护基地机关的大门被人驾车冲击。警卫营紧急出动，连车带人一起拿下，此刻，冲击禁区的嫌犯正被关在审讯室里。

"是你。"柳江南一见会议室里的嫌犯，惊得张大了嘴巴。

"嗯，是我。"嫌犯倒是镇静，好像是来串门走亲戚一样。

这嫌犯不是别人，正是刚刚从火海中死里逃生的赵和平。因为当年在基地是机关的勤务人员，所以但凡上了点年纪的基地机关干部，都认得赵和平，有的甚至还和他交情不浅，所以柳江南自然也认识他。

赵和平当时也是幸运，他披着一身火苗，心想着烧死是死，摔死也是死，起码摔死了还能留具全尸，于是咬咬牙，跺跺脚，心一横，就那么从楼上跳了下来。也该是天无绝人之路，恰巧楼下有一大堆下午刚刚卸了车的沙子。这车沙子赵和平是知情的，下午刚卸下时，他还吆喝着让工人赶紧上到搅拌机里，要不被城建部门抓着了又得罚款，喊完后，他就哼着小曲赴酒局去了。几个工人一看快到吃饭时间了，也就偷了个懒，想着反正晚上城建局和赵和平都不会来检查，就决定第二天上午再上到搅拌机不迟。不想，恰恰是这没听赵和平的安排救了赵和平一命。他在沙堆里一滚，身上的火苗就熄灭了。酒醒了大半的赵和平来不及呼痛，先拍着脑袋想捋清这到底是怎么回事。

"谁要弄死我呀？"赵和平惊魂未定地思索着。

他被熏得黑不溜秋地蜷缩在沙堆里，揣度着这种令人绝望的命题。长时间的思而不得令即将步入知天命之年的赵和平充满了悲怆。是啊，他美其名曰经理，其实说白了就是工地上的打工者，到底得罪了谁呢，犯得着被别人大动干戈来灭口。赵和平掰着手指头，把任何曾经的不友善都升格到生死仇恨的高度——那些背后说他是周扒皮的建材商人？不可能，虽然也吃他们的回扣，但都是约定俗成的，你好我好大家好，不可能为此上纲上线到要杀了他。那些总是被他呼来喝去的工地工人？不可能，虽然他嘴碎点，对他们的态度有时很凶狠，但高兴的时候他也从外面要了啤酒与他们猜拳行令，他知道他们不记仇，他们忙着挣了钱寄回家去养老养小，根本没闲工夫跟谁记仇，更别说杀人了。那几个跟他混在一起的女人？有的是洗头房里的，有的是给工地送菜的，还有的本就习惯跟男人眉来眼去，可是，他只要从她们那里得了便宜，总要送上些礼物或者直接就是钱，他了解那些女人比了解他自己更为深刻和透彻，给她们好处就是心里有她们的具体体现，爱她们，她们自然也就爱他，乱七八糟的关系才能维持着，她们不会，她们某个谁背后会不会有一个心狠手辣的男人，这个不好说，但很快又被赵和平否定了，如果真有那么一个血气方刚到能杀人灭口的男人站在女人背后，他的女人也就不至于为了小恩小惠和赵和平厮混在一起了。

那么——赵和平刚刚冷却的汗水又冒了上来,他不敢想了。

赵和平一骨碌从沙堆里爬起来,他不敢耽搁,贴着墙角摸到了停车场。车呢?他这才想起来昨晚喝多了,是找了代驾回来的,车停下后他就下车,稀里糊涂竟忘了车停在什么地方。他几乎是趴在地上找,终于,在最角落里找到了他的别克商务。车找到了,他这才想起来摸钥匙,真是万幸,这么一番折腾下来钥匙竟然没掉,还稳妥地装在裤兜里。赵和平四周看看没人,只火光冲天的五楼传来噼里啪啦的爆裂声。他猫着身子上车,点火,踩油门。他怕引起别人注意,连车灯也不敢打开,就摸黑往外开,直到出了工地的停车场,他才疯了般狠狠踩下油门。赵和平心里最是清楚,如果在这里被挡住了,肯定是死路一条,也明白,既然那人要弄死他,那么就算今天跑了,也指不定明天在什么地方神不知鬼不觉地被弄死,所以他想好了,为了活下去,必须想到保命的万全之策。出了从工地延伸出来的石渣路,一拐,就是宽阔明亮的滨河大道,他着急拐弯,差点撞上呼啸而来的消防车,他赶紧猛打方向盘,车子抖了一个趔趄,才驶上滨河大道。

"我要见顾指挥长。"赵和平对柳江南开门见山地提要求。

"这么晚了,见顾指挥长?"柳江南犹豫着要不要答应他的要求。

"兄弟,十万火急,耽误不得。"赵和平想要站起身来,但刚踮起脚,就被看管他的两个警卫抓着肩膀摁了下去,他不得不沉着身子落回椅子里。

"喝多了?"柳江南并不愿意为了赵和平而大半夜惊动顾重阳。

"我——"赵和平就算急不可耐想见到顾重阳,但心里清楚没有柳江南通报,他就算在这里待上一年,也休想见到顾重阳,"算是喝了一点。"

"不止一点吧?"

此刻的赵和平已经窘迫到了他人生的一个新高度。衣服上有扯烂的痕迹、烧焦的痕迹、沙土的痕迹，头发如同鸡窝一样乱糟糟地盘踞在脑袋上，脸上也是黑一片白一片，鞋子呢，一只在，另一只不知踪影，只有裸露着大脚趾的袜子皱皱褶褶地套在脚上。如果放在平时，就算遇到曾经的这个老同事，柳江南也懒得搭理他，但现在大半夜地要从床上爬起来和他对话，只因他撞了基地的大门，小人物因为大事件而变得令人重视起来。

"有人要杀顾指挥长。"

赵和平紧盯着柳江南，抖出了他的撒手锏。他不想和柳江南在这里耗费太多时间，就跟柳江南压根不想搭理他一样，各有各的想法，但现在彼此又成了实现各自想法绕不过去的障碍。现在，赵和平就想绕过柳江南。

"又说醉话？"

"千真万确。"

"我怎样信你？"

"你让我见了顾指挥长就知道了。"

"我不信。"

"那今天你们都在这里，我就明说了，作为基地的一个老人，我是冒了冲击基地禁区被直接枪毙的风险来通风报信的，消息却被封锁在你这里，以后如果真如我所说的应验了，那么你柳江南无论如何都脱不了干系！"

"你威胁我？"

"我的柳大主任，我怎么敢威胁你？我就是想见到顾指挥长，真有重要的事情汇报，说破了天，就算我说的你不信，顶大的代价就是打扰了顾指挥长休息，成本应该不高吧？"他再次强调，"事关重大，十万火急啊。"

"好吧，我信你一回。"柳江南做出了决定。

"感激不尽。"赵和平捣蒜一般点着头。

赵和平之所以又是驾车冲击基地大门，又是要急切地想见到顾重阳，并不是火海逃生把他吓傻了，而是他猜测到要弄死他的人后，认为这是当前他唯一能够自保的路子。他在脑子里圈进去一大批可能杀他的人，经过一番思索和筛选后，他又一个个把他们排除掉了，但是，有一个人盘踞在他的脑中，始终不能排除掉。不管可能性有多大，此刻对于他来说，没有机会去甄别，也没有机会去对质，只能凭着自己的判断去做抉择，错了对了都没法佐证，反正主动权和是生是死都要牢牢地把握在自己手里。

赵和平不愿意相信却又不得不说服自己相信，那个人就是张继伦。

他自从跟了张继伦后，就觉得不大对劲，先是张继伦通过他大量接触空域防护基地的人员，把刘金刚挖到了公司来不说，还毫无道理地经常接触基地其他人员，对余广强也是有求必应。一个月前，他让赵和平打点基地小车队的队长和副队长，然后又通过队长、副队长和顾重阳的司机搭上了线。一个房地产公司的老总，如果说拉拢刘金刚，贿赂余广强还可以理解，可是在其他无关房地产本身的人员身上投资就有些令人匪夷所思了。很久以前赵和平就怀疑过张继伦是间谍，但后来他让赵和平给队长打电话，私下用过两回基地的小车，这也就有了张继伦的目的是占基地的小便宜而不是间谍的合理解释。从心底里，赵和平也不希望张继伦是间谍，他想跟着张继伦不带任何风险地吃香喝辣，而不愿意跟个间谍惹上一身的无妄之灾，但张继伦到底是什么样的身份，有什么样的目的，根本不是他赵和平一厢情愿地猜测能够弄清的。张继伦两顿饭就从小顾嘴里套出了一个星期内顾重阳的出行轨迹，加上一些购物卡和成本价购房的许诺，又汇总出诸多信息，理出了顾重阳往来于公寓楼和办公室及招待所之间的作息规律和时间节点，他见过张继伦将顾重阳的活动点标记在一张滨海行政区划图上。他没问，张继伦却主动指着标记了黑点的区划图给他讲解，说要做一个人的生意，就要弄清楚他在干什么，他想干什么，这个很重要。他嘴里称赞着张继伦是过人之人必有过人之处，不愧能把生意做大，心里却在嘀咕着，这家伙越来越向着间谍的道路前进了。赵和平对张继伦的这种越来越明显的趋向既怒其不争又无能为力。有一次大半夜的，他醉倒在卫生间的隔断里，黑灯瞎火地醒来，竟从隔断的缝隙里影影绰绰看到窗户上趴着一个人，他也动不了，就盯着看，待看仔细了才大吃一惊：那人持的竟是一杆枪，朝着空域防护基地办公楼的位置来回瞄着，大概有十多分钟，那人转过身来，他看到，分明是张继伦的轮廓。赵和平大气不敢出，就在隔断里蜷着，那人走后许久，他才惊魂未定地摸到自己的办公室。他心里不踏实，就留心关注了张继伦一段时间。有一回，张继伦明明和他打招呼走了，就像每一次他都不会晚上待在项目部一样，可半夜里，他循着奇怪的声音贴在墙上听，那边却又有了动静，也就是说张继伦佯装走了，却是留在了项目部。那之后，他就视张继伦为间谍。对张继伦美好的希望落空了，赵和平又退而求其次，想着，张继伦就算是间谍又与我何干，我只要不参与他的那些卖密之事就行了。已经容忍到这个份儿上，也就无所畏惧了，他仍旧履职天伦集团的部门经理，享受着应有的待遇，接纳着应有的礼遇。他有时也想，大不了哪一天老子走人不干了。

　　张继伦找赵和平商量如何在顾重阳的车子里加装窃听器的时候，他傻眼了。耳边还是张继伦那套"要弄清楚他在干什么，他想干什么，这个很重要"的说辞，这回，他没心思恭维张继伦，只不过是嘴上先应下来。

司机再蠢也不会答应他们干这种勾当,一旦事发那可是重罪,但张继伦能够让赵和平凭借之前维护的关系轻而易举坐到顾重阳的车里,只要有这样的机会,装窃听器就变得无限可能。其实谁都清楚,在技术层面来讲,装个窃听器并不是难事,但赵和平难过的是心理关,他干了,就免不了要和张继伦成为一丘之貉。他也最为清楚,这就像在老虎头上拔毛,侥幸得了一时,却侥幸不了永远,迟早会被发现,也迟早会追究到他的头上来,于是拖拖拉拉了好长一段时间,张继伦催,他就说出各种理由,直到前几天张继伦说那个事情搞定了,他才知道急不可耐的张继伦亲自上了手。

这样的结果让他既庆幸又失落,庆幸在于,这样危险的事情让他撇清了干系,失落在于,当张继伦能够绕过他亲自干一件事情的时候,就说明他的作用已经大打了折扣,也就可能随时被清理出天伦集团。

赵和平比谁都清楚,他在公司里到底是一个什么样的角色。

"竟会如此的丧心病狂!"赵和平对张继伦已经产生了极度的恐惧。他想过在天伦集团最坏的结局,是张继伦随便因着某个事找他的碴儿,然后顺理成章把他赶走。毕竟在他想干的事情上,赵和平已经不能随意任他驱使了。既然想好了,赵和平也就做好了迎接一切的准备,他也不会在张继伦跟前胡搅蛮缠,此处不留爷自有留爷处,但在天伦集团拿下金盾海岸时他没有功劳还有苦劳,所以要讲出来,或多或少,张继伦总要给他一些补偿的,拿了钱,该干啥就干啥,他还不玩了呢。可那一场稀里糊涂的大火让他惊觉出已处于死亡境地,他能想到的是张继伦见他当不了自己人,就把他当成了敌人,或者张继伦觉得他知道得太多,所以要杀人灭口以绝后患。

赵和平能想到的自救方式就是闯进空域防护基地,见到顾重阳。

他认为唯有自己能救得了顾重阳,也只有顾重阳救得了他。

赵和平不会相信除了顾重阳之外的其他任何人,他早已处在风声鹤唳的边缘。在赵和平看来,刘金刚、余广强、吴伟龙,包括坠楼死亡的莫江龙都和张继伦不清不楚,至于其他人,他也一概不信。所以他不会把想说的告诉那个控制他的警卫分队长,也不会告诉柳江南。他必须见到顾重阳。

赵和平见到顾重阳后才长吁一口气,放下心来。

顾重阳和铁敏承并排坐在他的对面。

柳江南不放心,怕解除手铐的赵和平做出什么过激的举动,要留下来随时防范不测。顾重阳摆摆手:"柳主任放心吧,三五个人我还对付得来。"

柳江南虽诧异,也只好退到外面等着。

天边已隐隐露出鱼肚白,一墙之隔的街道也苏醒过来,车轮碾压路面的沙沙声清晰可闻。斜对面金盾海岸的大火也已扑灭,但烟尘未散,一缕一缕窜向高处,让雾蒙蒙的天更加晦暗。柳江南忍不住,长长打了个哈欠。

没有人知道,正是那场阴差阳错的大火,烧出了一个惊天的秘密。

四十

浮出水面

那场大火之后，金盾海岸和空域防护基地都陷入了疑惑——余广强呢？

余广强并没有走远，他离开熊熊燃烧的火场后，就住进了滨海大道尽头的快捷酒店。他一整晚都在奋笔疾书，写了对余友忠两则牵涉吴克忠日记的解读，还原了他和吴克忠的对话，还有他对余友忠坠亡事件的重新定性以及其他一些相关人员的旁证材料。余广强写完后，又仔细地从头到尾看了一遍，然后连同余友忠留下的日记本一起，装进了一个厚厚的牛皮纸信封。

他太累了，把信封压在枕头底下就睡了过去，醒来时，已到下午。

余广强打电话要了一份外卖快餐，一边吃着一边打开了电视。《滨海新闻》正在播报昨天晚上的火灾：昨晚本市滨河大道一工地突发大火，据目击群众介绍，火灾是在凌晨三点多发生，消防人员及时赶到，十多分钟就控制了火势，此次大火没有造成人员伤亡。据消防人员介绍，起火原因初步查明是老化电线起火引燃易燃的建筑材料所致。新闻播报的最后，还提醒广大市民要及时检查更换家里的电线电器，以避免类似事故发生。

余广强拉开窗帘望向窗外，滨河大道车水马龙，依旧如昨。

他折身返回床上，也不睡，就和衣半躺着，一直等到天灰蒙蒙暗下来。他起身在床边坐了好一会儿，才把牛皮纸信封里的东西掏出来，一页一页又核实了一遍，再装进挎包，斜挎着出了酒店。他没有打车，而是沿着步行道不紧不慢地走着，一直到邮局门口，拽过挎包，打开，取出信封，投进了邮筒。然后从邮局侧面的一个小巷穿过，绕到基地家属院的侧面，摸索到那段因维修施工挖开的豁口处，踩着垫起来的砖块，跃身跳了进去。

刚刚亮起的路灯光芒被高大的玉兰树冠遮挡，人行道便一半明亮着，一半黑暗着。余广强微微低着头，故意把自己的身影埋在浓稠的黑暗里，他不时地用余光望向四周，观察和准备应对随时可能出现的任何情况。

余广强之前已经缜密考虑到，这会儿正是《新闻联播》时间，大部分机关干部都在家里或者办公楼里通过电视关注着国际国内的大事件，而他们的家属和小孩，也差不多都回到了家里。这个时候的家属院，少有人走动。

他绕过两栋低矮的单身干部公寓楼，昏黄灯光下的水泥路一直通到首长公寓楼前面的小花园，他顺着水泥路一气儿走到头，然后猫着身子钻进了花园里。花园四周规整地种着郁郁葱葱的冬青，形成一道天然的围墙，里面则交错种植着樱桃树、桃树、洋槐树、玉兰树、皂角树、柳树等种类繁杂的植物，因为种植年代相差甚远，所以有的看起来只是手指头那么粗的小树苗，而有的，已经在风雨中历练出铺天盖地的磅礴气势。

小花园正中间有一条青砖小路，路在警卫一样森严的冬青包裹下，难得沐浴阳光，上面长了薄薄一层青苔，直溜溜顶到了基地领导公寓楼的门口，门口设有岗亭，里面一天二十四小时有警卫轮流把守。非上班时间若想给基地领导呈送文件，要先在哨兵那里自报家门，待验明证件后，再说找哪位基地领导，哨兵把电话拨到基地领导家里核实完毕，才会把来人放进去。以前，余广强很排斥休息时间找基地领导签字，他忍受不了那个麻烦，也不想在盘查追问中浪费时间。正因为他不想，所以竟从没有过到基地领导公寓楼的经历，只知道基地的领导都住这里，而且回公寓楼要在花园外面下车，必须步行通过花园，经过岗哨，才能回到各自的家里。花园是基地领导回家的必经之路，平时不管机关干部还是家属、孩子，都很少到这个园子里来。

余广强进到花园里，就势猫在冬青黑乎乎的阴影里。

多少年了，余友忠的死在余广强心中是一个打不开的结。他对真相的渴求比对自己未来生活的期许更加强烈，所以自从走进空域防护基地的那一天起，他就从未放弃过努力。一步一步，终于都朝着他曾经预想的那个结果靠拢了。他以前只是浮想联翩地怀疑，可当他发现余友忠记载的两则关于吴克忠的日记后，他的怀疑就无穷尽地逼近了事实。他并不清楚当年吴克忠做了什么，一切摸清底细的道路就此中断，他怎能甘心，索性冒一回险，就在吴克忠的面前，将内幕抛出去，等待着，等待吴克忠自己去把那层窗户纸捅破，这是一招赌生死的险棋，但如果有哪怕一丝一毫能想出来的其他办法，余广强都不会放弃去尝试。果然，那场大火给了他想要的答案，他不需要探究大火的前因后果，就已经知道了一切。

余广强决定把所有事关余友忠坠崖死亡的材料寄往总部保卫局的同时，也决定和吴克忠做一次最直接的了断。对，杀死他，就像当年吴克忠杀死余友忠那样决绝。当年吴克忠不给余友忠任何暴露他的机会，而今天，余广强则以此种方式暴露吴克忠，就算不成功，那封寄往总部的举报信也会给他戴上罪犯的枷锁。这个决绝复仇的年轻人心中的火焰熊熊燃烧着，为了引燃深沉无边的黑夜，他宁愿以肉身为薪火，熊熊燃烧到灰飞烟灭。

一个小时，两个小时。

花园的尽头一辆小车缓缓驶近，停下，车灯的光芒打在树上，高大的树干便成为影影绰绰的一片。余广强屏住呼吸，他把那柄磨砺到两次割破自己手指的尖刀缓缓地从腋下抽了出来，前倾着身子，聚精会神，就像随时等待搏斗的公牛一样，准备把锋利的犄角刺出去。人影近了，他却把前倾的身子收了回来。哼着昆曲的是刚刚调来的另一个副指挥长，他摆着手势，如同行进在舞台上一样，和口里的词句踩在一个节点上，一步，又一步，但这个新任副指挥长的哼唱也就短短的几十米，快到警卫跟前时，他陡然停下，又恢复到该有的严肃庄重，大步流星朝着公寓楼走去。

过了十点，加完班的机关干部三三两两回公寓楼，不远处的路上嘈杂片刻，随即又寂静下来。一阵风掠过，各色树木随之摇晃，园子里也沙沙作响。余广强腿肚子有点酸痛，长时间的紧绷让他体力不支，他索性就势一屁股坐了下去。余广强刚放松下来，路尽头又传来脚步声，他猫着身子透过冬青枝叶的缝隙，看到灯光里的人由远及近，没错，就是吴克忠。

余广强半跪在地上，一点点移动到冬青的豁口处，左手半扯着冬青，右手紧紧攥着尖刀，近了，近了，他的心跳持续地加速，脚尖也狠狠地蹬在了地上，随时要把自己发射出去，六米，五米，四米——他刚豁开前面的冬青，脚已经迈出去，但未及冲上去，却听到"啊"的一声，那骤然传来的尖叫声凄厉而痛苦。余广强本能地退了回来，仔细再看，吴克忠已经直挺挺地倒了下去，他捂着肚子蜷缩在地，痛苦地抽搐着，一条腿伴随着抽搐急速地抬起，又缓缓地放下。灯光尽处，一个黑影闪电般飞快离去。

"谁？"

警卫端着枪警惕地跑了过来。

余广强躲在冬青后，大气不敢出。

直到吴克忠被救护车拉走，哨兵回到哨位，保卫办的张博用对讲机呼叫警卫分队派人封锁现场时，他才连滚带爬地出了小花园。他坐在马路牙子上稍作放松，才感觉出早已浑身汗透。家属院到处都是保卫办和警卫分队的人，他也不敢乱走，就直接回了公寓楼里的宿舍。

余广强不敢开灯，就站在黑漆漆的窗户后，神情紧张地注视着下面的情况。他看到花园边上停了一辆依维柯，还有保卫办那辆猎豹警车，柳江南带人打着大灯在地上寻找蛛丝马迹，一会儿弯腰，一会儿起身，一会儿又和边上的人说着什么。看样子，刚才那个刺杀吴克忠的凶手并没有抓到。

两天两夜后，昏迷的吴克忠从滨海转到省城，再转到北京，在被两家医院宣告不治的情况下，经过专家医疗组的竭力抢救，他竟然转危为安，神奇般地醒了过来。

"老吴，真是急死人，你终于活过来了。"顾重阳坐在吴克忠的病床前，从滨海到省城再到北京，他一路都跟着。

"这是——"吴克忠虚弱地四处望望，稍一扭头，因触动伤口带来的疼痛让他把眉头紧紧地拧在了一起，缓缓地问，"不是在滨海吧？"

"咱在北京呢。"顾重阳听医生介绍过，只要人能醒来，就安全了，他由衷替吴克忠高兴，"你看你这一觉睡的，几天几夜都过去了。"

"差点去见马克思了。"吴克忠重重地叹了口气。

"大难不死必有后福。"顾重阳紧紧握着他的手。

"但愿吧。"他的重重心事显而易见地写在脸上。

"这是谁干的？"顾重阳趁着这个茬儿问吴克忠。

吴克忠瞄一眼顾重阳，又将目光移到天花板，沉闷地摇了摇头。

"好好养伤吧。"顾重阳站起来，"我们一定会调查清楚的。"

吴克忠点点头，说："反正又没死，调不调查无所谓了，基地的事情那么多，你快先紧着正事忙吧。"又说，"你也别为我在北京耗着了。"

顾重阳走出医院，紧急赶往机场，滨海已经有好几通电话在催他了。

第一个见面的是刘金刚。

他给顾重阳带来一个揣摩不准是否重要的消息。工地上突然招了几个重卡司机和挖掘机司机，按说这算不上大事，但反常之处在于，以前工地上这些差事都是需要的时候连车带人从外面租，既方便又节省成本，可这回，工程已经进入收尾阶段，却突然多了这么个事，而且那些新招来的司机也暂时无事可干，就在项目部里吃饭睡觉打牌。更蹊跷的在于，他无意中了解到，这些人并不是普通的司机，而是山东一家大名鼎鼎的职业学校的驾驶教练。

"你觉得张继伦目的何在？"顾重阳问刘金刚。

"说不准。"他突然又提起个话头，"赵和平这几天神不知鬼不觉不见了踪影，昨天才给公司打电话说他老家有个急事回去几天，不知道跟这事有没有关系，我看张继伦整天心神不宁的，说不定还要整出什么新花样来。"

刘金刚此时并不知道赵和平已经把张继伦的事和盘托出。

"盯准了。"顾重阳透出点风，"他也蹦跶不了几天了。"

"明白。"刘金刚心领神会。

别了刘金刚，顾重阳又急匆匆去见铁敏承。

小马动用关系和通信公司的高层领导见了面，才把尾号7982的电话号码查清楚。这个号码是在实名制实施几年前就已经买了，但启用后只用过不到一个星期就没再用过,到弯弯出车祸时,这个号码呼叫渣土车司机和水泥罐车司机那一回才开始又一次使用,之后,就再次处于失联状态。可是根据通信公司的网络追踪监测显示,这个号码启用是在胡云发别墅区的位置,后面几次联系渣土车司机和水泥罐车司机则是在金色海岸区域,据此可以判断,这个号码很有可能是胡云发的,而且弯弯之死也和他有关。更值得关注的是,莫江龙死前手机里连续拨出的也是这个号码,这样来看,几个独立的事件就都和胡云发关联在一起了,不确定他到底是不是狙杀令最后的实施者,但起码,他是必须高度重视的有巨大危险的潜在嫌疑人。

"要不要立即把他控制起来?"顾重阳急切地询问铁敏承。

"控制是必须的,但是——"铁敏承的犹豫比顾重阳更深一层,"万一我们掌握的情况或者逻辑分析有那么一丝一毫的谬误,可能都会被带入假象。"他盯着顾重阳,"换句话说,如果在这盘棋里胡云发不是主角,那么我们一旦行动就会打草惊蛇,抓住了不是主角的胡云发,也就放走了真正的主角,藤被拔了,顺藤摸瓜的机会也就没有了,是一次很大的冒险。"

"那现在胡云发是主角的概率有几成?"

"九成。"

"那还不够?"

"看起来胜算很大,还是有一成拿不准啊。"

"机不可失啊。"

铁敏承点着一支烟,慢慢地吞吐着,思考着,又自言自语:"电话号码是他的,张继伦也在控制之中,那么同时行动的话——"他掐灭了烟蒂,狠狠地在自己大腿面上拍了一把,"就现在,同时控制胡云发和张继伦。"

小马腾地站起来,涨红了脸,兴奋地摩拳擦掌。

顾重阳也把拳头攥得紧紧的:"是到收网的时候了。"

省城机场到滨海的高速公路上,从总部紧急驰援的几名刑侦专家正赶往基地,柳江南的人也待命完毕,他们全副武装随时等着一声令下。

这时,浑然不觉的胡云发还和邢玉明在天宴酒店觥筹交错。

四十一

收网抓鱼

夜幕尚未四合,霓虹灯就骤然亮起,滨河大道瞬间陷落于光彩的混沌里。

顾重阳把身子深深落在办公椅里,仰着头,释放着因长期紧张而聚敛进身体里的困顿,长长打了个哈欠。他不知对面的金色海岸或金盾海岸里有没有一个人注视着他,或有没有一杆枪瞄准着他,他只知道一切都要结束了,要不了一个小时,柳江南和小马都将相继报来抓捕胡云发和张继伦的消息,接着是斗智斗勇的审问,令人心神疲惫的狙杀令也该揭开谜底了。

他迷迷糊糊差点睡过去,却被一阵急促的电话铃声惊醒。

他以为是铁敏承或柳江南,那边一开口,却是刘金刚。他下意识扫了一眼墙上的钟,才过去不到一刻钟,他还以为不小心睡过去半个晚上了呢。

"有个情况我想来想去觉得还是应该报告。"刘金刚是老机关,说这话的意思很明确,就是论理不该晚上打扰首长,但现在的确是情势所逼。

"你说。"顾重阳从办公椅里坐直身子,把听筒紧紧地扣在耳朵上。

"今天下午张继伦让吴涵开车带着上次说的那几个司机出去练车。"

"这个有什么问题?"顾重阳问。

"是这样，"刘金刚怕顾重阳不明白他的意思，铺垫背景说，"训练大车司机不是公司的事，更不是张继伦的事，可这回，他竟派吴涵拉了那几个人租车租场地去练，暂时不知他的目的，但我总觉得这里面有猫腻。"

"嗯——"顾重阳沉吟片刻，"我们很快就会弄清楚他们的猫腻。"

"那——"刘金刚不明所以。

"盯住张继伦，你也注意安全。"

"哦，明白。"

顾重阳稍迟疑，还是未告诉刘金刚晚上抓捕张继伦的消息。他不是不相信自己的部下，而是不想给此次事关重大的行动留下任何或致失败的缺口。就像铁敏承担心的那样，一旦有失，顺藤摸瓜的那根藤就会齐茬断掉。

七点整，两路早已便装散落在目的地周围的抓捕者迅速向猎物靠拢。

小马围堵住胡云发别墅的时候，胡云发的车子刚刚开进去。

小马的人未走正门，而是从莫江龙当时越过的那段围墙进去的，几个黑塔一样壮硕的保镖没来得及反应，就都被从后面扳倒控制住了，而在洗澡间里哼着小曲的胡云发自得其乐，竟然对外面发生的事情浑然不觉。

小马坐在外面的沙发上，耐心等待着即将神清气爽出来的胡云发。

胡云发揉搓着湿漉漉的头发打开浴室门，看到正襟危坐的小马那一瞬，稍有愣怔，但随即就恢复过来。他望望四周，侧偏着脑袋继续揉搓头发："知道你们会来的，没想到这么快。"他扔掉毛巾，又摊开手问，"我可以换身衣裳吧？"

小马未回应，盯着他。

"总不能这样示人吧？"他撩开白色浴巾问。

小马站起来："换衣裳可以，但不会介意我跟着吧？"

胡云发把浴巾重新系上："如果我说介意，你会不跟吗？"

"不会。"

"那就是，只能劳烦你陪我一起去喽。"

小马随胡云发下楼，过客厅，进入卧室。

胡云发把自己脱得一丝不挂，小马并未回避，目不转睛地盯着他。这样的小把戏小马见多了，如果不出意外，在小马眼光躲闪的一瞬，胡云发就会转身到抽屉里、床底下或者柜子上面，反正就是随手可及的地方整出一把枪来，打自己，或者打小马。从经验看，打自己灭口的案例为多数。

胡云发不紧不慢，继续穿着衣服。

他衣服穿好后，又在镜子里照，掩饰着紧张，寻找着机会。

"走吧。"小马盯着他。

"眼镜。"胡云发两手做圈，夸张地在眼睛上比画，"我得把眼镜戴上。"

"你近视？"小马目光聚焦在胡云发的眼珠子里。

"远视——远视——"胡云发说，"近了反而看不见。"

"听着像真的。"

"就是真的。"

"那就戴吧。"

"不在这里。"

"在哪里？"

"书房。"

"书房里有花样吧？"

"没花样，就眼镜。"

"走吧。"

小马容忍胡云发在这里施展所有的阴谋。

二人又出卧室门，左拐，下楼梯，直到一楼，进书房。

胡云发径直走到电脑桌前，正要伸手拉抽屉，却被小马大声喝止："稍等一下。"胡云发抬头看一眼小马，并未停，快速拉住了抽屉的铜拉环。

小马眼疾手快，就近在架子上抄起一本书砸了过去，不偏不倚砸在胡云发的胳膊上，他痛得"啊呀"一声，朝后面退了几个趔趄，差点摔倒。还要再挣扎去拉抽屉时，小马紧赶两步已横在了他前面："怎么，里面有见不得人的东西？"小马拉开抽屉，取出一个硬皮本，一本中国地图册，下面，就是那把青黑色的手枪，"就说这么急呢，原来是想拿这个东西？"

小马取出枪，卸下弹夹，退出了仅有的一颗子弹，捏在手里："倒是慷慨悲壮啊，原来是给自己留的。"枪弹交给身边人，"可惜你是用不上了。"

胡云发耷拉着脑袋，他没法将自己灭口了。

带走胡云发的同时，总部的刑侦专家拉起警戒线，开始发掘隐匿在胡云发这个老巢里的阴谋。小马坚信，这里藏着许多大秘密，也藏着许多小秘密。他希望这里是解密狙杀令的结束，但也说不准，万一只是开始呢。

小马纵身跃进胡云发的别墅时，柳江南也已站在了张继伦办公室的外面。

刘金刚"笃笃笃"地敲着门:"张总,张总,在吗?"

从早上九点开始,张继伦就到了办公室,刘金刚见他进出好多次。跟顾重阳通完电话,他还听见里面声音洪亮地邀约晚上的酒局,并听清他定的地点,是天宴酒店的蓝天厅。那之后,刘金刚寸步不离地从斜对面的办公室监视着,他确定张继伦绝对没有出去:"没问题,一定在里面。"

柳江南做了个张开大拇指和小拇指的手势示意刘金刚打电话。

刘金刚急忙掏出手机,拨了过去,没错,有回音。

这边刚拨过去,里边的铃声就响亮地荡漾出来,持久不息地响着,直到这边提示"您拨打的电话无人接听"。

"张总,空域防护基地来电话,说要调查余助理失踪的事。"刘金刚挂了电话,继续试探性地持续拍门,把嘴贴近门缝的位置朝里面传话,"余助理到现在还没找到,他们总部很重视,说派了人来,要进行调查和取证。"

可是,里面仍无回应。

静悄悄的楼道里只有刘金刚喊话结束后嗡嗡嗡的回音。

刘金刚望一眼柳江南,柳江南摆摆手,示意他退后。

刘金刚退后两步,柳江南也退后。一个壮硕的警卫换位上前,看着柳江南的手势和口型:"一——二——三——",他高高地抬起右膝盖,猛地把脚后跟跺在门把手的位置,门错出窄窄的缝隙,他快速而强力地又是两下、三下、四下——咔嚓一声,门开了,扭曲的锁舌生生被掰出了门框。柳江南推住来回摆动的门扇,四周环视,警惕地走了进去。"为什么不开门?"办公桌后面的椅子上有人,背对着柳江南,他猜想,肯定就是张继伦了。对方并未回应,一动不动地坐着,他和几个警卫慢慢地靠近。

刚才踹门的警卫把椅子转了过来："好像死了。"

"死了？"柳江南紧走两步过去试了试张继伦的鼻息，发现他的确已停止了呼吸。他又把手背放在张继伦的脖颈处，坚硬、冰凉，"死亡至少有三四个小时了。"

"不可能啊。"刘金刚疑惑，"不到一个小时前还听到他打电话。"

柳江南盯着刘金刚："确定？"

"确定。"

柳江南把张继伦全身检查了一遍，并没有伤口，看面部，也没有因窒息死亡产生的淤血。看表情，又分明能从扭曲的五官里洞知张继伦死前经受了巨大的痛苦。他们无法还原张继伦死前的场景，只能交给法医去下结论。

他们又马不停蹄兵分两路在张继伦的住处和办公室同时展开搜查。很快，就起获了标注顾重阳行车轨迹的市区交通地图、往返域外分子本土的机票、几张姓名不一的身份证、空域防护基地首长办公楼设计图纸等物品，并且还在一个黑色笔记本里找出了几张顾重阳的照片，从拍摄的方位和模糊程度来看，显然是在远处偷拍的。柳江南额头冒汗："看来这家伙做足了功课，说不定准备随时动手呢。"他走向迎面的窗户，目测正对面顾重阳的办公室距这里顶多不过一千米。他转身问刘金刚："狙击步枪的射程有多远？"

刘金刚脱口而出："TAC-50十二点七毫米狙击步枪曾经创下过将近三千米的最远纪录，大部分狙击步枪的射程都在两千米以内。"刘金刚也站到窗前，"不过这说的是射程，真要射到那么远，准度和杀伤力就会大打折扣，如果距离能控制在一千米以内，只要射中，狙杀成功的概率就接近百分之百。"

"这个距离？"柳江南比画着。

"足够了。"刘金刚忧心忡忡,"我看啊,这个楼迟早是个大麻烦。"

一名警卫从衣柜角落里搜出了一杆步枪。

"枪。"刘金刚跑两步过去接在了手里,从枪管到枪托打量一番,"这是国产的JS十二点七毫米大口径狙击步枪。这款枪号称是亚洲的狙击之王,爱枪的人都想搞一把,但除了极少数的狙击手外,其他人只能是想想,没想到这小子竟真搞得到。"他曾经也是火龙驹猎人学校高超的射手,可是已有好多年没摸过枪了,这回见到,就像久别重逢的老朋友一样亲切。

柳江南也松了口气,有枪,就更加坐实了张继伦是狙击手的事实。

"这里的窗户外面有人清洁吗?"临出门,柳江南问了一句。

"这是工地,尘土飞扬的,谁清洁那个。"刘金刚说。

"老总的办公室也不清洁?"

刘金刚摇头。

有枪,物证有了,有赵和平的指证,人证也有了,至少当下来看,张继伦是猎人狙击手的事实已板上钉钉,唯一遗憾是张继伦死了,无法对质,也就无法给这看似已经了结的案子画上一个托底的句号。法医的诊断也很快出来了:心脏病。

"正好在抓他的时候犯病死了?"小马对这样的诊断存疑。

"巧合?"刘金刚也弄不清楚张继伦有没有心脏病。

"所有巧合都可能是处心积虑的阴谋。"小马坚信事情不会这么简单。

"如果张继伦是被人杀死的,"铁敏承开始在脑子里预设另一种场景,"那么,这个杀死张继伦的人会是谁?为什么要杀死张继伦?"他抬起头来,神情凝重地说:"而且恰恰又是在我们抓捕之前,难道风声走漏了?"

他的一句话立马揪紧了所有人的神经。

"提审胡云发。"小马建议,"说不定从他那里能问出点东西。"

"现在就提审吧,免得再出意外。"铁敏承示意小马。

自从小马从弹夹里退出那颗子弹之后,胡云发就自行开启了配合模式。

"姓名?"

"胡云发。"

"籍贯?"

"北城。"

"职业?"

"自由职业,哦,不是,应该是经商。"

撂下笔,小马问:"经商是幌子,说说你的真实身份。"

"搜集情报。"胡云发侧低着头,心事重重地盯着水磨石地板。

"搜集什么情报?"

"空域防护基地的情报。"他吞吐着,"主要——主要是拓展型导弹作战单元阵地布防,还有,还有部队出动批次频率,嗯——嗯——还有上面的领导过来检查什么的。"

"你的上线是谁?"

"优尼科。"

"他是什么身份?"

"峡流国的情报官,以前做过驻华大使馆的武官。"

"峡流国?"

"嗯。"

"就只是峡流国吗?"

"嗯。"

343

"没有其他？"

"没有。"

"确定？"

"千真万确，句句属实。"

"你们勾连多长时间了？"

"八年——哦，我算算，不是，那个，九年，有九年了。"

"怎么勾连上的？"

"我大学毕业后就去了北京，原本想着干一番大事业的，可是换了好几份工作也没弄出名堂，琢磨着回老家发展的那段时间，正好在一家卖电脑的公司打杂，峡流国大使馆买了一批电脑，我去搞售后，完事留了联系方式，开始他们给我打电话修私人电脑，后来熟了又一起吃饭，再然后，他们问我愿不愿意当老板，他们出钱我出人，当时也是挣钱心切，就一口答应了下来，先在北京干过一段时间的酒店，后来那个酒店被盯上了，他们就转了出去，又让我到滨海来做房地产。一步一步走到后来，我才觉出掉进了圈套，可是他们挖的坑太深，我自己也有问题，出不来了，就这样，只能听命于他们。"

"听起来你倒像是迫于无奈？"

"嗯——到后来被他们胁迫了。"

"那你好好配合我们，争取宽大处理。"

"一定一定，我把知道的全说出来，绝对不会隐瞒。"

"那你先说说，是怎么给他们送情报的？"

"他们在滨海有个物流公司，我会定期以发土特产的名义从物流公司把刻录了情报的光盘寄到北京，他们在北京取了之后，会回复我一个'山货收到，盛情难表'的信息，我就知道东西安全到了他们手中，如果收不到这个信息，就说明出了问题，我暂时会停止活动，直到那边发来新的信息。一般情况下,他们取完情报之后,要先在北京沉淀冷却一段时间,然后再通过其他渠道送回到峡流国,情报回去经他们研究后,会给我一个指令,我就按照指令进行下一步的活动。隔上一段时间,他们还会召我到峡流国去,说是强化培训,其实就是鉴别我们有没有反心,这种事一般都是优尼科在那边操作。"

"最近一次去峡流国是什么时候?"

"上个月。"胡云发蹙着眉头补充说,"八号去的,十三号就回来了。"

"他们要这些情报做什么?"

"不清楚。"胡云发摇头。

"不过,我也没给过他们什么有用的情报,都是糊弄他们呢。"胡云发又补充。

"这么说,你的罪行倒也不重?"

"就是就是,你想嘛,我用他们的钱在滨海搞房地产,解决了老百姓的住房问题,还振兴了滨海经济,虽说提供情报给他们,但有名无实,并没有给到他们实质性的情报,还损耗了他们的时间精力,让他们抓瞎。"

"你为什么杀死张继伦?"小马猝不及防厉声质问。

"谁?谁?杀谁?"胡云发错愕,惊慌地吞吐着问。

"张继伦。"

"什么?他——他被杀了?"

"交代吧。"

"不是,我——我真不知道,肯定不是我干的。我和他就是生意上的关系,其他不沾边,我杀他干什么?你们再查查,一定是弄错了。"

"你想清楚,现在说是机会,迟了,就来不及了。"

"真不是我,我为什么要杀他呀?"胡云发委屈得几乎大喊起来。

彼此又纠结了几个回合，毫无进展，审讯就暂时告一段落。

铁敏承从起获的大量证据分析，胡云发的确如他所说，是在为峡流国干事，所有的资料和实物都可以证明这一点，似乎并不能找到他和第三国及域外分子之间的关联，至于和张继伦，能查到的就是始于吴伟龙的牵线介绍，之后也只是生意上的往来，没有任何证据表明他们有更进一步的勾连。而张继伦本人，就目前来看，似乎只是一个单纯的狙击手。可是萦绕在铁敏承脑中的问题又来了，张继伦为什么会被杀死？难道又和上次弯弯被杀一样，是第三国和域外分子意见相左，域外分子又采取除掉自己狙击手的方式来迟缓第三国的行动？那么，张继伦的蹊跷死亡又是怎么回事，急病复发还是死于他杀？如果是他杀，杀他的又会是谁？铁敏承的脑细胞在迷宫里来回徘徊，亦如棋盘上的死棋，无数次复盘，却丝毫找不到破解的办法。

"死于心脏病？"铁敏承有一回正想着事，突然转过头来问小马。

"对，这是法医的结论。"小马知道他在问什么。

"你信吗？"

"我觉得肯定有疑点。"

"那就再查查，万一——"

铁敏承不用多解释，小马自然明白他所言"万一"背后的潜台词。

柳江南思前想后，还是决定和铁敏承谈一谈。

"应该，我想，可能是——谋杀。"他犹豫再三，还是把话撂了出来。在"野路子"出身的保卫办主任柳江南眼里，铁敏承是神乎其神的"间谍杀手"，是保卫战线口口相传的"神探亨特·铁"，所以每次和他近距离接触的过程就是露怯的过程。他一直抱着学习的态度，觉得自己能发现的，铁敏承早已发现，没做好提建议的准备，也没有提出问题的打算，可是那天在张继伦死亡现场产生的怀疑却一直存于心中，思前想后，他还是决定当着铁敏承的面说一说，万一——

他的"万一"和铁敏承的"万一"同样是内容饱满而指向鲜明的。

"怎么讲？"铁敏承目光炯炯地聚焦在柳江南的脸上。

"我发现——嗯——一条重要的线索。"柳江南明显有些不自然了。

"快说。"铁敏承急切。

"那天——"柳江南的措辞想过很多遍，他现在要做好的，就是平复自己的紧张，放缓自己的语速，"那天我们在张继伦的办公室，哦，也就是他死的案发现场，看到外面的玻璃有一块是擦拭过的，痕迹很明显，其他几块上面都落了厚厚的一层尘土，只有那一块，被人为清理过，而且是整块地清理。"

"这能说明什么？"

"我问过工地上的人，他们说外玻璃从来不会擦拭，其他玻璃上的灰尘也证明了这一点，而只有一块擦过，而且不是一片擦，而是整块擦，都擦到了，却擦得不是很干净。所以——我认为可能是有人从窗户进来作案，然后再从窗户出去，临走的时候，发现外面窗户玻璃上留下了手印或者脚印，这明显是一个熟练而又严谨的杀手，所以他擦拭了所有痕迹，企图瞒天过海。"

"调看监控没有？"

"工地上的监控只在建筑材料仓库、停车场和正门口几个地方有，背阴的窗外是个盲区，没有任何发现，所以我认为这个推测的可能性很大。"

"有人杀了他，然后伪装出他得急病身亡的假象。"铁敏承顺着柳江南的思路自言自语，然后猛然停住，狠拍一掌桌子说，"那么这个心脏病里面肯定有猫腻！"

"极有可能。"

铁敏承急切地去抓电话,他必须再给已经去医院的小马叮嘱一下。未提起,电话响了,是小马。

一切都晚了,医院已经将张继伦的遗体火化。

医院开始说无名遗体长时间存放无人认领不得不送殡仪馆火化,过了几天又来道歉,说他们工作疏忽,把张继伦的遗体错当成了另一个人的,并且带了一个老实巴交的老人家来,说是责任当事人,并许诺柳江南,医院不但自愿承担全部责任,还要将那人开除。人已化为灰烬,铁敏承也无奈。

路氏兄弟又观察几日,那边的试探性狙击随着张继伦的死亡果真就消停了。几番查证,胡云发的交代也都属实,鉴于上级的意见,胡云发被秘密送去北京几天后,又回来了,仍旧当他的房地产开发公司老总。铁敏承得到的消息是,不再干预胡云发,他单独被列入了上级掌控的体系之内。

顾重阳曾试图和铁敏承达成一致意见:"敌人或许也不是我们想象的那么万无一失。"他颇有感触地说,"我们是不是有时以完美无缺的形象假设敌人,觉得他们把在理论层面严谨的逻辑都能落实到具体操作过程中,所以应对得非常艰苦,但我觉得有时肯定不会那样,至少这一回,会不会张继伦就是急病而死,他们的计划也因此不得不搁浅,而不是说每一个独立事件的结果就是下一个阴谋的开始,他们也是人,他们也疏忽大意,他们也会犯错误。"

"也对,但万一呢?"

"所以我们就必须风声鹤唳?"

"起码要做好能做的一切。"

"理论上的机会都不给他们?"

"不给,一点都不给,让他们在绝望中放弃。"

"你还是你，永远霸道到这么极致。"

"但这一回敌人不会善罢甘休，大目标在推着他们走。"

"狙击手还会卷土重来？"

"一定会的。"

胡云发一回到滨海就风风火火地投入到两个工地的建设中，张继伦留下的空缺给了赵和平，赵和平也遵着胡云发的安排自己注册了公司，像模像样地重新签订了合同，意气风发的赵经理也摇身一变成了呼喝一方的赵总。

顾重阳又陷身到空域防护基地杂乱冗繁的琐事之中。

狙杀令告一段落，铁敏承也准备回总部处理这段时间积攒的紧要案子。

次日上午，顾重阳刚刚在办公室翻开一沓厚厚的文件，就听到钟秘书在外面打报告。

钟秘书和其他人不一样，他打报告只是示意，不用顾重阳说进来，他就自己拧门走了进来。他汇报说："滨海市今天上午有个会，市里的领导都参加，驻滨海单位主官也都参加，秘群办请示您看能不能去？"

"让副指挥长参加吧。"顾重阳对参加这种活动一直热情不高。

"可是，"钟秘书有些为难，"滨海市那边一再说，希望去个主官，因为市领导在，如果副指挥长去，会不会让那边觉得我们不重视？"

顾重阳想了片刻，下定决心："行，那我去吧。"又问，"几点？"

"会议十点开始，在滨海市委的多功能会议厅。"钟秘书请示，"那我提前让司机在楼下等着，到时候您是直接从办公室走还是先回趟家？"

"从办公室走吧。"顾重阳埋下头，又开始签看文件。

钟秘书出门,轻轻地在外面把门带上。

门扣上时发出的轻微响动,惊动出一连串刺耳的电话铃声。

"老铁?"顾重阳放下手中的笔,"怎么样,是不是已经坐在飞机上了?"昨晚已经辞过行,按行程,这会儿铁敏承回北京的飞机该要起飞了。

"你在哪里?"铁敏承声音急切。

"办公室。"不需解释,顾重阳也听出了铁敏承急切背后的内容。

"你听我说,"铁敏承的语气近乎命令,"现在立即离开办公室,到对面的会议室去,到那里后再通知召开紧急领导会,随便找个什么议题,要在那里面把今天上午熬过去,你不能出来,尤其不能到你办公室这一侧。"

"可是,"顾重阳说,"今天上午要去滨海市政府开个会。"

"绝对不能去。"那边的回应不容反驳,"不能离开会议室半步。"

"敌人要行动了?"顾重阳心里已经猜出了八九,此刻能把他固定在会议室的理由只有一个,那就是规避能影响到他生命安全的所有风险。

"没错,一切都出乎了我们的预料。"铁敏承又安慰他,"不会有事的。"

顾重阳不敢耽搁,放下电话就出了办公室,临拉上门,他望一眼对面的金色海岸和金盾海岸,和往常并无二致。太阳打在灰突突的楼体上,金黄,温暖,可他分明又觉得,那种凛洌的肃杀之气正穿越一千米的距离扑面而来。

顾重阳拉上了门,同时喊着:"小钟,通知各部门领导开会。"

"首长,上午不是去市里吗?"钟秘书疑问。

"通知所有部门领导,来开会。"顾重阳不解释,坚定地再重复了一遍。

"是。"钟秘书领会，果断去执行。

顾重阳坐在空荡荡的会议室里，能听到钟秘书在隔壁拨打电话的声音，以及逐个给其他几个基地领导轻声慢语解释的声音。他想着，这个小钟，开会就开会，有什么可解释的呢。他转念一想，又体谅起小钟，年轻人也着实不易，任何一个领导的误解都可能会毁了这个尽职尽责的小伙子的大好前程。

十分钟不到，另外几个基地领导都陆续来到会议室。

"咱们今天上午学习几个文件。"顾重阳低着头，开始照本宣科读起来。

几个基地领导你看看我，我看看你，都是一头雾水。

四十二

再生意外

铁敏承心急如焚,来不及退机票,就直接赶往滨海中心医院。

他的电话铃声是在刚换完登机牌后急促响起来的。

"首长,您还没上飞机吧?"铁敏承刚接起就听见那边小马急切地询问。

"没呢。"铁敏承能听出来小马期盼他未上飞机的急切。

"太好了。"小马的激动随着信号涌过来。

"有情况?"铁敏承警惕地压低了声音。他看看四周,机场人声嘈杂,并没有人注意到他。

这时,机场广播开始播报:"乘坐 CA1278 次航班飞往北京的旅客请注意,您乘坐的飞机将要起飞了,请抓紧时间到登机口检票登机。"

铁敏承拿起机票看了看,然后迅速对折,揣进了裤兜里,开始急匆匆往门外走。

"查出来了。"

"查出什么?"

"那个尾号 7982 的电话。"

"谁的?"

"吴涵。"

"吴涵?"

"就是胡云发的女朋友。"

铁敏承愣怔了一下："她现在在什么位置？"

"我派人找了，就等着您回来安排下一步的行动。"小马忧心忡忡地说，"吴涵已经知道胡云发被抓的事，肯定有了防范，找到她可能有难度。"

"先想办法锁定她的位置，等我回来。"

"明白。"

他们当时正是锁定了尾号 7982 的电话号码，才下定了抓捕胡云发的决心，没想到弄了个歪打正着，胡云发的确有问题，但不是 7982 的问题，也不是第三国和域外分子的问题。这样一来，嫌疑最大的胡云发就和弯弯，和猎人狙击手，和张继伦以及和狙杀令完完全全撇清了关系。他撇清了关系，那到底是谁让胡云发背了那么长时间的黑锅呢？在老虎吃天无处下口之际，铁敏承把小马留下，让他继续以 7982 为线索进行深挖，还是刘金刚讲到了柳心月之死，提醒小马另辟蹊径，一查，果然顺藤摸瓜按照当时莫江龙的路子找到了 7982 的出处，只不过，当初莫江龙误以为号主是胡云发，一番辛苦还枉送了性命，这回，屏蔽了胡云发这个假目标，小马很快就锁定了深藏不露的吴涵——是的，连小马自己都没有想到会是吴涵。

正如铁敏承说过的"越是不可能的就越有可能"。他也清楚，深邃的洞察力是经历过大风大浪后淬炼出来的，世上鲜有不经历失败就随便成功的人。在保密战线上，他还要多历练。他也难免要经历各种各样的挫折，年轻人嘛，只要有昂扬蓬勃的斗志，就永远走在成长的路上。

这边还没来得及挂断，另一路电话又接了进来。是陌生号码。

铁敏承警惕地接在耳边，并不说话。

那低沉沧桑而又无比熟悉的声音就像电流一样揪住了他："狐狸

要出洞了，注意安全。"无多余的话，两秒钟之后，听筒传来嘟嘟嘟的回声。

黑猞狸终于来信了。

铁敏承就像得到了冲锋的命令，兴奋，而又难免紧张。

电话铃声再次将铁敏承从非常态中揪了回来，又是小马，他暗暗寻思：不会是寻找吴涵有变吧。接起，急切地问："怎么了？是不是情况有变？"

"有新情况。"

"嗯，你说。"

"记得李玉香吗？"

"嗯——许地那个有间谍嫌疑的女人。"

"就是和九哥频繁接触的那个许地女人，她不是二十多年前来过滨海吗？"小马压低了声音，"现在已经查明，她当年和吴克忠同居过一段时间。"

"谁？"

"吴克忠。"小马斩钉截铁地说，"空域防护基地的吴副指挥长。"

"他们同居过？"

"对，而且还有过一个孩子。"

"孩子是个女孩？"

"对。"

"吴涵？"

"太神了，您怎么知道？"

铁敏承没有回应小马的问题，而是顺着逻辑走向将心中的疑惑向前推进："那么，这个吴克忠就不能摆脱和江南的九哥贩卖情报的干系？"

"极有可能机密信息就是从吴克忠这里出去的。"

"吴克忠现在还在北京吗？"

"他已经脱离生命危险，昨天刚刚转回滨海。"

"哪家医院？"

"中心医院。"

这时，铁敏承已走到机场外面。

送他到机场的基地司机在他刚刚进入机场后就回了滨海，他这会儿心急如焚地使劲向疾驰而过的出租车挥着手，可是，正赶上有几班飞机前后脚落地，出租车都是满载乘客驶离。铁敏承心急如焚，差不多都要站到马路中央去拦车了，足足有十多分钟，他终于拦下一辆刚刚下完客的出租车。

"师傅，麻烦以最快的速度到滨海中心医院。"他恨不得插翅飞过去。

铁敏承坐上电梯，直接到了十一楼的高干病房。

此时，两个青年一左一右徘徊在走廊里。从肤色动作，铁敏承一眼就看出是空域防护基地的警卫，他想着，小马倒周到，他差点忘了这个茬儿，如果让敌人混进来劫走或者杀了吴克忠，那这条线索就会断得干干净净。

"站住！"铁敏承冷不防被两个小伙子挡住了。

他说了身份，亮了证件，两人仍不放行，说谁进去都得柳主任打电话。看来柳江南这个保卫办主任非常称职，这个时候宁可麻烦一些，也不能有任何的闪失。他打过去电话，交给警卫，他们才打开门让铁敏承进去。

铁敏承推门进入病房，一眼就看到迎面的床上，吴克忠闭着眼睛，不知是睡着了还是在假寐。病床里面靠窗户的墙角处，也坐着一个精干的小伙子，一动不动地盯着吴克忠。铁敏承进门，他知道是首长，起身点头示意，然后又坐了下去，就像看电视一样神情专注地盯着神情麻木的吴克忠。

铁敏承猜得到，柳江南派这个警卫是专门防止吴克忠自杀的。这样来看，柳江南他们已经向吴克忠摊牌了，这是他遇刺获救后的又一场无法回避的大劫难。此刻，铁敏承站在吴克忠的病床前，他的头脑里波涛汹涌。

从狙杀令、弯弯、吴伟龙、罗炳南、胡云发、张继伦、李玉香、九哥、吴克忠，到刚刚揪出来的吴涵，就像一场弥漫了大雾的战阵，他看不清对方的阵容，只等着他们一次次调兵遣将。而在大雾的这一边，他和他的同事们兵来将挡水来土掩，一轮又一轮抵挡着猛烈的攻势，丝毫腾不出手来还击。现在，当敌人射完最后一颗子弹的时候，就该他们出手了。他们出手，也是该到结束战局的时候了，敌人弹尽粮绝，他们则要一招制敌。

一个个人，一桩桩事，就像一条条线凌乱地在他的脑子里，以前是互相牵绊着，缠绕着，就算理出头绪，也是局部的头绪，不足以明了全局，根本不能推理出整个脉络。现在，当一个个缠绕着的死结打开之后，就逐渐地明朗起来，一缕、两缕、三缕——所有的逻辑都清晰了，他仿佛是站在宝塔之上指挥战局，居高临下，一目了然。这是最让他觉得可以大有所为的时刻，分得清哪个是兵哪个是将，也看得见谁所向披靡，谁又贪生怕死。

铁敏承的大脑高速运转之际，吴克忠醒了。他睁开眼睛在病房里环视一周，短暂定在屋顶，又短暂定在墙角，最后不得不和铁敏承的目光对焦。

"真是没想到。"铁敏承轻轻走过去，坐在了吴克忠的病床边。

"我也没想到。"吴克忠长长地一声喟叹,"悔不当初啊。"

"悔不该移情别恋?"

吴克忠眼皮耷拉下来,像一个犯了错误的孩子。

"悔不该当内鬼?"

吴克忠把头扭向了一边。

"你看着我。"铁敏承声音轻缓,却字字都有千钧的力量,"你知道吗,正因为你的背叛,差点让你的老同事顾重阳葬身于敌人的枪口之下。"

"不可能。我只是给他们一些无关痛痒的消息。"

"无关痛痒?亏你也想得出这样的说辞。"

"我知道自己罪该万死,但——我也是被逼无奈。"

"你被逼无奈?"

"他们挟持了我的孩子,如果我不就范,他们就会为难孩子。"吴克忠脸上的痛苦全夹在了骤然层叠起的褶子里,"都是我当年一时糊涂,但我的孩子是无辜的,我给不了她完整幸福的人生,但也不想让她当牺牲品。"

"你是说吴涵吗?"

"你们——怎么知道的?"吴克忠睁大了惊恐的眼睛。

"我不光知道这个,我还知道——"铁敏承一字一顿,"吴涵根本就不是你的孩子,从二十多年前开始,这一切都是骗局,是敌人在千里之外的许地编织好的骗局,然后拉着你钻了进去,二十多年了,你竟然浑然不觉。"

"不可能,吴涵就是我的孩子,她姓吴,是老吴家的姑娘。"

"姓吴就是老吴家的姑娘了?"铁敏承不屑一顾,"李玉香想让她姓什么她就姓什么,她可以姓吴,也可以姓张王李赵,如果告诉你

357

吴涵的亲生父亲是九哥,你会不会更惊讶?"铁敏承挑明了,"从一开始这就是处心积虑的阴谋,李玉香和九哥用孩子绑架你干了二十多年不耻的勾当。"

"不可能,吴涵就是我的闺女。"

"你闺女?"铁敏承说,"你身上这一刀就是吴涵让人捅的。"

"是小余。"吴克忠略微沉重地说,"我知道是他下的手,我也不怪他,他心里苦,他对我有误解,别说没死,就算死了,我也不会怪罪他的。"

"你觉得小余能那么专业地把刀往你的心脏里扎吗?如果不是你的上衣口袋装了门禁卡,这会儿你早都在火葬场的焚尸炉里烧过一遍了。"

吴克忠木木地望着天花板。

这时,柳江南也来到了病房。

"把结果拿给他吧。"铁敏承示意柳江南。

柳江南从公文包里取出一个信封,这是刚刚出来的吴克忠和吴涵的DNA检测结果。"不匹配。"柳江南掏出一页鉴定,递给了吴克忠。

"怎么可能?怎么可能?"吴克忠看到白纸黑字的瞬间泪流满面,"她怎么可能不是我的骨肉?她怎么可能杀我?这不是真的,你们都在骗我。"

"骗你的是李玉香。"

"可她当时明明怀孕了!"

"没错,但她是怀了九哥的孩子后,才来找你的。"

"这怎么可能?"

"二十多年了,她把你骗得身败名裂。"

"我——"

"你也是罪有应得。"铁敏承字字如刀。

"我是被蒙蔽的啊,我是被骗的啊。"吴克忠歇斯底里地争辩着。

"余友忠是怎么死的?余广强办公室那把火是谁放的?你作为一个国家培养起来的干部,不想着报效国家,却为了一己私欲和一己私利丧心病狂,不知羞耻,你背叛国家,你杀害同事,你应该受到应有的制裁!"

吴克忠紧紧地闭着眼睛,愧,悔,羞,恨,说不出话来。

"你应该为自己的所作所为感到羞耻!"铁敏承愤怒地站起身。

"不是我,不是我,真的不是我。"吴克忠有气无力地喃喃着。

吱扭一声,门开了,余广强和几个总部的人走了进来。

"你是吴克忠?"其中一人质问核实。

吴克忠茫然地看着来人,失魂落魄地点了点头。

"我是总部的刘金海副主任,鉴于当年余友忠坠崖身亡的案件事实不清,定性不准,经首长批准,决定重新调查,我是此次调查的总负责人,现在根据有关要求,暂时限制你的人身自由。"说完,刘金海副主任掏出一副亮铮铮的手铐,一端铐在吴克忠腕上,另一端则铐在铁制的床架上。

吴克忠仰头倒在床上,紧咬着嘴唇。

"自作孽,不可活。"铁敏承转身去找小马。

小马动员了所有力量,却连吴涵的影子都没找到。

"当务之急是找到吴涵。"铁敏承下了死命令,"活要见人,就是死了,也要见到尸体。"同时又提醒,"敌人要行动了,空域防护基地周围的情况也要密切监视,遇到任何可疑情况都要及时报告,争取毕其功于一役。"

"两幢楼上连个鬼影子都没有,他们怎么行动?"

"不知道。"铁敏承和小马一样茫然,"或许他们换了路子。"

"从其他地方狙击?"小马揣测。

铁敏承倒不担心这个,空域防护基地会议室外面是一片开阔地,开阔地过去就是滨河,不可能给狙击留出任何机会。但是,他又想着,敌人既然要行动了,必然是有了行动的路数,不可能在没有任何可能的情况下盲目出击,可是,这个路数到底是什么?铁敏承脑子里混混沌沌,理不出答案。

电话铃声把他从混沌里拽了出来,一看,竟是赵和平。

"重大发现,我这里有重大发现。"赵和平在电话那端兴奋地大喊着。

四十三

未结之尾

十五分钟后，赵和平就到了铁敏承的面前。

"看，这个。"

"什么？"

"录音笔。"

赵和平轻按了几下，拇指大小的屏幕上就开始显示时间，却只是电子钟一样一秒一秒地往前走着，其余没有任何反应。

小马有些迫不及待："就这？"

赵和平摆摆手，示意他等一等。终于，足足等了将近半个小时，里面才传来了声音："老李啊，忙不忙？嗯，就是，要经常联系加深感情，没问题，我这人最喜欢做东了，那就这样，别，你听我说，真是我来安排，你别管，听好了，咱们就定在天宴的蓝天厅，六点怎么样，好好好，一言为定，对，我先去，到时候在门口迎接，记得呀，偕同嫂夫人一起。"

说完，断了，又恢复到开始的寂静里。

"就这些？"

"对。"

"在哪里找到的？"

"书柜顶部，放得可真是够隐蔽的，亏了保洁员打扫卫生不偷懒，要不然还发现不了，我看着是个新新的录音笔，我就琢磨着里面肯定有名堂，果不其然让我给等出来了。"赵和平兴奋地说，"怎么样，这个对你们抓间谍有价值吧？我算不算立功？"

"算，当然算。"铁敏承拍着他的肩膀。

"我知道了。"小马恍然大悟。

"知道什么？"铁敏承扭头问。

"刘金刚说他明明听见张继伦在办公室打电话，可进去后却发现张继伦已经死了好几个小时了，对于张继伦的死，当时咱们也有一大堆疑点，但没来得及查，尸体就被神不知鬼不觉地火化了，现在来看，刘金刚听到的声音应该就是录音笔里的，事实上张继伦早已死了，为了不让人擅自进来及早发现真相，所以有人放了这个掩人耳目，至少是迷惑了我们一阵子。"

"那就是说——"

"张继伦不是急病致死，而是他杀。"

"这样的话——"

铁敏承闭上眼睛，左手撑着太阳穴的位置，又进入了焦灼而艰难的逻辑推理中。他相信，一切看似不相干的事件，都是串在一条线上的，只要捋清了，就一溜儿都能抓住，捋不清，就永远不知道下一步该怎么走。

"我先走了。"赵和平不敢打扰铁敏承，轻轻地和小马打声招呼就走了。

他还没回去，就看见了金盾海岸大楼里又喷出了滚滚的浓烟。

"哎呀，咋回事，怎么又着火了？"他火急火燎地往工地赶。

这时，铁敏承也站在门外，问小马："大火应该在大楼的哪个位置？"

"五楼，东南角，设计师办公室。"

"吴涵的办公室？"

"对。"小马惊讶，"她——她不会在那里吧？"

"不会的。"铁敏承摇摇头,"她不会那么傻。"

"我知道了。"

"知道吴涵在哪里?"

"知道他们想干什么了?"

小马愣怔原地,弄不明白铁敏承说的想干什么到底是干什么。

铁敏承被一把大火点醒了。吴涵的办公室着火就和余广强的办公室着火一样,不可能是风吹的太阳晒的,而是有意为之。这一把火应该是吴涵和滨海的告别式,也是他们实施狙杀任务的冲锋号。在这波谲云诡的众生里,只有吴涵站在食物链的顶端,而其他一切人,都只是配合吴涵实施狙杀令的小角色。她利用胡云发伪装了自己的身份,又把弯弯、张继伦等一众域外分子的势力一个不留地铲除掉了,到最后,连为第三国卧底二十多年的吴克忠都不能善终,能这样把盟友和自己人都斩草除根的理由只有一个,就是他们要疯狂地实施狙杀令了,不论成败,都不留下任何线索和口实。成了,轻车简从全身而退,败了,一了百了。可是,为什么要把域外分子的狙击手都杀光呢?不信任?对,从弯弯到张继伦,一个个狙击手都在两幢楼上跃跃欲试,瞄了顾重阳不知道多少遍,但都没有最后扣动扳机。或者,他大胆地猜测着,域外分子本身就是第三国用来迷惑我们的诱饵,那些狙击手自然也就是吴涵的诱饵,吴涵知道他们的存在,而他们就像我们一样不知道吴涵的存在,所以吴涵把他们和我们都玩得团团转,用狙击手分散了我们的注意力,而在其他地方,对——吴涵的路数一定不会是狙击,那么——那么——他突然想起刘金刚之前说起的——大车司机和教练,还说起张继伦让吴涵带着去练车,天哪,原来这个样子——铁敏承豁然开朗,他猛然打了个激灵,继而一层冷汗布满额头。

"几点了?"铁敏承站起身来看表,却又下意识问了小马一句。

"十一点二十八，快十一点半了。"小马以为他折腾一上午，这会儿饿了，"要不咱们现在下去先吃点饭，说不定很快就会有吴涵的消息。"

"空域防护基地是十二点下班吗？"

"滨海在这个季节的下班时间是十一点半。"

"快，通知警卫迅速封堵经过空域防护基地门口的滨河大道两端，记住，一定让他们带路障，禁止任何车通行。"他转了一圈又补充，"让他们带上枪，有强行冲撞的可以现场击毙，还有，穿防弹衣戴钢盔，以防万一。"

他说完，下意识地看了看表，马上就到十一点半。

"来不及了，来不及了。"他急切地自言自语，又赶紧去打顾重阳的电话，办公室里却没人接。铁敏承才想起，他叮嘱过顾重阳，上午绝对不能回到办公室。他又赶紧打手机，铃声一遍又一遍响过，却仍是没有人接听，他急得双手发麻。

这时，小马已通知柳江南立即派人封锁滨河大道。他暂时还不知道铁敏承意欲何为，但坚信他在干十万火急却又无比正确的事，他懂得他的万分急迫一如懂得他的神机妙算。

空域防护基地会议室里。这会儿文件学完了，领导们也散了，顾重阳难得无事一身轻地坐在空荡荡的会议室里，他叫过钟秘书，跟他拉起了家常。这个纯朴谨慎的年轻人是他在一次突击检查周末战备值班情况时遇到的，他见了指挥长紧张得忘了问好，却能把值班制度背得滚瓜烂熟，阵地点位也是随口报数据丝毫不差。顾重阳喜欢他的实诚，也欣赏他的刻苦，就从基层把他调到身边当秘书。一年多了，钟秘书净陪着他加班受累了，他还从未关心过这个毫无怨言的年轻人的个人生活。只知道他家是甘肃庆阳的，却不知道他家有几人，都是谁，他个人的成长路径是怎么规划的；只知道这个三十啷当的小伙子还没娶媳妇，却没过问到底为啥。这回，终于有了时间，他一项一项问得仔细，并许诺钟秘书："媳妇的事找你阿姨，她是老师，学校里没男朋友的漂亮女老师多得是，让她给你介绍一个。"又怕钟秘书有压力，给他解压，"当然了，你看上再谈，这个事要两情相悦。"钟秘书红了脸，一个劲地说"谢谢首长关心"，又一个劲地点头说"是是是"。

隔壁电话急促响起，顾重阳才说："赶快先去接电话吧。"

钟秘书匆匆去，又匆匆回到领导会议室："阿姨打电话问您回不回去吃饭，她说蒸了洋槐花包子，准备出锅。"问完，待在原地等顾重阳答复。

"嗯——就不回去了。"早上那一大堆文件还在办公桌上等着他签呢，那一个文件就是一个事，文件不签，事就没法办，许多工作就得暂停下来。

"是。"钟秘书欲转身去回电话。

"等等。"顾重阳没有其他特别爱好，却对这留在儿时记忆里的洋槐花包子情有独钟，他知道，妻子今天的包子是专门给他蒸的，若不回去吃，妻子不至于有意见，但薄了情分总归不好，就说，"这样吧，你也别去食堂了，叫上司机直接到我家吃你阿姨蒸的包子，让她也好好考察你一下，好为下一步给你介绍女朋友做准备，吃完了，你就给我带几个过来，我也尝尝好久没吃的洋槐花包子。"

"我还是在食堂吃完再去家里取包子吧。"钟秘书觉得在指挥长家吃饭不妥，他受不了那种局促不安的紧张，但他又不能让自己保持不紧张。

"服从命令！"顾重阳撂下一句话就回了办公室。

"是。"钟秘书转身出门。

顾重阳看表,已经过了铁敏承叮嘱的上午,就进办公室,准备加班签完那一堆文件。坐下了,才发现撂在桌子上调成振动的手机,打开看,竟有六个未接来电,都是铁敏承的。他下意识望了望对面的楼上,也顾不得那么多,习惯性地提起座机,一看,座机也是三个未接来电,仍是铁敏承。他这才预感到事态不对。

"你在哪里?"那边几乎是一拨通就接起了手机。

"办公室。"顾重阳问,"怎么了?"

"哦,没事。"铁敏承松了口气,"那就好。"又叮嘱说,"今天一天你都在办公楼里安心待着,没我电话,千万不要出去,尤其不要到滨河大道。"

办公楼和家属院被滨河大道相隔,从办公楼到家属院必须经过滨河大道。食堂、超市、澡堂等都在家属院,所以上下班衔接时间里,滨河大道全是基地人员。不让顾重阳去家属院,等于暂时剥夺了他吃饭睡觉的权利。

"咋回事?"顾重阳有些不解,"一会儿不让待在办公室,一会儿不让上街道,你铁局长这是在给我进行紧急拉练,检验我的综合素质呢?"

铁敏承把他的预判在电话里说了一遍。那边还没说完,顾重阳就隔着窗户听到了从滨河大道传来的刺耳的汽车紧急刹车的声音,以及车辆剧烈碰撞的声音。顾重阳痉挛般起身,望向一箭之隔的滨河大道,他清晰地看见,两辆大卡车把一辆黑色的轿车夹成了铁饼,车子尾部高高翘了起来,那熟悉的车号牌像张硬纸板一样,被拧成了一团褶皱。铁敏承在那边一遍遍重复:"你千万不能出去。"而顾重阳已经撂下电话,疯子般冲了出去。

警卫们还是没能赶在敌人前面。四辆重型卡车两两相向像发怒的狮子一般咆哮着冲向缓缓驶出基地大院的黑色轿车时,他们刚刚抬着路障走出营门,那摧塔成灰的巨大冲击把他们看蒙了,刺耳剧烈的撞击之后是长时间的寂静,静得可怕,仿佛整个世界都在瞬间昏死了过去。还是警卫分队长最先反应过来,他大喊着:"封堵事故现场,不要让任何人跑掉。"

这个时候,都还未意识到出事的是指挥长的车子,他们觉得在基地门口出了交通事故,第一位的是救人和维持交通顺畅,再一个就是帮着控制事故责任人。警卫们听分队长这么一喊,迅速有序地分成了三拨,两拨到路两头,抬着路障堵在了道路两侧,把过往车辆从两边的岔路上分出去,还有一拨围住现场,有的对着里面大声喊话,有的猫着身子寻找幸存者。

四个大车的司机都无大恙,灰头土脸,被揪出来暂时带到基地看管。直到一个多小时后把大吊车等来,才从高速挤压后几乎焊在一起的车辆零件里,把黑色小轿车拉了出来。再破拆小轿车,已没了样子的钟秘书和司机被抬出来,惨不忍睹。车子下面,淌出来的血一直流到了马路牙子边,又顺着马路牙子流出很远,那种令人绝望的鲜红揪得顾重阳锥心疼痛。

顾重阳出现在事故现场的一瞬,早已在远处注视着这边一举一动的铁敏承迅速用无线电通知小马:"小马,小马,做好准备,她应该要现身了。"与此同时,柳江南也带人从外边把招待所围住,他急切想看到敌人的真容。

吴克忠被铁敏承道出的一连串事实击溃了神经,他开始坚决不信,待想明白了又痛哭流涕。接下来就是搜肠刮肚的忏悔,中间他提起过,吴涵曾经让他帮着把家属院那边临着滨河大道的招待所顶楼租下来。

367

招待所顶楼原是用来存放被褥等物品的储物间，后来因漏雨而废弃，变成了堆放杂物的仓库。招待所本也没有把这个废弃仓库租出去的打算，一是不差钱，二也受不了那个麻烦，但吴涵看上了，她本来以为轻而易举的事情，但转了一圈还是没办成，就打电话给吴克忠。她清楚吴克忠对她的百依百顺就一如当年对她母亲李玉香的无所不应。果然，吴克忠一个电话，仓库就免费给了吴涵用。吴克忠知道吴涵租这个仓库一定有文章，但并未过问，当然，他心里也清楚，就算问，也问不出个结果来。可在他万念俱灰之际突然又想到这个事，就坚定认为，这对铁敏承是一个至关重要的信息。

"对，仓库，与基地大院一路之隔的仓库。"

铁敏承迅即从吴克忠的只言片语里捕捉到了危险的信号。

铁敏承一直以为敌人要用大车像挤死弯弯那样挤死顾重阳，但这个时候，他猛然意识到，顾重阳的车子已经被挤撞成了铁饼，而顾重阳还安然无恙，那么——狡猾的敌人在这样一场蓄谋已久的行动中肯定还有后手，也就是说撞杀顾重阳不成，他们肯定还有补救的手段，这个手段一定是——招待所顶楼的仓库，从那里居高临下，不管对顾重阳的办公室还是对滨河大道上的一人一车，都是一览无余，尽收眼底。

他仿佛已经看到吴涵举枪，把黑洞洞的枪口冷峻地瞄向顾重阳。

还好，他想到了。

此刻，小马侧身隐藏在角落里一排没了橱窗玻璃的铁皮柜子后面，仓库距离滨河大道这么近，他甚至能清楚地听到交警指挥拆卸事故车辆的声音，也能听到路边围观群众的议论声。接到铁敏承传来的指令后，他的心跳开始急剧加速，甚至能听到胸腔里传来的怦怦怦的声音。他耐心地等待着，就像当年在训练场上和同事们一起举枪等待那只放向天空的麻雀,一刹那间,那些以为可以翱翔蔚蓝天空的可怜麻雀在啪啪啪的枪声中很快被子弹揪向了地面。麻雀让他们成了枪神,他们毕业后从未有人再去伤害过麻雀。

这一回,他知道等待的不是可怜的麻雀,而是狡猾的狐狸。

终于,外面传来了很轻却很急促的脚步声。

吱扭一声,从不上锁的仓库门被轻轻推开。他闭着眼睛数着对方的步骤:卸下背包,取出枪械,安装,上弹,架枪,瞄准——当吴涵把一系列功课做完,就等着瞄准之后扣动扳机的时候,小马已经站在了她的身后。小马未作声,他筹谋着出其不意从后面把吴涵摁住,他在等,等一个最佳的时机。射进仓库里的明亮光束中跳跃着的纤细灰尘受到惊扰,突然凌乱起来。不动声色的吴涵断定后面有人,但未动,仍在瞄准,她现在第一位的任务是完成狙杀,至于后面,再做下一步的打算。

砰的一声让小马惊出一身冷汗。比他更震惊的是匍匐在前的吴涵,她的双手离开了枪,痛苦地攥住了一只手腕,没有惊叫,只发出"嗯嗯嗯"的呻吟声。小马看到那鲜红的血一滴一滴顺着吴涵的手腕流了下来。对,那边还有路氏兄弟呢,潜伏日久,他们终于发挥威力了。吴涵和小马正面相望的时候,小马已将她紧紧捆住,她就算插翅也难以逃离了。

调查结果很快出来,吴涵既不是吴克忠的女儿,也不是九哥的女儿,更不是李玉香的女儿,而是土生土长的第三国人。原来,九哥当初被第三国策反,回国后说通李玉香一起做窃密卖国的勾当,李玉香处心积虑到滨海引诱吴克忠之前,已经怀上了九哥的孩子,他们如此有意为之并不是为了给九哥传宗接代,而是想更高效率地吃定吴克忠,后来先是逼婚吴克忠,又暗地里阻挠吴克忠离婚,这样吴克忠就欠了她一辈子的恩情,加之产房里呱呱坠地的小孩更加让吴克忠痴心不悔,他铁了心不能亏待李玉香，更不能亏待他们的孩子。后来先是说为了钱，又说孩子被胁迫，日积月累把吴克忠拉下了水，吴克忠也痛苦地排斥过，拒绝过，但最后还是选择了用损害国家利益来填补他对李玉香母女的亏欠。按照第三国对九哥和李玉香的许诺，说可以把小孩送到第三国领地，给她最好的教育，到时候还可以领取绿卡，这对于九哥和李玉香来说，简直就是天大的恩赐，当然是求之不得，所以孩子尚不到一岁，就被送到了第三国领地，隔三岔五，会寄给他们一些孩子的生活照片。这边，两人就一门心思给第三国干，而李玉香也告诉吴克忠他们的孩子到了第三国领地，所以更要感恩第三国。就这样，三人联手神不知鬼不觉地将一份份涉密信息源源不断地输送给了第三国。而他们的女儿呢，那个在吴克忠记忆里叫吴涵的女孩其实早已不知音信，第三国在源源不断返回来的照片里用了修图术，让这边的三人逐渐接受了后来回国的假吴涵的模样，他们对这个分离多年，如今又有学历又有第三国绿卡的女儿满意极了。他们不可能知道他们见到的只是与他们毫无瓜葛的有着华裔血统的第三国谍报人员，其实，像这样的惊天大骗局在第三国与第三国的内鬼间早已司空见惯，他们集中了所掌控的所有力量，来吃定吃死几个试图从他们身上捞到好处的家伙，简直就像从一个小孩手里骗走棒棒糖那样轻而易举，只要对第三国寄予一丝幻想，第三国都能将他们拉下水，继而榨干吃净。

吴涵被捕后一言不发，当天下午，就被甄别局来人带走了。而那四个司机也已查实，都是服刑出狱人员，吴涵把他们从监狱接出来就直接送到职业技能学校学习大车驾驶，因为时间长，几人甚至还在那家学校客串了很长一段时间的教练，几周前才把他们接到工地，许诺他们这个事干完后，给每人一大笔安家费，然后离开滨海在其他城市安排工作。在这之前，钱已到手，所以他们就等着撞完车后逃离滨海，再找吴涵给他们联系好工作安定下来重新做人。没想到撞到了警卫的枪口下，公安把他们带离了基地，等待取证完毕的审判之后，他们毫无疑问将再次重启牢狱生活。

一场惊涛骇浪之后，滨海和空域防护基地又恢复到了往日的平静。铁敏承临离开滨海之前，顾重阳又把他约到了自己的办公室。

顾重阳依然沉浸在钟秘书和司机罹难的巨大悲痛中。

他叹息着说："小钟还是个孩子，婚都没结，就这样走了。"

"事已至此，"铁敏承拍着他的肩膀，"该放下的都放下吧。"

"我也想放下，可是一想起小钟的样子，心里就难受。"

"干革命总有牺牲，我们不也是随时准备好牺牲的吗？"

"嗯，我知道。"

顾重阳脑子里闪现着那些已经离世的同学还有同事。

"有个事我一直没弄明白。"

"我知道你想说什么。"

"你知道？"

"吴伟龙——是不是？"

顾重阳坐直了身子："你这个老铁，真是神了。"又急切地问，"那你倒是说说，开始的时候他是你最大的怀疑对象，但是到最后把没有怀疑的人都抓起来了，怎么反而偏偏没有他什么事，这有些不对劲啊？"

"你觉得不对劲的地方也是我弄不明白的地方。"铁敏承也不端着神探的架子，坦诚相告，"但是吴伟龙确实没任何问题。"又解释，"在没告诉你的情况下，我第一个专门查的他，看着吊儿郎当，但没查出问题。"

"会不会是假象？"在吴克忠是间谍的惊人消息曝出后，顾重阳第一个想到的就是赶紧抓捕吴伟龙,以前从内心要保护吴伟龙是因为有吴克忠,那么吴克忠的不忠深深刺激他的同时,他也就不想再保护明知有问题的吴伟龙了。可事实上,吴伟龙并不需要他的保护,他自己就是自己的保护伞。

"这个——"铁敏承摇摇头,"我没办法给你答案。"又提议说,"要实在不放心,你可以交代柳江南重点盯着他,或者把他调离现在的岗位。"

"再说吧。"顾重阳叹口气,"我也不能因为一己之见毁了一个干部。"

"你们对付敌人仍旧是任重而道远啊。"铁敏承算是临别前对老朋友的嘱咐。

"敌人会不会卷土重来?"

"也许会——也许不会,谁也说不准。"

"等你再来呢。"

"可别等我了。"

"不想到我这儿来?"

"不是不想。"铁敏承笑着说,"我一来,你这儿就有事,我倒宁愿让你清静清静,我也想回去休息休息,老跟你在这里提心吊胆也不是回事儿。"

"这回是如了你愿,明天这时候都该到家了吧?"

"是啊,怕再不回去家人都不让我进门了。"

两人说着话,喝着茶,一抹金黄的阳光在桌面上慢慢地游走着。

第二天一早,顾重阳想起来让人送两条香烟去给铁敏承的时候,被告知铁敏承已经退房间走了。他有点遗憾,之前说过要给他带两条滨海烟。

下次吧。他这样想着，就坐下来。办公桌上的待签文件还是那样多，有阵地建设的，有营房维修的，有演习方案的，还有违规处理的——定睛一看，一份政治办呈送上来的文件里讲了邢玉明违反八项规定吃喝的事，有时间有地点有同行人员，事实确凿有据可依，建议给邢玉明记大过处分。

他记起这个邢玉明就是差点被胡云发拉下水，但后来主动汇报情况，又接受指派卧底到胡云发身边的那个邢玉明。一开始，顾重阳还疑惑为啥因为这个事给小伙子处分，后来想明白了，只有他和铁敏承还有柳江南极少的几个人知道邢玉明的事，其他人不知道，就只当他是违反纪律的吃吃喝喝，所以这样的文件呈上来，也在情理之中。他稍作思考后，郑重签下意见：邢玉明吃喝问题的确不符当前形势，但建议查清原因，或是为部队建设事而无奈为之，要客观评判。另，今年工程建设中，该干部揭穿物资采购中的多起串通竞标，为基地节省大笔经费，建议一并列入奖惩条件考虑。随后签上他的姓名、日期。他心里已经盘算好了，不管年底政治办提不提，他都要建议给邢玉明立功。他总认为，一个损害了集体利益的人必须付出代价，同样，保护和维护集体利益的人，则更应大张旗鼓地褒扬。

顾重阳签完文件，打秘书办公室电话，欲让秘书取件返还各单位，但电话无人接听，他只得在办公室呼喊："小钟，小钟。"无回应，才突然记起小钟已经罹难，而新秘书下午才能到位。他不禁悲从心生，掉下泪来。

杂乱的心绪平静下来，他才缓缓起身，站到窗前，望着重新恢复施工的两幢大楼。高高的脚手架被绿色的防护网遮挡，里面人影绰绰，要不了多久，金盾海岸就可以入住了，曾经剑拔弩张之地将变成幸福家园。

顾重阳的神经突然就跳到了铁敏承的频道，他想着他这会儿该到家了。几乎同时，电话响起，神了，竟是铁敏承。他暗叹滨海这地方可真够邪的。

顾重阳以为铁敏承是到家后报平安，却是急促到好像要钻进电话里的急迫呼喊：“快，离开办公室，到对面会议室，黑猾狸刚才来了紧急电话。"那边沉重地说，"敌人之前耍的统统都是障眼法，这回要动真格的了。"

"之前是障眼法？那——他们这回怎么动真格的？"顾重阳极为错愕，他的脑子里一片空白。

"暂时还不知道，我这会儿和老蒋正登机往你那里赶。"铁敏承回应。

"老蒋，哪个老蒋？"顾重阳疑惑地追问。

"还能有哪个老蒋，当然是蒋天诺！"铁敏承告知。

"蒋天诺？怎么会是蒋天诺？你们怎么遇上的？他从哪里来？"顾重阳从来未曾忘记那个昔日的伙伴，他急切想知道关于他的一切。

"我们要登机了，到了再说！"铁敏承挂断了电话。

"喂，喂……"

回应顾重阳的只有那边挂断电话后的忙音。

他不得不来到会议室，枯立窗边，望着滚滚流淌的滨河水，心里陡然生出一连串的疑团：铁敏承将带来什么样的最新消息？消失三十年的蒋天诺这些年在什么地方？这次他又为何而来……

直到手被灼痛，顾重阳才猛然意识到，从不抽烟的他，不知什么时候竟为自己点了一支烟。

2023 年 12 月 11 日于北京改定

图书在版编目（CIP）数据

捕猎者 / 高满航著. -- 北京：北京联合出版公司，2024.4
ISBN 978-7-5596-7408-1

Ⅰ.①捕… Ⅱ.①高… Ⅲ.①长篇小说－中国－当代 Ⅳ.①I247.5

中国国家版本馆CIP数据核字(2024)第042047号

Copyright © 2024 by Beijing United Publishing Co., Ltd.
All rights reserved.
本作品版权由北京联合出版有限责任公司所有

捕猎者

作　　者：高满航
出 品 人：赵红仕
责任编辑：孙世燕　海涵
封面设计：柒拾叁号

北京联合出版公司出版
（北京市西城区德外大街83号楼9层　100088）
北京联合天畅文化传播有限公司发行
北京山华苑印刷有限责任公司印刷　新华书店经销
字数：286千字　880毫米×1230毫米　1/32　12印张
2024年4月第1版　2024年4月第1次印刷
ISBN 978-7-5596-7408-1
定价：59.80元

版权所有，侵权必究
未经许可，不得以任何方式复制或抄袭本书部分或全部内容
本书若有质量问题，请与本公司图书销售中心联系调换。电话：（010）64258472-800